ABYSSAL

TERROR DAS PROFUNDEZAS

Gerente editorial
Roger Conovalov

Diagramação
Lura Editorial

Revisão
Gabriel Lago
Alessandro de Paula

Design de Capa
Lura Editorial

Impressão
Viena Gráfica

Lura Editoração Eletrônica LTDA
Lura Editorial - 2020
Rua Manoel Coelho, 500. Sala 710
Centro. São Caetano do Sul, SP – CEP 09510-111
Tel: (11) 4318-4605
E-mail: contato@luraeditorial.com.br

Catalogação na Fonte do Departamento Nacional do Livro
(Fundação Biblioteca Nacional, Brasil)

Abyssal: terror das profundezas / Lura Editorial – 1ª ed.
– São Paulo: Lura Editorial, 2020.
376p.

ISBN: 978-65-86626-25-4

1.Ficção 2. Terror 3. Contos I. Título
CDD-B869

Índice para catálogo sistemático:
1. Ficção

www.luraeditorial.com.br

ABYSSAL

TERROR DAS PROFUNDEZAS

organização de

J.C GRAY

LURA EDITORIAL

Aquele que luta com monstros deve acautelar-se para não se tornar também um monstro. Quando se olha muito tempo para um abismo, o abismo olha para você.

— Friedrich Nietzsche. *Para Além do Bem e do Mal*

SUMÁRIO

O SUBMARINO QUE NUNCA EXISTIU

J. C. GRAY

As noites na Rússia são frias, mas, naquela noite de maio, em 1945, estava especialmente congelante. Kavinski se sentia em um funeral. Não havia nenhuma luz acesa, ninguém ousava fazer qualquer som, devido ao caráter supersecreto da missão. A tripulação do Leviatã, o novo submarino da frota, estava em posição, formando duas filas, e fazia esforço para não bater os dentes enquanto ouvia as palavras do almirante Yakov.

— Há alguma coisa nas profundezas. Sabemos que o cerco inimigo está se fechando à nossa volta, e acreditamos que tenham implantado algo lá embaixo. Um submarino? Uma arma? O que é não sabemos, mas possui medições jamais vistas — ele fez uma pausa, ajeitando o quepe embaixo do braço. — Vocês foram treinados para este momento. E, agora, a Mãe Rússia entrega a vocês nosso melhor e mais novo submarino. O submarino que nossos inimigos desconhecem: o Leviatã. Capaz de ir mais fundo do que qualquer outro submarino já criado até agora.

Após uma pausa dramática, em que apontou para a enorme sombra metálica atrás de si, aguardando o embarque da tripulação, o almirante continuou.

— Vocês estão sob as ordens do comandante Mikhail Ivanovich e seu imediato Gyorg Vassiliev. Carregam seis dos nossos torpedos mais efetivos. A missão de vocês é encontrar o que quer que esteja lá no fundo e abater. Compreendido?

Um coro de "Sim, senhor!" quebrou o silêncio, enquanto toda a tripulação bateu continência ao almirante, ao comandante e ao imediato.

Tão logo o grande superior retornou o quepe à sua cabeça e se afastou, acompanhado de mais três militares, o comandante ordenou o embarque. Aguardou o momento em que o imediato chamou seu nome, Stanislav Kavinksi, bateu continência e percebeu uma certa surpresa no olhar de Vassiliev.

— Esta missão é realmente importante para o almirante enviar seus melhores ouvidos para a tripulação. Bem-vindo a bordo, rapaz.

— Obrigado, imediato, comandante — fez um sinal com a cabeça e embarcou no submarino. Sua nova casa nos próximos dias. Quem sabe, meses.

Percebeu que, enquanto embarcava, Vassiliev e Ivanovich trocaram um olhar, e suspirou. Era realmente bom no que fazia, mas os comandantes tinham receio de o ter sob suas ordens. Afinal era o sobrinho protegido do almirante.

Primeiro seguiu até onde se instalaria para dormir, deixando sua mochila em uma das prateleiras que chamavam de cama. Depois seguiu para seu posto e ficou deslumbrado com a sala de comando. Já estivera em vários submarinos, mas aquele era diferente de todos, por ser novo e não ter o característico cheiro de ferrugem e maresia na sala. Ainda cheirava a ferro recentemente chumbado, e os painéis de controle eram diferentes, mais avançados.

Kavinski encontrou seu novo lar: o módulo de sonar com espectrograma. Sentou-se na cadeira. Era estranha a sensação de uma cadeira nova, mas não era ruim. Pegou os grandes fones de ouvido, colocando-os nas orelhas, e ligou o aparelho. Era tão novo, que não havia um chuvisco na tela. Talvez ele ficasse mal-acostumado de trabalhar assim.

Por ora, ouvia apenas o som das ondas batendo contra o submarino. Em breve conheceria pessoalmente os sons do monstro que tripulavam. Cada som tem uma "digital". Fora treinado desde cedo, identificando diferentes sons nos sonares. Já chegava até a conseguir ouvir os sons mentalmente, ao olhar as imagens no espectrograma, e identificar baleias, tubarões e, evidentemente, o que era mais importante: diferentes modelos de submarinos inimigos. Seu cérebro era como uma biblioteca de sons, identificando quantidades de hélices e motores de propulsão. Seus ouvidos e sua memória eram capazes até de identificar de que país era a ameaça.

Dentro de um submarino, sua capacidade especial poderia ser a diferença entre a vida e a morte.

Saiu de seu transe com o equipamento novo ao perceber que todos estavam a seus postos. Tirou os fones para ouvir as ordens do imediato, a fim de se prepararem para submergir. Nem havia percebido o quanto já haviam se afastado de onde embarcaram.

Ao seu lado, o operador do radar olhava fixamente para a tela. Recolocou seus fones e se recostou na cadeira. Fechou os olhos, concentrando-se apenas nos sons.

100 metros.

200 metros.

O Leviatã ganhava profundidade rápido, era pequeno se comparado com a maioria dos submarinos russos; alguns podiam levar mais de 10 torpedos.

300 metros.

400 metros.

Já estavam atingindo recorde em profundidade. A tripulação estava silenciosa; dava medo ir aonde, pelo que se sabia, ninguém mais havia ido até então. E, naquele momento, o medo estava consumindo todos a bordo.

500 metros.

600 metros.

Ivanovich ordenou que parassem a descida. Jamais admitiria, mas até mesmo ele estava com receio.

— Atingimos a marca de 600 metros, almirante — ele usou o rádio para avisar a equipe em terra, depois desativou a comunicação. — Vassiliev, vamos permanecer dentro de uma margem de risco segura. Temos algum sinal do objeto inimigo nos radares? Pela profundidade indicada, já deveria aparecer.

— Não, senhor — respondeu o imediato. — Não há absolutamente nada no radar. Será que ele tem algum problema? Deveríamos voltar? O submarino é novo, é a primeira missão dele; pode precisar de ajustes.

— Não... cada reembarque gera um custo muito alto, e não podemos arriscar que os inimigos descubram o Leviatã. Vamos permanecer aqui por um tempo e esperar.

— *Comandante!* — gritou Kavinski, chamando a atenção dos dois superiores. Apertou o botão de gravação, quando um alto som se iniciou, e ficou olhando o espectrograma como se tivesse visto um fantasma.

— Temos alguma coisa, garoto? — Ivanovich, agora, estava mais curioso e animado do que com receio.

— Eu nunca ouvi esse som antes! — Kavinski entregou os fones ao comandante, recuou e deu *play* na gravação. Repetiu quando o homem passou os fones para o imediato. Um som alto, como um gemido e um urro rasgados, vibrando em frequências que enlouqueceram a imagem no monitor.

— Por Deus, o que fez isso? — o imediato olhou para o rapaz e para o gráfico do som na tela visivelmente apavorado.

— Eu não faço ideia, nunca ouvi esse padrão. Não é um propulsor, nem um motor, tampouco hélices...

— Está querendo dizer que esse som foi feito por um animal?

— Não é metálico, não parece ser de nada que tenha sido criado pelas mãos do homem, comandante — respondeu Kavinski.

— Isso pode ser uma baleia, assim tão alto? Alguma coisa apareceu no radar?

— Não se parece com nenhuma espécie que eu já tenha estudado ou escutado. A frequência enlouqueceu. Nunca vi um padrão assim. E não há nada no radar. Parece coisa de outro mundo...

— Vassiliev, ordene que continuem descendo. Prometeram-nos que o Leviatã chegaria até mil metros de profundidade. Vamos encontrar essa coisa.

— Mas, comandante... Os equipamentos não estão mostrando resultados confiáveis.

— *Siga as ordens, imediato.* Vamos descer até os mil metros.

Kavinski se encolheu na cadeira. Recolocou os fones, esperando que o som retornasse. O imediato não teve escolha, a não ser obedecer às ordens do capitão. E o Leviatã continuou sua descida.

700 metros.

800 metros.

Remexeu-se no assento. Não ouvia nada além da estática que a descida do submarino causava no silêncio do mar.

900 metros.

Começou a ligar e desligar o aparelho, imaginando haver algum defeito. Não havia nem o som normal do mar, do movimento dos peixes.

1000 metros. O Leviatã parou. Já estavam mais fundo do que qualquer outro submarino havia chegado.

Silêncio total na sala.

O som retornou muito mais alto. Mais perto. Antes que Kavinski pudesse falar qualquer coisa, o sonar e o radar enlouqueceram. Um forte impacto sacudiu o submarino. Uma gota pingou, de cima, no rosto do rapaz.

Em instantes, grande parte da tripulação estava tentando conter vazamentos que se iniciaram com o impacto.

— Isso foi um torpedo? — questionou Ivanovich.

— Não, senhor. Foi o mesmo som, muito mais perto. Fora isso, não há um ruído à nossa volta; é como se não houvesse vida aqui além dessa...

— Dessa... coisa? Está me dizendo que é algo vivo?

— E aparentemente gigante, senhor. — Kavinski começava a deixar o medo transparecer em sua voz. O radar indicava que estavam no meio do que quer que fosse, mas o silêncio! Era o silêncio que o preocupava mais.

— Se é algo que está vivo, pode ser morto! Tripulação, liberem um dos torpedos.

Do outro lado da sala, corria uma movimentação para que o torpedo fosse liberado. Por sorte, o impacto não havia danificado os painéis de controle. Vassiliev olhou para o comandante quando tudo estava pronto. Ele apertava os dedos nas mãos, aguardando sinal para o lançamento.

— Kavinski, não podemos confiar no radar. Seus ouvidos são os nossos olhos.

— A coisa está voltando, senhor... — o som demoníaco ficava cada vez mais alto. — Aparentemente, vem de baixo de onde estamos, muito rápido.

— *Liberem o torpedo!* — ordenou.

Os sons nos ouvidos do rapaz eram até piores que a imagem no radar. Viam o ponto do torpedo aproximar-se rápido do que quer que estivessem enfrentando, mas era como se a criatura dançasse, confundindo a rota de impacto. O som de explosão daquele modelo de torpedo ecoou nos ouvidos de Kavinski, que pareceu respirar aliviado.

A tripulação comemorou quando o ponto do torpedo desapareceu da tela do radar, e o comandante abriu um sorriso largo.

— Missão cumpr... — Ivanovich foi interrompido por Kavinski ajeitando melhor os fones.

— Espere, não, não, não... não pode ser... — O olhar que ele deu para o seu comandante falava mais do que mil palavras.

O Leviatã tremeu, os pequenos vazamentos começaram a abrir jatos de água em diversas partes do submarino. Era como se a criatura estivesse tentando esmagá-los. E estava conseguindo.

— Não havíamos acertado a criatura?

— Não sabemos o quão grande ela é, pode só ter machucado e irritado mais!

— Comandante, permissão para sair do Leviatã e verificar o que é essa criatura! — disse Vassiliev batendo continência.

— Permissão negada, Gyorg. Se estamos nesta situação, é porque não o ouvi antes. Temos potência para retornar à superfície?

— O último ataque danificou parte dos painéis; teríamos de tentar manualmente, comandante.

O som do monstro marinho ecoou pela sala, quando Kavinski desplugou o fone, deixando o som ecoar. Um novo ataque. Mais forte.

Parte da tripulação caiu quando o submarino foi sacudido. Alguns corriam, vindos encharcados da área do dormitório, fechando a porta da escotilha com força.

— Está tudo alagado, senhor, todo o setor! — um deles respondeu. — Um pedaço inteiro foi arrancado, três homens foram sugados, quase não conseguimos fechar a escotilha!

Os painéis piscavam luzes vermelhas indicando a emergência. Ivanovich respirou fundo. Ele sabia o que precisava fazer. Seguiu para uma sala anexa, que ainda parecia intacta. A linha de comunicação direta para assuntos secretos ficava numa sala com segurança reforçada. Tirou um interfone do gancho e aguardou a resposta.

— Informe a situação, comandante Ivanovich — a voz do almirante Yakov respondeu prontamente por entre a interferência forte, devido à profundidade.

— Senhor, estamos sob ataque.

— Identificaram de quem é o ataque?

— Senhor, não estamos sendo atacados por nenhuma nação. Não temos ideia do que está nos atacando.

A linha ficou apenas com o chuvisco da interferência por segundos que pareceram uma eternidade.

— Então é verdade… a guerra acordou o terror inominável. — Yakov disse perturbado. Sabia qual era a ordem a dar, como Ivanovich também sabia. — Você sabe o que precisa fazer.

O comandante colocou o fone de volta no gancho. E buscou munir-se de coragem. Se é que adiantaria alguma coisa naquele momento.

Retornou para a sala, onde a tripulação estava em silêncio. Ao contrário dos sons da criatura esmagando o metal que os protegia, que eram cada vez mais constantes.

— Tripulação, o Leviatã não tem condições de retornar à superfície com os danos levantados. Mesmo que tentemos, corremos o risco de levar conosco seja lá o que essa merda aí fora for. Não há outra saída, senão deixar que este submarino seja nossa tumba.

Ninguém ousava quebrar o silêncio sepulcral, embora, nas cabeças de cada um dos que ali estavam, só conseguissem pensar em suas famílias. Nos tantos "adeus" que não seriam ditos. Nas respostas que jamais teriam. Ivanovich suspirou e ousou quebrar o silêncio.

— Mas, se o nosso destino é morrer nas profundezas, vamos levar essa criatura junto!

O silêncio ainda pairou um tempo, até que Kavinski levantou-se e bateu continência ao comandante. Um a um, os tripulantes restantes do Leviatã repetiram o gesto, terminado pelo capitão.

— Tripulação, foi uma honra destruir um monstro com vocês!

Vassiliev e Ivanovich seguiram para o painel, acionando o manual. O imediato forçou o caminho para cima. Era possível sentir pelo peso no submarino a força da criatura. O comandante preparava manualmente os torpedos para lançamento.

— Ao seu sinal, Gyorg...

— Vamos explodir um monstro, Mikhail...

O Leviatã subiu rapidamente quando se soltou momentaneamente das garras, tentáculos, ou o que quer que fosse, da criatura. Somente o tempo necessário para ser puxado de volta, rapidamente e ainda mais fundo, fazendo a tripulação cair.

Quanto mais fundo, maior a pressão no submarino, somada à força da criatura que os envolvia após a tentativa de fuga de sua presa. O comandante se levantou com dificuldade, olhou uma última vez para sua tripulação e acionou o botão de disparo.

A explosão gerou uma nuvem de bolhas, sangue e ondas altas e violentas, que certamente atingiram a costa de algumas praias.

Em terra, o almirante olhava para sua equipe. Com interferência forte, ouviram o momento da explosão. O silêncio alastrou-se pela sala, em respeito aos seus colegas. Após alguns minutos de um funeral imaginário, um tenente ousou perguntar:

— Almirante, o que devemos colocar no relatório sobre o projeto Leviatã?

— Que projeto Leviatã?

— Senhor, o submarino. Que acabou de… com o seu sobrinho…

— Tenente, não existe relatório a ser feito — Yakov o olhou com a seriedade de quem quer encerrar um assunto. — Porque esse submarino nunca existiu.

Não muito longe dali, o mar se acalmava novamente.

Das profundezas subiam bolhas, pedaços do que fora o Leviatã, um rastro de sangue e um som. Um lamento doloroso da criatura, que novamente se escondia nas profundezas.

FREEYDA

BABI LACERDA

Corri para o banheiro, ainda atordoado com o que estava acontecendo. O cheiro de peixe impregnado na minha pele se misturava com o suor que escorria pelo meu rosto e pelas costas. Senti meu ácido gástrico se agitando como um mar revolto.

Minha bexiga estava prestes a explodir; aquele lugar era nojento, mas me rendi ao mictório, tão amarelado quanto dentes de velha. A música e as risadas exageradas dos marujos bêbados atravessavam a porta podre de madeira.

Eu cortaria o meu braço para não precisar voltar até o bar. Meus pensamentos estavam confusos como um grande quebra-cabeças desmontado. De repente, o impossível estava ali, a poucos metros de mim. A culpa assolava o meu coração como uma morsa.

O velho lobo do mar, Antenor, chutou a porta, dissipando qualquer resquício de ideia que eu tentava organizar em minha mente assustada.

— Aí está você, novato! — ele gritou com sua voz rascante de fumante inveterado e me abraçou pelo ombro, baforando uma densa fumaça de seu charuto na minha cara. Meus olhos arderam. — Venha logo! Não sabemos por quanto tempo a criatura vai aguentar.

Ali, no centro do salão, os homens pareciam uma nuvem de gafanhotos atacando uma plantação, e, apesar da gritaria e das gargalhadas forçadas, eu podia ouvi-la chorar. Dentro de uma banheira improvisada, a mulher metade peixe debatia-se, tentando se livrar das amarras.

Em um ímpeto, me aproximei, empurrando os que estavam à minha frente. A cena era aterrorizante. Sua cauda sangrava, assim como a sua boca. Ajoelhei-me ao lado da banheira. Naquele momento, ela parecia tão frágil, mas seus olhos escuros, como noite sem estrelas, revelavam sua força.

— Parem! Parem! — o lugar ficou em silêncio e os olhares se voltaram para mim, como malhetes, menos o dela, que suplicava por ajuda. — Vocês são uns trogloditas! — eu podia sentir meu sangue percorrer pelas veias. Minhas têmporas estavam a ponto de explodir.

— Olhe aqui, rapaz, você não é dono dela — Antenor aproximou-se. — Você pescou a criatura, mas isso não lhe dá direito algum. — Fechei as mãos. — O barco é meu, a rede é minha, todo o gasto é meu, logo ela é minha.

— Não, seu velho sujo! Ela é do mar; estamos falando de uma vida.

Ele repetiu as minhas palavras, fingindo que chorava como uma criança, e ergueu seus braços tatuados como um rei, e seus pescadores começaram a rir de forma debochada.

— Isso aí é uma aberração, novato. Agora, se você não vai *comer* a criatura, dê o fora daqui, otário.

Foi então que entendi o orifício que haviam feito em sua cauda, que ainda sangrava, tingindo a água de vermelho. Com movimento leves, toquei o rosto dela, sentindo sua pele fria e escorregadia. Por alguns segundos, ela relaxou e fechou seus grandes olhos.

Em poucos segundos, analisei as possibilidades. Eu era o mais jovem dali e tinha um preparo físico muito superior ao dos outros homens, além do fato de que todos ali já estavam alcoolizados. A arma do velho Antenor sempre ficava no barco, logo o desgraçado estava desarmado.

— Antenor! — gritei enquanto me levantava, sacando a minha arma e apontando para ele, que prontamente exibiu as palmas das mãos para mim.

— Calma, novato. Eu só estava brincando com você — ele se aproximava, pé ante pé. — Solte a arma e vamos beber.

— Não se aproxime mais — dei um tiro para cima. — Eu vou pegar a criatura, e o primeiro que tentar me impedir vai levar chumbo na cara.

Meu coração batia freneticamente e minha garganta estava tão seca, que eu tinha a sensação de ter engolido areia. Retesei meus músculos em volta do cabo da arma.

A adrenalina percorria meu corpo como lâminas afiadas. Em um gesto rápido e preciso, coloquei a criatura em um dos meus ombros e, ainda com a arma em punho, corri até a única porta do bar. Todos me olhavam assustados, mas ninguém tentou me impedir.

Eu precisava ser rápido, corri alguns metros e alcancei uma das embarcações do Antenor. Com cuidado, coloquei aquela mulher-peixe no chão, enquanto eu ligava o motor.

— Vai, vai, vai, merda! — os homens aproximavam-se e eu precisava correr. Tinha de alcançar aquela região remota e escondida, onde, sem querer, eu a pesquei. O barco começou a tremer, o velho motor gemeu e zarpamos, rasgando o breu.

A escuridão ganhava cada vez mais forças, como se fosse devorar o pequeno barco pesqueiro. Engoli seco. Era questão de tempo até os outros se aproximarem; olhei para o manche e o puxei mais um pouco. Eu precisava de velocidade total.

Meu coração estava voltando ao normal, e foi nesse momento que ouvi o gemido dela. Seus olhos, desproporcionais ao restante de seu rosto, me encaravam. Com dificuldade, ela tentou estender seu braço lânguido em minha direção.

— O que fizeram com você? — era uma pergunta retórica, já que eu nem sabia se ela podia entender a minha língua. Eu dividia meu olhar entre ela e a escuridão. O mar estava agitado e as ondas impetuosas batiam no casco. Logo à frente, os trovões modestos anunciavam o encontro das nuvens pesadas e cinza.

— Ahãm... hum...

Virei-me para ela, que abriu a boca e revelou que sua língua havia sido cortada. Tiraram seu poder de fala, e aquilo me causou náuseas. Ela começou a emitir sons, como uma pessoa muda ao tentar se comunicar.

Olhei para trás e vi que os outros barcos estavam nos seguindo. Faltava pouco para chegarmos, e então uma coloração forte surgiu debaixo da água; era como se fosse uma aurora boreal dentro do oceano.

O motor do barco morreu e um grito estridente e alto ecoou pela imensidão. Levei as mãos até os ouvidos, na tentativa de amenizar a dor aguda e excruciante. O barco balançava de forma assustadora. Outro grito, e então um enorme tentáculo emergiu.

Eu não tinha para onde correr, permaneci abaixado e gritei como uma criança ao sentir o toque da criatura no meu braço. Frente a frente comigo, sua pele estava diferente, brilhava no mesmo tom da luz que eu havia visto minutos atrás.

Outros tentáculos emergiram, eram do tamanho de prédios. A criatura respondeu ao grito. Era como se aquele lugar fosse seu porto seguro, sua cura.

— Freeyda acordou — De repente, ela falou comigo, com uma voz suave e ao mesmo tempo poderosa. Urinei nas minhas calças e desejei que aquilo tudo acabasse. Olhei-a espantado, sem entender. — Temos o poder de nos refazermos, principalmente quando estamos juntas.

Eu só conseguia encará-la, enquanto meus ossos tremiam. Tudo ainda parecia desconexo. As outras embarcações, que a essa altura já nos haviam alcançado, começaram a ser destruídas, uma a uma. Os tentáculos desciam sobre os barcos como machados afiados.

Ela ainda estava ali ao meu lado, como se me protegesse. Os homens gritavam e alguns tentavam nadar, cegos pelo desespero; naquela imensidão insólita e assustadora, não havia para onde nadar.

Rapidamente eram sugados para o fundo do oceano ou esmagados como laranjas podres pelos tentáculos nervosos.

— Novato! Me ajude! — o velho Antenor alcançou o barco em que estávamos e, com dificuldade, se jogou para dentro, arrastando seu corpo gordo. Uma de suas pernas havia sido arrancada. — Por favor, me ajude… — sua voz estava falhando, e sua pele pálida indicava que já havia perdido muito sangue.

Eu permaneci onde estava e, então, a criatura começou a levitar, a poucos metros do chão, dominada pela luz que se intensificava cada vez mais. Seus cabelos esvoaçavam, como se fossem tentáculos. Os olhos escuros ficaram maiores e sua boca foi abrindo devagar.

De sua garganta saiu um grito, fazendo o barco tremer e o mar se agitar mais ainda. Não sei quanto tempo durou, mas foi o suficiente para meus ouvidos sangrarem e sua boca tomar outro tamanho, com dentes enormes e afiados.

Antenor implorou por sua vida, mas, com uma velocidade surreal e uma única abocanhada, a criatura mordeu as costas dele, rasgando um grande naco de sua carne, expondo sua coluna vertebral.

O velho estrebuchou e, dentro dos seus olhos, já amarelados pela cirrose, pude ver o reflexo do pavor, não sei se o dele ou meu. Eu só conseguia pensar que eu seria o próximo e tentava entender o motivo pelo qual ela ainda estava poupando a minha vida.

De repente, tudo ficou calmo, e o único barulho era o das águas. Respirei fundo, na esperança de inspirar uma dose de calma e, quem sabe, esquecimento. Foi uma maneira de prender o choro, que estava entalado na garganta.

Eu não tinha mais nada a perder e arrisquei tentar entender um pouco do que havia acontecido naquela noite.

— Quem...? — minha voz estava trêmula. — Quem ou o que é Freeyda?

Aquela boca que, horas atrás, devorou metade das costas de um homem sorriu de forma serena.

— Nossa força. Somos nós.

Com uma delicadeza ímpar, ela apontou para o mar. Havia vários olhos enormes me encarando. Algumas, mais curiosas que as outras, pularam no barco. Elas eram diversificadas. Algumas maiores, outras mais magras, cabelos coloridos ou até mesmo carecas. Pele escura ou pele clara.

— Vocês são todas... vocês... — meus pensamentos estavam confusos.

— Somos irmãs, somos uma pela outra. Quando estamos unidas fisicamente, somos Freeyda.

Eu não sabia ao certo como definir aquelas criaturas. Sereias? Mulheres-peixes? Freeydas? Mas de uma coisa eu tinha certeza: possuíam a força necessária para qualquer coisa que elas quisessem fazer.

— Desculpe-me — eu sentia vergonha. — Eu jamais...

Ela tocou meu rosto com sua mão fria e lisa, aproximou seu rosto do meu e abriu a sua boca, devagar. Fechei os olhos, aceitando o meu fim.

— Obrigada, você me salvou sem se preocupar com o que ou quem eu era — senti seus lábios tocando a minha testa. — Agora vá, marujo, e ensine isso aos outros.

Elas mergulharam, todas juntas, e sumiram na imensidão abaixo de mim. Eu não sabia seu nome, eu não sabia nada, mas, ao mesmo tempo, sabia muito. Joguei o cadáver do Antenor para fora do barco e segui o caminho de volta para a vila.

Os primeiros raios solares chegaram comigo. Ainda havia um assunto a ser tratado; corri até o maldito bar e, conforme imaginei, lá estava o Gerônimo, passando o pano no chão. Olhei para aquele sangue, e a bela criatura preencheu a minha mente.

Com a arma do Antenor em mãos, meti um tiro certeiro no meio de sua testa. Ele era o único sobrevivente que havia presenciado o show de horrores da noite passada e nada fez para impedir.

Meu corpo parecia pesar uma tonelada. Caminhei sem pressa pela orla, admirando o grande sol, que nascia no horizonte, imponente como sempre. Era involuntário pensar nas criaturas.

Quão difícil devia ser viverem presas em locais abissais construídos por outras pessoas. Precisavam ter muita coragem para chegarem até a superfície e enfrentar os monstros que aqui habitam.

A praia estava deserta. O mar se iluminou; as cores eram tão fortes, que eu podia vê-las apesar da claridade. Ondas enormes começaram a se formar e eu sorri. Freeyda não dormiria mais. Ela estava chegando e sabia que o mundo seria todo seu.

HS LEON

FRAN BRIGGS

Mar Egeu, 13 de fevereiro de 1951.

Querida Dasha, como estão?

Eu tinha razão, Dasha!

Ainda que possa magoar nossa mãe, eu tinha razão o tempo todo! O mundo já se mostra tão maior que nosso vilarejo pesqueiro em Skiathos! E há tanto mais a se ver nestes anos em que estarei a bordo, em treinamento!

Ouso dizer que as águas do Egeu são ainda mais belas quando observadas da proa do Leon! Estamos tão inebriados por tanta beleza e pela sensação de liberdade, que mal sentimos saudades de casa.

Não leia esse trecho para nossa mãe, Dasha, mas não lamento ter-me alistado e me afastado do destino de me tornar um pescador como nosso pai, que acreditava que o mundo se resumia ao vilarejo. Ainda sinto o cheiro nauseabundo de ouzo barato, quando papai chegava em casa tropeçando em móveis e berrando nossos nomes.

Lembra-se de nossa mãe acordando, ainda de madrugada, para assar as inúmeras fornadas de baklavas que vendia aos turistas na praia?

É engraçada a ironia dos aromas, não é? Papai cheirava a peixe e salmoura; mamãe cheirava a mel e nozes.

Foi por isso que me alistei, porque sei que há muito mais lá fora do que o mundinho em que crescemos. Não quero ter o mesmo fim de nosso pai.

O treinamento é exaustivo, e, quando chego ao alojamento abarrotado, a única coisa que desejo é me enfiar no beliche estreito e dormir o sono dos justos.

Às vezes, durmo tão profundamente, que nem ouço as rezas lamuriosas do Vadik. Pode parecer bem irritante, mas, tirando o fato de Vadik acreditar em coisas absurdas como os deuses antigos, é uma boa companhia e possui um bom par de braços para trabalhos pesados.

Aliás, foi graças a ele que lhe pude escrever esta noite. Meu grupo foi incumbido de ajudar na manutenção dos fios de desmagnetização do navio, e isso levaria horas, mas o Vadik assumiu parte do meu trabalho, o que me rendeu este tempo extra.

Minha querida Dasha, sabe que não sou de reclamar de trabalho pesado, porém, recentemente, o vice-almirante Foifas tem cobrado de nós atenção diária quanto a uns estranhos geradores, e isso tem nos esgotado as forças. É a primeira vez que piso em contratorpedeiro, mas os cadetes contaram que esses geradores foram instalados pelos americanos durante a Segunda Guerra e não fazem parte do projeto original do Leon. Pergunto-me qual a real função deles.

Vadik tem suas teorias. Ele acredita que as potentes máquinas alimentam algum tipo de arma criada pelos americanos.

Acho que nunca saberemos, Dasha, já que a guerra acabou e o Leon, agora, não passa de um navio de patrulha e treinamento.

Despeço-me de você cheio de alegria em saber que tenho um futuro tão amplo quanto este mar azul.

Mande minhas lembranças carinhosas à nossa mãe.

Com amor,
Icarus.

Obs.: Perdi o amuleto que mamãe me deu. Não acredito nessas crendices, mas, para não a magoar, peço que faça segredo disso.

Mar Egeu, 31 de julho de 1951.

Querida Dasha,

Estou escrevendo esta carta à noite, por causa de uma insônia persistente.

Não consigo comer direito há dias, e os outros cadetes, quando se esforçam a empurrar para dentro o mingau ralo, vomitam.

Meu estado não é pior que o de Vadik. Chegaria a ser cômico, se não fosse triste, ver um sujeito daquele tamanho assustado com cada som que ouve pelos corredores escuros do Leon. Ontem, ele se sentou na cama de sobressalto, olhou arregalado para mim, do alto de sua cama, e perguntou se estava ouvindo os "cachorros latindo". Não existem cachorros a bordo, mas Vadik ignorou minha resposta e choramingou qualquer coisa sobre "acordar os antigos".

Acho que ele tem razão quando diz que tudo isso começou logo após religarem os misteriosos geradores. Todo mundo pensa o mesmo, mas ninguém tem coragem de dizer, nenhum homem quer comentar a estranha névoa esverdeada. E tudo o que veio depois dela...

Devo despedir-me agora, querida irmã, e diga a nossa mãe que sinto muita saudade dela. Nem me incomodaria com suas conversas sobre Deus ou seja lá o que for...

Com amor,
Icarus.

Mar Egeu, 21 de outubro de 1951.

Ah, se pudesse me ver neste momento, Dasha! Se espantaria com a sombra do irmão que se despediu de você naquela tarde em Skiathos.

Não consigo lembrar-me de nossa despedida. Deve ser a falta de sono, a fraqueza.

Somos apenas Vadik e eu no nosso alojamento agora. Os dois cadetes que dividiam o lugar conosco foram para a ala hospitalar e não retornaram.

Não sei o que é pior, encarar a cama vazia de nossos companheiros ou suportar, noite após noite, seus delírios e lamúrias. Vadik calava-se quando Nikias, encolhido, gritava para que os latidos parassem. Damianos fazia coro e nosso alojamento virava um pandemônio.

Passamos o tempo trabalhando. O consenso é que, quando nos ocupamos, não pensamos nas coisas inexplicáveis que têm acontecido desde o dia vinte e dois de julho.

Tudo mudou no Leon naquele fatídico dia! E tenho certeza de que a culpa é dos malditos geradores!

Sei que vai parecer loucura e também acreditei que estava perdendo o juízo, mas, minha querida, você não viu a névoa, não viu o que todos nós... Ah, Dasha!

Será que o vice-almirante e seus superiores imaginavam a maldição que lançaram sobre cada vida a bordo do Leon? Creio que sabiam de tudo, mas não se importavam!

Como está nossa amada mãe, Dasha? Ela ainda reza? Ainda pede aos céus que me protejam?

Há algumas noites, fomos designados para limpar novamente os geradores. Sabemos que eles vão ligar, pela segunda vez, esses malditos! Mais uma vez, mexer com forças que não compreendem!

Ah, Dasha! Se você tivesse visto a névoa esverdeada e o que veio depois dela!

Não lhe devia contar, minha querida, para que os pesadelos não tomem conta de você também! Perdoe-me, mas você precisa saber que seu irmão não perdeu o juízo!

Foi na noite de vinte e dois de julho, às três da madrugada. O céu estava limpo, podiam-se ver as estrelas piscando sobre nossas cabeças. O mar estava calmo. Seria uma boa noite para a tripulação, tudo correria na rotina simplória com a qual nos acostumamos, mas via-se nos olhos de cada cadete a preocupação sobre acordar as máquinas. Por quê? E a recusa por parte dos oficiais em comando em responder a qualquer pergunta contribuía para tornar o ambiente mais carregado.

E então os infelizes ligaram os geradores. O silêncio foi interrompido bruscamente pelo som estridente das máquinas que despertavam.

Foi nesse momento que tudo mudou, Dasha! Nesse instante em que a realidade deixou de existir, cruzamos os limites que dividem as leis naturais das insanidades que existem do outro lado.

Todo o navio foi tomado pela tenebrosa névoa verde. Os cadetes tentaram segurar os gritos assustados, mesmo tropeçando uns nos outros, chocando-se contra o chão por não enxergarem mais um palmo à frente do nariz. Mas, quando veio o som, nenhum homem conseguiu se conter, e a balbúrdia foi estrondosa!

Parecia que todo o navio urrava, retorcendo-se! Toneladas de metal se dobrando diante da quebra das leis que regem o Universo!

E, imediatamente após isso, quase nada se via.

Não é força de expressão, Dasha! Não foi pela névoa que já se dissipava, nada disso. Naquele instante, o invisível era palpável; lá estava ele, diante de todos!

Mais da metade do contratorpedeiro desapareceu! Ainda que estivesse lá!

Olhei para baixo, e o noturno mar azul-petróleo permanecia sob mim, agitado pelos abomináveis geradores do Leon, mas eu planava a metros de distância da água, flutuando sobre o nada.

Paralisado, tentava controlar a respiração, enquanto passava os olhos ao redor. Testemunhei o assombro dos outros cadetes. Pairávamos juntos sobre as águas do Egeu.

Avistei, mais à frente, a proa e parte do convés. Visíveis, reais! Era igualmente visível a torre de artilharia; no entanto, parte da ponte de comando também desaparecera, ainda que pudesse ver perfeitamente os oficiais pairando sobre o vazio!

O Leon estava parcialmente invisível, Dasha!

Não me chame de louco! Não tivemos um delírio coletivo! Sei o que vi e posso afirmar que tal obra, seja resultado de uma ciência que não compreendo ou produzida por forças ocultas, está relacionada aos misteriosos geradores!

Foi por apenas alguns minutos, porém o suficiente para deixar a tripulação desesperada. E, enquanto tentavam assimilar o que havia, ouvimos outro estrondo tão medonho como o anterior. Após isso, lá estava o Leon inteiro novamente, metal sob nossos pés.

Levaram-se horas até que os homens fossem acalmados. Medicados. Nos dias que se seguiram, os oficiais superiores agiam como se aquela noite não tivesse acontecido. Se alguém tocasse no assunto, era calado e enviado para a ala hospitalar. Isolado permanentemente.

Passaram-se semanas até que finalmente fomos informados de que ocorreu um "delírio coletivo", causado por qualquer coisa que comemos.

Obviamente, nenhum de nós acreditou na explicação, mas não existe viva alma que discorde em voz alta. No entanto, a proibição velada de tocar no assunto não impediu os pesadelos, os delírios, a insônia. Mas eles não se importam, Dasha!

Não sei qual é o objetivo daquelas máquinas desgraçadas, porém acredito que ainda não o alcançaram. Por isso fomos enviados mais uma vez para cuidar da limpeza dos geradores. Vão religá-los, minha irmã!

Preciso registrar! Não sei o que vai acontecer quando os malditos forem acordados novamente!

Reze por mim, minha Dasha. Você e nossa mãe devem rezar por mim.

Icarus.

Minha Dasha,

Não sei onde nem quando estou. O espaço-tempo deixou de fazer sentido desde a noite de vinte e oito de outubro.

Pouco me resta das lembranças anteriores, mas, entre imagens desconexas, vejo você e seu sorriso triste ao se despedir quando deixei nosso vilarejo a caminho deste destino sombrio.

Vejo também nossa mãe; ela me implora para não partir, diz que tem pressentimentos. Recebi dela o pequeno amuleto em forma de pingente. Mamãe me disse que aquele objeto me protegeria de qualquer mal. Que ingenuidade comovente!

Que os céus me perdoem, minha irmã, mas também me lembro de algo vergonhoso! Vejo-me atirando o amuleto ao mar tão logo o Leon deixou o porto! Não queria qualquer resquício da mediocridade que sempre permeou o vilarejo. Nem estar preso às crendices de nossa mãe; não me sentia atraído às histórias, mitos ou qualquer coisa fora do plano físico como conhecia.

Perdoe-me por mentir sobre o amuleto.

Não me lembro muito de nosso pai a esta altura. Apenas de seu cheiro.

Tenho tão pouco tempo para contar o que aconteceu! Ela se aproxima velozmente, logo vai devorar os últimos que restaram do navio naquela noite! Posso ouvir os latidos cada vez mais perto, sinto a saliva quente dos cães em minha nuca, arfando famintos, denunciando minha posição!

Não existem paredes que possam impedi-la! Não existe ser que nos proteja depois de tocarmos seu refúgio ancestral!

O orgulho de nossos oficiais, a audácia humana em querer saber mais que os deuses! Despertamos os antigos, e eles querem sangue! Desejam sacrifícios como nos tempos ancestrais.

Naquela noite, nós sabíamos que jamais voltaríamos para casa!

Tão logo o som dos geradores inundou o navio, nossos corpos enfraquecidos estremeceram de pavor. O mesmo estrondo alto, de início seco e depois abafado, como um estômago, remoendo nossos sentidos, desfazendo a realidade!

E lá estava a odiosa névoa esverdeada, invadindo tudo ao redor do Leon, crispando pequenas luzes como vaga-lumes agourentos, dançando à nossa volta uma marcha fúnebre. Em meio ao nosso horror, esperávamos que mais uma vez o navio se tornasse invisível. Talvez os oficiais desejassem que todo o contratorpedeiro desaparecesse completamente dos olhos e radares. Éramos peões numa experiência fatídica. Ah, quão orgulhosos nós fomos!

Para nosso azar, não foi a invisibilidade que tomou o Leon. O que aconteceu a seguir foi muito pior, tão terrível, que, ao me lembrar, meu corpo sofre com espasmos ansiosos.

Dasha, minha Dasha! Ouço o ladrar aterrorizante de centenas de cães alardeando nossa presença! Anunciando a chegada do grande banquete!

Os latidos tornaram-se mais altos quando a névoa se dissipou e nos encontramos sob um céu cravejado de estrelas. O Leon continuava completamente visível, assim como as constelações silenciosas acima de nós, prestes a testemunharem o horrível destino de todos!

Lancei os olhos para o céu infinito, buscando um ponto que me ajudasse a permanecer consciente; deixei escapar um gemido quando não reconheci as posições das constelações sobre o Egeu! As luzes misteriosas acima de nós não estavam no mesmo lugar!

Ouvi o berro de Vadik ao meu lado! Tentei me aproximar de meu colega, mas recuei ao notar que a sanidade o abandonara, estremeci de espanto ao vê-lo enterrar as unhas no rosto macilento, arrancando sangue ao lacerar a pele. Os olhos fundos, repletos de um brilho alucinado, contrastavam com o esgar que se tornara seu sorriso. O homem gargalhava a plenos pulmões entre as exclamações assombradas e um choro compulsivo.

Saí da catatonia quando senti o solavanco no casco do Leon, fui ao chão com dezenas de cadetes. Os ganidos e ladros dobraram de volume!

O movimento do navio encheu meu corpo de adrenalina e me fez perceber o óbvio! Algo se aproximava velozmente do Leon, algo atormentador, esfomeado! Antigo e odioso!

Precisava abandonar o contratorpedeiro e nadar para o mais distante, antes que a presença nos abocanhasse!

Lembro-me apenas da escuridão a seguir, quando todas as máquinas cederam e as luzes se apagaram! Do ar cheio da gritaria apavorada dos cadetes, dos latidos paralisantes dos cães que surgiam das profundezas das águas!

Tentei correr para a popa, afastar-me do que se avolumava à nossa frente. O ladrar se tornou ensurdecedor; fechei os olhos tentando ignorar os rosnados de centenas de cães raivosos!

Tropecei em algo, caí de barriga. Senti o gosto ferroso de sangue me tomar a boca quando perdi alguns dentes e mordi a língua. Apalpando o nariz quebrado, deparei-me com um novo tipo de horror que, ah, minha irmã! Quem poderia descrever sem se deixar levar pela histeria?

Lá estava um cadete pouco mais novo que eu, Dasha! O rapaz estava fora de si, urrava palavras desconexas enquanto jogava as mãos ao ar, enlouquecidamente! Da cintura para baixo, não havia mais homem, carne, nervos, apenas as ferragens! O cadete se fundira parcialmente ao navio, tornara-se parte do Leon!

Engatinhei para trás sem conseguir tirar os olhos do desgraçado, mas não tive coragem de ajudá-lo! Ah, Dasha! Senti-me a mais covarde das criaturas! Mas o que poderia fazer? Como ajudaria aquela metade de homem? Como socorrer todos eles?

Eu vi, minha irmã! Eram muitos! Homens e máquinas se tornaram um! Membros fundidos ao metal, alguns perderam os braços para o navio, outros as pernas, em alguns casos vi somente corpos sem cabeça.

Tentei me levantar, mas minhas pernas não me obedeceram.

Os latidos finalmente se sobrepuseram à histeria humana; mais uma onda gigantesca sacudiu todo o contratorpedeiro, fazendo o metal ranger como um animal ferido!

Olhei sobre os ombros para cair no total abismo, testemunhei o horror que finalmente se mostrara por completo a cada um de nós.

Lá estavam os cães, amontoadas cabeças gigantescas de pelagens escuras e grandes presas, que nos encaravam com seus olhos vazios. As cabeçorras projetavam-se do quadril nu da criatura maldita, circulando todo o seu corpo imenso! Ladravam, rosnavam, babavam! Engoliam os infelizes que suas bocarras alcançavam!

Abaixo das cabeçorras infernais, um emaranhado de serpentes tão grandes quanto os dragões das histórias! Nenhum homem poderia contar o número delas! As serpentes sibilavam sons infames a cada investida contra o Leon, traspassando os tripulantes com suas presas pontiagudas para, em seguida, engoli-los de uma só vez!

Reuni tudo o que me restara de força, precisava fugir! Enquanto a criatura se saciava com os pobres infelizes, eu tentaria nadar para o mais longe possível!

Fiquei de pé, me apoiando nas paredes metálicas, pulando sobre os assombrados cadetes parcialmente engolidos pelo próprio contratorpedeiro! Foi então que sentimos um último solavanco, o ar se deslocou à nossa volta e uma vertigem alucinante derrubou-me mais uma vez!

O Leon movia-se rumo aos céus!

Sim, Dasha! A criatura apanhara o Leon e o levantava nas próprias mãos colossais!

O som dos cães e das serpentes não se calou, mas os homens, ah! Naquele instante, eles simplesmente se entregaram ao derradeiro fim, arrebatados por finalmente encarar a danação que despertamos!

Quando ela aproximou o Leon de seu rosto com traços femininos, seus olhos profundos se estreitaram! A figura tinha na parte superior de seu corpo gigante a forma de uma formosa jovem, tão diferente da confusão de monstros que era toda a parte inferior dela! Não era uma mulher; embora do dorso para cima se assemelhasse a uma, não o era.

Meus pensamentos se perderam em desespero quando ela sorriu largo, os lábios se abriram num buraco negro recheado de fileiras de dentes afiados!

O prazer pelo medo que causava nos sobreviventes aumentava sua fome, e ouvir os gritos dos cadetes fez seus olhos anormais brilharem de satisfação. Chegara a hora de se alimentar! Castigar aqueles que invadiram seus domínios!

Quando escancarou a bocarra de lábios agourentos, vi apenas o nada. O breu em que minha sanidade se atirou para nunca mais voltar, minha Dasha!

O vazio estava lá, não havia um mundo maior, sonhos, maravilhas!

Apenas a morte negra.

O metal rangeu na primeira mordida, esmigalhando carne e ferro entre os dentes fortes!

Os poucos homens que conseguiam escapar da mordida da criatura e caíam em direção ao mar eram abocanhados pelas cabeçorras dos cães ou pelas serpentes que se projetavam para fora do corpo da criatura.

A cada mordida, o odor fétido de seu hálito se aproximava mais da popa do navio, onde me encontrava paralisado ante ao terror ancestral!

Ela inclinou para cima o que sobrou do Leon, a fim de terminar o banquete nefasto. Foi quando meu corpo cedeu aos resquícios das leis da física, Dasha, e eu simplesmente escorreguei pelo chão da popa. Chocando o corpo inerte contra o que havia no caminho, cadetes, membros decepados, madeira, metal... até cair no nada.

Despertei dias depois, querida irmã, sem saber direito quem eu era, preso em pesadelos insanos, revivendo aquele horror noite após noite. Nem preciso dormir para ter pesadelos, Dasha!

As lembranças de nosso vilarejo, de você, da mamãe e do papai estão cada vez mais distantes. Mas recordo-me das serpentes, do sorriso feroz repleto de dentes, dos cães!

Ah, os latidos estão cada vez mais altos, mais perto!

Ela sabe que estou aqui! Vai concluir o castigo contra aqueles que ousaram tentar sobrepujar os deuses!

Nós a despertamos, Dasha! Quem sabe quais outros horrores acordamos naquela noite, quando ligamos pela segunda vez os malditos geradores?!

Reze por mim, minha irmã, pela minha alma! Diga a nossa mãe que a amo, que lamento ter jogado fora o amuleto!

Reze por mim!

Ah, os latidos, Dasha!

Você consegue ouvir os latidos?!

O CHAMADO QUE VEM DA FENDA

RICK BZR

"Feche seus olhos
E esqueça seu nome
Saia de si mesmo
E deixe seus pensamentos drenarem
Enquanto você enlouquece... Enlouquece"
SLAYER.

Parte 1 — Ctenophora

— Delta para Alfa! — almirante Donald abria o canal de comunicações com a base na praia. — Estamos em quatro mil e seiscentos metros. Pressurização da cabine em cinquenta por cento do normal.

— *Estamos com vocês, Delta. Prossigam com a subida assim que possível.*

Maldição! Estávamos a poucos metros de chegar à nova fenda que se abriu nas profundezas. A missão poderia ter tido um final mais satisfatório, penso eu.

Olhamos os mapas e examinamos todos os dados antes de descer, não podíamos voltar para a superfície assim. Sem provas de nada. Só nossa palavra do que "vimos" aqui embaixo... vimos?! Aquela nuvem verde encobriu tudo, pouco depois de chegarmos ao local exato, e também teve o vidro de proteção que começou a ceder com a pressão do mar.

Não tínhamos provas suficientes do que existia lá embaixo para apresentar a nossos superiores...

— Isa? Isa, tá me ouvindo? Hey! Já podemos subir mais, a pressão se estabilizou — Dr. Osmar me encarava com um sorriso no rosto; para ele, a missão tinha sido o maior sucesso de sua carreira. — Para cima, moça.

Osmar era um homem que vivia atrás de uma mesa estudando mapas topológicos dos oceanos, sonhando em um dia descer até o desconhecido, somente para "ver" toda aquela escuridão do mar. Ver qualquer coisa diferente de um papel riscado já valia mais que sua própria vida.

Donald já era diferente, entendia melhor minha frustração. Os sinais que recebemos das profundezas pareciam ser algo novo, nunca pego por sinal nenhum até o momento. Voltamos sem definição exata do que vive lá embaixo.

Algum ser da lendária Atlantis talvez?

Gostaria que minha visão não dependesse da merda destes óculos para definir os borrões na minha frente, nem que saltassem da minha cara toda vez que perco o equilíbrio.

Eles ficaram bem na nossa frente. Era só registrar, de alguma maneira, "aquelas formas" e pronto. Mas, na hora, ocorreu tudo tão depressa.

Localizamos a fenda há meses e, quando tivemos permissão para descermos, agimos como se fôssemos amadores...

— Alfa na escuta? — mal prestei atenção na resposta que Donald recebeu da base na superfície; a voz dele também quase se perdia em meus pensamentos. — Alcançamos três mil e novecentos metros de profundidade. Estabilizando o *sub* e aguardando os níveis de pressão voltarem ao normal para continuar a subida.

— Donald? O que você viu lá embaixo? — minha voz saía falhada, tentando chamar sua atenção. Ele levantou o olhar na minha direção e manteve-se sério. — O que era aquilo?

— Eu não sei como descrever o que vi... o que vimos, na verdade. Nem com todas as minhas loucuras sobre o que poderia existir no desconhecido consigo achar palavras para firmar um conceito para aquilo lá embaixo. Pelo menos conseguimos conter um pouco de amostra do líquido que invadiu a câmara das bombas de oxigênio, e talvez isso nos esclareça alguma coisa.

— Isso é. Mas aquela coisa lá embaixo vai me assombrar à noite, até eu descobrir o que é.

— Relaxe um pouco, Isa — Osmar resolveu entrar na conversa. — Olhe o que nós fizemos, o que nós vimos. Talvez esta nossa expedição não foi de total fracasso. Quem sabe não surja outra oportunidade de descer de novo no futuro?

Assenti com a cabeça. Apesar de não ter sido cem por cento a missão... pelo menos uns oitenta por cento tinham dado certo. Pelo visor do *sub*, conseguia ver alguns pontos luminosos no meio de todo aquele abismo. Gostaria que fosse um simples Ctenophora seguindo a vida, mas as luzes pareciam vigiar nossa subida, isso sim... e continuávamos a subir...

Parte 2 — Anisakis

O sol se punha no horizonte, como se fosse "engolido" pelo mar. Fazia dias que tínhamos entregado os relatórios da missão ao Comando e, por ora, ninguém tinha dado nenhuma resposta sobre eles. Provável que tivessem considerado que nós fomos incompetentes, e seríamos descartados logo. A ansiedade me matava aos poucos. Sabia que nossos relatos não tinham sido os melhores, mas era o melhor que tínhamos no momento.

O barulho das ondas invadia meus ouvidos e tentava me tirar os pensamentos negativos da mente. Sempre fui apaixonada pelo oceano, mas então sentia que estava dividida entre a terra e o mar. Era como ele conversasse comigo todos os dias antes de eu ir para a cama. Às vezes, sentia que me convidava para entrar na água, só para ficarmos mais íntimos.

Forçava os pés contra os grãos de areia para sentir a aspereza e confirmar que aquilo ainda era real. Só queria que dessem alguma posição sobre o relatório ou que deixassem, pelo menos, eu descer lá de novo e, quem sabe, encarar aquilo outra vez. Escurecia lentamente, ainda dava para ver alguns raios de luz por trás de algumas ondas bem longe...

Minhas pálpebras ficaram pesadas de repente. Tudo ficou escuro e úmido ao meu redor. Sentia ser agarrada e puxada pela cintura. Não sentia dedos me pressionando, muito menos algum tipo de corda. Mas sentia a pressão na cintura, pela qual era puxada com muita força.

Tentava gritar, mas não saía voz alguma no desespero.

Somente bolhas. Bolhas e mais bolhas saindo a cada grito que tentava dar.

Minha visão estava bem turva e piorava a cada segundo que passava, desfocando tudo ao redor.

Estava sendo arrastada na água para o fundo, tentava me virar para ver o que me puxava e não conseguia. A força da água me mantinha virada para trás.

Começava a ficar sem ar, estava ficando sufocada. Sentia o gosto salgado da água descendo pela faringe e inundando meus pulmões.

Meus braços e pernas se batiam descontroladamente em pedras e vultos ao redor, sentia os cortes se abrindo na pele, mas não via o sangue que era para escorrer pelas feridas.

Algumas luzes passavam à minha volta; no desespero, tentava agarrar qualquer uma delas. Mas tudo em que tocava passava por entre meus dedos, escapava logo em seguida. Poucas delas ficavam em minhas mãos, mas se desprendiam logo em seguida de mim...

Triiiiim!

Triiiiiiiim!

Num pulo de susto, acordei no meio da madrugada, nua e deitada na minha cama. O som do telefone ecoava por todo o cômodo no silêncio da madrugada. Deveria ser urgente para me ligarem naquele número e naquelas horas.

— Alô. Quem é?

— ...

— Alô? — Minha voz de sono saía forçada, sentia meu corpo cansado ainda.

— ...

Nenhum som vindo do outro lado. Somente o silêncio, não o silêncio de um celular mudo.

Mas o silêncio das ondas do mar.

Olhei para minha mão, e, onde deveria estar o celular, estava uma concha velha e quebrada.

As paredes do quarto começaram a minar água e alargar o cômodo, a concha vibrou na minha mão.

Triiiiim!

Triiiiiiim!

Abri os olhos repentinamente e caí da cadeira de praia em que estava sentada observando o pôr do sol. Meu celular voou da minha mão, sumindo de vista (o que não era difícil, já que estava sem os óculos). Estava tudo escuro, já devia ter passado da meia-noite, e eu ainda estava na praia. Por sorte, com roupa.

Consegui achar meus óculos caídos na cadeira, coloquei-os e fui atrás do aparelho. Encontrei-o soterrado até a metade na areia e ainda tocando. Assim que o peguei, vi no visor o nome do doutor Osmar.

— Alô! Isa? Desculpe-me por ligar a estas horas.

— Oi, Osmar. Tudo bem, estava com uns sonhos ruins aqui. Foi até bom você me acordar.

— Sonhos ruins? Que estranho! Liguei pelo mesmo... pelo mesmo motivo.

— Como assim, doutor?

— Desde que nós entregamos e começamos a estudar a amostra que recolhemos da fenda, estou tendo algumas crises de insônia e pesadelos. Comentei com Donald sobre isso ontem; ele disse que também estava tendo algumas crises parecidas e está tomando alguns remédios para acalmar a mente, mas não consegui falar com ele hoje o dia todo. Você teve algum sinal de insônia ou outros pesadelos?

— Nossa, o senhor acha que tem alguma coisa a ver com a amostra que trouxemos na pesquisa? Eu só tive alguns pesadelos até agora, e não foi lá essas coisas. Só sonhos ruins mesmo…

— Não sei ainda, estou indo para o laboratório agora, a fim de ver se a equipe tem alguma resposta para isso.

— Me mantenha informada, doutor. Qualquer coisa de que precise, posso correr até lá no mesmo instante.

Osmar desligou o celular logo em seguida e fiquei olhando o nada de novo. Perdida em meus pensamentos. Todos os meus pesadelos foram relacionados ao mar desde que voltamos, mas não acho que tenham ligação com a amostra.

O que mais me preocupa é aquele ser que nos encarou por alguns segundos no visor do *sub*. Ele parecia estar interessado no que via, fixou seus olhos em cada um de nós, e esse talvez tenha sido um dos motivos da nossa inércia. Éramos uma novidade naquele lugar para ele tanto quanto ele era para nós.

Dei uma última olhada no mar e caminhei de volta para minha cabana.

Parte 3 — Chelonioidea Angilla

Já fazia um mês desde que havíamos voltado do fundo do mar; toda noite eu escutava um tipo de canto antes de dormir, e os sonhos me acompanhavam assim que caía no sono. Quase não estava mais vivendo; aonde quer que eu fosse, já procurava um lugar para tirar um cochilo e poder viajar para o fundo do oceano o mais rápido possível.

Recebi, pela manhã, a notícia de que Donald fora encontrado morto na piscina do prédio onde morava. Tentei falar com o doutor Osmar sobre isso, mas a mulher dele me comunicou que ele fora internado havia uns dias, depois de arrumar uma briga no bar e bater com a cabeça contra um aquário de vidro, fazendo várias perfurações no pescoço.

Eu estava de novo olhando a praia e sentindo o cheiro do mar. No último sonho que tive, vi o ser que nos encarou me chamando numa canção, eu precisava ver aquele rosto de novo. Precisava esvaziar minha mente dessas dúvidas.

A lancha em que eu me encontrava se distanciava lentamente da areia, jogando respingos de água onde eu estava e encharcando meus óculos. Já fazia alguns dias que os usava mais por hábito do que por necessidade. Minha visão estava melhorando, aos poucos, sem motivo aparente.

A praia de Lam Lam ia ficando cada vez mais longe; minha estadia em Tinian tinha sido ótima, porém agora precisava de mais respostas, e aquele pedaço de terra não as daria a mim.

Acho que sei o porquê de Donald e Osmar terem definhado daquela maneira; eles não entenderam o chamado como eu entendi. Ou, pelo menos, acho que entendi.

Foram longas horas de balanço mar adentro até o local onde tínhamos feito a expedição. A tela do GPS marcava minha localização: latitude 17.747°, longitude 142.466°. Sem demora e sem pensar muito, me joguei dentro da roupa de mergulho e me sentei na borda do barco, respirei fundo e coloquei a mangueira de oxigênio na minha boca. Uma última olhada ao redor, só água. As ondas eram mais tranquilas nesse ponto.

Uma voz suave ecoava na minha mente, minhas pálpebras pesavam e tudo ia ficando escuro novamente. O sono me pegou e me fez ir de encontro ao mar.

Splash!

Minha mente mergulhou nos pensamentos, enquanto meu corpo afundava como um tijolo jogado numa piscina.

A voz ecoava em minha mente em uma canção:

...encontraremos seu caminho em breve

Este mundo não te completa mais

Voltaremos ao lugar onde começamos...

Senti a pressão do mar espremendo meus órgãos contra meus ossos. Perdi a noção de quanto tempo devo ter ficado dormindo. Já deveria ter descido uns mil metros quando consegui abrir os olhos, mas não enxergava muita coisa, só a escuridão me cercava.

O oxigênio já estava na metade; eu precisaria voltar logo, senão morreria sem ar lá no fundo. Foi então que as luzes apareceram, piscavam por todos os lados. Tudo estava iluminado com vários pontos azuis e verdes ao redor de mim. Para além das luzes, apenas a escuridão se fazia presente naquele lugar.

Os vários seres bioluminescentes chegavam extremamente perto. Mal percebia que ainda estava afundando aos poucos. Aqueles seres se aproximavam e logo se afastavam de mim.

Minha visão foi ficando turva aos poucos, sentia uma presença maior naquele lugar, algo grande se aproximava de mim. Virei-me a tempo de não ser pega de surpresa. O medo tomou conta do meu corpo. Minha espinha gelou na hora que encarei os olhos daquela criatura novamente.

Ele se aproximou de mim e pude ver todo o seu corpo brilhante. Tinha uma cabeça parecida com a de uma tartaruga; os braços eram humanos, com vários filetes luminosos que ligavam o ombro até a mão, que tinha membranas entre os dedos; suas costas eram protegidas por um grosso casco, que o fazia ficar curvado levemente para a frente; da cintura para baixo, uma longa cauda parecida com o corpo de uma enguia. Sua pele era de um tom azul acinzentado.

Tentei falar com ela, mas o tubo em minha boca me impedia.

"Evite suas palavras, humana."

A voz ecoou dentro de meus ouvidos como um som que nunca tinha ouvido, lembrava um tipo de sonar. Apesar de ter recebido um som único, conseguia distinguir a mensagem.

"Quando suas bocas se calam, suas mentes se abrem."

O ser me tocou e, de repente, uma dor de cabeça imensa me consumiu, imagens aleatórias surgiram no fundo da minha mente. Cenários e seres que nunca tinha visto, lugares que lembravam um paraíso; sentia uma paz intensa vendo aquilo. Notei que tudo estava submerso, cidades, parques, florestas. Estava tudo alagado, como se o mar tivesse subido e consumido toda área de terra do planeta.

O medo tomou conta de mim quando entendi o que as imagens significavam. As mãos se afastaram do meu rosto num instante e senti meu corpo ficando mole. Meus ouvidos começaram a sofrer com a pressão do mar, todas as luzes à minha volta começaram a se dissipar. Do meu pulso, uma luz vermelha começou a piscar, avisando que tinha menos de dez por cento de oxigênio. O ser me segurou em seus braços quando comecei a perder os sentidos e encarou-me uma última vez.

"Avise quem achar que deve, humana. Esses lixos tóxicos que vocês jogam em nós estão com os dias contados. Logo vocês viverão nas mesmas condições que nós."

Tudo ficou escuro e fui sendo carregada desmaiada pela criatura. Ainda dormindo, sentia a pressão sobre meu corpo diminuindo; após algum tempo, senti o calor dos raios de sol que penetravam a superfície do mar tocando meu corpo...

Notas finais — Insanus

Estou presa num tipo de hospital psiquiátrico já faz alguns anos, ou meses, ou dias. Não sei ao certo quando me colocaram neste lugar e me deram como louca. Fui resgatada do mar logo após ter meu encontro com aquela criatura das profundezas. Meus companheiros de pesquisa marinha estão mortos, e por esse motivo os médicos acharam que eu tentei me matar naquele dia, quando fui até a Fossa das Marianas sozinha.

Comentei com a equipe de resgate o que eu havia encontrado lá embaixo e tudo o que vi com o toque da criatura. Quando chegamos à praia, uma equipe de médicos estava me aguardando já com uma camisa de força.

Tenho acesso a quase todas as alas para pacientes no prédio, menos à sala de hidroginástica. Eles têm medo que eu tente me matar por afogamento "de novo". Consegui entrar apenas uma vez, logo que cheguei. Ficar em contato com a água fez com que as visões que tive junto do ser voltassem à tona de forma nítida, mas, quando tentei convencer meu psiquiatra sobre o que vi, ele apenas dobrou meus medicamentos...

Já não me lembro do meu nome, devido aos remédios; não me lembro nem dos rostos dos meus familiares, só lembro o que me aconteceu naquele encontro no mar e a voz que invadia meus ouvidos enquanto estava adormecida. "A mente humana, uma vez ampliada por uma nova ideia, nunca mais volta ao seu tamanho original."

A ânsia de encontrar-me com aquele ser é o que me mantém viva. Sei que logo o verei novamente, só preciso aguardar o tempo em que a maré subirá. E sei que ela subirá por éons desta vez; dominará qualquer pedaço de terra habitável. Sei quando acontecerá, mas ninguém acredita no que falo. Então, enquanto isso, me contento com os remédios que me dão: me ajudam a dormir e me transportam para dentro dos oceanos, mesmo estando longe deles.

Sinto o cheiro do mar próximo, e das paredes vejo que começa a minar água...

A ILHA DAS ALMAS

E. C. REYS

São 5h45 de uma quarta-feira, 9 de maio, e conto os minutos para as 6h e o fim do meu turno. Esta foi uma madrugada bem agitada, muitas paradas para verificar sinais confusos e coletar amostras; preciso de algumas horas de sono urgentemente.

O navio segue seu rumo tranquilo agora, a meta é alcançarmos -45° da linha do Equador, em pleno Oceano Atlântico, a partir da costa do Estado do Pará, em algumas horas; aí, sim, teremos muito trabalho pela frente.

Eu me chamo Mauro, sou biólogo e faço parte da equipe de pesquisa que deve coletar amostras e dados do oceano que banha o país, para delimitar a área náutica pertencente ao Brasil, definir em milhas náuticas o que é território brasileiro em alto-mar.

Você nunca tinha ouvido falar sobre isso? Pois é assim: a partir de informações geológicas, biológicas, físicas, químicas e meteorológicas, define-se qual a extensão do mar que pertence a cada país, o restante são águas internacionais.

Eu sou um dos cinco paraenses entre os catorze tripulantes civis que compõem o grupo de pesquisadores; as equipes se revezam para passar vinte e quatro horas do dia trabalhando na coleta e catalogação de dados. O restante da tripulação é militar, trinta e cinco homens da Marinha do Brasil, e, já que é um navio de pesquisa militar, temos de obedecer aos horários e à rotina deles; eu odeio essa parte.

Tomo o café na sala de refeição e me dirijo à cabine que divido com Marcelo, um mineiro, e Toni, um gaúcho; são eles que revezam comigo os turnos de seis horas cada. Marcelo vai assumir meu posto agora e já está na plataforma, Toni está no laboratório organizando as informações que coletei. Depois de um banho quente, deito e espero acordar antes de acabar o horário do almoço. Militares e seus horários!

De repente, sou acordado por um solavanco que quase me derruba do beliche. O navio balança em um ângulo quase impossível, e só com muito esforço consigo me vestir e sair da cabine para saber o que está acontecendo. No corredor, vejo as luzes de emergência se acenderem e o aviso de convés interditado aparecer, mudo de direção e vou para o laboratório.

A cada minuto, a violência com que as ondas atingem o casco do navio parece aumentar, e a dificuldade em caminhar aumenta na mesma proporção. Será que estamos em meio a uma tempestade em alto-mar? Não me lembro de ter visto nada parecido nos avisos diários dos meteorologistas.

No laboratório, Toni tenta quase inutilmente manter as coisas no lugar, mas o estrago foi grande; demoraremos para organizar tudo novamente. Olhando a confusão de mapas, papéis e recipientes caídos, me ocorreu que Marcelo deve estar lá fora, ajudando a operar a Rosetta, a sonda de pesquisa submarina de alta profundidade que usamos.

Toni olha para mim e deve ter visto a preocupação em meu semblante; saímos correndo em direção à plataforma, ignorando os avisos de cuidado, mas o acesso à plataforma, assim como ao convés, está fechado, e dois militares impedem a passagem de qualquer um que queira desobedecer às ordens.

Pergunto ao oficial no corredor o que está acontecendo e se as pessoas na plataforma conseguiram entrar. Ele nos informa que pegamos um mar 8, que é quase o máximo de altura de ondas na escala de estado do mar, com ondas acima de doze metros, visibilidade quase zero, ondas e vento muito fortes. Mas todos que estavam no convés e na plataforma conseguiram entrar; alguns se bateram ao correr e estão na enfermaria, os demais que não estão de serviço na cabine do capitão estão na sala de refeição, aguardando as ordens do imediato.

Olho para Marcelo e vamos nos encontrar com os demais. Na porta da sala de refeição, sentimos um solavanco e um barulho alto, que indica que o navio bateu em algo, mas em que, em pleno alto-mar? Outra embarcação? Confusos e assustados, sentimos novamente outro solavanco, e então tudo para.

Pelo alto-falante, ouvimos o capitão informar que batemos e encalhamos em um monte de terra, e que somente após a tempestade se acalmar poderão avaliar os estragos de tal batida. Os geólogos não conseguem acreditar: como pode haver uma formação rochosa ou algo parecido neste local? É um mistério sobre o qual não temos alternativa, senão aguardar para tentar desvendar.

Depois de quase uma hora, o capitão aparece e nos diz que o navio encalhou no que parece ser uma ilha no meio do nada, pois não está em nenhum mapa e, teoricamente, não deveria estar ali, mas o fato é que está.

Organizamos uma equipe para descer, cinco militares e nove pesquisadores; os demais ficam no navio, aguardando notícias.

Vestimos os uniformes de plataforma — macacão, capacete, luvas e botas de cano alto —, pegamos alguns equipamentos e, quando subimos para o convés, nos deparamos com a cena mais surpreendente que poderíamos ver: em meio a um mar estagnado e um céu de brigadeiro, está uma ilha repleta de árvores que não consigo identificar. Levamos também lanternas e facas grandes da cozinha, caso precisemos abrir caminho na mata.

Descemos na pequena praia e caminhamos em direção ao centro da ilha em fila indiana; a vegetação é densa e dificulta a caminhada. Não vemos sinal de vida animal, humana parecia impossível, e continuamos a andar.

Após cerca de meia hora de caminhada, chegamos a uma clareira que fica à entrada de uma pequena caverna; hesitamos, mas, como não há sinal de vida, decidimos entrar.

A caverna é furada, e a luz do sol em seu interior foca diretamente em um monte de ossos arrumados meticulosamente, lado a lado, por toda a extensão da parede da caverna. Um vento frio faz nossos cabelos enriçarem e o medo toma conta de todos; é inconcebível esta visão macabra.

Uma das garotas dá um grito que faz com que Pedro, um dos pesquisadores, assuste-se e caia de costas em um pequeno lago no centro da caverna e, para nosso horror, vemos surgir uma cobra gigantesca, com presas descomunais, que parece mais um tipo de demônio rastejante, com olhos fendidos e vermelhos. Ela se enrola no corpo de Pedro e o aperta com força.

O som dos ossos se quebrando, misturado aos gritos de dor e desespero, um espetáculo de terror que paralisa a todos.

Outro grito de uma das garotas nos faz voltar à consciência e tentar achar um meio de sair deste pesadelo. A cobra mergulhou, levando consigo o corpo sem vida de Pedro.

Do lado de fora da caverna, notamos que dois militares dos cinco que desceram na ilha conosco também desapareceram, e nem sequer percebemos o momento ou onde sumiram.

Na confusão, para tentar entender o que está acontecendo, um dos pesquisadores avista uma placa de madeira, já meio apodrecida e riscada com algo pontiagudo, onde se lê: "ILHA DAS ALMAS — se você está aqui, sua alma está condenada ao inferno submerso", e um desenho de uma cobra completa o recado.

Fico paralisado, não acredito no que vejo, é o impossível se tornando realidade na minha frente. Com medo do que os outros possam pensar, chamo de lado Afonso, Clara, Cristina e Bruno, os outros quatro paraenses no grupo.

Se alguém pode tentar entender o que se passa na minha cabeça, são eles, ou eu de fato estou louco e, talvez, esteja no meio de uma alucinação, e nada disto é real.

Quando se aproximam, posso ver o medo e a incredulidade no rosto de todos, e minhas esperanças de estar em um pesadelo se vão.

Clara é a primeira a perguntar:

— Estamos na Ilha das Almas? A da lenda? Mas pensei que Anhangá ou a Boiuna só assombrasse os rios; aqui é mar aberto, oceano... não é isso?

A verdade é que não sabemos o que pensar. As lendas no norte do Brasil geralmente envolvem rios, pois a grande maioria do Estado é cortada por eles, mas uma parte menor é banhada pelo oceano, como essa de onde saímos.

Há também um mito sobre uma ilha misteriosa que ninguém consegue encontrar, que aparece de tempos em tempos, na qual vive uma cobra-demônio que se alimenta das almas dos homens que atrai, fazendo seus navios naufragarem para depois os matar.

Todos aqui conhecemos a lenda, mas é só mais uma história velha, contada para assustar crianças à noite; não é, não pode ser verdade...

Como explicar isso a outros que não são daqui? Mas, se a história se espalhou, alguém sobreviveu para contar. Enquanto tentamos assimilar a informação e pensar em como fugir, mais gritos são ouvidos.

Estamos cercados de cobras, serpentes, víboras, seres rastejantes das mais diversas variedades, tendo em comum somente os olhos vermelhos incandescentes. Elas rastejam, empurrando-nos novamente em direção à caverna.

Um dos soldados avança usando a faca que tem em mãos, trazida para cortar galhos de árvores, atacando os animais próximos com a intenção de abrir uma rota de fuga. Os outros dois militares imitam-no num derradeiro gesto de coragem, pois as cobras se multiplicam de modo extraordinário, envolvendo-os e arrastando-os para a caverna.

O que resta de nosso grupo está tão assustado, que ninguém consegue se mexer, paralisados entre choros e lamentações. Afonso faz uma tentativa desesperada de abrir caminho em direção ao mar, mas também é envolvido e arrastado pelas cobras. Uma trilha de sangue forma-se no local onde os corpos são arrastados, amassando as folhagens, quebrando gravetos e pintando a paisagem de rubro.

Tento me lembrar de algo que possa ajudar, mas minha mente está em estado de torpor, eu me sinto à beira da insanidade total. É quando ouço uma voz melodiosa, baixa e profunda ao mesmo tempo, sussurrar para mim:

— Complete o sacrifício, é o único meio de acalmar a filha de Boiuna, que foi abandonada para morrer no mar...

Tento me concentrar para saber se estou ouvindo direito ou se é mais uma alucinação; os outros só choram, tentando afastar as cobras com os objetos que têm em mãos. Eles não parecem ter ouvido nada.

— É hora de voltar às profundezas. Complete o sacrifício, Mauro. Você os trouxe para isso, ou então sua alma também estará condenada ao inferno submerso no abismo abaixo da Ilha das Almas.

Então tudo vem à minha cabeça como um grande estalo: o mergulho para explorar a fauna marinha do oceano, a descida além do limite apropriado, a visão do abismo submerso, o sufocamento da falta de ar e da alta pressão, os olhos vermelhos e flamejantes que me envolvem e me salvam com uma promessa: sacrifício.

Eu mergulhei além do que devia sem a sonda, ansioso para garantir uma descoberta que me trouxesse fama, posição privilegiada entre os pesquisadores; não morri por ter encontrado um demônio das profundezas, faminto por sacrifícios, que me levou de volta à superfície com a promessa de almas humanas em troca da minha para se alimentar.

Olho meus companheiros e tento encontrar uma parte de mim que não irá em frente com esta loucura, então os chamo, digo-lhes que há uma outra saída da ilha, pelo outro lado da caverna, é só tomarmos cuidado para não cair no lago em seu interior, como o que aconteceu com Pedro.

Tomados pelo medo, mas com um fio de esperança, seguimos em direção à caverna; fico na entrada para garantir que todos os restantes entrem. Dos catorze que desceram na ilha, restam apenas sete.

Por alguma razão, instinto, premonição, chame do que quiser, Clara não quer entrar. Olha para mim com desconfiança e diz que prefere procurar outra saída. Está escurecendo e o tempo está se esgotando, logo será o fim da tarde, e nenhum de nós sairá deste pesadelo.

Eu não tenho mais tempo de convencê-la e, neste instante, a cobra-demônio surge do lago e começa a puxar, um a um, os que entraram na gruta. Agarro o braço de Clara e a empurro para dentro, murmurando um "sinto muito" que é recebido pela garota com um misto de surpresa, compreensão e ódio.

Clara, como eu, é filha de Salinas, cidade localizada na costa atlântica da Amazônia brasileira, frequentadora da Praia da Corvina e conhecedora das histórias e lendas dos pescadores.

Assim como eu, Clara conhece as versões da Boiuna, de Anhangá e os vários nomes de que os "cabocos" chamam a cobra-demônio que vive na Ilha das Almas. A cobra gigante que vem das profundezas abissais do oceano, com sua ilha maldita, naufragar navios para conseguir suas vítimas ou fazer pactos com aqueles que se aventuram nos seus domínios, para deixá-los ir em troca de que os malditos tragam-lhe vidas e as sacrifiquem em seu lugar.

A maldita, quando me tirou da morte, exigiu treze almas em troca da minha vida, e eu aceitei. Doze já foram levados por ela; falta uma, e Clara percebe, em seus últimos momentos de vida, o preço do meu milagre. Suas últimas palavras para mim são:

— Você também virá...

Não sei como retorno à praia. A última coisa de que me lembro é de estar na prancha do navio, sendo carregado para dentro.

A ilha desaparece no meio da névoa e da chuva da noite, e o imediato decide zarpar e aportar no porto mais próximo. São dois dias de viagem em alto-mar, nos quais tenho febre, alucinações e pesadelos constantes com cobras de olhos vermelhos.

...

São 23h50 de um domingo, 20 de maio, e amanhã completará treze dias desde que saí da Ilha das Almas.

Depois de acordar na enfermaria do navio, entrei em estado de choque, não consegui responder coerentemente às perguntas e fui internado assim que desembarquei do navio, quando este chegou à costa.

Hoje estou no Hospital da Marinha, na ala psiquiátrica. Um por dia, os que foram sacrificados na ilha vieram me visitar. Rastejam pelo quarto como cobras e me olham com os olhos vermelhos incandescentes, como se esperassem chegar meu dia.

Aguardo o dia 21. Será o dia de Clara, e já tenho tudo preparado. Guardei por cinco dias, quando entendi que eles não me deixariam em paz, os remédios para dormir, coloquei o banco apoiado na parede ao lado do vaso e amarrei o lençol em volta do meu pescoço.

Pensei bem, calculei a altura da corda que fiz com tiras do lençol, a quantidade de comprimidos para tomar, o tempo para fazer efeito e o lado para o qual meu corpo vai tombar. Quando entrarem aqui pela manhã, já estarei morto, enforcado ou por overdose.

Clara virá me buscar e eu estarei pronto para ser cobra-demônio como ela e rastejar de volta à Ilha das Almas.

O MISTÉRIO DE QAT-MAIREON

FELIPE M. OLIVEIRA

O ano era 1505, e eu estava bebendo cerveja de manhã, na taverna Pérola Negra, quando tudo começou. Não sei ao certo porque o homem veio até mim, pois eu já não realizava meus trabalhos desde que fui exilado no Novo Mundo, que a cada ano ganhava um nome diferente. Para mim, era apenas o Novo Mundo.

Uma coisa que me incomodava era o calor. Descobri a duras penas que aquele lugar não tinha inverno. Só verão atrás de verão. E chuva, muita chuva. Chovia quase todo dia. E, depois da chuva, mais calor. Meu comprido cabelo escuro e minha barba reclamavam bastante, mas ambos eram uma das poucas lembranças de que eu gostava.

Não que eu estivesse reclamando do meu exílio, pois para mim tudo ia bem. Não contraí nenhuma doença na viagem, consegui uma hospedaria tranquila para me acomodar e o dinheiro que eu trouxe ainda me sustentaria por uns bons dois anos.

Era o calor que me atormentava, e não o exílio.

Bebi o último gole da minha cerveja e, com um baque, desci a caneca até o balcão. De cabeça baixa, com os olhos no recipiente vazio, chamei a atendente:

— Conceição! Mais uma!

Antes que ela retornasse, um homem puxou uma banqueta alta, sentou-se à minha frente, ao balcão, e começou:

— Fernão Pascoal, o Lobo-ibérico.

Não demonstrei surpresa, pois eu notara o homem à porta da taverna já havia algum tempo, tanto pelo barulho como pelo fedor que misturava tabaco, peixe e suor. Levantei o olhar, mas não a cabeça:

— Há tempos não me chamavam assim.

— Talvez porque você não quisesse mais ser chamado assim.

— Você por aqui, Velasco? — respondi. — Quem você incomodou para que o mandassem para o outro lado do mundo?

— Que blasfêmia, Pascoal! Eu vim por minha própria vontade! Acaso não sabe que agora sou um mercador muito respeitado nos Algarves?

Velasco não me enganava. O contrabandista poderia até ter enriquecido de alguma maneira, mas possuía mais inimigos do que amigos no Velho Continente. Com cerca de 50 anos, o marinheiro careca e sem barba tinha o olho direito morto, demonstrando uma feição cadavérica no rosto quadrado.

— O que quer de mim, Velasco? Estou aqui como exilado!

Conceição trouxe a caneca de cerveja:

— Uma para o capitão, também?

O contrabandista assentiu e, naquele momento, demonstrei surpresa:

— Capitão?

— Eu lhe disse que agora sou respeitado! Tenho minha própria embarcação, a Sereia dos Açoites. Não é uma grande caravela, mas, depois de terminar o que vim fazer aqui no Novo Mundo, comprarei qual nau eu quiser!

Aquilo estava ficando cada vez mais confuso. Eu achava que, naquele novo lugar, poderia terminar o resto da minha vida em paz, sem fantasmas do passado para me assombrar. Estava cansado. Foram muitos anos trabalhando para capitães, condes, duques e reis. No início, eu achava que ficaria rico, mas, quanto mais minha vida passava, mais eu desejava simplesmente poder descansar.

Conceição trouxe a cerveja, virou-se e foi atender outra mesa.

— Vou perguntar de novo, Velasco. O que quer de mim?

— Quero deixá-lo mais rico!

— Não me interessa riqueza alguma. Só quero terminar minha vida em paz, e até agora eu estava conseguindo. Não conte comigo. Vá embora!

— Vou direto ao ponto, Fernão Pascoal! Eu sei que você veio para este fim de mundo para se esconder dos ibéricos que o contratavam. Sei que você quer paz! Mas considere como um último trabalho junto de seu velho parceiro. Aí o deixo para os índios e animais do Novo Mundo, para sempre! Vou embora e espalho a notícia de que você não estava por estas terras!

Último trabalho? Eu já havia ouvido aquela história algumas vezes.

— E se eu me recusar?

— Volto para nossa terra e espalho o seu endereço para dezenas de pessoas interessadas na sua volta aos antigos serviços, e você não terá mais nenhum minuto de tranquilidade no que resta da sua vida decadente!

— O que quer em troca, Velasco?

— O de sempre, Lobo-ibérico: proteção.

Proteção. Homens tinham sabres, pistolas ou até canhões para se defenderem de piratas, assassinos e ladrões. Mas o que fazer quando o perigo vinha das entranhas mais obscuras do mundo conhecido? Contratar Fernão Pascoal. O Lobo-ibérico. O hipnotizador de monstros.

— Conte-me sobre o trabalho.

O contrabandista deu um sorriso ardiloso, tomou um gole demorado de cerveja e enfiou a mão em uma bolsa de couro. Tirou dela um objeto de aço escurecido e o depositou na mesa.

— O motivo da minha viagem — disse o marujo careca e caolho —, a Pirâmide de Qat-Maireon.

A peça de metal tinha pouco menos de um palmo de altura, na qual haviam sido talhados vários símbolos verdes em baixo-relevo. Ao fitá-lo, algo sobrenatural emanando daquele amuleto fez-me divagar por um instante, com sensações lúgubres de asfixia, desespero e loucura. Balancei a cabeça para os lados e voltei a mim:

— Pare de suspense, Velasco. Conte logo o que ela faz e o que nós precisamos fazer para que ela faça seja lá o que ela foi feita para fazer.

— A pirâmide é uma chave para o aparecimento do Tesouro de Qat-Maireon. Para isso, precisamos estar em alto-mar, num local próximo da Linha do Equador, na primeira lua cheia após o solstício de verão.

— Ou seja, daqui a três noites.

— Ou seja, daqui a três noites. Saímos hoje, navegamos até a terceira noite, jogamos a pirâmide no oceano, o tesouro aparece e voltamos para casa. Eu, rico como nunca. Você, livre e com minha palavra de nunca o ter encontrado aqui no Novo Mundo. Zarparemos do cais na hora do almoço, Pascoal.

Levantamos, pagamos nossas contas e tomamos rumos distintos, até chegar o meio-dia. Fui à hospedaria preparar-me para a viagem. Tomei o que seria meu último banho de água doce em dias, servindo tanto para me limpar como para voltar a ficar sóbrio depois das várias canecas matinais de cerveja.

Vesti camisa, calça e botas. Deixei a barba como estava, nem curta nem comprida, mas prendi o cabelo comprido, por causa do vento durante a viagem. Coloquei um gibão de couro afivelado por um cinto na altura do abdômen, no qual prendi a bainha da minha espada. Incomum numa época de rapieiras e pistolas de pólvora, a arma que eu portava havia décadas era uma espada medieval de lâmina larga com dois gumes, guarda larga, cabo comprido e pomo arredondado, denominada Dente de Dragão. Embainhei-a e parti para meu último trabalho.

Às doze horas em ponto, eu estava no cais em frente ao Sereia dos Açoites. Era um navio não muito grande, com cerca de vinte metros de comprimento, um mastro grande central e outro menor na popa, nove remos de cada lado e duas âncoras. Velasco acenou alegre quando me viu:

— Seu grande cachorro do mar! Eu sabia que viria!

Assenti e entrei na embarcação. Além dos dezoito ocupantes dos remos — provavelmente, escravos vindos de buracos fétidos dos mais diversos cantos do mundo conhecido —, havia dois capatazes responsáveis por mantê-los remando e mais dez mercenários munidos de espadas curtas, cimitarras, rapieiras e pistolas.

— E a Pirâmide de Qat-Maireon?

O contrabandista deu três tapas no bolso da frente da camisa e respondeu:

— Guardada, Lobo-ibérico. Muito bem guardada.

Em minutos, o capitão Velasco deu a ordem para recolherem as âncoras. Deslocamo-nos do cais e partimos para algum ponto distante da costa do Novo Mundo, em direção à Linha do Equador, para o que seria o meu último trabalho antes de poder descansar em paz.

Foi uma viagem tranquila, aproveitamos o vento do sudoeste e viajamos com as velas abertas, cobrindo muitas milhas em pouco tempo. Cheguei a acreditar que dispensaria o uso de minhas capacidades — e consequentemente o ônus que elas acarretam ao meu ser.

Obviamente, eu estava equivocado.

Na segunda noite, já próximos de nosso destino, os mares deram um nítido aviso para que desistíssemos e retornássemos. Uma grande tempestade formou-se muito rápido, com ondas gigantescas, forçando os remadores do Sereia dos Açoites a trabalharem três vezes mais que o normal.

Uma corda que prendia a vela menor a seu mastro havia sido solta pelo vendaval. Desembainhei Dente de Dragão, cortei outro pedaço de corda e a enrolei na base do mastro. Enquanto eu amarrava novamente a vela, vi Velasco segurando a outra ponta e enxerguei uma luz verde pulsante em seu bolso molhado. Pelo visto, a pirâmide estava perto de onde ela deveria estar. Minha cabeça doía.

Três remadores foram lançados ao mar durante a tempestade, e o contrabandista mandou três mercenários os substituírem. Inicialmente carrancudos, foram logo convencidos a colaborar para que não fossem jogados no mar como companhia aos remadores perdidos.

Tão rápida quanto a chegada da tempestade foi sua partida. Com o mar em calmaria e a Pirâmide de Qat-Maireon pulsando em verde-esmeralda, adentramos a terceira e última noite de nossa viagem.

Quanto mais nos aproximávamos da Linha do Equador, mais a pirâmide verde pulsava e minha cabeça latejava. Eu, Fernão Pascoal, que já havia enfrentado homens-lobos, dominado serpentes com três cabeças e até amansado a medonha besta-fera na sua caverna rochosa, nunca havia sentido algo parecido.

Estávamos cercados pela imensidão do oceano, a muitas milhas de qualquer pedaço de terra. Com a primeira lua cheia após o solstício de verão alta no céu iluminando o mar calmo, Velasco definiu:

— Chegamos.

— E agora? — perguntei, cansado da viagem e da dor de cabeça. — O que fará com a maldita pirâmide?

— O sacerdote que a entregou a mim somente orientou a jogá-la no oceano para o tesouro aparecer.

O contrabandista atirou o amuleto luminoso a cerca de dez metros do Sereia dos Açoites. Ela afundou e minha dor de cabeça parou. Perguntei:

— Esse sacerdote a deu de bom grado?

— Claro, pois, após ter assassinado sua esposa e seus três filhos pequenos, eu disse que pouparia a vida dele somente se me entregasse a Pirâmide de Qat-Maireon e contasse como chegar ao tesouro.

Explodi, indignado:

— A única certeza do tesouro é a palavra de um sacerdote que havia acabado de ter a família assassinada por você?

— Calma, Pascoal. Se algo de ruim acontecer, tenho meus mercenários. Se algo pior acontecer, tenho você.

Pasmo com tamanha burrice, desejei mais do que nunca a mesa de uma taverna e uma caneca de cerveja.

Um dos mercenários apontou para o mar perto da proa do Sereia dos Açoites:

— Olhem! Bolhas! Algo está emergindo das águas! Só pode ser o tesouro!

Um brilho verde-esmeralda começou a pulsar do fundo do oceano em uma ampla região abaixo das bolhas. O mar que estava calmo começou a se agitar. Mais bolhas começaram a sair das profundezas e, após uma imensa agitação, parte de um grande monstro emergiu à frente da embarcação.

Os marinheiros urinaram-se de pavor. Os mercenários, que até então ostentavam poses dominadoras, esconderam-se onde puderam. Os capatazes largaram seus chicotes e juntaram-se aos remadores em desespero. Levei a mão ao cabo de Dente de Dragão como se, com aquela espada, pudesse fazer algo contra a colossal criatura. O único que gargalhava ensandecido era Velasco e, com um brilho verde-esmeralda pulsando em seu único olho bom, ele gritou:

— Contemplem o Tesouro de Qat-Maireon!

Quanto mais a criatura colocava seu corpo para fora da água, mais a luz da grande lua cheia fazia-me perceber seus tenebrosos detalhes. Vomitei, levantei a cabeça e vi o terror: um imenso corpo de peixe verde-escuro, mais alto que um grande castelo. De suas costas saíam grandes e pontudas barbatanas alaranjadas. Cinco tentáculos gigantescos fixavam-se em sua cabeça e balançavam na superfície do oceano, fazendo nossa embarcação quase tombar. Daqueles tentáculos pendiam centenas de pérolas gigantes, com cerca de um palmo de diâmetro: o Tesouro de Qat-Maireon.

Do centro da gigantesca cabeça, dois olhos na vertical pulsando num verde-esmeralda perscrutavam o navio em busca de algo. Era hora de eu começar a fazer alguma coisa, já que eu estava ali por causa de minhas capacidades.

Assim, fiz contato mental com o monstro gigante. Ele respondeu em minha mente: "Que criatura é você, que se comunica com Qat-Maireon? Ousa despertar-me?".

Respondi mentalmente: "Sou um humano".

"Tolo!", Qat-Maireon continuou. "Humanos são seres inferiores! Não possuem este tipo de habilidade!"

Ainda com a mão no cabo da espada embainhada, perdi a paciência: "O que quer de nós, aberração dos mares? Por que não volta para a fenda abissal de onde deve ter saído e nos deixa ir embora?".

Arrependi-me, mas era tarde. A criatura enfureceu-se, assomou-se contra o navio e proferiu em minha mente: "Quanta ousadia vinda de criaturas desprezíveis como vocês, humanos. Porém, quero saber quem é você, antes de matá-lo e tomá-lo como alimento junto do restante da tripulação!".

Respondi: "Quem sou eu? Sou Fernão Pascoal! O Lobo-ibérico! O hipnotizador de monstros!".

Então tudo aconteceu muito rápido. O monstro direcionou um de seus tentáculos para onde eu estava, mas rapidamente desembainhei Dente de Dragão e cortei um pedaço de cerca de cinco metros do membro, que caiu no assoalho do convés e ficou-se retorcendo. Concentrei-me e fiz aquilo que foi dado a mim como dom: entrei na mente da aberração marinha e, poupando-a da morte, a fiz retornar à fossa abissal de onde ela havia saído e voltar para sua hibernação.

Geralmente, eu ficava exausto após fazer contato mental com monstros e outras criaturas, mas, devido ao tamanho colossal de Qat-Maireon, desmaiei num sono profundo.

Acordei, após sete dias, no meu quarto da hospedaria. Vi Dente de Dragão, polida, pendurada na parede. Ainda tentando colocar a cabeça em ordem, fui à taverna Pérola Negra beber minha cerveja matinal, como de costume. Conceição veio me atender e logo contou:

— Seu amigo capitão o deixou no cais e disse para cuidarmos bem de você, pois salvou o Sereia dos Açoites de um naufrágio. Como recompensa, deixou-lhe esta caixa.

Abri e, dentro dela, havia três pérolas gigantes. A mulher continuou:

— Ele comentou que esse era seu pagamento, que poderia viver bem por uns tempos, falando coisas esquisitas sobre "pedaço de tentáculo", e "pérolas suficientes", e "não contarei a ninguém sobre o Lobo", e "rico, muito rico". Ele partiu do cais há dois dias.

— Tudo bem, Conceição. Só traga minha cerveja… estou realmente precisando.

A atendente trouxe logo duas canecas. Bebi a primeira em um único gole e apreciei a segunda, pensando que então eu conseguiria descansar de vez neste Novo Mundo.

Chega de monstros, chega de trabalho.

Foi quando a porta da taverna abriu e por ela entrou um homenzarrão de cabelos curtos e bigode grosso. Puxou uma cadeira e sentou-se bem à minha frente:

— Fernão Pascoal, o Lobo-ibérico! Que acha de um último trabalho?

O DIA EM QUE A MARÉ BAIXOU

GABRIEL LATHOS

Chamo-me Johannes Pelker e, hoje, vou contar-lhes o porquê de as pessoas me chamarem de louco, o porquê de eu odiar o mar e suas profundezas e o porquê de sempre me arrepiar quando olho para a lua.

As coisas que presenciei, as coisas que vi, mal consigo pô-las em palavras, tamanho o choque causado por elas. Receio que nunca mais serei o mesmo.

Mas vamos ao que importa. Antes de minha tragédia, eu trabalhava como astrônomo para o Instituto Nacional Flor Azul, e, por causa deste, me encontro em tal estado. Eram 11 horas da noite, estava em meu período de férias e esperava apenas relaxar de minha rotina de trabalho, quando o telefone tocou. Perguntava-me quem diabos me ligaria àquela hora, e a única resposta que me vinha não me deixava de bom humor.

Confirmando minhas suspeitas, o Instituto é que fizera o telefonema, que seguiu desta maneira:

— Alô?

— Diretoria do Instituto Nacional Flor Azul. Gostaríamos de falar com o Sr. Pelker. Ele está presente?

— Está falando com ele, Johannes Pelker.

— Ótimo, Sr. Pelker; estamos lhe contatando, pois precisaremos de seus serviços. Não se preocupe com questão de pagamento, você será remunerado da maneira devida.

— Tudo bem, tudo bem... que seriam esses serviços?

— De acordo com alguns dados que conseguimos, houve uma alteração súbita na órbita da lua, e queremos que você investigue mais a fundo o porquê dessa alteração; para isso o mandaremos ao vilarejo litorâneo de Áster. De manhã, levaremos seus equipamentos até a estação de trem. Esteja lá às 8 horas em ponto, para não perder o trem; você começará amanhã.

— O quê? Amanhã?

— Isso mesmo, Sr. Pelker, mandaremos alguém para o auxiliar como acompanhante. Já que está tudo resolvido, tenha uma boa noite e uma boa viagem.

— Merda.

Pensei em retornar a ligação e recusar o trabalho, afinal eram minhas férias, mas a oferta de pagamento me cativou na hora. Essa ganância me custou caro. Outra coisa que me chamou atenção foi o local onde trabalharia, o pequeno vilarejo de Áster, foi lá onde nasci, e isso também me motivou a aceitar o trabalho. Então fui dormir.

Acordei logo cedo no dia seguinte, ansioso para rever minha cidade natal e ganhar uns trocados. Cheguei à estação de trem meia hora antes do horário definido e lá encontrei meus equipamentos.

Verificando os equipamentos, encontrei meu telescópio, amigo de longa data; com ele observei as mais famosas constelações. Com ele, sempre que possível, admirava a lua. Hoje não a admiro mais, temo o que posso encontrar lá se observar demais.

Após alguns minutos de espera, um amigo meu também chegou à estação. Ele se chamava Arthur Ashworth e trabalhava no Instituto. Ele revelou que era meu acompanhante e me ajudaria a embarcar os equipamentos e a prepará-los em Áster.

Quando o trem chegou, embarcamos com todo o material. Não foi uma tarefa fácil, mas, no fim, conseguimos a tempo, e assim partimos em viagem.

Durante a viagem, Arthur me disse que o Instituto estava mais ativo do que nunca, devido a essa anomalia na lua, e que estavam mandando todas as pessoas habilitadas para determinar o que diabos poderia estar causando aquilo. Supunham ser um asteroide que estava alterando sua órbita, mas, para conseguir fazê-lo, ele deveria ser imenso, e nenhum registro havia sido feito até ali. Então, para confirmar se essa teoria estaria correta, mandaram homens para todos os cantos do país, para ver se, de algum ângulo, seria possível avistá-lo.

Já que havia sido informado vagamente sobre o que estava acontecendo, Arthur estava sendo de grande ajuda, e agradeci por ele ter sido escolhido como meu acompanhante.

Após 3 horas de viagem, desembarcamos em uma cidade chamada Íris. De lá partimos para Áster.

Áster sempre foi uma cidadezinha pacata. Antes de me mudar para o centro urbano de Prímula, o vilarejo não tinha mais de 150 habitantes, e a situação não havia mudado nesse meio-tempo. A maresia, o céu nublado, tudo isso me trouxe boas recordações. Andando um pouco pelas ruas, vi que lá estavam as mesmas casas, como se o tempo tivesse parado por ali. Apenas uma coisa me causou estranheza, o cheiro de fumaça, e logo notei sua origem: uma fábrica havia sido instalada na cidade.

Voltando a atenção para nosso objetivo, procurávamos algum lugar para nos hospedar e, então, fomos pedir informação em um bar no centro da cidade. Enquanto conversávamos com o dono do estabelecimento, fui abordado por um cliente.

— Pelas barbas do profeta, meu jovem, que susto! Pensei que estava vendo o fantasma do velho Adam! Você... você, por acaso, é o filho dele?

O velho demonstrou alívio e dúvida ao mesmo tempo, enquanto coçava sua barba. Respondi-lhe:

— Sim, sou o filho dele, Johannes.

— Pequeno Johan, como você cresceu! Lembro-me dos tempos em que você ainda era um bebê, seu pai se gabava de você por todo lugar. Ele foi um bom homem, pena que a maré o levou.

O alívio deixou seus olhos, dando lugar à tristeza. Meu pai era muito querido em Áster. Sua morte pegou a todos de surpresa; ele era capitão de uma embarcação de pesca, trabalhara muitos anos navegando pelo mar, mas, um dia, ele e seus homens embarcaram e nunca mais voltaram.

Um silêncio se estabeleceu, até que o velho o quebrou, retomando o ânimo.

— Onde estão meus modos? Perdoe-me, pequeno Johan. Você não deve se lembrar de mim, então devo me apresentar. Sou Samuel Hargroove, antigo amigo de seu pai. Sou eu quem toma conta do farol.

— Oh, prazer então, Sr. Samuel.

— E então, jovem... o que o trouxe de volta à nossa cidade?

— Vim a trabalho, Sr. Samuel, junto de meu colega aqui, Sr. Arthur Ashworth. Estamos, no momento, procurando algum lugar para nos alojarmos.

— Ora, vocês podem ficar em meu farol. Não precisarão pagar por estadia. Pense nisso como uma retribuição a tudo que seu pai fez por mim.

Aceitamos a proposta de Samuel e ele nos levou até lá. Era um pouco distante da cidade, e seria um lugar perfeito para as observações. Se não fosse pela luz do farol. Logo que exclamei isso, Samuel nos disse que o farol fora desativado; estranhei o fato, pois, quando ainda morava em Áster, sua economia era praticamente toda marítima. O velho revelou-nos que tudo mudou quando a fábrica chegou. A maioria dos habitantes começou a trabalhar lá, abandonando o estilo de vida antigo. Dizia que "ninguém ligava mais para o mar, e o mar não estava gostando disso".

Já que o farol não seria mais um problema, decidimos montar nossos equipamentos em um morro próximo e esperar pela noite, para ver a lua em sua plenitude.

Quando o sol se pôs, comecei meu trabalho. Observava a lua enquanto conversava com Arthur para não se tornar um trabalho tão monótono, e naquela primeira noite não encontrei nada de anormal.

Após algumas horas de observação, fomos para o farol e lá encontramos o velho dormindo no sofá; estava murmurando algo enquanto dormia, mas ignoramos e fomos dormir.

Acordamos cedo, no dia seguinte, com Samuel nos oferecendo café. Agradecemos e aceitamos. Ele nos pediu para acompanhá-lo ao centro da cidade, e assim fizemos.

Ao sair do farol, me deparei com algo que nunca tinha visto: uma estranha névoa cobria o mar, escondendo suas águas como um manto. Eu e Arthur ficamos espantados com a beleza e mistério desse evento e decidimos perguntar ao velho o que era aquilo. Mexendo em sua barba, ele nos disse que aquilo vinha ocorrendo desde quando a fábrica se instalara na cidade, e que coisa boa não era. Chegamos à conclusão de que deveria ser algum efeito causado pela fumaça, já que também seu cheiro se tornara característico na cidade.

Deixamos o velho Samuel no centro e, em seguida, fui mostrar a Arthur onde morava antigamente, e realmente parecia que Áster havia parado no tempo; minha antiga casa estava idêntica há anos. Após isso, fiz um pequeno *tour* com Arthur pela cidade e fomos almoçar. Então voltamos ao farol, a fim de descansar para mais uma noite de trabalho.

Ao fim da tarde, Samuel chegou ao farol. Reclamou que ninguém naquela cidade dava atenção a ele, que aquela fábrica havia mudado a todos e que nada de bom podia vir dela. O acalmamos e o convidamos a nos acompanhar em nosso trabalho de observação. Ele aceitou e seguimos para o mesmo local da noite passada.

Chegando ao local, mostrei-lhe meus equipamentos e o deixei usar meu telescópio. Ele nos apontou algumas estrelas e constelações usadas por marinheiros para se localizarem no mar. Após ele utilizar, parti para a observação da lua, enquanto Arthur conversava com Samuel.

No instante em que pus meus olhos no telescópio, pude perceber que a lua estava diferente: ela estava menor, se distanciando como o próprio Instituto dissera, mas não identifiquei nada de diferente que poderia estar causando isso.

Enquanto observava a lua, Arthur levou o velho para o farol, pois já estava ficando tarde. Quando ele voltou, contei-lhe que não encontrara nada de anormal, a não ser o distanciamento da lua, e decidimos que, no dia seguinte, mandaríamos um relatório dessas duas noites ao Instituto.

Depois de mais um tempo de observação, voltamos ao farol e lá encontramos o velho novamente dormindo no sofá, murmurando enquanto dormia, mas desta vez era possível distinguir algumas palavras.

— Não... não... o mar... raiva... a fábrica...

Nada mais que isso era distinguível. Samuel realmente nutria raiva pela fábrica, e Arthur me disse que poderia ser porque, quando ela chegou à cidade, ele perdeu seu trabalho, já que nenhuma embarcação chegava mais aos portos, e também porque deixou de ter contato com seus velhos amigos, que ou acabaram se mudando, ou começaram a trabalhar na fábrica. Após isso, fomos dormir.

No dia seguinte, a rotina se repetiu; Samuel nos acordou e ofereceu café. Logo após isso o levamos até o centro da cidade. Em seguida, fui com Arthur aos correios enviar os relatórios ao Instituto.

Fiquei curioso com a grande obsessão do velho com a fábrica e decidi passar em frente dela com Arthur, apenas para dar uma olhada e esclarecer algumas dúvidas. O que ela fabricava? Quem era o dono? Infelizmente, nossas perguntas não tiveram respostas. Passamos em frente a ela e encontramos escrito em seu muro: "Fábrica". Apenas isso. Ficamos intrigados, e nossas suspeitas pelo lugar só aumentaram. Olhei para o mar e lá encontrei aquela névoa que o cobria; era estranho conseguir ouvi-lo e não conseguir vê-lo, mesmo ele estando tão perto.

Seguimos, então, para almoçar e tentamos obter mais informações da fábrica com alguns moradores, sem sucesso, pois todos se negavam a falar sobre ela. Voltamos então ao farol para esperar pela noite, esta que condenaria minha mente para o resto de meus dias.

Ao pôr do sol, Samuel chegou ao farol, estranhamente calmo comparado com a noite anterior. Ele pediu para conversar com Arthur, que me mandou ir sem ele para ajustar os equipamentos para aquela noite.

Assim que saí do farol, senti que algo não estava certo; não consegui identificar o que, era como se estivesse faltando algo, como se tudo estivesse mais quieto do que deveria, mas ignorei isso e segui em frente.

Ajustei meus equipamentos, e, como Arthur não chegava, comecei a observação sem ele. Assustei-me, pois não conseguia encontrar a lua; não deveria ser lua nova, pois na noite anterior fora lua cheia, não fazia sentido. O céu não estava nublado nem nada, ela simplesmente sumira.

Enquanto ainda a procurava no céu noturno, Arthur chegou correndo, desesperado, dizendo que Samuel havia enlouquecido, que saíra correndo em direção ao mar gritando "O mar nos abandonou!", e que ele tentou pará-lo, mas logo o perdeu de vista na noite.

Entre os meus equipamentos, peguei uma lanterna e fomos apressados até a praia procurar o velho. Não vimos sinal dele, apenas vimos a névoa cobrindo o mar, e foi nesse momento que percebi o que estava faltando, o que estava errado. O barulho do mar e de suas ondas havia desaparecido.

Assimilando com o que Arthur disse que Samuel gritava enquanto corria, peguei-o pelo braço e corri com ele névoa adentro. E, realmente, o mar havia desaparecido. Contei a Arthur sobre a lua enquanto íamos chamando por Samuel, e nada de o velho aparecer.

Perdemos a noção do tempo que andamos à procura dele. Afastamo-nos tanto da praia, que nos perdemos, e nossas esperanças estavam morrendo. Até que avistamos uma estranha estrutura que se assemelhava a um obelisco e fomos em sua direção.

Ao chegar perto dele, vimos que era muito antigo e continha símbolos entalhados em sua volta, como hieróglifos. Mas, mais importante, lá estava Samuel, de braços estendidos em direção à estrutura, em adoração, murmurando palavras quase impronunciáveis. Tentamos chamá-lo, mas ele estava fora de si e continuou seu maldito murmúrio, que atormenta meus pesadelos até hoje.

Ficando em silêncio, ele apontou para cima, onde apareceu uma abertura na névoa, e enfim falou algo compreensível:

— Que o mar tenha misericórdia de todos nós.

Após dizer isso, tentáculos de pura escuridão saíram de trás do obelisco; eram mais escuros do que a noite e fediam àquela fumaça maldita da fábrica. Eles pegaram Samuel e o esmagaram, agarraram a mim e a Arthur, espremendo-nos até ficarmos sem ar. Olhei para cima, em busca de uma esperança, uma salvação, e lá estava a lua, muito maior e mais próxima do que deveria estar, e, assim, senti meus pés se molharem.

O mar não havia desaparecido, apenas sua maré havia baixado demais sem a lua, e, agora, a maré subia novamente.

Quando a água já estava em nossos joelhos, olhei para cima novamente, e juro que vi olhos ao redor da lua, olhos que saíam de uma escuridão nefasta, que nos observavam, nos desprezavam, e então desmaiei.

Quando acordei, estava em um hospital na cidade de Íris. Lá me disseram que fui encontrado na praia e que tinha me afogado, disseram que o velho que estava comigo não teve a mesma sorte que eu, que as ondas jogaram seu corpo contra as pedras, esmagando-o.

Perguntei sobre Arthur, e disseram que só encontraram duas pessoas na praia: eu e Samuel. Arthur foi dado como desaparecido. Tentei contar-lhes o que havia acontecido, mas eles riram e disseram que eu devia ter batido minha cabeça.

Retornei para casa, onde recebi uma carta do Instituto dizendo que as anormalidades na lua sumiram e que ela havia voltado à sua órbita normal.

Aqueles olhos, aqueles tentáculos, nunca os esquecerei, tudo isso atormentará minha mente para sempre. O que era aquele obelisco no fundo do mar? Por que os tentáculos tinham o cheiro da fumaça da fábrica? O que aconteceu com Arthur? Não tenho a resposta para nenhuma dessas perguntas, e temo enlouquecer de vez se as conseguir. Mas uma coisa eu digo com clareza: maldito seja o dia em que a maré baixou.

O ABISMO

FELIPE MADRUGA

Diário de Alvar Monteiro

24 de maio de 1489 — sexta-feira

Meu nome é Alvar, escrivão da Caravela São Michel, e relato os seguintes acontecimentos secretamente em meu diário pessoal, pois o diário de bordo me foi confiscado, uma vez que o Capitão Quírio Martim fora executado pela tripulação. Jamais esquecerei os olhos esbugalhados do capitão, agonizando e se debatendo violentamente em silêncio fúnebre, enforcado no mastro da vela principal. Em alto-mar, os homens mostram-se tão imprevisíveis quanto estas águas desconhecidas.

Há 130 dias, partimos de Lisboa rumo a Feitoria de Mina para baldear a carga de uma nau para as duas caravelas que compunham nossa frota. Nossa viagem, aparentemente, tinha como destino o Cabo do Padrão, para transporte de carga comum.

Mas aconteceu que, partindo de Mina, executamos uma manobra estranha. Seguimos para sudoeste, distanciando-nos consideravelmente da costa africana, e depois para o sul. Encontramo-nos na imensidão do Atlântico, cercados por água até onde a vista alcançava.

Questionado pela tripulação, o capitão apenas pedia por paciência, até que, há duas noites, os homens se amotinaram e invadiram seus aposentos. Quírio foi arrastado para fora do camarote, e obrigaram-me a ler cada um de seus documentos. Entre eles, havia um breve relato do verdadeiro objetivo da viagem. De algum modo, capitão Martim teve acesso a informações sobre a última viagem de Bartolomeu Dias, que regressou a Lisboa em dezembro de 1488. A missão de Dias, cujos propósitos eram ocultos até então, consistia em mapear a costa da África ao sul do Cabo do Padrão, a fim de encontrar uma nova passagem para as Índias. Bartolomeu, ao que parece, não chegou às Índias, mas alcançou o fim do continente africano, onde o Índico e o Atlântico se encontram, e batizou o local de Cabo das Tormentas, após fortes tempestades.

Capitão Martim partiu com o intuito de ser o primeiro a fazer a nova rota até às Índias. O erro fatal foi não comunicar sua tripulação sobre suas intenções e menosprezar a inteligência de seus homens. Ao descobrir o real objetivo da missão, depois de deliberar a respeito do que deveriam fazer, os homens executaram o capitão. Alguns deles queriam pendurar-me também, mas Baltazar, o capelão, salvou-me ao mostrar a diferença da minha caligrafia, presente no diário de bordo, da que está no documento lido pelo capitão.

Os marujos não permitiram que Baltazar velasse o corpo de Quírio, que agora jaz em seu túmulo nas profundezas do Atlântico.

Sisto, o piloto, assumiu a capitania, visto que é o mais experiente navegador da tripulação. Ele é um homem esguio, de aparência doentia, porém mostra-se forte e resiliente na prática. Por quase nunca ser abatido por doenças ou tragédias, tão comuns aos homens do mar, renderam-lhe a fama de homem de sorte. Começou como uma simples piada, mas, depois de longos anos de serviço, passou a ser um fato entre os marujos. Algo nele lhe dava uma vida anormalmente longa para um marinheiro. Ele sempre contava suas histórias malignas de criaturas marítimas abissais com certo ar de idolatria. Não gosto de Sisto, tampouco de suas histórias; e ainda menos de seu tom ao fazê-lo.

28 de maio

Fazia muito calor na madrugada de hoje e subi ao convés, pois não conseguia dormir. Pensei que um pouco de ar fresco me faria bem. Encontrei Sisto apoiado na amurada a estibordo, estático, olhando para o oceano. Parecia sussurrar algo incompreensível. Achei que o vento estava pregando-me alguma peça. Chamei por ele. Sisto virou-se para mim, e seus olhos brilhavam, à luz do luar, como um oceano violento e profundo. Passou por mim em silêncio, fitando-me, e desceu para o porão. Estremeci. Por um instante me perdi em pensamentos que não ouso descrever. Um sentimento de terror tomou-me, minha cabeça girou e precisei sentar-me de imediato. Havia um cheiro estranho no ar. Voltei ao porão para tentar descansar.

Mais tarde: fomos acordados pelo mar revolto e fortes ventos. Tentamos manobrar na direção oposta, porém sem sucesso. Seguimos para dentro de uma terrível tempestade, uma imensa garganta aberta de escuridão e tormento. Minha fé e esperança tropeçam. Que Deus nos proteja!

31 de maio

É um milagre. Não há outra explicação para ainda estarmos aqui.

Há três dias, avançamos tempestade adentro. Três dias? Talvez mais, não sei ao certo. Ondas castigavam o casco, ordens ecoavam no convés e um silêncio mortal fazia-se presente em meio aos marinheiros, que lutavam contra a embarcação. Cada um entregando toda a força na execução de sua função; como animais desesperados, lutavam pela sobrevivência. Eu auxiliava como podia, segurava-me como podia. Mal conseguíamos enxergar, pois já era noite, e a única fonte de luz em meio às trevas infernais eram os trovões.

Foi então que aconteceu.

Um cheiro putrefato espalhou-se pelo ar. Pensamos ter atingido algum animal marinho em decomposição. Os marinheiros vomitavam no convés, devido ao fedor e ao violento balanço da embarcação. Coloquei-me na busca pela fonte do odor nauseante com um grupo de homens na proa, contando apenas com os breves segundos de luz providos pelos raios. Vimos uma coisa em meio às ondas, uma pequena ilha a certa distância, simetricamente redonda, de brilho asqueroso, como o de pedras cobertas de limo. Conforme os raios iluminavam o céu, a ilha parecia inflar e contrair, como se respirasse. Os homens amontoavam-se e, por um instante, minha visão foi bloqueada por outro marinheiro. Nesta hora, um forte raio brilhou no céu, e então os homens na proa caíram em súbito desespero. Um deles, num violento movimento, jogou-me ao chão. Eles gritavam desesperadamente, sons tão perturbadores que jamais esquecerei. A sanidade os deixou completamente, lançando-os em uma reação meramente bestial, agredindo uns aos outros em sua agonia e se lançando ao mar. Então perdi a consciência.

Acordei no porão, ainda durante a tempestade, e não consegui nenhum esclarecimento sobre o que acontecera, pois os homens ainda lutavam contra o mar, agora em número reduzido.

O dia seguinte amanheceu em meio a uma severa neblina. Perdemos oito homens. A segunda caravela foi severamente comprometida, e a situação foi muito pior por lá. Foram dezesseis mortes. Embarcamos os sobreviventes e abandonamos a caravela. Para piorar nossa situação, três quartos dos suprimentos foram comprometidos, e existe algo errado com os instrumentos de navegação. Nossa bússola enlouqueceu, e até mesmo o sol se comporta de maneira estranha. Os homens que sobreviveram à loucura que veio do mar agem estranhamente. Catatônicos ou conversando sozinhos, nenhum deles é capaz de esclarecer o que os levou a tal atitude. Em seus sussurros, mencionam antigos demônios do mar, olhos que espreitam e outras coisas sem sentido. Baltazar rezou uma missa em prol dos mortos. Ele suava e perdia-se em suas palavras. Isso deixou-me profundamente aflito. Tenho grande apreço por Baltazar, vou procurá-lo e ver se posso fazer algo por ele.

O Senhor, por sua bondade, trouxe-me aos aposentos de Baltazar em hora certa! Quando chamei por ele, ninguém respondeu. Colei o ouvido junto à porta e ouvi um pavoroso som de estrangulamento. Imediatamente arrombei a tranca e, para meu desespero, Baltazar tentava enforcar-se em uma viga de seu aposento. Corri em sua direção e suspendi seu corpo, enquanto gritava por ajuda. Gastão veio em meu auxílio e rompeu a corda, livrando Baltazar do triste destino.

Quando me viu, Baltazar chorou compulsivamente. Questionei o motivo de seu ato desesperado. Ele me respondeu:

"Alvar, meu filho, isto tudo é culpa minha! Eu preciso partir. Ouço a voz de Deus, ouço sem parar. Até mesmo nos raros momentos em que consigo dormir, em meus sonhos, uma voz me diz que toda esta tragédia é por conta dos meus pecados. Preciso livrá-los de minha presença nesta embarcação. É a única maneira de conter a ira do Senhor contra nós."

Ele se aproximou de mim, a fim de que apenas eu ouvisse sua declaração seguinte, e continuou:

"Eu sabia, Alvar, sobre o verdadeiro objetivo desta viagem. Concordei em ficar em silêncio. Capitão Martim pediu-me que providenciasse a documentação, a fim de que nossa partida fosse autorizada no porto em Lisboa, e, para minha vergonha, aceitei o suborno. Que Deus me perdoe pelo sangue destes homens que agora está em minhas mãos."

"Baltazar", eu disse. "Você precisa acalmar-se. Isto nada tem a ver com você. O desespero está mexendo com a cabeça de todos. Se você nos abandonar, então Deus nos abandonou e os homens enlouquecerão. Consegue imaginar? Acalme-se, meu amigo. Esfrie sua cabeça e beba alguma coisa."

Baltazar lançou um olhar demorado para sua bíblia aberta sobre a escrivaninha, pensou por alguns segundos e então chorou novamente, assentindo com a cabeça.

Respirei aliviado.

Baltazar pediu a Gastão que o ajudasse a subir ao convés, pois desejava um pouco de ar fresco.

Assim que saíram, sentei-me diante da escrivaninha, pois minhas pernas começavam a ceder, devido ao susto. Aproveitei para registrar tudo em meu diário, antes que os detalhes se perdessem.

Tomei a bíblia de Baltazar. Espero que ela me possa trazer um pouco de paz nesta noite tenebrosa. Está aberta no livro do profeta Jonas, que diz:

"Visto que o mar estava em terrível tormenta, os tripulantes perguntaram a Jonas: 'O que faremos nós com você para que as águas se acalmem?' Respondeu ele: 'Só uma coisa pode ser feita, lancem-me no mar e ele cessará. Pois está claro que é por minha causa que esta tormenta caiu sobre vocês'."

... espere... ele vai...

1º de junho

Na noite anterior, quando me dei conta do que aconteceria, corri desesperadamente até o convés. No caminho, ouvi a gritaria dos homens que observavam a água, procurando por algum sinal de Baltazar, que lançara-se ao mar quando Gastão distraiu-se. A escuridão e a neblina tornaram impossível rastreá-lo, então desistimos. Baltazar se foi.

Fui tomado pela fúria e avancei contra Gastão.

"Seu imbecil!", gritei. "Qual o seu problema? Você devia ter ficado de olho nele. A culpa é sua!". Desferi um soco em seu rosto antes que os homens me contivessem.

Sisto veio até nós.

"O gorducho se foi, e não podemos fazer nada a respeito. Vocês podem juntar-se a ele ou mexer esses rabos e voltar ao trabalho, pois, como percebem, estamos em número reduzido", disse Sisto.

Encarei-o. Sentia meu rosto queimar e o coração acelerado no peito. O ódio me dominava.

"Tem algo a me dizer, escrivão?", perguntou.

"Não, senhor", respondi.

"Ótimo, agora saia de cima do homem", ordenou.

Levantei-me e fui até os aposentos de Baltazar novamente.

Não pude conter as lágrimas, afinal continuávamos perdidos, sem qualquer referência de navegação, e os suprimentos cada vez mais escassos.

Algum dia de junho ou julho

Perdi a noção de tempo e a vontade de prosseguir. Os homens começaram a se alimentar dos ratos e baratas que vivem no porão.

Algum dia de julho

Um raio de esperança surgiu nesta manhã. Os homens avistaram uma embarcação ao longe. Imediatamente começamos a manobrar, içamos as velas e navegamos a todo pano em direção àquela apagada silhueta em meio à neblina. Os homens gritavam eufóricos. Os canhões foram carregados e dois disparos foram feitos para a comunicação. Não fazia diferença para eles serem feitos prisioneiros. Tudo o que desejavam em seus corações era terra firme novamente.

O navio não retribuiu a comunicação. Quando estávamos a certa distância, os homens começaram a praguejar e xingar. Era nossa outra caravela, que abandonamos dias atrás, o que significava que estávamos navegando em círculos. Não tenho mais forças para registrar tamanha catástrofe...

Ainda estamos em julho?

A comida acabou há dias. A neblina continua sem cessar e estamos sem qualquer referência. Muitos estão perecendo.

O número reduzido de tripulantes torna cada vez mais difícil navegar. A esperança vai-se a cada minuto. Desistimos de jogar os cadáveres no mar; de certa forma, acostumamo-nos com a mórbida companhia. Sisto, porém, permanece resoluto. Odeio esse homem! Odeio aqueles olhos!

Pouco importa que maldito dia seja

Aqui segue o registro dos últimos acontecimentos.

Estou à deriva.

Há duas noites, a neblina finalmente cessou. Mesmo sem uma nuvem sequer, não reconhecemos o céu. Discutíamos se já era hora de abandonar o navio. Éramos Sisto, eu e mais dois sobreviventes apenas. Foi quando sentimos o cheiro putrefato novamente. Ouvimos um som estranho, gutural e completamente desconhecido. Era baixo e trêmulo, mas constante. Então, com um tranco, a caravela parou completamente e fomos lançados ao chão.

Sisto foi o primeiro a levantar e caminhou até a proa do navio. Aproximei-me como pude, pois ventava muito. Ouvi sua voz. Ele dizia:

"Está feito, ó antigo Abismo!". E lançou-se no mar.

Corri até a amurada e o que vi é difícil descrever. Algo como uma imensa garganta, exalando um fedor insalubre, de podridão infernal, que fez os nossos mortos parecerem flores. O corpo de Sisto descia por ela. Minhas pernas vacilaram e caí para trás em completo horror. A coisa, então, emergiu da água. Vi algo como enormes tentáculos agarrando-se na base dos mastros e, então, erguendo-se em diabólica majestade.

A coisa fitou-me. Foi como cair em um abismo sem fim. Fui tragado por seu olhar. Ouvi algo em minha mente, uma voz que repetia palavras desconhecidas.

Voltei à consciência com o som do disparo de um dos canhões. Corri desesperadamente em direção aos botes, aos tropeços, pois a coisa passou a devorar o navio em sua fúria. Não vi os outros tripulantes em direção alguma. Lancei-me junto ao bote no mar e remei desesperadamente. Tudo o que tinha comigo eram os instrumentos de registro e meu diário, o qual agora lanço dentro desta garrafa. Minha cabeça ferve, acho que estou com febre, já não sei mais o que é real. Existe uma voz em minha mente, dando-me ordens profanas, e cada vez mais sinto-me tentado a acatá-las.

Porto de Lisboa — Livro de Registro

4 de setembro de 1489 – quarta-feira

Uma embarcação mercante aportou em Lisboa, na manhã de hoje, retornando do Cabo do Padrão.

Trouxeram a bordo o sobrevivente de um naufrágio. Ao que tudo indica, trata-se de Alvar Monteiro, escrivão da Caravela São Michel, que partiu de Lisboa em 14 de janeiro e não mais retornou desde então. Ele encontrava-se a bordo de um bote, profundamente debilitado. Nenhuma documentação foi encontrada junto ao sobrevivente, que permanece catatônico, mas já é considerado no porto *um homem de verdadeira sorte*.

ÁGUAS ESCURAS

LUCIUS CARNEIRO

Sentindo o cheiro salgado no ar marítimo, Abeke, um nigeriano que morava no litoral de São Paulo, acordou para sua rotina diária. No calor intenso da manhã, ele se levantou com dificuldade, pelo cansaço da jornada no dia anterior. Ele finalmente havia conseguido um emprego fixo com a ajuda de seu amigo Douglas, primeiro como ajudante de carga, depois como operador de guindaste, a mesma função de Douglas. Ele foi substituir outro operador que, segundo diziam, fora afastado devido a surtos de raiva, insubordinação, faltas constantes ao trabalho. Depois de alguns meses, Abeke já estava operando com maestria o pesado, perigoso e sensível equipamento.

Os dois trabalhavam com bom humor, sempre se ajudando, e, no final das contas, formavam uma ótima equipe com outros ajudantes fixos. O chefe deles, conhecido como Sr. Cido, era um homem notável, tinha seus sessenta e poucos anos, sempre bem-humorado, e andava com sua prancheta surrada para todos os lados, anotando tudo, desde controle de cargas e descargas até observações sobre funcionários sob o seu comando.

Certo dia, de forma inesperada, houve um tumulto no pátio de descarga, vários operários fizeram uma enorme roda em volta de algo. Abeke viu, de longe, dois paramédicos tentando passar pelo grupo de homens; quando chegou perto, com certa dificuldade, ele viu a prancheta do Sr. Cido no chão, diversas folhas espalhadas, já pisoteadas pela multidão, e, ao lado da prancheta, o corpo imóvel do homem.

Uma ambulância chegou até o local e eles levaram o corpo do seu velho chefe. Alguém recolheu todos os papéis e os levou para o escritório local na hora do almoço. Muitos queriam saber o que houve, como aquilo aconteceu com o Sr. Cido, pois nunca o viram bebendo ou fumando. Aparentemente, uma pessoa com saúde de ferro.

Até que veio o gerente portuário, cujo nome Abeke ainda não conhecia, pois ele pouco aparecia nos pátios; tudo o que sabia era que o gerente era um homem com cara de poucos amigos. Com uma voz grave e lenta, chamou a atenção de todos e disse apenas uma vez: "O senhor Aparecido, infelizmente, foi declarado morto nesta tarde". Apenas disse isto e saiu. Todos ficaram atônitos com a frieza daquele homem; alguns, mais antigos, conheciam o gerente portuário. Falavam pelos cantos que ele demitia sem muitos motivos, não gostava de ser questionado e muito menos interrompido, então acharam melhor ficar calados.

Naquele mesmo dia, no final do expediente, Abeke estava baixando um contêiner quando viu, de longe, uma sombra na borda do porto. Era tarde da noite; depois de um dia inteiro de trabalho, ele percebeu que estava cansado demais e decidiu que era hora de ir para casa, fez seus últimos transportes e desligou seu maquinário. Ficou pensando na sombra que viu na borda do porto: parecia querer pegar algo, ou puxava algo na beira do contêiner. Antes de ir, resolveu dar uma olhada no lugar; andou mais uns cinco minutos, até chegar ao contêiner de número 5700. Era um contêiner muito velho, bastante enferrujado e corroído pela maresia, aparentemente estava lá havia muito tempo, já que os números dos atuais eram de oito dígitos, e aquele era de quatro dígitos; estava debaixo de mais quatro outros contêineres, trancado com um cadeado muito velho e com um tipo de fechadura estranha. O lacre era de um padrão diferente dos usados atualmente no porto, com o número de controle já gasto e ilegível. Começou a fazer uma vistoria superficial, e, ligando a lanterna do seu celular , foi andando pela extensão do contêiner, passando a mão pela sua lateral. Então chegou até o lugar onde ele viu a sombra, ou alguém, como preferia acreditar; ouviu uma folha de papel balançando, agitada pelo vento, então viu os símbolos ¢§¬£ na lateral do contêiner e resolveu tirar uma foto.

Quando virou o celular para desligar a lanterna e ligar a câmera, escutou um barulho e olhou para trás. Era uma figura escura, com olhos amarelos como de um felino, mas o corpo não era humano, nem exatamente físico, e sim todo de um azul escuro e lodoso, como se a coisa fosse feita de algas marinhas e lama. A boca não tinha uma forma definida, parecia um rasgo feito, na vertical, numa cortina de veludo; aquilo, fosse o que fosse, não era nada humano, nem mesmo animal. Então a coisa pulou na água. Correu para a borda para ver, mas não conseguiu ver nada. Nem sequer a água estava balançando, pensou ter visto coisas!

Tirou a foto e guardou o celular. Quando estava se virando, sentiu algo estranho, uma respiração, não sabia dizer; ele se aproximou mais da lateral do contêiner, colocando a mão no metal, e aproximou sua cabeça, foi devagar encostando a orelha e ficou um tempo que, para ele, pareceu horas. De repente, ouviu uma profunda respiração e, logo em seguida, teve náuseas e um mal-estar aterrorizante; aquilo o fez ir para trás apavorado, então começou a correr. O vigia noturno do porto, que estava longe, viu-o correndo e perguntou se estava tudo bem, ele apenas balançou a cabeça e continuou correndo para o galpão onde ficavam os escritórios.

Havia muitas salas vazias, algumas guardavam peças de guindastes, outras caixas e mais caixas de papelada portuária, outras tinham materiais de cargas perdidas ou abandonadas, então ele foi direto à sala da qual viu a pessoa saindo. Para seu desânimo, estava fechada. Tentou olhar através da pequena janela, eram as coisas do escritório do Sr. Cido; "mas por que estariam ali, trancadas, escondidas?", pensou ele, "como se alguém quisesse esconder algo!". Vasculhou muitas coisas, papéis e mais papéis, pastas, caixas, cadernos, uma infinidade de documentos e anotações. Quando iluminou uma das caixas empilhadas, avistou vários diários espalhados pelo chão. Um diário vermelho e gasto lhe chamou a atenção e ele o pegou; dentro, havia uma fotografia antiga e desbotada, mas era o Sr. Cido em algum tipo de floresta. Ele conhecia aquela feição calma e o olhar amigável do antigo chefe, porém bem mais novo; atrás estava a data outubro de 1977 e os mesmos símbolos do contêiner, ¢§¬£. Ao lado dele, estava uma criatura amarrada pelo alto de um caminhão Muck; Abeke não conseguia distinguir o que era, parecia uma espécie de caravela-portuguesa, porém com uns quatro metros de altura. Havia muitas pessoas em volta, pareciam estar comemorando ou algo parecido, como aquelas fotos de pescaria, então Abeke ouviu um barulho, assustou-se e desligou o celular. Era o guarda passando pelo lado de fora da sala; ele pegou aquele diário, colocou no bolso e saiu assim que o guarda passou.

Foi para casa caminhando, já era por volta das 22h45. Andava rápido, pois estava sem a sua bicicleta. Em dado momento, ele sentiu um calafrio na espinha, olhou para trás algumas vezes, porém não viu ninguém. Ficou pensando no contêiner, acelerou o passo, precisava chegar em casa logo, no entanto alguém ou alguma coisa o estava perseguindo. Ao passar por uma rua de areia perto do bairro onde morava, ele sentiu olhos a segui-lo, procurou em volta por alguém e gritou para que o deixassem em paz, que ele não tinha nada de valor, exceto o celular. Quando olhou bem para dentro do acostamento da rua, entre o matagal, viu os dois olhos amarelos, começou a correr e seu perseguidor começou a correr também.

Quando estava virando na esquina da sua rua, a poucos metros da sua casa, algo pulou em cima dele, a luz do poste apagou-se, ele sentiu as costas ardendo, parecia água fervente misturada com cloro, sentiu o cheiro de carne podre e amônia, e uma forte dor em seu ombro. Ele ficou tonto, tentou gritar por socorro, mas a voz não saía. Tentou rolar na areia, contudo não tinha forças. A criatura guinchava como um suíno sendo abatido, era um barulho horrível de se ouvir, tinha uma consistência gelatinosa, parecia um cobertor que ficou no lodo por muito tempo. Abeke sentiu seu fôlego sumir. A criatura estava enrolada nele; seria morto por aquele demônio e nem fazia ideia do que era. Então conseguiu levantar o celular e ligou a lanterna na frente dos olhos da criatura, que deu um grito assustado e o soltou por um momento; ele, então, reuniu forças e caminhou com dificuldade até sua casa. A criatura rastejava com uma velocidade impressionante, mas na areia seca parecia ter mais dificuldade; isso deu tempo para Abeke entrar na sua casa e trancar a porta.

Acendeu todas as luzes que podia, pois percebeu que a criatura era sensível à claridade. Assim que colocou uma cômoda na porta, sentiu a criatura a empurrando, bateu umas quatro ou cinco vezes e depois foi se arrastando pela lateral da casa; Abeke ficou apavorado, lembrou que havia ganhado do próprio amigo Douglas uma lanterna de caça, era ultrapotente, mas ele nunca a usou, estava torcendo para ter uma carga extra. Assim que foi para o seu quarto pegá-la, ouviu barulho de vidro se quebrando, trancou a porta do seu quarto e ficou de costas para a parede. Com a caixa da lanterna nova debaixo do braço, tirou a lanterna da caixa e testou-a pela primeira vez, e, para seu pavor, ela estava com a bateria desligada. Precisava abrir o compartimento para verificar, abriu a parte de colocar a bateria e viu que o conector estava fora do encaixe, então viu algo que não conseguia entender: a criatura estava passando por baixo da fresta da porta, como isso era possível? Ele não tinha como saber. Estava levando um tempo para passar.

Abeke conectou o *plug* da bateria e ligou a lanterna, mirou na criatura e ouviu um silvo como uma cobra sendo ferida, mas a lanterna piscou e desligou. Ele, então, viu o cabo de carregar a lanterna e, para sua sorte, havia uma tomada ao lado da sua cama; ligou a lanterna e mirou na criatura que ainda tentava passar pela fresta da porta, houve um barulho horrendo, fumaça começou a sair da carne lodosa daquele bicho, enchendo o quarto com aquele mau cheiro que fez os olhos de Abeke arderem; a criatura encolheu-se num canto do quarto e, agora, ele estava encurralado. Precisava agir rápido: ou trancava a criatura no quarto, ou ficava e torrava o demônio com a lanterna de caça, mas, para o azar de Abeke, a lanterna estava sendo carregada e não poderia ser usada enquanto isso. A luz começou a ficar fraca, ele jogou o colchão em cima do demônio que se debatia no canto da parede, ardendo em dor.

Quando foi sair pela porta, a criatura levantou-se com seu último esforço e foi rastejando o mais rápido que podia, ficando de pé na frente dele. A criatura era horrenda, parecia uma arraia; entretanto, na parte inferior, havia duas fileiras de dentes formando uma bocarra monstruosa de quase um metro e meio, que saía desde o que deveria ser o pescoço da criatura até pouco depois de onde deveria estar a cintura. Em um dos lados da barbatana, havia um ferrão de pelo menos trinta centímetros, que atravessaria um corpo humano sem nenhuma dificuldade.

No momento em que a criatura ameaçou pular em cima dele, uma das janelas quebrou-se e entrou no cômodo uma luz intensa, que ardeu até mesmo os olhos de Abeke. Ele viu a criatura contorcer-se violentamente, guinchando com um som que era impossível de esquecer; fumaça saiu mais do que antes, fazendo crescer bolhas amareladas e espirrando uma espécie de pus por todo o chão. Ela correu para debaixo da cama, mas a luz a acompanhava aonde quer que fosse; não daria para escapar. Abeke abriu a porta e correu para fora do quarto, ouvindo o monstro debatendo-se nas paredes e quebrando tudo o que podia. Sentiu um cheiro forte de fumaça, mas agora era de madeira queimando, seu quarto estava em chamas. A princípio, achou que o monstro houvesse entrado em combustão, mas percebeu, pelo cheiro de gasolina, que o seu salvador misterioso havia jogado um coquetel *molotov* para terminar o serviço de execução daquele bicho vindo das entranhas do mar!

Abeke saiu da casa correndo. Seus vizinhos mais próximos vieram em seu auxilio, não podiam ouvir todo o barulho da luta pela distância entre as residências, mas era difícil não ver uma casa em chamas. Ele ficou apenas com o diário do Sr. Cido em uma mão e o celular em outra, olhou com grande dor no peito sua casa pegando fogo, ainda ouvindo de longe a maldita criatura debatendo-se e morrendo no meio das chamas. Quando olhou para o lado vindo da parte de trás da casa, viu incrédulo a pessoa que o salvara da morte certa: o infame gerente do porto, com a lanterna na mão. Então ele disse, agora com uma voz amigável: "Vamos embora. Sabe o contêiner que você viu no porto? Ele foi levado. Dentro estão bilhões de ovos com essas criaturas; se esse contêiner for levado e aberto, podemos dizer adeus a tudo o que conhecemos. A criatura que você viu na foto do diário é apenas uma que botou todos os ovos do contêiner".

Abeke pegou a foto novamente e olhou com atenção, então entendeu que um rapaz ao lado do Sr. Cido na foto era o gerente, só que bem mais novo. Seu nome, escrito na foto, era Paolo. Ele continuou: "Nós a capturamos numa ilha aqui perto, conseguimos capturar todos os ovos que ela colocou, com exceção de um. A criatura que matamos agora, aqui na sua casa, era o antigo operador de guindaste que você substituiu; foi transformado, achou que seria uma boa ideia vender um dos ovos para algum biólogo marinho, ele guardou esse ovo por todos estes anos, e há pouco tempo deve ter chocado. A larva entrou nele. Leva pelo menos uma semana para se transformar da forma que ele ficou. Trancamos todos os outros ovos nesse contêiner e lacramos com esses símbolos, que são uma magia antiga. Agora que sabemos que uma dessas criaturas estava à solta, é provável que haja outras na ilha novamente; temos de voltar lá e acabar com toda a ilha, pois embaixo dela vive uma criatura mais antiga que os humanos, e adivinhe do que ela se alimenta? De humanos. Esses monstros levam sua refeição quando a criatura do Abismo desperta, e, sempre que ela desperta, o mundo entra num ciclo de destruição e morte, pois a fome dela é insaciável! É nossa função manter isso em segredo e destruir qualquer tentativa dessas criaturas de se multiplicarem. Tememos que as criaturas tenham levado o contêiner para a ilha; se conseguirem abri-lo, rompendo a magia, será o fim".

Abeke aceitou ajudar o gerente Paolo. Fizeram os preparativos e foram para a ilha. Paolo tinha muitos recursos à sua disposição, mas, quando chegaram à pequena ilha com alguns homens de confiança e armamentos pesados, eles não encontraram nada, nem contêiner, nem criaturas, nem ovos. Enquanto Paolo tentava entender o que havia acontecido, um navio coreano partia pelo Atlântico Sul, e, enterrado na carga de soja, estava o contêiner com os símbolos ¢§¬£.

A FOME DA ESCURIDÃO

KELLY HATANAKA

Diário do Comandante
09/07/2019

Somos 4 pessoas a bordo. As pesquisadoras, dra. Marluce Nogueira e sua assistente, srta. Naomi Mori, meu imediato, sargento Fagundes e eu, capitão-de-corveta Magalhães, o comandante deste submergível, o Ipupiara.

Saímos de Itaguaí às 13h29 em missão de pesquisa, para estudo de espécimes marinhos das regiões abissais.

Esta é a primeira expedição tripulada brasileira destinada a profundidades superiores a 6000 metros abaixo da superfície do mar, a chamada região hadal.

Fecho o diário.

Este primeiro registro, apesar de lacônico, é suficiente. Ademais, para um registro oficial, é só o que posso dizer. Minhas inquietações ou não têm base concreta, ou não devem ser expostas.

Checo os equipamentos novamente e tudo está ok. Todos os medidores mostram leituras perfeitamente normais. Olho para trás e vejo que as pesquisadoras conversam. Parecem calmas e, até agora, têm seguido à risca o rigoroso treinamento.

Talvez seja isto que me parece errado. Elas estão calmas demais. Ninguém deveria ficar tão calmo dentro de um submarino. Não é à toa que todo submarinista recebe um nome de peixe em seu batismo. Isto serve para lembrá-los de que o mar não é seu lar e para mantê-los atentos. A atenção é primordial, porque a água, ela sempre tenta entrar. Isto é um fato.

Ver aquelas pessoas conversando tão confortavelmente me desperta um sentimento de desconforto. Porém, após 10 anos de experiência em submergíveis, em áreas de guerra, em missões experimentais, em expedições científicas, o desconforto se tornou quase meu habitat e, assim, volto minha atenção para meu braço direito nesta expedição, meu imediato, Fagundes. Quase tão experiente quanto eu, veio altamente recomendado. Porém, não o conheço. Esta é nossa primeira missão juntos, e confiança se constrói com tempo. Por ora, basta dizer que suas ações têm sido irrepreensíveis.

Ajusto os equipamentos, verifico a rota, calculo tempos e distâncias e me preparo para descansar. Ainda levará algumas horas para atingirmos a região abissal e mais algumas até atingir a região hadal, assim chamada em honra de Hades, deus do submundo na mitologia grega.

Esta será minha primeira vez em tal profundidade. Imagino a escuridão que nos aguarda. Penso que a água, mais do que nunca, desejará entrar.

Na verdade, gostaria de ter uma tripulação maior, como o habitual. Mas, neste submergível tão compacto, as funções tiveram de ser adaptadas e, assim, todas as atividades estão divididas entre nós dois. Com o acréscimo da responsabilidade sobre o estado psicológico das pesquisadoras. Esta, honestamente, é uma de minhas maiores preocupações. Elas passaram por um simulador do Ipupiara. Foram 30 dias confinadas, sem celular, sem tablets, sem TV, falando baixo e movendo-se silenciosamente em ambiente extremamente restrito. Foram aprovadas com louvor.

Mas, então, elas sabiam que estavam num simulador. Que, do lado de fora, havia ar e uma equipe médica a postos. Como se comportariam de fato numa situação real, cercadas por água e escuridão de verdade e com a água, como sempre, querendo entrar?

***

— Doutora, as cápsulas de coleta estão organizadas. Assim que o comandante anunciar os 6000 metros, já poderemos enviar a primeira.

— Excelente, Naomi. É importante que as planilhas de controle também estejam preparadas. Podemos ter pouco tempo para realizar as leituras. Você as revisou?

— Sim, quatro vezes.

— Revise novamente, por favor. Nada pode dar errado, pois não teremos uma segunda chance.

Naomi foi verificar novamente a organização das planilhas. Não havia irritação ou contrariedade em seu rosto. Na verdade, o que ela escondia era o prazer. Organizadora compulsiva, sentia-se em seu elemento naquele espaço tão minuciosamente organizado, e ver e rever os mesmos processos repetidamente era algo que lhe trazia conforto. E informação.

Ao revisar todo o material inúmeras vezes, incluindo material que nem deveria ser de seu conhecimento, acabou descobrindo o real objetivo da missão.

***

O silêncio frio do submarino é cortado pela voz do comandante.

— Atenção, pesquisa. Estamos a 5500 metros.

— Pesquisa ciente.

Finalmente chegamos. Estas últimas três horas parecem ter durado vinte anos. Passo as instruções para Naomi, desnecessariamente, devo dizer. Ela já havia preparado a primeira cápsula e agora a posiciona no deck de lançamento.

— 5700 metros.

O ar frio entra com dificuldade por minhas narinas. Há a adrenalina, claro, e eu me esforço por controlar minha respiração. Olho para Naomi e vejo que ela me observa. Ela sabe. Ela percebeu minha crise de pânico durante a simulação. Ela sabe também o que viemos fazer aqui. Pesquisar espécimes abissais é apenas uma meia verdade. Sei que ela, em seu afã de organizar tudo, leu o material confidencial e sabe o que viemos estudar. O que não compreendo é por que não desistiu da missão imediatamente.

— 5800 metros.

Em vez disso, ela me chantageou. Ameaçou denunciar minha claustrofobia se eu denunciasse sua indiscrição. Era algo que não pode acontecer. Aguardei minha vida toda por uma descoberta como esta.

— 6000 metros.

Vejo Naomi travar o deck e acionar o envio da cápsula.

Em algumas horas, teremos o retorno. E teremos, enfim, alguma informação sobre a misteriosa criatura gigantesca que vem causando leituras semelhantes a atividades sísmicas em meus equipamentos. O que, de início, pareceu abalos sísmicos acabou por revelar um padrão de movimento condizente com um grande ser de seis membros. Algo como um inseto, o que contraria qualquer ideia que se faça da vida marinha nas regiões abissais.

As últimas leituras foram aos 6000 metros de profundidade, e elas vêm-se repetindo de forma insistente, como um chamado. Subitamente, não sei o que me inquieta mais. Pensar num monstro marinho desconhecido ou na sólida escuridão lá fora, ou que este monstro possa estar me chamando.

***

— Comandante, a cápsula retornou.

— Comando ciente — respondo.

Como parte do procedimento de recolhimento das cápsulas, eu travo os instrumentos de navegação em modo de segurança e Fagundes reduz para o mínimo a energia dentro do Ipupiara.

— Pesquisa, pode prosseguir.

A assistente da doutora inicia, então, a recepção. A cápsula adentra o compartimento intermediário, mas não sinto alívio por estar tudo funcionando como deveria. Algo está errado. Vejo isso nos olhos de meu imediato. Urgência. Medo.

O compartimento intermediário é um compartimento escuro, isolado, onde é possível manipular a cápsula através de mãos robóticas operadas pelo lado de fora. Dra. Nogueira opera os controles que abrem a cápsula e ela olha através dos visores que permitem visão noturna. Sua expressão surpresa e horrorizada confirma meus temores e, enquanto o Ipupiara estremece como se fosse romper ao meio, não consigo pensar em nada enquanto mergulho na escuridão.

***

"Não é possível!". Lembro-me de ter esse último pensamento enquanto perco a consciência e vejo o terror nos olhos de Naomi. Quando acordo, ele ainda ecoa em minha mente.

Ainda atordoada, olho ao redor. O submarino está vazio. Nem sinal do comandante, do taciturno imediato, de Naomi.

— Comandante! Naomi!

Naquela quietude, nem o silêncio parece responder.

Para onde foram? Como isto é possível? Tudo ao redor parece estar na mais perfeita ordem. Vou até o lugar vazio do comandante e olho os controles. Nenhum sinal de avaria no Ipupiara, nem de vazamentos. Todas as escotilhas estão lacradas. A pressão e a temperatura internas estão perfeitas. Como é possível que três pessoas desapareçam de dentro de um submarino a mais de 6000 metros abaixo da superfície?

De repente, torno-me muito consciente da escuridão que me rodeia, da pequena nave metálica que me abriga e me sinto sufocar por mãos invisíveis. O ar que respiro não entra em meus pulmões e sou dominada pelo pânico, pelo horror de morrer no meio desta escuridão infernal.

Aterrorizada, lembro-me do que vi no compartimento intermediário, antes que o submarino inteiro estremecesse e eu perdesse os sentidos. Terá sido real? Ainda estará lá? Este pensamento me devolve à razão e olho pelo visor. Mas não há nem sinal da imensa e improvável borboleta monarca que, ignorando estar imersa em água salgada, voejava como se estivesse livre no ar. Sim, tenho certeza absoluta de que não era uma arraia ou algo do tipo. Era uma borboleta, sem dúvida nenhuma. Mas agora, em seu lugar, está Naomi. Ela bate desesperada com os punhos na escotilha de saída do compartimento intermediário.

— Meu Deus! Como ela foi parar lá? Estou enlouquecendo?

Corro para acionar os controles que abrem a escotilha do compartimento intermediário, mas eles travam. Ela vai se afogar, ela vai morrer! Tento novamente, nada. Em desespero, tento o procedimento manual de emergência, que, enfim, abre a escotilha que liga o compartimento intermediário ao compartimento de despejo. Abro a escotilha deste compartimento e corro para dentro.

— Naomi! Naomi!

Mas ela não está lá. Em seu lugar, apenas a grande borboleta monarca, voejando e sugando a luz rapidamente, vorazmente, mergulhando tudo numa densa e sólida escuridão e me atirando no mais absoluto esquecimento, diretamente para os braços daquele que me chamava.

***

Abro os olhos e demoro a perceber que estou sozinho no Ipupiara. Onde estão todos?

— Pesquisa? Doutora? Fagundes?

Sem resposta. Um silêncio irreal me rodeia. Levanto-me e percorro todas as câmaras do submergível. Mas não há sinal da doutora, de sua assistente nem de meu imediato. Os motores estão parados. Nada se move. Nenhum som. Pareço estar vagando no vazio.

Nada em meu treinamento ou em meus anos de experiência me preparou para isto, e estou completamente perplexo, paralisado de terror. Como podem três pessoas sumir desta forma? Impossível. Nada aponta para a possiblidade de terem sido sugados para fora por algum tipo de descompressão. Está tudo perfeitamente organizado, nenhuma avaria foi detectada. O submarino está perfeitamente lacrado.

As luzes estão baixas, mas funcionam. Porém os motores não dão sinal de vida, o que explica o silêncio ensurdecedor. Estou à deriva e, de repente, sinto a escuridão a meu redor se adensando, me ameaçando, respirando como um ser vivo, e sinto, mais do que nunca, que a água quer entrar. Aquela escuridão nunca pareceu mais aterrorizante, e a água empurra as paredes do Ipupiara com intensidade crescente. Parece-me ouvi-la batendo na parede, esmurrando a escotilha.

— *Não!* Não vou abrir!

Que é isso? Para quem estou gritando? Estou enlouquecendo?

— Não há necessidade de abrir, comandante.

Olho ao redor, mas não vejo ninguém.

— Fagundes? É você?

— Não, comandante. Sou aquele que vocês buscavam.

— Não sei quem você é. Esta é uma expedição de pesquisa.

— Você não sabe quem sou, mas tem me buscado em todas as suas missões. Agora, a doutora sim, ela veio me buscar. Eu a chamei e ela veio.

— Quem é você? Do que você está falando? Onde você está?

— Sou a escuridão. Sou Abissal. Estou aqui desde o início do tempo.

— Onde? Mostre-se.

Gargalhadas.

— Comandante, seus olhos não podem me ver. Você me olha e só vê escuridão.

— Onde está minha tripulação? O que fez com eles?

— Eu os devorei. Como estou fazendo com você.

Gelado. O frio está piorando. O monstro prossegue.

— Eu os devorei. Comecei pelos seus medos, pelos seus desesperos, tão apetitosos. Mas você, comandante, você é o prato principal. Uma iguaria.

Não consigo mais responder. Minha voz não me pertence mais.

— Sabe por quê, comandante? Porque você tem me buscado sem saber. Você quer morrer, não é mesmo? Não, não tente negar. Eu já cheguei aos seus pensamentos. É inútil.

Não sei mais dizer se estou consciente. Pareço estar, pois compreendo o que ouço. Mas tudo está tão longe. Com esforço, me obrigo a perguntar algo.

— Onde... você?

— Estou aqui fora, comandante. Sou a escuridão, a água que quer entrar. Atraí a doutora para cá, mas nem desconfiava de que ela traria tantas delícias consigo. Ela achava que sou um monstro, acredita?

O silêncio está agora em minha mente.

— Claro que sou um monstro. Mas não um inseto gigantesco como a levei a acreditar. Ou o kraken, com o qual iludi inúmeros marinheiros desde a antiguidade, ou o megalodon, ou qualquer um desse tipo.

Frio. Silêncio.

— Sou Abissal. Não sou uma região, um lugar, ou o fundo do oceano. Sou a escuridão que se alimenta do desespero.

TUBARÃO NEGRO

VITOR G. MUNERATO

Por baixo das entranhas do Oceano Atlântico, onde a luz do sol não alcança, existe a Mandíbula, uma estação submarina secreta, construída sobre o solo encrustado para um propósito profano, e que abriga as brilhantes e inescrupulosas mentes dos maiores cientistas e pesquisadores do planeta.

Adeline Muschel, bióloga especializada em mutações genéticas e responsável por coordenar as pesquisas e procedimentos da Ala 5, encerrava seu expediente ao compilar anotações ínfimas para seu relatório semanal. Não escondia a decepção em sua face, castigada por rugas e olheiras decorrentes da idade, mas que ainda sustentava resquícios de sua beleza jovial.

Sozinha em sua sala, sentada de frente para sua mesa, Adeline refletia sobre a inutilidade das técnicas utilizadas até o presente momento e sentia uma angústia que precedia o desespero. Ao seu redor, diversas cúpulas e frascos de vidro de todos os tamanhos continham, inertes e conservados numa solução de formol, embriões, fetos e bebês humanoides, dotados de peculiaridades que caracterizam a vida marinha, como nadadeiras, barbatanas, guelras, dentes pontiagudos e olhos arredondados desprovidos de pálpebras. Híbridos de humanos com peixes e tubarões. O Projeto Quimera.

Ao lado direito de sua mesa, havia uma maca na qual, sobre o fino tecido branco que se estendia até o chão, jazia um corpo adulto humanoide e incomum, que causaria espanto a qualquer pessoa alheia ao contexto, mas, para Adeline, era apenas seu mais recente fracasso. Uma criatura nua e de corpo acinzentado, coberto de lacerações e tumefações, com braços longos e esqueléticos, garras brancas afiadíssimas, tais como as mandíbulas, guelras no pescoço, genitálias removidas cirurgicamente, uma barbatana enorme nas costas, que fazia o corpo pender para o lado esquerdo, e olhos negros sem vida. Um arremedo de homem com seus atributos subaquáticos induzidos. Um feto gerado artificialmente aqui, uma substituição de material genético ali, cálculos e mais cálculos, semanas e mais semanas de labuta incessante, e nenhum resultado satisfatório. Nada que conseguisse sustentar a vida naquelas abominações.

O alarme estridente ressoava em intervalos uniformes, fazendo dueto com as luzes de tons alaranjados que oscilavam pelos corredores da Mandíbula, e requisitava a presença imediata de todos os coordenadores das alas. Adeline levantou-se rapidamente e prontificou-se a caminhar, deixando de lado sua melancolia momentânea. Todos atenderam ao chamado com urgência, pois sabiam o que aquele som significava: algo havia sido capturado nos arredores da estação, e o requisito básico para algo ser capturado é ser, no mínimo, interessante. Apesar das feições frias e sem vida dos homens e mulheres de jaleco branco, por dentro havia um entusiasmo coletivo que eles se detinham em demonstrar. Por fim, quando chegaram à chamada "área de elevação", o que aqueles pares de olhos céticos puderam contemplar extrapolava os limites do ordinário.

O monstro se debatia furiosamente, estremecendo a plataforma que o suspendia por garras metálicas e que ameaçava ceder, deixando clara sua aversão ao cativeiro. Era um tubarão negro, com cerca de doze metros de comprimento, com um corpo obeso que se assemelhava ao gigantesco e mítico megalodon. Ao se aproximarem cautelosamente e aguçarem suas visões, os cientistas se depararam com características sobressalientes que os deixaram embasbacados. Seus olhos eram duas esferas brancas que fervilhavam em agonia em contato com a luz. Seu corpo ciclópico era repleto de escamas negras reptilianas que se eriçavam uniformemente, como uma onda que se propagava da cabeça ao dorso. Linhas rubras contornavam sua enorme boca feito uma satírica pintura de um sorriso circense e se estendiam horizontalmente pelas laterais do dorso, contornando as nadadeiras — havia duas de cada lado — e seguindo até o longevo fim de sua espessa cauda.

A cada segundo, a perplexidade dos cientistas crescia, especialmente a da Dra. Muschel, que subitamente se sentia com novo fôlego para retomar suas pesquisas, e seus olhos verdes até emitiram certo brilho de felicidade. Apesar da improbabilidade, estava explícito que estavam diante de uma espécie não catalogada e única. Os cientistas consentiram que uma nova equipe teria de ser selecionada para estudar as propriedades singulares daquele novo e misterioso organismo. Com sorte, poderiam acrescentar informações úteis ao Projeto Quimera e, quem sabe, até mesmo uma solução definitiva.

As semanas seguintes se passaram como o vento. O grande e escamoso tubarão negro, agora mantido sob observação num enorme aquário circular, subiu os degraus da fama na Mandíbula. "Promissor", "útil", "fantástico", "cósmico". Uma espécie ancestral perdida na escala evolutiva. Um gigantesco peixe primordial com traços saurianos que, por meio de sua revelação, trouxe aos cientistas um misto de empolgação com dores de cabeça. Sangue e tecido celular foram extraídos — com extrema dificuldade — para análise, o que por si só foi mais do que suficiente para executar uma guinada no andamento do Projeto Quimera. Por mais que a ideia de uma dissecação fosse tentadora, pois só assim poderiam compreender a criatura por completo, ninguém possuía ainda a coragem de destruir tamanha raridade, o que lhe garantiu a sobrevivência. Procedimentos foram aprimorados, técnicas foram aperfeiçoadas, cálculos foram revistos e corrigidos, e os resultados eram uma questão de tempo. O DNA do monstro, aparelhado com informações inéditas, foi a chave que possibilitou maior eficiência e o subsequente êxito do projeto.

Os primeiros híbridos de humanos com tubarões abriam seus olhos, despertos de um sono sem sonhos. Finalmente, estavam conscientes e em quadro estável. Suas funções cognitivas estavam em perfeitas condições. O sangue circulava fervorosamente, e não havia obstruções nas vias respiratórias. Seus dedos albinos se flexionavam e seus corações pulsavam em proclamação à vida profana que receberam de seus deuses mamíferos, que reagiram estupefatos ao ver aquelas coisas em movimento. A cada respiração, era possível notar o movimento singular das guelras no pescoço. Seria um indicativo de que os espécimes poderiam respirar tanto dentro da água quanto fora dela? Testes práticos posteriores comprovaram que sim. A base da dieta, obviamente, era carne de peixe.

Adeline ponderou, em seu íntimo, o grau de canibalismo que aquilo representava. A lógica era assustadora: se o homem-peixe come o peixe, o que impediria o homem-peixe de comer o homem?

Não demorou para que a Mandíbula lotasse de híbridos perfeitamente funcionais e devidamente controlados. Nadavam com maestria, e assistir à sua performance debaixo d'água por detrás dos aquários era um deleitoso espetáculo. A inteligência era primitiva e respondia somente aos instintos básicos de sobrevivência, o que ocasionava um teor de hostilidade em seu comportamento, mas que não representava ameaça significativa para intelectos superiores. Pelo contrário, eram suscetíveis a comandos programados, o que sugeria um anseio por submissão e possibilidade de domesticação. A agressividade já era esperada, e já havia métodos para refreá-la. Tudo estava sob controle, tudo estava indo bem, bem até demais.

Não há nada que alimente mais o ego de cientistas orgulhosos do que o sucesso de seu trabalho, e isso era motivo suficiente para uma festa de comemoração regada a álcool e farta de comida. Sushi e frutos do mar estavam fora do cardápio.

Quando a festa se encerrou, não havia um único ser sóbrio sob as luzes apagadas. Mesmo com o excesso de bebida, Adeline, exaurida após a euforia da celebração, ainda estava consciente, enquanto seus colegas estavam espalhados pelo chão, inconscientes. Foi então que ela percebeu a grande tragédia. Lá estava ela, no fundo do oceano, novamente sem objetivos, privada de distrações, cercada por pessoas que ela meramente tolerava, sozinha.

Em meio ao silêncio sepulcral e à escuridão esmagadora, sua mente divagou em lembranças longínquas, havia muito reprimidas pela fadiga. Revisitou sua adolescência rebelde, uma época anterior a sua devoção pela ciência, na qual se dedicaria a desvendar mistérios e explicar "como" sem se importar com a ausência incômoda dos "porquês". Sentia ainda vívida a lembrança de estar atrás de uma bateria, botando pra quebrar, com Charlie na guitarra, Peter no baixo e Marge no vocal. A banda Espírito Desalmado, destinada a pregar seu evangelho hedônico, materialista, niilista e anticristão.

Adeline levantou-se com esforço, andou cambaleante pelos corredores, segurando uma garrafa de cerveja e falando bobagens para si mesma. Adentrou uma porta que se abriu automaticamente deslizando para as laterais, a qual conduzia para um recanto pouco iluminado.

Aproximou-se de um vidro curvo que se estendia horizontalmente por todo o salão e, com mente inebriada e visão embaçada, encarou seu lamentável reflexo. Baixou a cabeça e deixou escapar um choro. Quando retomou a postura e olhou novamente para o vidro, tomou um susto que a fez gritar e a levou ao chão. Por trás de seu reflexo, o tubarão negro a encarava de frente, imóvel. Foi quando ela percebeu, talvez tarde demais, que havia adentrado o aquário da criatura, cujos olhos brancos repentinamente se tornaram púrpura. Naquele momento, Adeline sentiu um arrepio que gelou sua espinha, como um presságio de algo horrendo.

O tubarão avançou em sua direção e colidiu com o vidro, o que a fez repetir o grito e a queda. A criatura começou a nadar em círculos e a chocar-se violenta e descontroladamente em diversas partes do reforçado vidro, repetidas vezes. Então, convulsionou como se houvesse algo em seu interior, rasgando suas vísceras. Parecia engasgado, como se houvesse algo entalado em sua garganta. Por fim, ele regurgitou uma massa disforme que ficou temporariamente encoberta por sangue e tripas, enquanto seu corpo milenar e colossal, agora sem vida, afundava para a escuridão do aquário.

Quando o sangue se dissipou, revelou uma bolha transparente, o invólucro de um sacrilégio. Dentro da bolha, um bebê humanoide albino em posição fetal com olhos de cor púrpura a encarava com um sorriso malicioso.

Gritos de pavor ecoaram por todos os cantos da estação, precedendo o alerta vermelho que anunciava o caos. Como aquelas abominações haviam se libertado? Os poucos segundos iniciais de confusão e hesitação foram os que renderam mais mortes, lentas, dolorosas e sanguinárias. Os monstros eram rápidos, suas presas dilaceravam a carne dos cientistas, arrancavam seus membros sem qualquer desafio, trituravam ossos e bebiam sangue fresco. Uma maré de gente desesperada corria inutilmente para os submarinos, na vã esperança de fuga. Mãos humanas comportavam-se mimetizando as garras do inimigo, puxando cabelos e roupas, e empurravam seus semelhantes aos monstros para retardar seu passo. Era cada um por si.

Apesar de não ter visto a ação acontecendo, Adeline ouvia os gritos de pessoas morrendo em agonia e lutando por suas vidas. A Mandíbula havia sido tomada, os híbridos agora estavam livres para vagar não somente pela estação, mas pelos mares e oceanos afora, e ela sabia disso. No entanto, ela ignorava tudo, em deboche a qualquer senso de urgência, e permanecia parada, como se em um transe profundo ou condição hipnótica, encarando aqueles olhos de cor púrpura e esperando que aquele sorriso malicioso se desfizesse para pronunciar alguma coisa.

"Adeline, não tenha medo. Você não está sozinha. Não mais."

O MONSTRO NAS PROFUNDEZAS

ANDRÉ ROMÉRO

Meu pai dizia que se perdoar é como lutar contra a ventania.

Uma metáfora de marinheiro. Eu não tinha nenhuma foto dele guardada, e seu rosto estava cada vez menos nítido em minha memória. Eu não o via há três décadas, mas por alguns anos me espelhei nele para tentar ser um pai tão bom quanto ele foi.

E falhei.

Fui um péssimo pai. Não que seja uma tarefa fácil ter o primeiro filho aos cinquenta e cinco anos. Muito menos desempregado e alcoólatra. Mas meus últimos oito anos foram assim: procurando formas de sustentar uma família que eu mesmo estava destruindo. Talvez tenha sido por isso que fui atrás do barco de meu pai. Não só porque eu precisava sumir, mas também porque eu precisava de um último encontro com meu principal mentor. Isso era o mais próximo que eu conseguiria de encontrá-lo. O único pertence que ele havia deixado ali era um cofre. Dentro dele havia uma única moeda, que eu guardei no bolso.

Havia umas três horas estava em alto-mar, numa noite fria com nuvens carregadas. A imagem do meu filho amedrontado martelava em minha cabeça. Tornei-me aquilo que sempre temi. Tornei-me aquilo que sempre condenei.

Meu filho, agora, tinha medo de mim. Eu havia me tornado um trauma em sua vida. E seu corpo possuía feridas que demorariam para cicatrizar. Eu não o veria mais. Sua mãe não deixaria.

Ela estava certa. No lugar dela, eu faria a mesma coisa.

Eu estava naquele barco acabando com todas as garrafas. As lembranças cada vez mais difusas em minha mente conturbada. O arrependimento gritava e eu tentava silenciá-lo. Em certo grau, estava me saindo bem.

O mar estava calmo demais. O céu parecia anunciar que uma tempestade estava por vir, mas ela nunca chegava de fato. Então avistei algo em meio à imensidão do oceano. Alguma coisa estava boiando. Segui com o barco na direção da misteriosa forma.

À medida que me aproximava, a silhueta de uma pessoa em cima de algo que parecia ser um pedaço de madeira ficava mais nítida. Era, sim, um pedaço de madeira, de uns dois metros de comprimento e um de largura. Trabalhei com marcenaria por alguns anos. Eu reconhecia um daqueles de longe. Agora conseguia ver que era uma moça deitada ali. Uma moça jovem em roupa de mergulho.

Ela estava consciente, mas parecia muito fraca. Demorei alguns minutos, mas consegui trazê-la para dentro do barco.

— Eu quase cheguei lá — ela disse. Sua voz estava trêmula. Sabe-se lá quantas horas ela passou em contato com aquela água fria. — Eu quase consegui. Muitos não acreditam... muitos não creem... pois aqueles que conseguem... eles nunca mais voltam.

Eu estava confuso. Tentei compreender o que ela queria dizer. Perguntei-lhe, e a resposta foi:

— Mergulhe.

Na verdade eu sabia que era isso.

Eu sabia que estava ali por isso, mas só admiti para mim mesmo no momento em que ouvi na voz da moça doente.

Quão fundo eu chegaria? Eu precisava respirar, e meus pulmões não estavam nas melhores condições, mas eu tinha de mergulhar. Eu tinha de ir fundo demais, mesmo que isso custasse tudo. Eu precisava conhecer as profundezas do oceano, aquelas profundezas que só quem conheceu é quem foi tão fundo, mas tão fundo... que nunca mais voltou.

Ela estava morta. Aquela havia sido sua última palavra. Eu nunca soube seu nome e ela nunca soube o meu. Queria do fundo do meu coração que seu corpo tivesse tido um destino mais digno, mas tive de amarrá-lo ao velho cofre de meu pai e jogá-los no mar. Não queria virar suspeito de um crime que nunca cometi. Seria mais uma terrível mancha em meu póstumo legado.

Então peguei o traje de mergulho. Tirei a moeda do bolso da outra roupa e guardei-a dentro do traje de mergulho. Eu agora tinha certeza do que tinha de fazer.

Mergulhei.

Desci e desci cada vez mais. Eu não parava de descer. A luz do céu tempestuoso ia desaparecendo e dando lugar à verdadeira escuridão. Após descer muito, eu não via mais nada. Absolutamente nada. Escuridão total. E a pressão ficava cada vez maior. Mas eu continuei descendo. Não parei de descer.

Até que algo mudou. Sim, algo mudou. A escuridão começou a sumir e deu lugar a algo... diferente. Eu estava descendo, sim... descendo em direção à superfície.

Abaixo de mim — ou seria acima de mim? — havia uma superfície. Eu via a forma da água e o céu estrelado. Eu estava indo em direção a ela, mas não estava voltando. Não era um retorno. Definitivamente não. Eu estava indo para uma nova superfície

Então cheguei. Pude finalmente respirar. Não havia cor naquela noite. Não havia cor em nada ali. A água era incolor, assim como o céu, assim como eu. Eu estava no lugar onde os que ousam chegar nunca mais voltam.

A água estava gelada e meus ombros tremiam. O som monótono da água sendo movimentada pelo meu corpo foi cortado pelo som alto e grave que vinha de longe por trás de mim. Virei-me e vi que um barco a vela se aproximava. Seu brilhante farol estava apontado para mim, e sua grave buzina apitava me chamando naquele mundo incolor. Aquele era meu destino.

Nadei em sua direção rápido como um jovem. Não demorou até que eu estivesse subindo no barco, exatamente quando o farol apagou e a buzina silenciou. Ao subir no barco, gelei. Mais do que antes. Gelei tanto, que o frio que eu até então tinha sentido pareceu calor. Ali na minha frente, estava meu pai. Ele guiava o barco naquele incerto mundo incolor. Mas ele não parecia contente em me ver. Na realidade, era difícil saber se ele estava de fato me vendo. Seus olhos estavam completamente brancos, como os olhos de um cego. Sua pele estava podre e seu rosto inexpressivo. Eu não senti vontade de abraçá-lo; senti puro medo. Medo daquela figura póstuma na forma de meu falecido pai.

— O que devo fazer? — perguntei e me dei conta de que minha voz saiu trêmula como a da moça que morrera no outro barco.

Ele apenas estendeu o braço. Sua enrugada e podre mão estava com a palma virada para cima e os dedos unidos. Ele queria que eu lhe entregasse algo.

Claro que queria. A moeda.

Rapidamente tirei a moeda de dentro do traje de mergulho e a coloquei sobre sua mão. Ele assentiu com a cabeça e apontou com o outro braço para dentro do barco. Eu deveria entrar ali, e ele deveria voltar a guiar o veículo. Obedeci.

Abri a única porta que havia e entrei numa escura e pequena sala de quatro paredes. Na parede à minha frente, havia um pequeno espelho. Comecei a caminhar em sua direção, mas parei ao ouvir uma respiração a mais na sala. Virei-me aos poucos e fiquei boquiaberto. Foi inevitável. As lágrimas começaram a cair na mesma hora.

— Filho... — eu disse.

Ele estava encolhido num canto. A cabeça apoiada nos joelhos e os braços tampando seu rosto. Sua respiração estava ofegante, amedrontada, e ouvir isso agora que o efeito do álcool havia passado era torturante.

— Filho... eu não vou fazer mal a você. Não tenha medo de mim.

Então sua respiração parou. Sim, parou do nada. Ele lentamente levantou a cabeça, mantendo os olhos fechados e revelando o rosto um tanto quanto pálido.

— *Mmmmmmmmmm...* — ele começou a murmurar. Um murmúrio baixo, e sua cabeça estava levemente trêmula. — *Mmmmmmmmmmmm...*

Eu não entendia o que estava acontecendo. Ele começou a se levantar ainda murmurando e sem usar as mãos como apoio, mantendo os braços ainda tampando parte do rosto.

— Filho? — Eu estava tremendo, e meu rosto já estava coberto de lágrimas.

Então ele baixou os braços e eu pude ver como seu pescoço estava marcado com fortes hematomas.

— Filho, eu... me perdoe, eu não queria...

— *Mmmmmmmmmmmm... nnnnnãããoooo* — ele disse, revelando uma voz extremamente rouca e sufocada que mal conseguia sair.

— Vai ficar tudo bem, filho, eu prometo que vai... filho? Filho, o que houve?

Ele parou de murmurar. Estava parado com o corpo ereto e os olhos fechados sem respirar.

Então abriu os olhos. Brancos, como os de meu pai. Em seguida, seus lábios foram lentamente mudando de forma, dando lugar a um macabro sorriso. Não era o sorriso que eu vi por oito anos no rosto de meu filho... aquilo não era realmente meu filho.

— *Mmmmmmmm...* — ele murmurou sorridente. — *Asssssssaaa... ssssiiiiiinoooo* — disse e deu lentos passos até a porta.

Eu não quis acompanhá-lo. Corri e fechei a porta antes que ele pensasse em voltar. Aquilo não era meu filho, e eu torcia para que, fosse lá o que fosse, tivesse se jogado naquele oceano incolor.

Então contemplei mais uma vez aquele espelho. Caminhei em direção a ele e, desta vez, não fui interrompido. E, ao ver meu rosto, as lágrimas voltaram.

Agora, sem o efeito do álcool, pude finalmente ter consciência de quem eu de fato era. Aquela criatura em forma de meu filho estava certa. Eu era um assassino. Meu filho nunca mais me veria, não porque sua mãe não deixaria, mas porque ele estava morto.

Eu sempre soube que lá no fundo havia um monstro. Um monstro que eu queria silenciar. Um monstro que eu não podia deixar ter voz. Mas o monstro, por diversas vezes, tentou sair.

O álcool foi a forma que eu tentei usar para controlá-lo, mas, por fim, foi o que lhe deu voz. Eu era o monstro nas minhas profundezas, e meus pecados haviam deixado marcas profundas demais para serem cicatrizadas. Agora era tarde demais. Tarde demais para tentar consertar meus erros. Tarde demais para voltar. Eu tinha de seguir em frente.

Mas para onde?

Abri a porta sem medo de ver a forma de meu filho, mas, para minha surpresa, nem ele nem meu pai estavam lá. Era apenas eu naquele barco, e uma forte tempestade se formava.

Sim, estava chovendo e os ventos estavam fortes. O mar agitado balançava o barco a vela. Então vi à frente o local para onde a ventania estava me levando. Aquele não era um lugar incolor. Era quente, e suas cores de brasa eram fortes.

Olhei para o outro lado e vi outro lugar de cores fortes, mas esse era completamente diferente. Era uma forte luz azul celeste. Eu sabia para onde tinha de ir, mas a ventania estava muito forte.

Então assumi o controle do barco. Meu pai havia me ensinado a velejar quando eu era jovem. Eu sabia o que tinha de fazer: ir em direção à luz da cor do céu, mesmo que aqueles ventos fortes me empurrassem em direção ao fogo.

Mas eu ia conseguir.

Eu tinha de conseguir.

RAGADU

IVAN ZOLA PERANOVICH

Olá, tem alguém aí? Espero que sim, pois preciso contar esta história antes que mais alguém se machuque… na verdade é Florípedes, minha bela enfermeira que prepara os melhores mingaus de aveia de todo o planeta, quem escreve esta história enquanto a dito. Espero que ela seja fiel ao meu relato, pois o verei ao final. Certo, Florípedes?

Bem, me chamo Jorge Afonso Dellaroca, tenho 26 anos, natural de Buenos Aires, Argentina, formado em Administração, cara boa-pinta, namorador e de família rica — pelo menos era. Tinha sonhos como todo mundo, mas, há dois anos, tudo mudou. Vocês devem estar aí me julgando por conta do mingau e da enfermeira. "Deve ser mais um mimado desocupado, que quebrou o pé e se cansou dos *streaming*, que está explorando a pobre mulher." Quem me dera ainda possuísse pés. Quando os tinha, colocava meus tênis importados e fazia minhas corridinhas diárias, ostentando meu corpo outrora torneado para impressionar as garotas. A pergunta que fica é: por que, naquela madrugada do dia 15 de julho de 2017, não corri como o fizera outras tantas vezes? Talvez esse fardo fosse só meu. Só eu poderia carregá-lo, e não havia como chutá-lo pra longe. Ah, por falar em carregar, também não tenho braços e mãos. O jovem branco de classe alta que possuía 1,80 m de altura já não existe…

Antes que Florípedes me entupa ainda mais de mingau e eu durma — por conta dos remédios, não sou mais aquele de antes

—, me impedindo de contar os detalhes da minha queda a vocês, preciso continuar esta história. O quanto antes. Não que eu vá sair daqui. Só saio quando meus coroas hipócritas querem impressionar a todos com o filho deficiente dilacerado — literalmente — pelo destino. Infelizmente, eu não era muito diferente deles. Vivi intensamente aqueles meus tempos áureos. Possuí os melhores brinquedos, estudei nas melhores escolas, tive os melhores carros, mulheres e as melhores oportunidades. Melhores amigos não tive! Todos falsos, fui útil até a página nove na vida deles. Hoje, para minha infelicidade, a coisa mais frenética que me ocorre é quando engasgo e Florípedes se encosta em mim com seu lindo par de seios para me socorrer. Ah, Florípedes, se tivesse te conhecido alguns anos atrás... (pausa para o leve tapa no peito que acabo de levar). Na verdade, pisaria na bola com ela como fiz com a maioria das moças que passaram em minha vida. De tudo que me aconteceu, algo de bom sucedeu: um canalha a menos no mundo. Sim, eu era dos piores e, nas férias daquele julho de 2017, a coisa não foi lá muito diferente.

Me lembro como se fosse ontem de Arthur, filho do sócio do meu pai (meu velho tem uma construtora de renome), me ligando de madrugada:

— Jorge, meu bom! Chega mais no Pancho Villa, que tem uma galera firmeza por aqui.

Relutei um pouco, mas cedi. A situação em casa não era das piores: refrigerante gelado, um pacote de *cookies* e um bom jogo de videogame para me distrair madrugada adentro. Mas a gente costuma ser burro, a tentação vem e a gente acaba cedendo. De fato, o lugar estava bombando, galera das faculdades de férias, música ao vivo, clima dos melhores para curtição. Arthur, Palleta e Miguel me receberam com umas amigas. Todas estudantes da faculdade ali próxima. Cerveja vai, cerveja vem, marcamos uma viagem para o litoral peruano, na recém-descoberta "Ilha de Alberique", novo polo turístico da América Latina.

— Vamos amanhã mesmo! — falou Palleta, eufórico. Ninguém concordou. Negociamos bastante e, após mais alguns baldes de cerveja, decidimos que iríamos no final de semana seguinte. Assim o fizemos.

Havia chegado o grande dia: eu e meus parceiros da época, jovens ricos e solteiros, prontos para aventura. Os alto-falantes da minha caminhonete estralavam de tão alto. Cantávamos com intensidade. Miguel até parou para vomitar na estrada depois de um burrito que comeu e não caiu bem — esse foi o grande entrave da viagem, mas tudo bem. Para chegar até a Ilha de Alberique, precisaríamos pegar uma balsa numa vila de pescadores. Vários deles nos encaravam, não aceitando que jovens *playboys* como nós adentrassem em seu solo sagrado. Pagamos caro pela balsa — creio que além do preço de mercado —, mas fomos até o local. Chegando lá, nos surpreendemos com a estrutura daquele novo espaço de terra havia pouco descoberto. Logo na entrada, uma imensa placa de "Bem-vindo". Ao fundo, várias barracas de comida, artesanato e música ao vivo. Na época (eu disse na época), dissemos uns aos outros que tivemos sorte, pois estava ocorrendo um grande festival local dedicado a uma velha tribo que habitara o local por séculos. Como se a tradição importasse. Quem, em sã consciência, ainda crê em lendas e folclores?! (Mais tarde vocês verão que eu sou um dos poucos.) A Ilha de Alberique nos serviria basicamente para duas coisas: ficarmos bem loucos e conhecermos umas gatas nativas ou estrangeiras mesmo.

Eu sei que, possivelmente, vocês devem estar achando esta história chata até aqui. Florípedes também, mas ela vai continuar, prometo! Siga com a queda de meu império, minha doce e bela Florípedes!

Nosso começo por lá foi bastante agitado. No primeiro dia no local, tratamos de encher a cara. No segundo, idem. No terceiro, descansamos e caímos na real de que deveríamos pegar mais leve, pois haveria ainda outros sete dias pela frente. No quarto dia, conheci Manuella, 21 anos, loira, chilena, estudante de Cinema. Para tudo ela tinha uma referência. Sabia tudo de Kubrick, Coppola, De Palma, Kurosawa, Godard, etc. Chegava a ser chato eu, um cara sem grande cultura, fã de filmes de ação daqueles com Chuck Norris, e ela toda *cult*. Mas uma coisa tínhamos em comum: a atração um pelo outro.

Tive até uma estranha sensação — talvez a psicologia possa explicar melhor — de que, se eu morresse depois de um daqueles momentos em que estive com ela, morreria feliz.

Enquanto eu estava nas nuvens com minha paixão da ilha, que certamente não subiria a balsa — nem eu subi, para falar a verdade —, meus amigos aos poucos foram conquistando seu espaço. Palleta mostrava todo o seu dote artístico tocando e cantando para multidões. Arthur resolveu participar de uma competição de quem bebia mais água de coco. Perdeu e ainda passou mal! Miguel, que não cessava a bebedeira, resolveu arrumar briga com uns brasileiros. Aquela velha história chata de Maradona contra Pelé. Além disso, disse um deles que meu amigo da época tinha acariciado a namorada dele. Se os seguranças não interviessem, só Deus sabe o que aconteceria com Miguel. Azar o deles de não terem uma bela e jovem estudante de Cinema, toda maluquinha, que me fez tentar a sorte num tiro ao alvo. Consegui um belo urso rosa para agradar a moça. Mas ela queria mais. Me fez comprar várias bugigangas numa lojinha de artesanato. Mas uma eu me recusei a comprar: uma peça de madeira de muito mau gosto com a imagem de um caranguejo vermelho de nome Ragadu, que, segundo a lenda local, havia habitado a ilha em seus primórdios. Mas é claro que não consegui resistir àqueles olhinhos verdes e comprei a tal peça.

Tudo parecia que ia acabar bem, até que, quando retornava do banheiro, vi Manuella aos beijos com um jamaicano. Fui logo tirar satisfação, e nisso o lugar virou um caos. Meus amigos entraram no meio para ajudar. Barracas foram ao chão, o som parou e a segurança local nos intimou que, se outro episódio como aquele ocorresse, seríamos expulsos da ilha. Enquanto todos foram dormir, fiquei sozinho, deitado na areia, refletindo sobre o acontecido. Quando abri os olhos, um susto: uma senhora bem idosa, de mais ou menos um metro e meio, típica moradora da ilha, veio puxar prosa. Eu não dei a mínima bola e ainda xinguei a velha, atirando areia na coitada. Para meu espanto, a vi enlouquecida, proferindo umas frases estranhas num dialeto desconhecido, cuja última palavra que pude ouvir nitidamente foi *Ragadu*.

Logo ela desapareceu e eu fui urinar ali mesmo. Bêbado, pensei: "Eu pago os meus impostos e tenho direito de urinar onde bem entender. Tá me entendendo, Manuella, sua ingrata?".

Agora vem a melhor parte (pior, na verdade). Florípedes e companhia, preparem-se! Tudo parecia tranquilo, até que a bendita da ilha começou a tremer timidamente. Aos poucos, o ritmo aumentou e todos começaram a sair de seus quartos para ver o que estava acontecendo. Uma intensa fumaça vermelha começou a tomar conta do lugar. Pessoas começaram a cair sufocadas. Pensei na hora que fosse alguma atração, uma encenação qualquer; eis que, quando olho para trás, vejo um caranguejo colossal, de cor vermelha, com a boca espumando e grunhindo absurdamente. Ali eu me dei conta da merda que havia feito: Ragadu, o lendário, havia voltado! Com suas patas enormes, o monstro foi derrubando as pessoas e as esmagando sem piedade. Algumas ele fez questão de engolir, outras ele mastigou lentamente. Minha raiva do jamaicano até foi embora quando o vi com todas as suas forças lutando para sair da boca do bicho. Em vão. Estávamos perdidos. Nem as lanças dos nativos, nem os tiros dos seguranças e muito menos a oferenda improvisada que umas senhoras fizeram amenizaram as coisas.

Eu, que não sou bobo nem nada, tratei logo de me esconder, enquanto os valentões enfrentavam inutilmente aquele ser. Poderia ficar no meu esconderijo por toda a noite, mas aí vi meu amigo Miguel sendo agarrado pelo monstro e fui tentar ajudar. Gritei:

— Larga ele, sua aberração! Você tem noção de quem eu sou, hein? Vou te colocar numa jaula bem no centro de Buenos Aires, pra todo mundo ver!

Nisso, Ragadu o soltou e, como um samurai, de maneira sutil, mas sem perder a rigidez, aplicou quatro golpes sobre a minha pessoa: o primeiro me tirou a perna direita, o segundo o braço esquerdo; dali em diante, foram a perna esquerda e o braço direito embora. Vocês não imaginam a dor que senti, a sensação de impotência que me ocorreu na hora. Eu, um dos caras mais fodas de toda aquela maldita ilha, prestes a ser morto e devorado por um caranguejo. Mergulhado sobre meu rio de sangue particular, vi a bocarra de Ragadu abrindo-se, seria o golpe fatal — não chore, Florípedes, se contenha, por favor! —, o fim de tudo, até que... acordei na cama de um hospital, e meus pais começaram a me explicar que fui atacado por um tubarão e que dois seguranças me salvaram.

A pergunta que fica é: salvaram de quê? Hoje sou considerado louco, azarado e desacreditado. E, para piorar, não se têm relatos de novos "ataques de tubarão" na Ilha de Alberique desde aquele fatídico julho de 2017. Até hoje os infelizes dos meus amigos de jornada não confirmam minha história — nunca sequer vieram me ver, deve ser consciência pesada...

Minha vida agora é limitada. Sigo trancado dentro de um quarto, assistindo a filmes (ah, Manuella, espero que esteja bem...), comendo mingau e tomando remédios para sobreviver, necessitando da ajuda alheia para tudo. Maldita hora em que embarquei naquela viagem! Mas, apesar dos pesares, ainda tenho algumas dúvidas e um desejo: por que Ragadu livrou algumas pessoas naquele dia? Estaria o monstro tentando purificar o lugar?! Já pensou se a moda pega e criaturas gigantes começam a atacar diversos segmentos de nossa sociedade? Quantos e quais sairiam ilesos?! Eu suponho que nenhum. Caranguejo infeliz, nem para me matar... (é isso mesmo, Florípedes!). Ficar assim foi o maior gesto de maldade que eu poderia receber. Mas quero ainda retornar à ilha para reencontrar Ragadu, para que ele termine o serviço que começou. Quanto a vocês aí do outro lado, um singelo conselho: se um dia virem uma velha puxando prosa, façam o favor a si mesmos de não a ignorarem, antes que seja tarde demais.

HOMENS MORTOS NÃO FAZEM COVAS

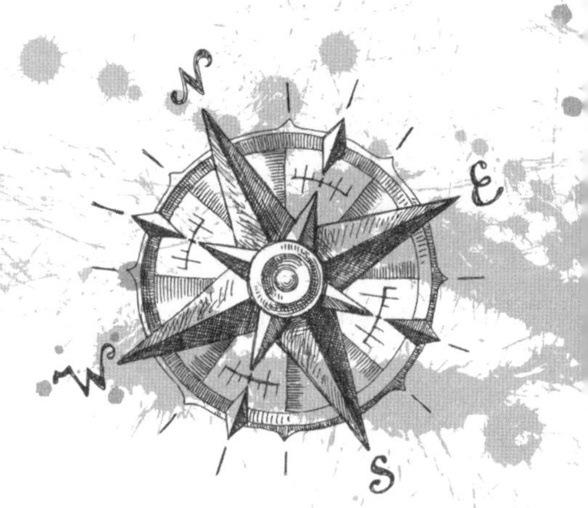

JEFFERSON JOSÉ

I

Estava cansado da poeira do Texas e dos caminhoneiros agourentos passando pela minha taverna na Rota 66. Certo dia, um desses *rednecks* e um *cowboy* causaram muita confusão no estabelecimento; além de brigarem com os clientes, botaram fogo em um belo Dodge Dart estacionado à porta. Aquilo foi a gota d'água para mim, pensei em chamar a polícia de Amarillo e ferrar com aqueles caras, mas eles deram no pé logo de manhã, deixando um rastro de sangue que pingava da carroceria. Até hoje tenho mau pressentimento do que poderia conter aquele caminhão. Foi após esse infortúnio que a desgraça começou.

Resolvi viajar, na companhia do meu cachorro, para uma área costeira na Flórida e passar um tempo pescando; já passei dos cinquenta e estou cansado das loucuras deste mundo! Encontrei uma praia isolada e estacionei minha velha picape de frente para um farol abandonado — onde, neste momento, escrevo este texto. O breu da região ainda me dá calafrios, e o farol cheira a peixe podre, mas é o preço que se paga por economizar com pousada. Por outro lado, a aparência sinistra da torre deveria manter os curiosos afastados. A solidão do lugar refletia a minha. Toda manhã acordava, preparava alguns peixes, pegava a vara de pesca e, sob meu chapéu desgastado, remava o pequeno barco algumas milhas mar adentro. Me apeguei ao farol, porque a planeza das águas permitia meu retorno sem qualquer necessidade de equipamento de navegação, e sabia que meu velho amigo estaria lá guardando meus pertences.

As noites eram tenebrosas e os dias longos, me perdia em pensamentos acerca da vida enquanto apreciava o silêncio. Antes do pôr do sol, fazia caminhadas com o cachorro pela orla da praia; guardei uma variedade de conchas que achamos. Foi numa manhã, com o espírito tomado pela aventura, que deixei o vento levar o barco mais ao sul. Foi então que avistei uma pequena ilha rochosa, de difícil acesso; ela parecia intocada por pés humanos, continha enormes pedras pontiagudas e fendas escuras entre os picos. Aproveitei a calmaria e, tendo a ilha como companhia, atirei o anzol ao mar. Só depois de várias horas sem nenhum peixe beliscar a isca que me dei conta de que ali não tinha vida animal, nem pássaros sobrevoavam a ilha. Ouvia-se somente o som das águas nas rochas.

Contudo sou um homem teimoso! Resolvi aguardar até à tarde, na esperança de pescar ao menos um peixe, porque este seria nosso alimento no dia seguinte — sempre divido a pesca com o cachorro. Como não havia muitos mantimentos ao meu dispor, encarar uma volta ao anoitecer era preciso. Então algo misterioso aconteceu: senti uma leve beliscada na isca e sorri ao ver a linha levemente balançando. Fiquei imóvel e acalmei a respiração. Notei que minha presa estava rondando o barco e fiquei na torcida para ser um dos grandes, para compensar toda a espera. Afinal, eu estava preparado, a linha era grossa e o molinete reforçado. Dei uma olhada no cutelo e já ensaiei toda a luta que viria a seguir. Me senti um predador!

Eis que estava prestes a levar o maior susto, justo eu, que sempre tive frieza em momentos de tensão. Mordeu a isca! Dei linha para cansar a pesca, em seguida tentei frear o carretel e vi que era grande, porque tinha muita força. Com receio de danificar a vara, deixei-o puxar mais linha, mas comecei a ficar preocupado quando a vi chegando ao fim. "Que maldito peixe é esse?", interroguei! Levantei e apoiei o pé na ponta do barco para firmar a perna e aguentar o tranco quando a linha acabasse. Pensei ser um tubarão-branco; só uma fera desse porte para mergulhar tão fundo puxando a isca. Algo estava errado, pois geralmente eles tentam se soltar do anzol. E não era o caso.

O zumbido da linha era tão angustiante, que pensei em pegar o cutelo e cortá-la, mas lembrei que meu amigo de quatro patas precisava comer. Isso me fez agarrar com mais força ainda no cabo da vara! Quando a linha chegou ao fim, o impacto em meus braços foi tão forte, que não deu tempo de soltar, fui puxado para dentro da imensidão do mar. Naquele instante de euforia, prendi a respiração e deixei a adrenalina tomar conta, queria ver quem cansaria primeiro, mas o medo bateu forte ao ver que estava sendo levado verticalmente para o fundo. Já havia subestimado demais a natureza e ultrapassara o limite de profundidade para um mergulho. Precisava retornar! Foi então que soltei da vara e nadei desesperadamente até a superfície. Por pouco não me afoguei. Subi no barco e procurei o chapéu na água, mas a urgência me fez deixá-lo para trás. Passei a noite sem dormir; entre um cochilo e outro, me assustava com pesadelos de afogamento.

II

Na manhã seguinte, fui de picape para a vila mais próxima e comprei nosso café da manhã. Em seguida, achei um barco de pescadores e gastei boa parte do meu dinheiro fretando uma viagem até a ilha misteriosa. A bordo, comigo, havia seis pescadores experientes, estávamos munidos de arpões, redes e lanças. Contei o meu incidente do dia anterior e, como era de se esperar, debocharam de mim, disseram que não soube lidar com o peixe, que poderia ser um espadarte, devido ao seu tamanho e força. O que estava bêbado disse que devia ser uma sereia. O único que me levava a sério era o cachorro, estava sempre ao lado me olhando. Nos aproximamos da ilha rochosa e passamos o dia todo jogando iscas e redes, mas nada de peixe ou de alguma criatura anormal. Meu investimento foi em vão! Ainda tive de aguentar a zombaria daqueles caipiras todo o caminho de volta à vila. Uma espelunca aceitou passar a noite com o cachorro; desse ponto em diante, eu já estava tendo alucinações, sem distinguir sonhos e realidade. Seria um choque agradável se essa viagem não passasse de imaginação da minha cabeça!

Obcecado em desvendar o mistério, procurei um mergulhador que fazia mergulhos turísticos e aluguei seu equipamento. Retornei ao farol e tratei logo de me organizar para remar até a ilha; era quase meio-dia quando coloquei o traje para partir. Porém, quando me aproximei da praia, avistei meu chapéu em cima de uma grande pedra. Gostei de vê-lo, mas por um momento fiquei imóvel, pensando em como ele fora parar naquele lugar específico. Mesmo na maré alta, a pedra era muito elevada para a água tê-lo levado. Após um calafrio no pescoço, achei melhor não tocá-lo. Ao chegar ao ponto, tratei logo de mergulhar. Queria a todo custo ver alguma coisa para, então, ter uma boa noite de sono.

Com a lanterna em mãos, rumei rente à ilha sem olhar para trás. Conforme ia descendo, a pressão da água e a falta de luz me trouxeram pensamentos ruins. Na minha inocência, pensava encontrar uma grande criatura marinha, algo como um polvo gigante, e lutar com ela como o Capitão Ahab fez com Moby Dick. Qualquer cicatriz daria uma boa história na taverna, e, se tirasse um pedaço do animal, levaria como troféu para calar os pescadores. Foi logo após conferir que o oxigênio estava pela metade que avistei algo que me deixaria ainda mais nervoso; as rochas da ilha começaram a revelar entradas em forma de arcos. Aproximei-me de uma delas e constatei, ao passar a mão, que não eram naturais, mas entalhadas por alguém dotado de muita habilidade. Estaria diante dos restos de Atlântida ou de um refúgio alienígena?

Seu interior era coberto por uma rasteira vegetação viscosa; senti que a corrente de água me puxava para dentro. Pensei em voltar, mas, quando se está à beira da loucura, uma pequena olhada no desconhecido pode satisfazer. Procurei a maior entrada que meus olhos avistavam e adentrei silenciosamente, não queria incomodar nenhum animal que ali pudesse habitar. Nadei pelo largo corredor em direção ao centro da ilha, permaneci nele sem adentrar nas bifurcações e, após algumas curvas, saí em uma grande fenda, onde todos os túneis desembocavam. Só pude pensar em como aquilo era possível, como poderia existir tamanha construção submersa numa ilha de pedras. Olhando para baixo, só conseguia ver escuridão e bolhas brotando, mas senti que o fundo deveria estar muito distante e que de maneira nenhuma desceria naquele fosso.

Então resolvi nadar um pouco para cima, foi quando percebi algo nadando rápido nos túneis ao meu lado. Senti ondas quentes vindo ao meu encontro. Me dei conta de que havia ido longe demais em minha expedição, deveria me mandar o mais rápido possível dali, mas, antes de partir, resolvi elevar a lanterna para cima uma última vez, então tive um breve vislumbre de um bolsão de ar e ruínas ciclópicas que davam numa abóboda. O lugar abria-se em forma de funil, e havia grandes desenhos entalhados nas paredes, além de uma iluminação inexplicável. Era exótico, mas parecia aconchegante aos olhos. Nesse instante, senti um puxão em meu pé, só pude ver um vulto negro passando rapidamente, e minha nadadeira do pé direito caindo no fosso. Comecei a nadar com todas as forças para um dos túneis e, pouco antes de adentrar, fui atacado novamente; agora algum animal mordeu meu braço esquerdo. Eu não queria olhar para a coisa, mas, naquele momento, meu instinto de sobrevivência ainda existia.

Quando me virei, vi meu antebraço preso dentro da boca tentacular de uma criatura marinha em forma de homem. Havia escamas em sua cabeça, e eu só conseguia olhar em seu terceiro olho no centro da testa; ele parecia muito forte e feroz. Grandes asas brotavam de suas costas e, debaixo delas, longos tentáculos. Era um animal grotesco, uma aberração dos mares! Na posição de presa, eu só pude suplicar, soltei o respirador da boca e comecei a esbravejar. Então me veio à mente a imagem do cachorro, pois era meu único vínculo com a sanidade; vi seus olhos me fitando e suas pontudas orelhas pretas. Senti saudade! Para minha surpresa, a criatura soltou o braço. Recoloquei o respirador enquanto ela me encarava e virei para fugir. Em meio ao desespero, consegui entrar no pequeno túnel, e só percebi que meu braço havia sido decepado quando o sangue se espalhou e meus nervos começaram a latejar. O sal queimava minha carne. Ao menos estava vivo, ainda! Chegando ao barco, removi o equipamento e fiz um torniquete com a linha de pesca; com dificuldade, remei até o farol e cheguei ao anoitecer.

III

E cá estou. Decidi não procurar socorro e aproveitar meus últimos momentos para relatar minha experiência. Pois não creio que morreria por causa do braço se deixasse o farol, mas definharia em algum hospital psiquiátrico. Acredito que não existe explicação plausível para tal horror. Eu não conseguiria conviver com o que meus olhos viram! Meus pensamentos me consomem antes mesmo que haja tempo para tal; espero que Deus perdoe minha decisão e me conceda lucidez até meu último respiro. Perdi muito sangue, permaneço deitado e escrevo nesta folha amassada com um lápis mal apontado. Acabo de ouvir um urro na praia; o cachorro saiu latindo ferozmente. Peço a quem encontrá-lo que cuide, é muito observador e um bom companheiro. Ele não tem nome, nunca foi preciso.

O inacreditável aconteceu. Arrastei-me até a entrada do farol e vi a criatura alimentando o cachorro com peixes na praia. Tem algo sobrenatural acontecendo neste lugar. Embora tenha sido atraído pela ilha, parece que ele só queria me manter afastado. Gostaria de saber se tem um nome para eu agradecer aqui, mas não me resta tempo, não sinto mais meu corpo. É minha hora de partir…

"Oh… Ele veio até mim. Não parece querer me matar, afinal seria um favor. Mal consigo abrir os olhos. O cachorro lambeu meu rosto após um comando dele. Na beira da morte, ficamos contemplativos, que ser horrendamente fascinante! Seus tentáculos parecem autoconscientes, como um polvo. Ele está me carregando para cima, para o topo do farol. Me pôs em cima de algumas madeiras, é uma pira! Não pode ser, vai me cremar vivo! Espere! Ele ainda não acendeu. Está me esperando ir. Quem diria, uma criatura honrada. Outrora devia ser um homem, para conhecer tal ritual. Não sinto mais medo. Minha respiração está…"

O ÓDIO QUE VEM DAS PROFUNDEZAS

RAFAEL LUZES

A 40 km da costa brasileira, o navio Alpha Gama chegava ao seu destino com uma modesta tripulação de cinco integrantes. A capitã da missão era Juliana Martins, uma mulher atlética, de pele morena e muito séria. Quem conduziria a embarcação era a primeiro-tenente Katarina Muniz, uma loira de corpo musculoso, constantemente debochada. A equipe militar era formada por mais dois soldados, Walter Mesquita, que era um homem negro, com o corpo muito musculoso, além de pele curtida de sol, e Marcos Bras, um jovem magricela que acabara de chegar à base e ainda estava sofrendo com os efeitos do sol em sua pele clara. O único membro civil da equipe era a Doutora Maria Franco, a responsável científica da missão.

A missão da equipe deveria ser rápida e sem erros. Sob as orientações da Doutora Maria, deveriam chegar ao ponto mais afastado da costa, onde foram identificadas, por imagens de satélite, manchas negras do que parecia ser óleo e que, havia algumas semanas, começaram a aparecer nas praias. Deveriam, também, coletar amostras e fazer algumas análises iniciais ainda em alto-mar. O material em hipótese alguma deveria ter contato com os tripulantes, pois não se conheciam os efeitos que poderia ter. Também deveriam ajudar um navio norte-americano no local, mas, sobre isso, pouco se sabia.

Chegaram ao destino rapidamente e iniciaram o trabalho de coleta, já que, ao redor do barco, viam-se mais manchas negras do que a superfície das águas.

Marcos e Walter estavam montando o equipamento de coleta enquanto Maria colocava a roupa de proteção que cobria praticamente todo o corpo. Quem auxiliaria diretamente na coleta seria Walter, enquanto Marcos iria ao convés inferior para preparar o jantar.

— Ótimo, Walter! Já estamos quase no final. Acredito que mais este tubo e já teremos acabado por aqui — disse Maria, com tom de otimismo, mesmo Walter demonstrando um ar tenso, sem sequer ter respondido.

O último tubo estava praticamente cheio, quando uma onda mais forte acertou a lateral do casco e fez com que Maria dobrasse seus joelhos; com isso, uma pequena quantidade da substância escura caiu no chão, fazendo com que a dupla prendesse a respiração por um tempo que parecia interminável. Walter largou o equipamento de coleta de lado, correndo para um cilindro metálico que estava em uma das bordas; nele estava escrito *Nitrogênio líquido*. Seu conteúdo foi espalhado por toda a área do acidente e jogado no mar posteriormente.

Maria colocou os frascos com o material coletado em uma caixa especial e dirigiu-se ao laboratório, cruzando com Juliana no caminho.

— Espero que realmente essas amostras não apresentem qualquer risco iminente para minha tripulação, Doutora — disse a capitã.

Maria não conseguiu responder e foi para o laboratório. Antes de voltar à cabine, Juliana chamou Marcos pelo rádio e pediu que ele fizesse uma limpeza em todo o convés.

A capitã retornou à cabine de comando para tentar esquecer o episódio que acabara de acontecer e deparou-se com Katarina de olhar fixo na tela à sua frente, com o rádio na mão.

— Atenção, embarcação desconhecida: por favor, identifique-se, copia — a voz de Katarina soava um pouco irritada. — Droga, esses desgraçados não respondem.

— São os norte-americanos, certo?

— Talvez, mas não sabemos nada sobre eles.

— Nossa missão com eles é apenas auxiliar, caso necessário. Se não fazem contato, deixa quieto — Juliana não se mostrou muito preocupada.

— Tudo bem, chefe, você é quem manda, mas isso não me parece muito normal — Katarina recostou-se em sua cadeira e relaxou.

No convés principal, Marcos olhava para o equipamento espalhado e a bagunça que deixaram para ele arrumar. Não havia presenciado o derramamento do material, então, sem nenhuma proteção, começou o trabalho. Walter havia tomado cuidado para não deixar nada contaminado pelo chão, pelo menos nada que houvesse percebido. Quando estava perto do fim, percebeu que o equipamento de coleta ainda estava ali. Parecia apenas um cano comprido com uma cuba na ponta; pegou a ponta do equipamento sem se preocupar e foi desmontando de forma instintiva. Quando chegou à cuba, percebeu que ainda havia um pouco do líquido negro no fundo. Ignorando qualquer regra, passou a mão para limpar. O líquido viscoso grudou em sua mão e, mesmo esfregando na calça e na blusa, não conseguia limpar bem; acabou desistindo e desceu para o convés inferior.

O início da noite já se aproximava, e todos se reuniram para fazer uma refeição rápida. Tudo estava indo bem, e todos tentavam conversar e esquecer um pouco do trabalho que os prendia ali.

— Já sabe o que viemos buscar, Doutora? — Katarina perguntou.

— Dei uma olhada rápida no material que coletamos. Não sei o que é, mas definitivamente parece ser biologicamente ativo — respondeu a Doutora.

— Doutora, esse negócio não vai pular no barco e atacar a gente, não é? — Walter indagou com uma voz abafada.

Antes que Maria pudesse responder, Katarina começou a rir, quase às gargalhadas, e foi acompanhada por quase todos, inclusive Walter, que ficou levemente envergonhado. O único que permanecia sério, sem expressão, era Marcos.

O garoto estava sério a maior parte do tempo, não havia reclamado ou soltado nenhuma de suas piadinhas sem graça durante todo o jantar. Naquele momento, estava particularmente sério e com olhar fixo no prato à sua frente. Juliana achou estranho e aproximou-se de pé.

— Ei, magrinho, você pode rir. As brincadeiras estão liberadas.

Antes que falasse qualquer outra coisa, Juliana viu que as mãos de Marcos estavam fixas em suas pernas e os dedos comprimiam suas coxas; a força era tão grande, que as veias saltavam das mãos branquelas do garoto. Juliana olhou para os outros, que haviam se calado, e fez um leve sinal para terem atenção. Foi chegando perto e, ao repousar uma das mãos no ombro de Marcos, foi surpreendida com um movimento rápido, jogando longe o prato que estava na mesa, acompanhado por um grito estridente que fazia o garoto parecer um animal.

Juliana caiu para trás com o susto, e todos os outros deram um salto de seus lugares sem saber o que fazer. Marcos tinha uma expressão rígida e contraída naquele momento, seus dentes estavam à mostra, e os músculos do pescoço pareciam que iam rasgar. Bruscamente, pulou para cima de Juliana e começou a desferir golpes contra a mulher, que conseguia se defender de alguns. Assim que Walter percebeu o que estava acontecendo, jogou-se em Marcos, derrubando-o no chão e segurando seus braços; o garoto se contorcia e gritava, mas não conseguia sair de baixo do outro homem. Percebendo que não se soltaria, virou para o lado e abocanhou o braço de Walter, cravando os dentes logo acima do punho e arrancando um grande pedaço de pele e músculos, deixando o sangue espirrar. Com a dor lancinante, Walter acabou caindo para o lado, liberando Marcos, que parecia mais enfurecido do que nunca, pulando para cima do homem e atacando com mordidas direto no pescoço.

Katarina e Maria pareciam não saber o que fazer perante a cena tenebrosa à sua frente; a militar parecia ter percebido que não conseguiria deter Marcos em sua fúria, então pensou na única coisa que parecia viável naquele momento: escapar.

— Rápido, Maria, coloque o bote salva-vidas na água. Tentarei segurar este animal aqui até que possamos sair. Rápido! Vá! — Katarina apontou para o bote a motor pendurado na parte de trás do convés.

Maria correu o mais rápido que pôde, sabia que não seria complicado descer o bote.

À frente de Katarina, a cena era grotesca. Marcos curvado sobre o corpo de Walter, que tremia e se debatia, o rosto cravado no pescoço e o sangue escorrendo pelo chão. A mulher respirou fundo e gritou:

— Aí, moleque! Estou aqui.

Ao ouvir a voz próxima, Marcos levantou o rosto que agora estava coberto de sangue. Olhou fixamente para seu novo alvo, levantou-se e começou a andar em sua direção. Katarina, que era uma das melhores lutadoras de sua unidade, preparou-se e, quando o garoto esticou os braços para agarrá-la, acabou acertado por um chute direto no estômago; não houve expressão de dor, e logo uma segunda investida aconteceu. Desta vez, o garoto não parou. Mesmo recebendo golpes, segurou a mulher pelo pescoço, empurrou-a até a borda da embarcação e, em um movimento inesperado, Marcos arremessou o corpo da mulher na escuridão das águas.

Maria olhou para trás e só conseguiu ver que Marcos vinha em sua direção. O bote salva-vidas já estava praticamente na água, mas ela não sabia o que fazer e, a cada vez que olhava para o convés, via o garoto mais perto. Foi de repente que sentiu uma mão segurando seu braço. Marcos estava na sua frente. Maria já esperava pelo pior, apenas fechou os olhos e foi sentindo o garoto perto. Já até sentia sua respiração. Estava esperando um golpe a qualquer momento, então ouviu um barulho surdo, seguido de alguma coisa caindo a seus pés. Abriu os olhos e viu Juliana de pé, segurando um dos cilindros de nitrogênio, enquanto Marcos estava caído.

Maria e Juliana estavam no bote salva-vidas e afastavam-se cada vez mais de seu barco, rumo ao único ponto luminoso que conseguiam identificar, o outro barco que nunca havia respondido a seus contatos.

Após alguns minutos, chegaram junto à lateral da embarcação. Quase instantaneamente, dois homens armados apareceram e pronunciaram algumas palavras que elas não conseguiram ouvir direito. Um dos homens voltou para a parte de dentro do navio e retornou rapidamente com um terceiro, de aparência mais velha; este fez um sinal e os homens jogaram uma escada de corda para as duas subirem a bordo.

— Senhoras, peço que fiquem onde estão e não deem mais um passo, por favor. Vejo que passaram por maus momentos, mas não podemos contaminar toda esta embarcação — o homem falava em um português com sotaque. — Podem me chamar de Capitão; acredito que tenhamos muito para conversar ainda, Doutora Maria.

Subitamente, Maria sentiu uma pressão em seu pescoço e, em alguns segundos, só viu escuridão.

Maria sentiu o sol em seus olhos, abrindo-os com dificuldade. Sentindo a cabeça pesada, reconheceu Capitão olhando para ela e lembrou-se dos seus últimos momentos na noite que passara.

— Onde estamos? Onde está Juliana? — Maria não conseguia falar rápido, e sua cabeça rodava.

— Doutora, devo agradecer à senhora. Estive observando vocês a noite toda; na verdade, estivemos observando a costa do Brasil há bastante tempo, e essa substância é mesmo fascinante — ele tirou um pequeno frasco do bolso com um líquido escuro e viscoso. Observou. — Descobrimos, há alguns anos, que ela sai da terra com o petróleo. Parece ser algum organismo vivo que influencia as ações de organismos mais complexos, quase em uma relação de simbiose; na verdade, deixa as pessoas mais agressivas a ponto de matarem umas às outras. Talvez seja por isso que os conflitos em regiões com petróleo são frequentes.

— Não estou entendendo. Petróleo, conflito... o que temos a ver com isso? — Maria se esforçava para ouvir e entender.

— Doutora, preciso que tenha atenção. Só vou falar uma vez. A substância que chegou à costa do seu país é um potencializador da raiva de qualquer ser vivo. Se isso entra em contato com animais, eles ficam raivosos; se entra em contato com humanos, eles ficam loucos. Foi isso que acabou de presenciar. Seus dois amigos, que estavam no barco, estão em salas no andar debaixo; estamos estudando a contaminação deles. Infelizmente, a que caiu na água não foi encontrada, mas resolveremos isso, já sua capitã teve reações muito agressivas ontem à noite e acabou não sobrevivendo. Seu barco teve de ser afundado — o homem falava tranquilamente.

— Juliana morreu? Como assim? O que vocês fizeram?

— Foi incrível ver os efeitos dessa substância vinda do fundo do oceano em pessoas com pouco treinamento. O ódio despertou no garoto e ele teria matado vocês sem pensar. Já havíamos visto isso em soldados, mas eles são agressivos por natureza mesmo.

O homem ajudou Maria a se levantar e foi com ela para o convés inferior, um local amplo com algumas espécies de acomodações de paredes transparentes. Em dois deles, ela conseguiu ver Marcos e Walter trancados, sem saber se estavam realmente vivos.

— Como pode ver, nossas pesquisas continuam. Estamos tentando uma maneira de controlar os infectados, fazer com que sua força seja direcionada. Já imaginou que armas eles seriam? Um soldado que só pensa em matar e não liga para ser ferido? — não havia qualquer sinal de remorso ou peso na voz do homem. — Se lhe serve de alento, é possível que a substância que chegou à praia seja bem menos reativa que esta aqui em alto-mar, mas ela pode ser responsável pelos índices de violência no país de vocês.

— Cobaia. Como tem coragem de chamar uma pessoa de cobaia? — Maria começava a ter sua força de volta.

— Conseguimos ver também que os efeitos fazem com que a pessoa fique menos sensível à dor, de modo que fique ativa, mesmo estando quase morta, como seu amigo Walter — ele apontou para o homem que agora parecia um zumbi. — Doutora, pense bem... você não faria o que fosse possível para ter um mundo melhor? Pois bem, nosso exército garante um mundo melhor para todos, então farei tudo por ele. Na verdade, agradecemos a vocês pelos dados fornecidos. Observamos tudo o que lhes aconteceu com nossos drones e câmeras; são dados inestimáveis, mas acho que nossos testes precisam de novas cobaias. Talvez os efeitos em um organismo feminino sejam interessantes também.

Maria percebeu o que ia acontecer, mas não conseguiu se esquivar do homem que a empurrou para um dos quartos, e, com um aperto de botão, uma porta de vidro se fechou, deixando-a presa aos gritos no seu interior. O cientista se afastou em direção a outro homem mais novo, que estava de jaleco.

— Comece com a dosagem-padrão e verifique cada modificação física. Lembre-se de tudo que aprendemos na noite passada, acho que a contribuição da Doutora Maria será maior do que ela imaginou.

Assim ele desapareceu, enquanto pequenas gotas negras começavam a cair dos canos que passavam pelo teto do quarto de Maria, não havendo lugar onde se esconder.

A 14ª NAU

THIAGO NAZARKO

Olá, meu nome é Adriana Ribeiro, ou Dra. Ribeiro, a quem interessar. Escrevo esta carta na esperança de que, mesmo nestas condições, eu seja capaz de contribuir uma última vez para a construção do conhecimento histórico.

Meu primeiro contato com o assunto se deu ainda no mestrado, em meados de 98. Jorge, um colega de turma tido como lunático pelos demais, surgiu com essa irrisória teoria da conspiração.

Segundo Jorge, Pero Vaz de Caminha teria omitido, em sua carta ao Rei D. Manuel I, a verdade sobre o desaparecimento da nau comandada por Vasco de Ataíde no dia 23 de março de 1500, integrante da armada de Cabral. Em seu relato oficial, Caminha fora taxativo em dizer: "Na noite seguinte, ao amanhecer, perdeu-se da frota Vasco de Ataíde com sua nau, sem haver tempo forte ou contrário para que assim pudesse ser". Jorge tinha mais a dizer, mas ninguém lhe deu audiência.

Os anos se passaram e a sandice de Jorge tornou-se uma bobagem da qual, vez ou outra, eu me lembrava durante minhas pesquisas de doutorado e achava graça.

Eu estava na Biblioteca Nacional de Portugal estudando os documentos das grandes navegações, quando, pela primeira vez, aquela piada não me despertou riso, mas surpresa. Procurava, nos diários de bordo, indícios que reforçassem a teoria da existência da Escola de Sagres, que teria sido uma instituição dedicada aos estudos náuticos, formando navegadores a serviço do infante D. Henrique.

Eu ainda não havia encontrado nada relevante, quando, justo ao ler o relato sobre o desaparecimento da nau de Vasco de Ataíde, ouvi uma voz quase apagada chamar meu nome. Era Jorge; bem, era e não era. O garoto de cabelos longos e desgrenhados da minha turma de mestrado deu lugar a um velho enrugado, de cabelos brancos bem cortados, que vestia uma batina preta. Causou-me estranheza o desgaste físico daquele homem, pois tínhamos quase a mesma idade, e ele aparentava ter muito mais de 50 anos.

Ele se apresentou como Padre Jorge. Conversamos banalidades, até que mencionei a Escola de Sagres e notei que ele ficou desconfortável. Nunca fomos amigos o suficiente para que eu me importasse com o incômodo demonstrado, por isso insisti. Ele sugeriu que tal assunto deveria ser tratado por mim, assim como sua teoria sobre a nau de Vasco de Ataíde, como um delírio de uma mente fraca e digno de esquecimento; levantou-se e foi embora mancando.

O encontro foi tão inesperado, que sequer questionei a batina ou os motivos que o levaram a ela, tampouco o porquê da presença dele ali. Recordei-me de que o navegador Vasco da Gama fora membro da Ordem de Cristo, o que, somado à minha pesquisa e à atitude evasiva de Jorge, me levou a questionar se a Escola de Sagres não seria de alguma forma um ramo obscuro da igreja católica. Coloquei-me de pé e me apressei para alcançá-lo; não foi difícil, devido à debilitada mobilidade do pobre.

Depois de muito insistir, consegui convencê-lo a me contar o que escondia, mediante algumas exigências um tanto excêntricas. Primeiro, eu deveria me confessar e cumprir o castigo estabelecido; depois, eu seria batizada — mesmo já sendo católica — e, por fim, assumiria um voto de silêncio referente a todo assunto que tangenciasse as esferas históricas e sagradas da Ordem. Aceitei a demanda. Não que acreditasse em quaisquer desses preceitos, estava apenas curiosa para descobrir o que me seria revelado, e ainda mais ávida por descobrir se teria alguma utilidade ou se ocasionalmente me faria rir de mim mesma na velhice.

Dois anos se foram durante minha penitência. No começo, eu pensava que era cedo demais para desistir, e foi assim até que se tornasse tarde demais para voltar atrás. O batismo foi sem graça, achei que seria um grande evento com clérigos encapuzados, candelabros repletos de velas e dizeres em latim como nos filmes, mas apenas fui mergulhada em uma banheira após uma missa de batismo em uma pequena paróquia afastada da cidade. O voto de silêncio foi o evento mais carregado de simbolismo místico e religioso. Após repetir três vezes um estranho juramento que não caberia nesta carta, recebi uma bebida viscosa escura. Sorvi do líquido sem saber da dor e da angústia que aquilo me causaria.

Finalmente o Padre responderia minhas perguntas. A Escola de Sagres existiu e, de fato, tinha laços com a igreja, entretanto não como eu imaginava. Ele me mostrou o que seria a verdadeira carta de Caminha, na qual ele relatava eventos incabíveis à realidade na noite do desaparecimento da nau de Vasco de Ataíde. Eu estava deslumbrada e ao mesmo tempo aterrorizada, eu já havia lido a carta oficial tantas vezes, que reconhecia a caligrafia de Caminha facilmente, e ela estava ali, diante de meus olhos, contradizendo os relatos do próprio autor da versão conhecida. O que mais me incomodou foram as palavras no fim da carta, cuja origem ou tradução até hoje não descobri, mas, ao pronunciá-las, sinto seu significado.

A Ordem da Verdade, como se denominava, foi fundada por Santo Alfredo de Sagres, um suposto santo não reconhecido pela igreja. Alfredo, segundo a Ordem, foi um profeta ao qual Deus revelou seu verdadeiro nome e também a missão da humanidade. Ao comunicar suas revelações ao clero, foi declarado praticante de bruxaria e condenado à fogueira. Porém existiam aqueles que acreditavam em Alfredo, entre eles Vasco de Ataíde. Foi da união e devoção destes que surgiu a Ordem da Verdade, a qual, assim como Santo Alfredo de Sagres, não tem sua legitimidade reconhecida pelo Vaticano e muitas vezes não atrai mais atenção do que qualquer boato.

De volta ao hotel onde estava hospedada e já alimentada, senti uma grande dor muscular por todo o corpo, semelhante às que são prelúdio de uma gripe forte, por isso resolvi me deitar para dormir. Confesso que sentia medo, afinal, qual garantia o padre tinha de que eu não contaria para ninguém os segredos que ele havia me revelado? Entretanto, sem provas concretas, eu jamais tocaria no assunto, ou passaria por louca.

Vi-me de pé, nua, flutuando sobre a vastidão azul-esverdeada do mar. Sentia como se algo me observasse, uma presença aterradora vinda de todas as direções e ao mesmo tempo de lugar nenhum. De repente, ecoou por todo o infinito uma espécie de voz reproduzindo aquelas palavras finais da suposta carta original de Caminha. Aquilo que me sustentava flutuando, fosse lá o que fosse, desapareceu. Despenquei rumo ao oceano e explodi contra a enregelante água salobra.

O choque me fez despertar. Eu estava na cama do hotel, despida, encharcada, com frio, um terrível gosto de sal na boca e ardência nas narinas. O quarto estava seco, exceto pela cama. Levantei-me e procurei minhas roupas, não as encontrei. Abri as cortinas e meus olhos doeram, precisei fechá-las novamente.

Confusa, fui até o banheiro tomar uma ducha quente. Eu estava caindo de sono, como se não dormisse havia dias. Senti um vazio estranho no peito e um peso no estômago. Sequei-me, apanhei roupas novas em minha mala e voltei ao banheiro para me arrumar de frente ao espelho.

Eu estava nitidamente mais magra, três ou quatro quilos, e tinha olheiras assustadoras. Vesti-me e tomei café da manhã no hotel. Não fui capaz de comer muito, meu estômago parecia ter encolhido. Resolvi ir até Jorge em busca de mais informações sobre a Escola de Sagres.

No caminho, parei para comprar um copo de cappuccino em uma padaria que estava frequentando durante toda minha estadia, e lá fui surpreendida pela atendente.

— Pensei que tinhas voltado para o Brasil — foram as palavras dela.

Questionei sua suposição, ela alegou que não pusera os olhos em mim havia cinco dias. Verifiquei a data em meu celular e era verdade.

Através de um aplicativo, chamei um carro para que me levasse até a paróquia onde fui rebatizada. Assim que chegamos, fui tomada de espanto: a paróquia parecia abandonada havia décadas, musgo e vinhas por todo o lado, o teto parcialmente desabado. Sequer desci do carro e logo pedi que me levasse de volta.

Teria eu imaginado tudo aquilo? Improvável.

De volta ao hotel, iniciei uma pesquisa referente à paróquia e ao Padre Jorge, descobri apenas que existiam muitos padres de nome Jorge em Lisboa. Decidi esquecer toda aquela sandice. Fui ao aeroporto e comprei uma passagem de última hora em um voo para o Rio de Janeiro. Percebi que eu sobrevoaria o suposto local do desaparecimento da nau de Vasco de Ataíde e senti um calafrio.

Veio a noite, e meu voo continuava atrasado. Aquelas palavras ecoavam em minha mente a todo tempo; tentei ler um livro que comprei no aeroporto para me distrair, de nada adiantou. Tais dizeres impronunciáveis se recusavam a sair da minha cabeça, até que finalmente pude embarcar.

Senti meu corpo mergulhar. Abri meus olhos e enxerguei uma infinidade de água por todos os lados, eu estava nua e sem nenhuma perspectiva de cima ou baixo. Sequer notei que estava respirando normalmente debaixo d'água. Avaliei que a temperatura era próxima de zero graus Celsius, entretanto não me incomodava e ainda me trazia um repulsivo conforto.

Eu estava envolta pelo desconhecido, exceto por uma coisa: as palavras. Mesmo elas me pareciam diferentes no ambiente submarino. Carregavam uma espécie de musicalidade dissonante e melodiosa que fora imperceptível fora d'água. Também chegava aos meus ouvidos um som ritmado, ancião, tribal, rústico e inédito, que se harmonizava aos vocábulos indizíveis, donos dos meus pensamentos.

Enquanto ouvia aquela música, se é que poderia chamá-la assim, em meu âmago, eu sentia se intensificar uma gama de contradições. Nojo e apreço se confundiam, sadismo e clemência copulavam dentro de mim. Eu poderia elencar outras mil teses e antíteses nestes escritos, e ainda assim não faria jus à verdade.

Fui surpreendida por um toque em meu ombro, achei que estivesse sozinha e, ao mesmo tempo, sabia que não estava. Virei-me para encarar minha nova companhia; mesmo a lembrança do que vi me provoca ânsia, por isso me limitarei a descrever apenas os olhos enormes, negros e opacos da criatura humanoide.

Acordei em minha poltrona no avião, encharcada e ofegante. Vomitei. Minhas roupas haviam desaparecido, entretanto, desta vez, não apenas elas. Eu estava sozinha no voo, todos os assentos estavam vazios e não havia ninguém nos corredores. Olhei pela janela e desejei não o ter feito.

Lá estavam, iluminadas pela luz da lua, aquelas embarcações das quais eu conhecia cada detalhe. Tamanho, quantidade estimada de tripulantes, dieta e até mesmo os nomes dos escrivães de cada nau. A cruz da Ordem de Cristo pintada nas velas não deixava dúvida, era a armada de Cabral. Eu detalharia o que ocorreu com a embarcação comandada por Vasco de Ataíde, se existissem palavras para tal. De qualquer forma, não observei por tempo suficiente, senti uma mão tocar meu ombro e uma voz distante balbuciando o que parecia um pronome de tratamento.

Abri meus olhos e enxerguei as cores da companhia aérea no uniforme do homem que me chamava, pisquei algumas vezes e fitei sua face, o que me paralisou de imediato. Por uma fração de segundo, aquele homem tinha enormes olhos negros e opacos; vomitei sobre o coitado. Alucinação, a única resposta que encontrei, e prometi nunca mais ingerir álcool outra vez. Mentia para mim mesma e sabia disso.

Em tese, eu desembarcaria no Rio, viria para casa, descansaria um ou dois dias e retomaria minhas classes na UERJ, onde sou Professora Titular do departamento de História. Como eu era ignorante. Uma vez que clamei pela verdade naquela pequena paróquia, através de um juramento no qual eu não acreditava, não poderia jamais recusar o fardo da minha escolha.

O famoso calor do Rio, do qual estava acostumada a gostar, tornou-se uma tortura constante, assim como a luz que machucava meus olhos. Minhas noites eram mal dormidas ou tomadas por sonhos submersos. Passei a dormir sempre nua. Aquela melodia repulsiva que amo tornou-se o pano de fundo da minha existência, estava lá o tempo todo e em todo lugar. Eu estava exausta e fadigada, por isso apelei para um psiquiatra. Ele diagnosticou meu quadro como terror noturno e me receitou remédios para dormir. A medicação teve efeitos nas primeiras semanas, mas logo se tornou irrelevante. Os pesadelos voltaram. Não avisei a universidade de que estava de volta, já não importava. Saber a verdade sem poder prová-la é, sem dúvida, a pior coisa que já me aconteceu.

Ver o mar todos os dias, sentir seu cheiro tão próximo esmagava minha sanidade. Perguntei, via mensagem de texto, para um amigo geógrafo qual seria o lugar do globo mais afastado dos oceanos, e, para minha surpresa, ele me respondeu de imediato. Mudei-me para Xinjiang, na China, e dormi uma noite pacífica pela primeira vez havia muito.

Aquele sono foi uma exceção, como se alguma entidade me desse esperanças apenas para arrancá-las em seguida por diversão ou sadismo. Sinto-o, seja lá o que "ele" for, se aproximar a cada vez que cerro meus olhos.

Esta carta é meu último compromisso como historiadora, o relatório da minha pesquisa sobre a Escola de Sagres. É incontável o número daqueles que duvidarão de minhas palavras com o passar das eras, porém existirão também aqueles que acreditarão em meus relatos e saberão da verdade, assim como aconteceu com Santo Alfredo de Sagres.

O quarto de tamanho médio era desprovido de janelas, possuía uma cama, uma escrivaninha, uma cadeira, um guarda-roupa, um espelho e uma porta fechada. Iluminado por velas, mesmo com a eletricidade à disposição. Adriana dobrou a carta, selou-a e chamou um empregado. Entregou-a e pediu que fosse enviada. O destinatário era o Departamento de História da UERJ no Brasil.

Cansada do esforço empregado nos escritos, ela se levantou, foi em direção à cama. Seus pés chapinharam no chão recém-molhado.

Adriana parou em frente ao espelho, livrou os ombros das alças da camisola de seda, que foi ao chão, deixando-a nua. A aparência de seu corpo tornava sua idade uma verdade impossível. O cabelo branco e as incontáveis rugas eram o que menos a incomodavam, seu tormento estava em outro local, em seu rosto. Olheiras tão profundas que pareciam tornar seus olhos enormes, negros e opacos.

Ela se deitou e fechou os olhos. Lentamente, a água no chão começou a ganhar o volume do quarto, até que estivesse inteiro submerso. Na manhã seguinte, o empregado, ao levar o café da manhã, encontrou o quarto úmido e vazio.

SENTINELA

M. CARVALHO

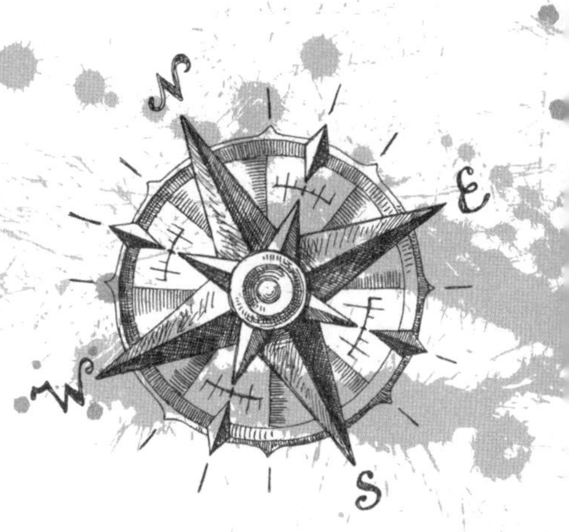

Ele nada sozinho. A cauda, alongada e fina, é negra como a escuridão dos túneis pelos quais ele circula todo o tempo. As barbatanas são tão longas, que por vezes tocam as paredes daquele caminho e parecem serpentear contra a levíssima corrente que se mantém constante.

Ele conhece melhor que qualquer outro a intrincada rede de túneis que se espalha por incontáveis quilômetros. Porém, a bem da verdade, chamar aquele lugar de "intrincada rede" pressupõe que houve inteligência, lógica e mesmo algum design envolvidos em construir algo que faça um sentido particular. Esse não é o caso. Uma aranha desorientada sob efeito de estimulantes não seria capaz de criar um emaranhado tão desagradável, tão confuso. Curvas agudas, passagens estreitas terminando em nodos com dezenas de saídas, caminhos horizontais que subitamente se tornam diagonais — e para a direção contrária. Nessas estradas vertiginosas, o ambiente se torna absolutamente claustrofóbico. Toda a sorte de erro de planejamento ali se encontra, criada pela própria natureza e pelas criaturas que ali circularam por eras.

Porque, no momento, não existe mais ninguém ali. No breu, não há como contar o tempo; coisas como *dia* e *noite* e *sol* e *lua* deixam de fazer qualquer sentido. Mas ele sabe que faz tempo demais desde que teve companheiros ali, desde que outra criatura desbravou aqueles túneis, desde que outra criatura fez aquelas rondas — todos ficaram grandes demais. Batiam nas paredes, por vezes com força, fazendo fios de terra se deslocarem e colocando em risco toda a frágil estrutura daquela colmeia. De tempos em tempos, apareciam novos; conforme cresciam, saíam, e ele ficava por mais um tempo, franzino. Chegou à idade adulta ali, e provavelmente não sairia mais. Mas não fazia a diferença, no fim das contas. Eles não conseguiam ter a mesma experiência ou desenvoltura. Porque, no breu, não há como enxergar. Os olhos dele, antes escuros, agora são descorados, leitosos, dispostos a aceitar apenas a delicada luminescência de algumas criaturinhas que ocasionalmente encontra. Qualquer ponto de luz mais forte que aquilo o faz recuar, encolher-se e tentar seguir para camadas mais profundas do labirinto. Mesmo assim, por todo o tempo em que esteve ali, ele conhecia cada curva e cada reentrância de todos os caminhos. Se não os enxergava claramente, sentia a textura da pedra, conhecia o diâmetro das passagens, a direção da água, e contava com o próprio instinto para se guiar.

Nos níveis superiores, os túneis são mais largos, a água é quase morna e a corrente é forte. Por vezes, é mesmo difícil manter-se em um curso sem recorrer à força bruta da cauda. Ele não tem interesse em nadar ali — é claro, é cansativo e ele se sente confuso. As camadas médias são menos penosas, porém ainda não são o ideal. É nas camadas mais profundas que ele prefere ficar. A água é praticamente parada, garantindo que ele possa ir e voltar nas direções que bem entender, e fria. Aquilo o mantém tranquilo, com o corpo praticamente anestesiado, e ainda assim incrivelmente alerta. Porém, por mais que ele goste, não foi feito para temperaturas tão frias, e, quando precisa descansar, sobe para os níveis médios.

Nos pontos mais profundos, a quietude é imperativa. É algo curioso: no início, tudo parecia silencioso, e qualquer som que ele produzia parecia um estrondo. Aos poucos, conforme se acostumou com toda aquela quietude, percebeu que o silêncio era composto de milhares de pequenos sons. Os movimentos de animais ao longe, uma pedra que se soltava e rolava em um túnel, o roçar sutil de uma nadadeira, uma bolha estourando, o bater do próprio coração. Os sons de seu corpo pareceram-se acalmar com o tempo, adaptando-se ao ambiente, quase imperceptíveis, mas ele pode ouvir. Seus ouvidos já são tão sensíveis quanto os olhos, e isso é uma necessidade: sua principal função é prestar atenção aos sons que ouve, à espera de algo incomum. Demorou até que ele conseguisse aprender os sons aos quais deveria prestar atenção e a decifrar o que significavam; a distinguir quais eram os sons esperados, quais inspiravam cuidados e, por fim, quais eram os sons que deviam causar alerta.

Também havia os tremores, outro sinal importante. Era comum que houvesse algumas vibrações suaves, como um ronco ou ronronar, causando nada mais que leves fios de areia se desprendessem das paredes. Menos comuns eram aqueles nos quais ele precisava parar e encostar-se a uma parede, tentando ouvir qualquer coisa, tentando definir a estabilidade da estrutura. Apenas uma vez houve algo forte, e foi um desastre: deslocou pedras, fechou alguns túneis e abriu outros, fazendo com que ele estremecesse e se encolhesse, pela primeira vez procurando um abrigo que não tinha como encontrar, pois não existia. Foi assustador, sim. Tinha sido terrível, mas poderia ser pior. Poderia estar combinado a um dos sons que ele não queria nunca escutar, e isso fez com que o medo se alojasse em cada centímetro de seu corpo como um lembrete.

Ele se preocupa com o momento em que vai ouvir os sons realmente perigosos durante um tremor, a combinação que significa que, em breve, algo terrível acordará. Algo antigo.

Era assim que eles o chamavam, o antigo. Era tão velho, que não se especulava mais sobre sua aparência, qualquer história sobre isso perdida no tempo. O que se sabia é que era antigo, mais do que qualquer coisa que qualquer um poderia pensar em imaginar, e que era grande. Enorme. Colossal. Ou apenas abissal. Será que tinha uma carapaça, ou escamas? Tentáculos? Pinças? Talvez grandes olhos sem cor e sem piedade? Poderia ser escuro como as pedras, ou talvez pálido como muitos dos animais que viviam naquela profundidade. Poderia ser tudo, ou nada disso, e não fazia diferença. Porque ver o antigo significava que não importaria seu formato ou suas características. Significava apenas que seria o fim.

Essa lógica assustadora era, de fato, bastante simples: havia um antigo no abismo. Uma criatura sem forma e sem face, na forma de seu pior pesadelo, a uma profundidade absurda, na qual não havia nenhum calor ou luz. A seu redor, uma espessa prisão de pedra, com túneis enlouquecedores, pelos quais ele vagava, uma sentinela nervosa, sempre inquieta, esperando por qualquer sinal fora do habitual. Por fim, fora dessa barreira, existia o oceano. Embora esse parecesse ser o ponto mais óbvio de todos, era talvez o mais importante. Oceanos, afinal, não são um conjunto de ambiente e criaturas; são, na verdade, um único organismo, que atacará ou se defenderá com as armas que estiverem à disposição. Os humanos nunca entenderam isso, portanto não conheciam a verdadeira essência do oceano. Também por isso nunca chegaram perto daquela região, e provavelmente nunca chegariam, sendo abatidos na superfície ou em pontos menos profundos por uma enorme variedade de criaturas marinhas assustadoras, incluindo a própria espécie da sentinela. Àquela altura, mesmo o animal marinho mais fraco da região era algo assombroso para seres tão frágeis como os humanos.

Se, do lado de fora, o oceano e seus filhos cuidavam de manter os intrusos longe, entre as paredes havia mais responsabilidades. Gerações incontáveis passaram por aquele emaranhado de caminhos, prestando atenção nos sons e identificando quando o antigo suspirava ou se remexia. Os intervalos entre os barulhos eram irregulares, e ele já conhecia o pânico; isso fazia com que cada pequeno som fosse recebido com uma reverência que apenas o pavor consegue inspirar. Toda vez que ele captava os ruídos, seu corpo se revoltava e suspendia todas as funções por um segundo, como uma pequena morte. O coração saltava uma batida, todos os músculos congelavam, o cérebro desligava — e então ele voltava a viver em um ritmo desesperado, a cauda serpenteando de forma descontrolada, a mente assustada fazendo sentido do que tinha acabado de ouvir.

Mais de uma vez, talvez alimentado pelo medo, ele achou que tinha chegado a hora do fim. Nesses momentos, ele se perguntava se o antigo acordaria, e o que faria caso isso acontecesse. Obviamente, havia planos de contingência. Em diversos pontos do labirinto, havia pontos frágeis, que, se devidamente atacados, poderiam levar toda a estrutura abaixo. Talvez, assim, o antigo pudesse ser soterrado por sua própria prisão... não é? Mesmo com essa sensação que tentava ser otimista, ainda existiam diversas dúvidas: será que ele teria a força necessária para destruir os pontos frágeis? Será que conseguiria nadar até um desses pontos rápido o suficiente, ser veloz a ponto de chegar e executar o plano antes que o antigo pudesse ferver as águas, transformar o oceano em sangue usando como tintura as entranhas de todos os animais que ali viviam?

Esse tipo de dúvida o deixava nervoso e causava uma reação irracional: ele poderia estar em um corredor qualquer, mas repentinamente disparava pelos túneis, procurando de forma ansiosa uma dessas fraquezas, tentando descobrir o quão rápido conseguiria chegar. Tentava diferentes caminhos, definia os mais fáceis, menos cansativos, mais práticos, menos demorados. Se conseguia contar o tempo, era através das batidas de seu coração e, por mais que esse som não parecesse uma fonte confiável por estar tão acelerado, ele simplesmente aceitava: sempre que fazia isso, seu coração estava acelerado. Algumas dessas investidas desesperadas terminavam em uma onda de medo, em que ele acreditava que nunca seria o suficiente; outras causavam paz e uma espécie de esperança vagamente entorpecida. Se ele ainda se lembrasse das palavras, se ainda pensasse de forma coerente, poderia explicar que a sensação era como se sentir consciente de que faria o que pudesse, e que, se falhasse, estava tudo bem — ninguém o culparia, pois não restaria nada mesmo. Mas de todo o intelecto que tivera um dia, hoje restava apenas um rudimento de lógica, ao qual ele se agarrava sem perceber. Fazia isso por saber que, se fizesse qualquer outra coisa, o resultado seria sempre o medo.

Assim ele vivia, de pulsar em pulsar do sangue frio, contando cada batida e cada mover de suas mãos nervosas. Tudo que fazia era sentir, e, quando isso acontecia, não era em seu cérebro — era algo que começava na ponta da cauda e se estendia pela linha em que as barbatanas surgiam das escamas escuras. Era uma espécie de arrepio, um formigar que vinha a cada respiração do antigo, a cada vez que ele se movia em seu sono de eras incontáveis, e ele se perguntava se o antigo sonhava, se tinha um sono vazio como aqueles túneis em que vivia. Ele, a sentinela, sonhava. Tinha rompantes em que surgia em sua mente algo parecido com calor, com barulhos que não ouvia havia muito, muito tempo, e com certa coisa impensável, absolutamente não natural: a ausência de água ao seu redor, para a qual ele não tinha mais nome (se tivesse, seria *seco*). Eram coisas tão absurdas, que ele não sabia de onde as inventava, e que fugiam de sua cabeça tão rápido quanto chegavam.

Porém, naquele momento, havia algo diferente. Era como se uma pedra tivesse se alojado em seu corpo, com um aperto que nunca tinha sentido antes. Parou, tocando as paredes ao seu redor, e não encontrou nenhuma diferença no que habitualmente encontrava. Mas mesmo a tranquilidade do que já conhecia não impedia cada parte de si de tremer, os olhos praticamente cegos se moverem, inquietos, procurando por uma coisa que ele não sabia o que era ou onde estava. Sem se dar conta, encolheu a cauda e o corpo, protegendo o torso, a porção mais frágil de si, como um animal encurralado. O pavor se instalava, por algum motivo que não conseguia precisar, chegava sem uma razão. Não, não havia um único tremor na prisão, nada se deslocava, o antigo estava em silêncio, estivera em silêncio por um bom tempo, em silêncio... e finalmente ele percebeu que o silêncio poderia ser tão perigoso quanto os pequenos sons que tanto temia.

Quando o pânico chegou dessa vez, veio acompanhado das emoções difusas, quentes, quase agradáveis. Em um instante surreal, tomou súbita consciência de palavras e sensações, coisas que já tinha esquecido, ou será que nunca as tinha conhecido? Mas estavam ali, por uma fração de segundo, em sua mente. Estavam ali quando os sinais chegaram, quando seu sangue parou, quando sua pouca visão se cobriu de branco em vez de negro, quando sentiu a dor de cada um de seus ossos se quebrando sem que nada o tocasse.

Naquele momento, o antigo não suspirava. Ele gritava.

O ÚLTIMO ALIMENTO DO DEMÔNIO

DAVI BUSQUET

A gota d'água fria e fina escorrendo lentamente pelo seu rosto o acordou. Viu tudo embaçado, ou era só a total falta de definição que a escuridão trazia à visão? Localizou o ponto solitário na lateral de sua cabeça, onde outra gota caía e lhe escorria novamente pelo rosto, e mais outra, e outra. Um intervalo de longos minutos entre cada gélido prego que lhe tocava a cabeça, desenhando-lhe um caminho de uma navalha fria e cortante pelo rosto, até atingir o chão e perder-se na grade de escoamento sobre a qual Júlio jazia.

Sentou-se com dificuldade, zonzo, ainda desorientado pela escuridão e pelo frio. Tateou a cabeça, sentindo os cabelos parcialmente molhados, mas sem encontrar o capacete com a lanterna de inspeção. Procurou no chão em volta, ainda tateando, percebendo que o chão inteiro era um gradil grosso de vãos pequenos em forma de furos, sem emendas ou rebites. Finalmente encontrou o capacete, virado num canto da sala, com uma pequena poça d'água em seu bojo interno.

Acendeu a lanterna. Era a câmara de adaptação atmosférica. Já havia muitas décadas desde que diversas nações começaram a colonizar o assoalho oceânico, construindo desde moradias subaquáticas até indústrias inteiras, fazendas e uma intrincada rede de transporte inter-habitats; câmaras assim são usadas como ponto de entrada para cada pessoa que chega da superfície. Felizmente, graças a drogas de adaptação avançadas, apenas alguns minutos são necessários para que visitantes da superfície se aclimatem à pressão diferenciada de milhares de metros de profundidade nos oceanos.

Por que tudo estava tão escuro então? Alguma pane elétrica nos painéis de controle? Júlio podia consertar isso. Sim, ele podia. Começou a se lembrar disso, afinal era um supervisor de manutenção avançada: por isso estava ali, para reparos. Ficou de pé, e a névoa de sua memória começou a se dissipar. Talvez não tanto quanto a névoa formada por sua respiração naquele ambiente glacialmente frio.

Pane elétrica, aquecimento desligado e... Perda de comunicação! Lembrou-se. Por isso foi designado, com uma equipe de intervenção, para verificar o porquê de o habitat ter ficado subitamente incomunicável. Mas onde estavam os outros?

Olhou em volta por reflexo. Paredes de aço envelhecido, úmidas, alguns espaços entre as placas de aço, de onde o brilho das luzes deveria vir, válvulas diversas. Nada de notável além da pesada porta de acesso ao habitat e a escotilha acima, de onde provavelmente ele veio, através de um minissubmarino, e de onde a goteira que o molhou brotava insistentemente.

A goteira não era bom sinal: o túnel de acesso poderia estar comprometido ou, pior, o minissubmarino poderia nem estar mais lá. Resolveu arriscar-se na porta de acesso — os indicadores mecânicos de atmosfera, à prova de falhas, indicavam que do outro lado tudo estava OK e equalizado com essa câmara. Girou o pesado, ruidoso e enferrujado volante da trava da porta. Mesmo para câmaras antigas, dos primeiros anos da colonização, era um ruído que sugeria pouco zelo — ou pouco uso... Como algo havia anos sem um giro sequer.

Antes mesmo de a porta se abrir por completo, o cheiro invadiu a câmara. O cheiro que Júlio conhecia bem: férrico, doce, sanguíneo. Felizmente, do outro lado, parte das lâmpadas de emergência e de inspeção de painéis ainda funcionavam. Infelizmente, elas apenas serviram para iluminar um corredor de serviço forrado por corpos.

Foi difícil, a princípio, discernir onde um corpo terminava e outro começava, mas, mesmo em seu torpor apavorado, Júlio não deixou de perscrutar o cenário cuidadosamente. Identificou visualmente membros da equipe de intervenção que submergira com ele dias atrás. Sim, dias? Já estava havia tanto tempo ali? O sangue seco, coagulado nas paredes e na pele dos mortos, o insistente cheiro de carne ainda em decomposição, a pele escurecida, bolhosa e fervilhando de bichos — tudo indicava que sim.

Paralisado, Júlio tentava remontar suas memórias, buscava pelo desfecho dos diálogos que tivera com o líder da equipe antes de embarcarem no minissubmarino, dias atrás, ainda a bordo da plataforma de apoio de superfície. Só se recordava do pouco óbvio ao qual teve acesso: relatórios de atividade elétrica irregular, inconsistência no comportamento dos computadores e transcrições de uma equipe de exploração de alta profundidade, na qual era relatado um achado suspeito em uma caverna subaquática não mapeada.

"O que podem ter encontrado lá?", Júlio se perguntava. Foi isso, fosse lá o que fosse, que começou o mau funcionamento do habitat? Poderia "isso" ainda estar ali, causando o que quer que tenha causado à tripulação e à equipe de intervenção? Tinha de ter mais respostas, por mais que isso significasse abandonar a segurança da câmara. O ar estava pesado, e não era o gosto de morte e podridão nele, mas, sim, a falta dos sistemas de filtragem de ar, além de perigosamente frio. Poderia morrer ali se apenas se escondesse, esperando o resgate.

Conferiu seu equipamento. Milagrosamente, tudo ainda estava no cinto de serviço em sua cintura: sua caixa de peças sobressalentes, as ferramentas de ponta universal, os remendos diversos e a faca de serviço firmemente presa em sua bainha. Tomou coragem e iniciou sua lenta caminhada através daquele caminho de umidade, corpos e sons de aço velho rangendo. Mais do que nunca, quando precisou transpor os poucos espaços disponíveis para pisar entre os corpos e restos de corpos, notou que de muitos, senão da maioria, faltavam significantes porções.

Lacerações profundas, marcas semelhantes às de mordidas e rasgos contínuos e, muitas vezes, serrilhados. Afinal, o que fizeram com esses pobres homens e mulheres? Comeram-nos? As dúvidas preenchiam a cabeça de Júlio com horror, ao mesmo tempo em que o motivavam com a ânsia de encontrar uma resposta, qualquer resposta, para aquele massacre. Sentia sua cabeça latejar com a própria pulsação, que parecia se amplificar a ponto da dor, com cada passo dado, que rangia em um uivo medonho, metálico e interminável.

Realmente era interminável e, curiosamente, o ruído não acompanhava a cadência de seus passos: algo mais estava rugindo naquele lugar. Parou para ouvir melhor. Nesse momento, encontrava-se a algumas centenas de metros de onde começou a jornada, atravessou os corredores de acesso, as salas de triagem de visitantes e entrou no grande salão comum.

O grande salão comum dava acesso a todas as outras partes do habitat. Era circular, amplo, três andares de altura, cercado, em cada andar, por passarelas de trânsito e observação e encimado por uma cúpula de vidro gradeada, da qual se observava o escuro oceano acima. O lugar deveria ser claro, paredes de aço polido e monitores de informação diversos, mas, no momento, além do tapete de vítimas, era empoçado de água e sangue velho, paredes sujas e parcialmente oxidadas, com musgos marinhos crescendo aqui e ali em pontos de acúmulo de água e em válvulas danificadas vazando.

E o ruído persistiu.

Para Júlio, era como uma grande barra de metal raspando metodicamente o casco do habitat em espaços de tempo medianos, intercalando-se com o uivo grave e baixo de um gerador de energia tentando dar partida. Que demônio das profundezas estaria fazendo isso: os sons, as mortes, o abandono do lugar inteiro?

Pensou que talvez pudesse acessar os últimos registros de eventos do habitat e talvez contatar a superfície, explicar-lhes a situação e, quem sabe, solicitar socorro. A sala de supervisão e controle era o melhor lugar para isso — mesmo sem energia, era possível fazê-lo usando módulos locais e baterias de painéis desligados. Sim, Júlio entendia tudo isso, por isso estava ali. Havia em si uma motivação, afinal.

Mas os últimos compartimentos, que antecediam a sala de supervisão e controle, acessados pela passarela do topo do grande salão, foram os que mais testaram sua motivação: corpos. Mas não eram mais apenas corpos largados, devorados, fatiados e moídos, abandonados pelo chão por algum animal sombrio e faminto. As paredes ganharam nova decoração, pele humana foi esticada estrategicamente aqui e ali, membros empilhados e fixados sobre instrumentos em padrões macabros, órgãos, já ressecados, adornando superfícies e filtrando com um tom vermelho-vinho as luzes sobre as quais foram caprichosamente encaixados, como a capa de um abajur.

O zelo por aquela arquitetura do mal era tão cruel quanto admirável, e seu feitor não era ninguém menos que alguém com a alma obscurecida, torta e debilitada. Júlio ouviu novamente o ruído. Agora era como se o chamasse. Era como se o estivesse chamando desde o início, plantando em sua mente a ideia de que precisava ir até àquela sala, sugerindo seu trajeto e o protegendo do pânico e da insanidade de sua jornada. Não havia por que recuar agora.

Não era medo nem coragem que sentia, mas a resignação do motivo para estar ali. Só restara ele: o último alimento do demônio. Que sua tragédia fosse breve, pensou, e entrou finalmente na sala de controle.

Entrou em uma sala bem iluminada, limpa, de paredes de aço escovado impecavelmente bem-preservadas, cujos controles, painéis e monitores sinalizavam, diagnosticavam e exibiam toda sorte de dados de maneira sincrônica e precisa. O ar era limpo e aquecido, sendo possível, inclusive, ouvir o leve soprar das aberturas de ventilação nas paredes. Não havia corpos, sangue ou exposições arquitetônicas nascidas nas profundas cavidades infernais do mundo: apenas a sala de controle como deveria ser.

Sentiu um súbito impulso de sair dali e comprovar se o que vira lá fora era real ou não, mas não foi necessário: da janela à sua frente visualizava o salão inteiro, exatamente do jeito que o vira minutos atrás. Tratou, portanto, de manipular os controles e frequências, enviando um sinal de alerta para a superfície, solicitando, sem entrar em detalhes, uma equipe de resgate.

Enquanto aguardava resposta, viu o cintilar de um dos monitores chamando-lhe a atenção para um registro de mensagem de vídeo. Tentou ignorar, enquanto olhava atento para o terminal de comunicação, ainda sem resposta, mas finalmente apertou o botão de reprodução, lançando imediatamente na tela central, que ocupava a totalidade da área do janelão que dava para o salão central.

No meio da tela, projetou-se uma imagem borrada, disforme, humanoide. Estava embaçada ou era só falta de definição causada pela escuridão da gravação? A forma começou a falar, mas seu discurso parecia uma parte de algo iniciado antes da gravação propriamente dita, como algo cortado em partes:

"... eu poderia consertar tudo isso, sim, claro, afinal essa é a minha missão. A perda de comunicação: esse foi o principal problema. Isso inviabiliza a solicitação de recursos vitais à permanência humana prolongada aqui, afinal já faz tempo que recursos fundamentais como comida estão em falta. Eu, por exemplo, estou com muita fome."

Enquanto ouvia a declaração trêmula e balbuciante do indivíduo desfocado, Júlio aguardava a resposta no terminal de comunicação e passava distraidamente pelos registros de câmeras e dados internos do computador principal.

"...depois das primeiras semanas, não foi difícil entender o porquê de este ser um habitat tão pouco procurado: colonos, comerciantes, empresas, todos evitam este lugar. Não há nada aqui! Pouca comida produzida nos tanques de algas e peixes, sem grandes jazidas minerais no assoalho oceânico. E, com quase um mês isolados, sem comunicação, ninguém veio aqui. Ninguém vem espontaneamente aqui, a menos que peçamos ajuda. A comida vai acabar em breve, mesmo racionando. Tudo está tão enferrujado, gasto e úmido..."

Júlio não estava familiarizado com o software de vigilância: teve de retroceder manualmente a maior parte das imagens de câmeras das áreas comuns, mas elas pareciam ter meses, senão anos de duração, exibindo uma interminável sequência de imagens iguais dos corredores forrados de corpos.

"...mesmo quando os arqueólogos encontraram aquilo nas cavernas, semanas antes de perdemos as comunicações, ninguém se interessou. Fósseis de criaturas ancestrais, quase mitológicas, que ninguém sabe de onde vieram: quem se importa? Nem se estivessem vivas. E agora este cheiro? Que asco! Acho que um dia me acostumo. Já o conheço muito bem, só falta não sentir mais nojo disso."

Por alguns momentos a imagem pareceu mudar. Júlio se atrapalhou um pouco para retornar ao ponto em que viu algo de diferente nos corredores, mas conseguiu assistir com cuidado, num ponto distante da câmera, com pouca definição, uma forma humanoide, de pé, observando alguém no chão, ainda vivo, pouco antes de cortar a vítima com a faca e sair... comendo? Comendo? Júlio ouviu a palavra em voz alta e voltou a atenção ao registro de mensagem borrado.

"... não sei por que demorei tanto a notar que aquela dor latejando na minha cabeça era falta de proteína. Acho que estava ficando anêmico. Foi meio brutal no início, mas me acostumei, afinal já conhecia bem o cheiro de sangue e carne humana. Pelo menos, agora, estava comendo como nunca!"

Júlio percebeu que não era a gravação que fora malfeita, mas o monitor central da sala que estava distorcido, com interferência. Corrigindo o problema, lançou a imagem da gravação no monitor menor em sua mesa, visualizando, finalmente, o rosto do demônio.

"... descobri que os sons de metal rangendo são apenas a barra de suporte da antena principal raspando contra o casco do habitat — está assim desde que se partiu, cortando a comunicação. Felizmente, há poucos dias consegui, depois de tanto tempo, consertar a antena auxiliar antiga, aquela que só era usada para enviar pedidos de emergência.

Não foi muito difícil de fazer, apenas precisei de módulos locais e baterias de painéis desligados. Afinal é por isso que eu estava aqui em primeiro lugar. Só preciso agora aguardar as baterias carregarem novamente para enviar um pedido de ajuda. Espero que cheguem logo. Estou com fome. Muita fome."

Com o fim da mensagem, a imagem congelou no último segundo de gravação, deixando exposta na tela a imagem de Júlio, cujo olhar não era mais de assombro ou curiosidade, mas de resignação. Notou que sua mão se encontrava no cabo de sua faca na cintura, a qual desembainhou, constatando a lâmina oxidada e avermelhada com o sangue de centenas de vítimas.

A tela indicava a bateria do transmissor cheia. Era hora. O demônio estava com fome.

A FENDA NO ABISMO

NUNES PEDROSO

— Então, vamos recapitular: você enxerga essa fenda no solo, iluminada com várias cores, e então entra nessa fissura. O que você encontra lá?

— Não tenho certeza. As lembranças não são claras para mim.

— Mas, Auguste... Dessas visões que você tem, você consegue diferenciar o que é realidade e o que seria uma crença fantasiosa?

Ele preferiu o silêncio como resposta à pergunta do terapeuta. Aqueles momentos de conversas e avaliações, impostos pelos conselheiros da missão, traziam-lhe mais desconforto do que serenidade para o desafio que estaria prestes a enfrentar. O futuro explorador, havia muito tempo, era tomado por visões do local que exploraria, e, sempre, essa viagem em suas projeções alcançava uma grande fenda no terreno, que pulsava as luzes dos mais variados tons imagináveis. Sentia o chamado que vinha dessa cicatriz na terra e o que poderia haver de fantástico se conseguisse se embrenhar por essa passagem.

— Já parou para pensar que esse desejo de superar a exploração feita pelo seu avô não estaria influenciando na concepção dessas visões?

Essa nova tentativa de investida do terapeuta fez contorcer em desgosto os lábios de Auguste. Havia poucos meses do lançamento da Challenger 11, e o emergir daquele assunto em sessão fazia com que suas inseguranças acerca da sombra do avô o intimidassem a ponto de fazê-lo irracionalmente questionar: por que estaria almejando tudo aquilo?

— Peço desculpas, mas, por mim, encerramos a consulta de hoje — Auguste se levantava forçadamente de seu assento, ponderando se contar sobre aquelas visões poderia lhe trazer problemas.

Estaria ele capacitado mentalmente para a tarefa de chegar ao ponto mais profundo do oceano?

▼

O colosso metálico em formato cilíndrico descia suavemente pela escuridão do mar do Oceano Pacífico e, conforme ganhava território em seu mergulhar, qualquer traço de medo vinha a ser substituído por encantamento aos olhos do explorador. Cada vez mais distante do seu mundo de origem, o solitário tripulante da Challenger 11 extasiava-se diante da visão que a pequena escotilha lhe oferecia — um universo exótico que poucos humanos tiveram a oportunidade de enxergar. Aquele abismo o encarava ao lado de fora daquela janela, porém isso já não lhe provocava receio algum. Afinal, sua descida para a história da humanidade estava prestes a acontecer.

— Superfície? Aqui é a Challenger 11. Na escuta? Câmbio.

— Na escuta, Challenger 11 — respondeu uma grave voz metálica, em algum lugar muitos metros acima. — Os sinais de comunicação seguem em perfeito funcionamento. Por favor, confirme os dados de navegação.

Seguindo a rotina dos pesarosos anos de treinamento até aquele dia, os olhos atentos seguiram a sequência de números que fracamente iluminava a pequena redoma do veículo submersível.

— Ultrapassando 2900 metros de profundidade, Superfície. Descendo a uma velocidade de 2,3 metros por segundo. A temperatura externa está caindo rapidamente, já estou sentindo um pouco de frio na cabine. Câmbio.

— Já esperávamos por essa queda de temperatura, senhor Cameron. Verifique os níveis de bateria, por favor.

— Se não for pedir muito, e tenho a certeza de que não será, gostaria de ser chamado apenas de Auguste até o final de nossa missão.

Houve um pequeno e constrangido intervalo até a afirmativa da equipe de apoio. Impassível, Auguste Cameron disfarçava a expressão de incômodo diante das diversas câmeras que o cercavam e registravam todos os detalhes daquela exploração.

Após quatro longos anos de preparação, investimentos diários de milhares de dólares e a construção de oito protótipos até encontrarem a estrutura ideal para aquele batiscafo, a ambiciosa e dispendiosa missão culminava naquele momento, submerso nas profundezas abissais da Fossa das Marianas.

O explorador percebia que a viagem para o fundo do oceano era tão peculiar quanto a chegada a um ambiente alienígena. Não havia nenhum sinal de que o horário indicava dez da manhã, devido à completa ausência de luz natural naquele ambiente, forçando os holofotes da Challenger 11 a agirem com máxima potência para revelar os caminhos a se seguir. As câmeras acopladas no exterior de sua nave lhe apresentavam imagens de uma vida orgânica exótica e fluorescente, que lhe fazia questionar quais seriam os limites da vida na Terra, mesmo no mais inóspito dos ecossistemas.

▼

— *Um dia histórico para a ciência! Após a descoberta do novo ponto mais profundo da crosta terrestre, hoje ocorrerá a primeira missão de exploração desse local, a sudeste das Ilhas Guam, no Oceano Pacífico. Esse ponto, com profundidade de 11.660 metros, será explorado pelo empresário Auguste Cameron, 47 anos. Curiosamente, o recorde anterior, de 10.898 metros, havia sido alcançado pelo avô do atual explorador, o reconhecido cineasta J. Cameron, em 2012* — anunciava o noticiário matinal na televisão.

Auguste sabia que a divulgação da missão atrairia muito a atenção da mídia, porém tentava tratar com naturalidade as câmeras e tentativas de entrevista que o circundavam no dia da expedição.

— Então, meu querido explorador, pronto para ser conhecido como o homem do fundo do mar? — sua esposa fez questão de acompanhar o marido nos momentos prévios ao lançamento ao mar.

— Achei que soubesse que não é a fama que me move, meu amor. O que eu vou descobrir lá embaixo não terá nada que compense.

Um longo carinho no rosto seguiu pelas mãos do marido em sua esposa. Era evidente a preocupação dela em relação à segurança da missão, ou mesmo a frustração que poderia ser gerada caso o que ele idealizava não se concretizasse após tantos investimentos.

— Você ficará bem se não encontrar aquela fenda de que tanto fala?

Auguste acomodava o corpo para que já pudesse entrar na pequena estrutura de abertura da Challenger 11. Seu olhar repousava sobre os da esposa com o desejo de responder que tinha certeza de que encontraria o local que dava origem a suas visões e sonhos, mas que não carregava a mesma certeza de que se reencontrariam na superfície.

— Eu ficarei bem. Eu te amo.

▼

— Superfície, os propulsores foram ativados. Diminuindo velocidade e preparando para aterrissagem. Câmbio.

— Auguste, ligue todos os holofotes e posicione-os para baixo. Capture o máximo de imagens que puder. Estamos em aguardo.

As mãos agiam com destreza sobre os comandos de navegação, enquanto a boca contava baixinho a diminuição da altitude do veículo. 30 metros. 20 metros. 10 metros.

O pouso não veio acompanhado de nenhum indicativo de conquista. O que se sucedeu foi um silêncio lúgubre, acompanhado de uma sensação de significativa paz.

"É exatamente como eu sonhava", foi o primeiro pensamento que invadiu o agora eufórico cérebro de Auguste. A poeira levantada pelo impacto da Challenger contra o solo fez com que o navegador não conseguisse — a olho nu ou pelas câmeras — reconhecer a zona ao redor, atrás de qualquer sinal estranho e iluminado.

— Aqui é Challenger 11 confirmando o pouso. Cheguei ao fundo. A profundidade é de 11.657. Câmbio.

Podia ouvir as falhas no retorno da comunicação, devido à efusiva comemoração da equipe que o acompanhou da superfície. Ele sequer esperou conclusão alguma de sua equipe e ativou o mecanismo de condução manual para que o veículo pudesse percorrer de forma livre o terreno recém-descoberto.

— Espere, Challenger 11! Precisamos reconhecer o terreno e checar as condições da nave antes da exploração livre!

A nave rodava por vários metros sem encontrar algum vestígio de vida ou anormalidade. O terreno plano e ordinário trazia agora monotonia para o homem que havia vencido um dos maiores desafios da humanidade.

— Repito, Challenger 11, o uso indevido das mecânicas da nave fará com que o sistema de bateria seja consumido mais rapidamente. Libere os pesos e suba para a superfície!

— Aqui é Auguste, e gostaria de relatar minha visão de um movimento estranho à minha frente. Encaminho as imagens da câmera para análise e aguardo resposta da Superfície.

O silêncio era o som que predominava nas profundezas. Ninguém se atreveu a tentar fazer algum tipo de reconhecimento até ter o máximo de certeza possível.

— Superfície para Challenger 11. É difícil identificar o movimento luminoso à frente. Ao que indica a imagem, estamos diante de uma abertura que está emitindo de seu interior essa estranha iluminação.

Os olhos marejaram com tamanho alívio.

▼

Os oito metros de comprimento da Challenger foram um impeditivo para a passagem. Possivelmente, alguns sistemas externos foram danificados pela raspagem lateral, mas, ao atravessar as finas paredes daquela fenda, Auguste viu-se despreparado para a paisagem que viria a conhecer.

Uma infinita sequência de cores rotava e dançava enquanto sua nave generosamente caía sem parecer que nenhuma força agia sobre ela. Como um caleidoscópio, o terreno pulsava e ganhava vida própria a cada metro explorado, e a estranheza daquele lugar fez com que o medo despertasse naquele homem pela primeira vez em sua jornada.

— Superfície, na escuta? Superfície, *na escuta?* Acabo de chegar a um local inexplorado e fora de nossa rota. Estou enviando as imagens da câmera. Câmbio.

A estática tomava conta de qualquer comunicação feita entre os seres da profundeza e da superfície. As figuras coloridas giravam e giravam, causando náusea e confusão para os sentidos de Auguste, que fazia força para que sua memória relembrasse se alguma vez teve visões próximas ao que estava experienciando.

Na presença de tantas informações inconcebíveis para a mente humana, uma misteriosa forma alongada materializou-se diante da janela da escotilha. Um corpo esguio e cristalino parecia curiosamente interessado no estranho corpo que invadia seu espaço. Espalhado por sua carapaça, um seguimento de corais pulsava na mesma iluminação do restante do cenário. O humano, seguro na nave, prendeu a respiração como se quisesse firmar um contrato de não agressão com o poderoso ser à sua frente.

Novos corpos despontavam e pulsavam ao redor da agora cada vez mais vulnerável Challenger 11. A náusea aumentava a cada segundo, e milhares de vozes lutavam para tomar o controle do corpo de Auguste, agora entregue ao misto de percepções e sentimentos que o levavam à beira de sua frágil sanidade.

O medo, a curiosidade, a psicose e o encantamento por aquela descoberta fizeram-no abrir a porta da escotilha para mergulhar em um universo novo.

Foram poucos os segundos em que o solitário explorador pôde sentir a atmosfera mística sobre seu corpo. A enorme pressão fez com que carne e ossos se desfizessem quase que imediatamente à frente do estranho translúcido. Dor alguma foi sentida, apenas a inquietante sensação de gradativamente sua existência estar sendo embebida naquele espaço.

Ao entrar em contato com aquele mundo, Auguste Cameron transformou-se em algo novo, intangível e único. A consciência, diluída pela força da água, tornou-se um retrato fixo na eternidade daquele momento, deslocado de qualquer noção de tempo entendida pela sabedoria humana.

Deixar para trás sua humanidade lhe concedeu a sensação de completude que jamais imaginaria alcançar. Passado e presente entrelaçavam-se entre memórias e a experiência do agora. Auguste era para todo o sempre Auguste.

▼

— *Devagar, devagar, devagar* — a voz de James Cameron, pela televisão, demonstrava uma apreensão tão grande quanto a que o neto sentia enquanto assistia à aterrissagem da Challenger 3 no fundo do oceano. O menino acompanhava hipnotizado o fim da aventura do avô, tentando imaginá-la.

— *Superfície, aqui é a Challenger 3. Estou no fundo! A profundidade é de 10.898 metros.*

O menino vibrou com a equipe de apoio que aparecia na imagem da tela, causando risos por parte da mãe.

Auguste não conseguia esconder a admiração pelo feito do avô e, a cada vez que reassistia ao documentário da missão, mais lhe parecia familiar aquele ambiente aquático do vídeo. Havia noites que sonhava com aquele local como se ele próprio estivesse a bordo da Challenger 3. Sentia uma mistura entre ansiedade e angústia enorme por assistir aos vídeos e ter a estranha certeza de que, em algum ponto muito próximo de onde James estivera, havia muito mais a se descobrir.

LOUCURA NO PACÍFICO

P. F. NAVARRI JR.

Eram treze horas quando o Intrépido finalmente alcançou as coordenadas estabelecidas, um abismo situado na Fossa das Marianas, recentemente descoberto e catalogado nas cartas marítimas pela guarda costeira das Filipinas, através de uma sonda não tripulada, perdida em uma tempestade.

Solicitações para averiguação foram encaminhadas a várias universidades de diferentes países, porém apenas a Universidade Magna Verum, brasileira, aceitou tal requisição e enviou uma equipe de especialistas para pesquisar e relatar possíveis novos dados sobre a área, até então pouco conhecida, devido à sua profundidade.

A equipe era formada por dois historiadores, Dr. Alex Lopes e Dr. Ícaro Mendonça, ambos especialistas em arqueologia, e dois biólogos, Dr. Antônio Marino (sua principal linha de pesquisa eram novas espécies marinhas) e Dr. Pietro Vieira, especialista em geologia, e a tripulação normal. O Intrépido era uma embarcação robusta. Possuía como equipamentos três sondas tripuláveis que poderiam ser operadas remotamente, quatro botes equipados com motores de popa; suas acomodações não deixavam a desejar, contando com um laboratório morfofuncional para análises diversas, biblioteca, os dormitórios, cozinha etc.

— Bom, senhores, acredito que este seja o nosso destino — diz o capitão, sinalizando o mapa.

— Acho que agora entendo porque chamam de Pacífico — observa Dr. Mendonça a vastidão oceânica e calma. — Vou chamar os colegas para começarmos; obrigado por enquanto, capitão.

O capitão acena com a cabeça e sorri, enquanto o historiador segue para o convés. Passando pelos dormitórios, Mendonça percebe que os colegas estão todos na biblioteca.

— Caros, chegamos, e estou ansioso para começarmos — comenta, apoiando-se na mesa cheia de livros e mapas.

— Pois bem, devemos começar o quanto antes, temos um prazo de apenas duas semanas, bem apertado, para conseguirmos coletar o máximo de material possível — completa o Dr. Lopes, fechando um grosso tomo de mitologia suméria.

— Vou com o Dr. Marino preparar uma das sondas, para, pelo menos, avaliarmos o terreno; já aviso para nos encontrarmos no convés. — Pietro levanta-se da cadeira e sai, acompanhado de Antônio.

Os dois biólogos seguem subindo para o convés, enquanto Alex faz um sinal para Ícaro permanecer na sala.

— Meu caro colega, tomei a liberdade de observar alguns dos livros que você colocou na lista para trazermos nesta viagem, e alguns me chamaram a atenção; o primeiro foi esse de mitologia suméria e algumas anotações que fizemos em conjunto sobre coisas que juramos nunca trazer a público...

Mendonça interrompe:

— Sei o que você quer dizer, Lopes, mas eu não poderia perder a oportunidade, estamos no território propício; se tudo aquilo que pesquisamos for verdade, este pode ser um momento histórico! — contempla Mendonça as anotações e fotos de símbolos e desenhos de criaturas desconexas, que só de olhar já despontavam o horror, mas ao mesmo tempo a fascinação.

— Momento histórico! Juramos aos nossos patronos que tais coisas deveriam permanecer ocultas; alguns de nossos antecessores morreram ou foram internados como loucos após contato com essas criaturas profanas, e você quer tentar verificar sua veracidade; é claro que existem, e não devem ser incomodadas! — brada.

— Por favor, Ícaro, por tudo em que acreditamos e que conhecemos, não devemos!

Os dois se entreolham. Tentando controlar a angústia, Lopes se levanta da cadeira no mesmo instante em que uma voz ecoa pelo alto-falante no canto da sala. É o Dr. Marino avisando para subirem ao convés. A sonda já está pronta para sua primeira expedição.

— Você sabe tudo o que este planeta já passou, os horrores pelos quais algumas cidades em diferentes países já cruzaram, e o juramento que fizemos ao assumirmos os cargos na universidade. Embora os dois colegas que estão conosco sejam especialistas renomados, ainda não possuem o discernimento para tanto, então cuidado com o que você planeja!

Mendonça apenas concorda com a cabeça e abre a porta, dando passagem a Lopes, e ambos sobem junto para o convés. O sol sumiu um pouco em meio às nuvens, a sonda está içada pelo guindaste próximo à proa do Intrépido e os biólogos estão com os controles preparados para guiarem a sonda remotamente.

— Muito bem, doutores, vou explicar como tudo funciona: vamos descê-la para a profundidade de 10.994 metros e verificar o que poderemos encontrar, diminuindo a velocidade aos poucos para evitar danos da pressão na estrutura da sonda. Embora ela tenha sido elaborada com material de alta resistência, não queremos arriscar tudo logo na primeira; esta experiência pode durar um total de cinco horas. Se o ambiente for seguro, podemos arriscar e descer uma das sondas tripuladas posteriormente — explica Dr. Marino.

Todos concordam, e logo a sonda começa a descer. Até 500 metros, a descida é tranquila e ainda é possível ver a luz.

— 750 metros. Aqui, se dermos sorte, poderemos ver um polvo gigante — brinca Marino.

— 1.280 metros. Pietro, acione as luzes!

As luzes da sonda iluminam o ambiente completamente escuro. Ao continuar descendo, a câmera avista algo se aproximando. Todos se entreolham; é uma tartaruga gigante.

— Que linda! Esse, senhores, é um exemplar da maior tartaruga marinha conhecida, a *Dermochelys coriácea*, conhecida como tartaruga-de-couro ou tartaruga-alaúde-gigante! — explica Marino.

A descida continua, até chegarem aos 4.000 metros, conhecidos como zona abissal.

— É aqui, senhores, que começa o filme de terror. Algumas das espécies daqui são conhecidas, mas as informações sobre hábitos e biologia ainda são poucas.

Finalmente, a sonda atinge a profundidade de 10.994 metros e continua descendo; nesse momento, o Dr. Marino reduz a velocidade dos motores e estabiliza a sonda.

— Muito bem, atingimos a profundidade de 11.100 metros, a maior já alcançada até hoje.

Todos comemoram a primeira conquista da expedição. A sonda continua devagar e, através das câmeras instaladas, os especialistas conseguem visualizar um pouco do vasto desconhecido, quando, de repente, a imagem fica distorcida e, pelas caixas de som, é possível ouvir um barulho estranho.

— O que foi isso? — questiona Mendonça, preocupado.

— Provavelmente alguma interferência da pressão. Vamos continuar, logo normaliza — Dr. Vieira tenta manter-se calmo.

Mais alguns metros à frente, a sonda para; mesmo com os esforços do motor, ela não consegue avançar.

— Droga, deve ter enroscado em alguma rocha. Vieira, ajuste as câmeras laterais para ver se descobrimos onde está presa.

Pietro começa a mexer com os controles, mas, pelas câmeras laterais, não é possível ver nada de estranho segurando.

— As laterais estão livres, nenhum rochedo está segurando a sonda; vou acionar a câmera traseira e verificar.

Quando o Dr. Vieira consegue uma imagem, ele fica paralisado; o que parece estar prendendo a sonda é a ponta do que seria um tentáculo, mas muito maior do que ele já viu em toda a sua carreira.

— Pessoal, eu acho que encontramos algo novo... — diz, tentando controlar o pânico na voz.

— Mas que merda é essa? — pergunta Marino.

— Não pode ser uma lula gigante? — questiona Lopes.

— Acredito que não, elas vivem a 2.500 metros, não existem estudos que comprovem que elas conseguem descer tanto assim, e é apenas um tentáculo. Normalmente, elas prendem as presas com todos, e esse é muito, mas muito maior do que já vi!

— A sonda tem um holofote na traseira, poderíamos tentar ver até onde o tentáculo se prolonga! — Mendonça aponta para cima da imagem.

A tensão entre todos aumenta. Ao mesmo tempo que querem saber de onde vem aquela estrutura, a sanidade parece avisar que não deveriam, mas a vontade pelo desconhecido sempre prevalece. Mendonça aciona o controle da luz e, no pequeno quadrado da imagem, surgem não muito distante dois grandes olhos vermelhos. São tão grandes, que a câmera não consegue enquadrar totalmente; é possível visualizar apenas os olhos e outros tentáculos, e, tão rápido quanto a imagem foi focada, todas as telas desligam. O silêncio paira no ar, o medo marca sua presença e ninguém ali sabe dizer se o que acabaram de presenciar é real ou não. Dr. Marino tenta acionar os comandos para retornar a sonda à superfície, porém em vão. Quando se dão conta, percebem que a noite já desponta, e parece que uma tempestade se está aproximando; grandes nuvens negras mostram-se com seus raios alguns quilômetros à frente. O capitão do Intrépido surge atrás do grupo, alertando para que todos recolham seus equipamentos o quanto antes e se abriguem; pela velocidade verificada, é questão de poucas horas para o navio ser atingido.

— Desconecte os cabos de energia, Ícaro. Pietro, acomode os monitores e controles nas caixas! — ordena o Dr. Marino com um pouco de pânico na voz, e olha para o Dr. Lopes com angústia nos olhos.

Quando todos os equipamentos estão embalados e começam a descer, ficam no convés apenas Lopes e Marino, terminando de juntar alguns cabos. Marino aproxima-se de Lopes e indaga:

— Aquilo que acabamos de presenciar, eu sei que foi verdade; já li relatos de outros exploradores e marinheiros e sei que você também conhece. O que foi que acabamos de fazer?

Lopes, que mantém a cabeça baixa, levanta-se devagar e encara o colega.

— Eu não sei, sinceramente não sei...

A tempestade aproxima-se rápido, e antes do previsto a embarcação começa a sentir seus efeitos. Pelas escotilhas, é possível ver os raios e relâmpagos em meio à escuridão, a chuva começa a se adensar. Sentados na biblioteca, estão Lopes e Mendonça conversando baixo.

— Ícaro, o que foi que fizemos?

— Não sei, Alex, não sei; na minha ignorância, não imaginei que isso poderia acontecer — afirma preocupado. — Achei que encontraríamos alguns tipos de ruínas, pistas que talvez pudessem nos ajudar.

— Nenhuma pista é capaz de nos ajudar quando se trata disso; até hoje não temos conhecimentos suficientes para enfrentar nada assim, não consigo nem descrever o que vimos, a sensação de horror ainda está aqui. Se você acredita em alguma coisa, acho que esta é a hora para se pedir ajuda — aponta para a própria cabeça.

Nesse momento, Marino abre a porta com violência, assustando seus colegas. Seu rosto está lívido; em seus olhos, é perceptível um misto de terror e loucura.

— Corram para o convés e vejam o que talvez seja a última imagem que ficará na memória de vocês, se sobrevivermos — grita.

Ambos levantam-se rapidamente, derrubando as cadeiras e correndo por entre os corredores, até alcançarem as escadas. Chegando ao convés, conseguem absorver, mas não entender o horror que estão testemunhando. Entre os relâmpagos e raios, veem-se partes de alguma coisa gigantesca e obscena; no ponto mais alto, os mesmos olhos vermelhos estão presentes. Tentáculos gigantes começam atacar a embarcação, arremessando membros da tripulação para longe; alguns se chocam contra partes do navio, marcas vermelhas são vistas nos locais do impacto e logo apagadas pela densa chuva. Todos estão imóveis, não sabem como reagir a tanta loucura; toda essa situação está além da compreensão humana.

— Que Deus tenha piedade de nossas almas e perdoe o que acabamos de fazer — Mendonça ajoelha-se, a voz entre prantos.

Em meio à chuva e aos destroços que são arremessados pela criatura, a embarcação começa a afundar. Lopes grita para que corram aos botes, sacudindo Mendonça, que parece estar em um transe, hipnotizado pelos grandes olhos vermelhos que parecem fitar cada um em seu interior. Quando finalmente ele retorna à realidade, ambos se levantam e correm, puxando Marino com eles.

— Onde está o Pietro? — grita Lopes.

— Foi pego e arremessado contra uma das sondas, ambos caíram para fora do navio em meio às ondas! — Marino grita desesperado.

— Temos de tentar sair daqui antes que o navio afunde. Suba e comece a descer aquele bote, eu logo alcanço vocês!

Antes que consiga terminar a frase, Lopes se vira e presencia a criatura. Ela está muito próximo da embarcação, e, antes que possa fazer qualquer coisa, desce todo o seu corpo em direção ao centro do navio, em um último vislumbre de loucura e terror. A embarcação desaparece oceano adentro e, tão rápido quanto veio a tempestade, se extingue. As águas do oceano vão aos poucos se acalmando, se tornando um espelho que reflete as estrelas e a lua.

O dia amanhece e tudo parece estar tranquilo, nenhum sinal da tempestade ou da embarcação é visível; a última viagem do grande Intrépido termina em dúvida sobre o horror testemunhado, se tudo aquilo realmente existiu ou foi somente uma tempestade normal. Apenas uma folha de pergaminho flutuando surge com o que parece um símbolo estranho, uma estrela de cinco pontos distorcida e um olho em seu centro. É a única lembrança da expedição que jamais retornou.

03:33

JÚLIO CÉSAR BOMBONATTI

À noite, o vento sopra para o mar…

03 de março

Três gotas de um sangue escuro pingaram, uma de cada vez, sobre o peito descoberto de Samuel e fizeram-no acordar. Assim que abriu os olhos, ainda que na penumbra do quarto iluminado apenas pelo luar que entrava pela janela aberta, ele se deu conta de que estava entre as pernas de um menino de pele branca e pálida, cabelos pretos, curtos e molhados, com pouco mais de um metro de altura, de cujos nariz e boca escorria aquele sangue. De pé sobre o colchão da cama, o garoto o encarava com um olhar penetrante de quem exigia alguma coisa.

Samuel acordou. Já era a terceira vez seguida que ele acordava de madrugada e via o relógio digital ao lado da cama marcando exatamente três horas e trinta e três minutos, isso após o mesmo pesadelo que também se repetiu nas duas noites anteriores. Com o coração acelerado, suando frio e assustado, ele se sentou com as pernas cruzadas sobre o colchão, apoiou os cotovelos nas coxas e, pressionando as mãos contra os olhos e a testa, chorou. Chorou mais uma vez. Pela terceira e última vez.

28 de fevereiro

Embriagado, depois de vários copos de cerveja e algumas doses de destilados, já passava das três horas da manhã quando o jovem advogado decidiu deixar o bar onde estava com os amigos e voltar para casa. Apesar de ser aconselhado a pedir um carro pelo aplicativo, Samuel se despediu deles dizendo que a caminhonete já conhecia o caminho de casa.

Com pressa para chegar logo, afinal, depois daquela bebedeira, os olhos já começavam a pesar, ele decidiu ignorar os semáforos e arrancar pela Avenida da República que margeava toda a Praia da Piedade. Samuel já tinha feito isso tantas vezes. Naquele horário ninguém passava por ali mesmo, pensava.

O que ele não esperava era que, ao passar pelo terceiro sinal vermelho, seu caminho se cruzaria com o de um garoto de pouco mais de um metro de altura que, naquele horário, não se sabe de onde tinha saído, atravessava distraído o mesmo lado da avenida.

Por um instante, os dois olhares se cruzaram. Samuel frenou, mas não houve tempo e distância suficientes para que a caminhonete parasse antes de atingir em cheio o menino.

Com o impacto, aquele pequeno corpo foi arremessado próximo a um grande relógio digital no canteiro central da avenida, que estava a aproximadamente quinze metros do ponto onde ocorreu a colisão. Samuel pensou em fugir, mas decidiu ir até lá na esperança de que o garoto ainda estivesse vivo e pudesse ser socorrido.

Ao se aproximar do relógio que marcava exatamente as três horas e trinta e três minutos daquela madrugada, ele se deparou com o pequeno cadáver branco e pálido, de cabelos curtos e pretos, vestido em um conjunto de moletom azul que, embora provavelmente estivesse com a maior parte de seus ossos quebrados, apresentava sangramentos razoavelmente leves que saíam pelo nariz e pela boca.

Impressionado com a visão daquele menino estendido com os olhos azuis sem vida, mas ainda abertos, cuja morte foi provocada por ele, por um instante suas pernas falharam e Samuel ficou sem ação. Contudo, já que não havia mais o que fazer, ele precisava agir rápido, antes que aparecesse alguém.

Diante do mar, que, como única testemunha de toda aquela situação marulhava indiferente do outro lado da avenida, Samuel decidiu tomar o corpo do menino em seus braços e levá-lo daquele local. Afinal, como advogado, ele sabia que, alcoolizado como estava, se ele precisasse responder na justiça pelo que fez, seu destino seria certamente alguns anos na cadeia. Acomodou o garoto sem vida no banco traseiro de sua caminhonete e arrancou dali o mais rápido que conseguiu.

* * *

Depois de alguns minutos dirigindo, sem saber o que fazer com o cadáver daquela criança, Samuel decidiu ligar para o seu pai:

— Pai... — disse chorando.

— Samuel, já são mais de quatro da manhã. Espero que você tenha um bom motivo para estar ligando agora.

— Pai, escute. Eu matei uma criança.

— Você o quê, Samuel?

— Eu estava em um barzinho próximo à Praia da Piedade com a galera. Bebi demais, atravessei o sinal vermelho e atropelei um menino — explicou. — Ele está morto, pai! — Continuou soluçando ao falar pelo viva-voz enquanto dirigia.

— Onde você está, seu irresponsável? — gritou o pai.

— Tudo aconteceu no semáforo próximo ao relógio da Avenida da República. Como não tinha ninguém ali, para limpar a cena eu coloquei o corpo do garoto no banco de trás da caminhonete e estou rodando pela cidade. — E continuou: — E agora? O que eu faço?

— Seu idiota! — gritou o pai. — Para que eu paguei a sua faculdade? — e continuou: — Preste atenção! Você irá agora até a terceira DP, lá o delegado Gonçalo o ajudará a dar um jeito nessa merda que você fez — desligou o telefone.

* * *

Assim que chegou à terceira delegacia de polícia da cidade, o delegado Gonçalo já esperava por Samuel junto a um policial e uma viatura. Indicou com o dedo para que ele estacionasse um pouco mais à frente, distante da entrada e de outros policiais, e foi até a caminhonete. Depois de vestir um par de luvas pretas, ele abriu a porta traseira esquerda do veículo e viu o corpo estendido no banco. O delegado bateu a porta e deu mais dois passos na direção de Samuel, que naquele momento estava com a cabeça baixada sobre o volante, dizendo:

— Que merda você aprontou, hein, moleque!?

Sem dizer mais nada, Gonçalo contornou o veículo de Samuel pela frente e, antes de entrar pelo lado do passageiro, deu sinal para que o policial que o acompanhava os seguisse com a viatura.

— Toca para o Cais dos Inocentes, moleque!

Sem dizer nada, Samuel apenas obedeceu à ordem do delegado.

Depois de dois minutos de silêncio, enquanto ele dirigia, Gonçalo voltou a falar:

— Você tem muita sorte mesmo, moleque! Primeiro, porque o seu pai, o doutor Samuel, é um dos juízes mais importantes do estado e eu devo muitos favores a ele; segundo, porque todos os prédios daquela parte da Avenida da República, onde você matou esse garoto, são pontos comerciais que só abrem durante o dia.

Samuel sentia-se incomodado pela maneira fria com a qual o delegado estava conduzindo aquela situação e pelo modo como estava sendo tratado por ele. Contudo, ele precisava daquele homem para contornar a situação.

Gonçalo continuou:

— Quando o doutor Samuel me ligou, combinamos o seguinte: nós deixaremos você na sua casa e seu pai dará um jeito de sumir com você da cidade, pelo menos até que tenhamos certeza de que nada disso será descoberto. Para todos os efeitos, você foi rendido por dois assaltantes e sua caminhonete foi roubada dois semáforos antes do ponto onde você matou esse garoto aí atrás. Em nossa versão, alguns de meus policiais encontraram você na rua, te levaram para a delegacia, onde você registrou um boletim de ocorrência, e, em seguida, você foi levado até a casa de seus pais pelos mesmos policiais que te ajudaram. Mas, antes, nós temos de dar um fim no pacotinho aí do banco de trás.

Quando chegaram ao Cais dos Inocentes, o delegado orientou Samuel que estacionasse em frente a uma plataforma de madeira que se estendia por uns cinquenta metros sobre o mar e retirasse o cadáver do veículo. Enquanto isso, Gonçalo foi até à viatura e, com a ajuda do policial que os seguiu até ali, voltou com uma manta de lã, uma corrente, cadeados e algumas barras de ferro.

Juntos, os três homens embrulharam o corpo do garoto com a manta e as barras de ferro e enrolaram correntes ao longo de todo o seu comprimento, prendendo-as com os cadeados. Depois disso, carregaram-no por toda a plataforma e, quando chegaram ao fim dela, colocaram aquele embrulho sinistro no chão, enquanto recuperavam o fôlego.

Depois de alguns segundos de silêncio, Gonçalo continuou:

— Agora é com você. Jogue o pacote no mar!

Samuel estava em pânico. Contudo, o medo da exposição pública e de ter de responder por aquilo tudo foi motivo para que ele respirasse fundo e, com suas mãos, empurrasse o corpo do garoto, que despencou de uma altura de cinco metros da plataforma antes de atingir a água e afundar lentamente.

Depois de conferir que o menino tinha afundado, Gonçalo puxou Samuel pelo braço e o conduziu até a viatura.

— Vamos te levar para casa, moleque. Afinal, você não quer que ninguém nos veja. A caminhonete fica. Mais tarde, diremos que os bandidos que te assaltaram abandonaram ela aqui.

* * *

Já passava das seis horas da manhã quando Samuel, enfim, entrou na grande sala da casa de seus pais, onde doutor Samuel e a esposa já esperavam sua chegada.

— Meu amor, o que foi que aconteceu? — disse a mãe, enquanto corria para abraçar o filho.

— Seu idiota, olhe o estrago que você fez! — gritou o pai, enquanto também foi na direção do filho, separando-o da mãe e puxando-o pelo braço.

Enquanto subia a escada em direção ao andar de cima da casa, Dr. Samuel dizia:

— Irresponsável! Você é um moleque. Como você acha que vou me eleger ano que vem, se o que você fez hoje vier à tona? Você sabe que eu pretendo me candidatar a deputado! Preste atenção! — e continuou, ao chegar ao piso superior da casa, olhando fundo nos olhos do filho: — Você vai entrar no seu quarto e não vai sair de lá até eu decidir o que fazer com você. Aproveite esse tempo para dormir um pouco.

Samuel se manteve em silêncio. Àquela altura, não poderia fazer mais nada. Entrou em seu quarto, deitou-se sobre a cama e fitou seus olhos no teto, querendo encontrar algum motivo que o fizesse acreditar que nada daquilo que estava acontecendo fosse real.

Poucos minutos depois, sua mãe entrou no quarto segurando um copo de água e um frasco de calmantes. Ela se sentou ao lado do filho, dizendo:

— Tome um desses, vai te fazer dormir. Logo mais, você precisará estar pelo menos um pouco descansado.

Samuel tomou um comprimido acompanhado de um gole de água, recostou sua cabeça sobre as pernas de sua mãe e logo pegou no sono.

* * *

Eram onze horas da manhã quando o doutor Samuel entrou pela porta do quarto de seu filho.

— Samuel, levante, tome um banho e coma alguma coisa. Eu conversei com o Gonçalo e, aparentemente, até agora, está tudo sob controle. Você passará uns dias em nossa casa da Praia da Redenção até que a situação esteja resolvida. Para todos os efeitos, você teve de ir até lá para negociar a venda da casa com um possível comprador. Já conversei com um amigo meu que mora na região, e ele será nosso álibi nessa versão. Já pedi que sua mãe arrumasse as suas malas enquanto você dormia.

Em silêncio, ele apenas obedeceu às ordens do pai. Depois de tomar uma xícara de café sem açúcar e comer um pão com um pouco de manteiga, sentindo a cabeça a ponto de explodir por conta da ressaca e da culpa que sentia pelo que fez, despediu-se da mãe, que o abraçou e disse:

— Vá com Deus, meu filho. Eu coloquei um frasco de calmantes na sua mochila, caso você tenha dificuldades para dormir.

Samuel beijou a mãe, cumprimentou o pai baixando a cabeça, sem coragem de olhá-lo nos olhos, pegou a mala e a mochila que já estavam prontas e foi em direção à garagem, onde pegaria um dos carros da família.

Algum tempo depois, enquanto já estava na estrada a caminho da casa da praia, ele ligou o rádio para saber se o acidente que provocara na noite anterior havia sido noticiado, no mesmo instante em que ouviu a apresentadora do programa em que estava sintonizado relatar:

"Nesta madrugada, o advogado Samuel Marin Júnior, filho do doutor Samuel Marin, conhecido juiz da região, foi rendido por dois assaltantes na Avenida da República e teve seu veículo levado por eles. Encontrado por policiais no local em que foi assaltado, o advogado foi conduzido à terceira delegacia de polícia da cidade, onde registrou um boletim de ocorrência. O veículo, uma caminhonete cabine dupla na cor prata, foi encontrado pela polícia no Cais dos Inocentes por volta das nove horas desta manhã."

Ele desligou o rádio e começou a chorar enquanto pensava: "o que foi que eu fiz?".

* * *

Depois de dirigir a tarde toda e uma boa parte das primeiras horas da noite, Samuel enfim chegou à casa de praia da sua família. Pegou a mala e a mochila que trouxe e, assim que entrou, deixou-as na sala mesmo. Subiu até o quarto onde costumava ficar toda vez que ia para lá, abriu a janela e olhou para o mar.

Em nenhum momento daquele dia ele conseguiu deixar de pensar no que tinha acontecido e de se culpar por aquilo. Agravava ainda mais a sua sensação de culpa a inércia que ele teve em relação a tudo que aconteceu: não ter conseguido se assumir como responsável pelo acidente, ter aceitado que o delegado e seu pai mudassem a versão dos fatos, imaginar que seu pai se preocupava mais com sua imagem para as próximas eleições do que com o crime que o filho havia cometido... enquanto isso, o mar à sua frente, totalmente indiferente.

A cabeça de Samuel era uma confusão de pensamentos; ele não conseguiria dormir aquela noite sem a ajuda de algum medicamento. Depois de lembrar que sua mãe havia colocado alguns calmantes em sua mochila, ele desceu até a sala, pegou um deles, foi até a cozinha, tomou-o com a ajuda de um copo de água, subiu as escadas e foi para seu quarto. Por causa do calor, tirou a camisa e deitou-se em sua cama, que, por ficar de frente com a janela, dava-lhe uma ampla e profunda vista do mar, que ele ficou observando até o comprimido fazer efeito e, então, cair no sono.

1º de março

Foi a primeira vez que Samuel sonhou com o garoto que atropelara. No sonho, ele estava de pé sobre o colchão, com o abdome de Samuel entre seus tornozelos, e, embora a figura cadavérica do menino estivesse contra a janela no quarto iluminado apenas pela luz do luar, ele ainda conseguia ver olhos de um azul profundo o encarando com um ar de indignação, como se dissesse "você tem ideia do que fez comigo?", ao mesmo tempo em que cobrava por reparação. Depois de reparar nos olhos do menino, viu que de seu nariz e boca escorria um sangue muito escuro, que respingava sobre o peito de Samuel, o que fez com que, tentando se limpar, ele acordasse se debatendo.

Assim que percebeu que aquilo tinha sido um pesadelo, ele olhou para o relógio, que marcava exatamente três horas e trinta e três minutos, e se lembrou de que naquele mesmo horário, na noite anterior, estava de pé em frente ao corpo do menino que matara. Ainda assustado por conta do que acabara de sonhar e envolvido pela sensação de confusão entre o real e o irreal que as pessoas costumam ter quando acordam de um sonho muito agitado, Samuel levantou-se da cama e foi até a janela, colocou parte do corpo para fora dela e sentiu o vento fraco que soprava para o mar. Olhou ao redor para ter uma última certeza de que aquilo tinha sido apenas um sonho mesmo, fechou a janela e voltou para a cama, onde começou a chorar se lembrando de sua culpa.

Durante todo o dia, Samuel ficou dentro de casa. Recebeu um telefonema de sua mãe, perguntando como ele estava, e outro de seu pai, dizendo que ele não deveria sair de lá em hipótese alguma; "a caseira já deixou a geladeira abastecida", informou doutor Samuel.

Deitado sobre a cama de seu quarto enquanto observava o mar tranquilo através da janela, Samuel viu o dia passar e a noite chegar e, para tentar dormir e se esquecer de todos os pensamentos e da culpa que sentia, tomou mais um comprimido e dormiu.

02 de março

Eram novamente três e trinta e três da madrugada e, depois do mesmo pesadelo da noite anterior, com o espectro pálido daquele garoto o encarando profundamente, como se, ao mesmo tempo em que o cobrava, também estivesse lendo a sua alma, Samuel acordou e foi em direção à janela. Olhou para o mar e sentiu outra vez o vento que soprava em direção a ele. Naquele momento, entendeu que o pesadelo era real e o que o menino estava exigindo dele. Mas seria o certo a fazer? Será que ele teria coragem? Pensou.

Ele voltou para a cama e novamente chorou, mas desta vez não chorava apenas por culpa e por remorso, mas também porque não sabia se teria coragem de executar aquilo que percebeu que deveria fazer.

Samuel continuou na cama até o dia amanhecer e decidiu caminhar um pouco pela orla. Caminhou por quase duas horas, até que viu algumas pessoas começarem a chegar. Era aparentemente uma família: um homem, uma mulher e uma garotinha de provavelmente uns seis anos. Ele se sentou na areia e ficou observando aquelas pessoas, todos os três felizes, correndo na areia, brincando... ele não conseguia deixar de pensar no que tinha feito. A decisão estava tomada!

Durante todo aquele dia, Samuel recebeu apenas a ligação de sua mãe querendo saber como ele estava. Antes de desligar o telefone, falou:

— Mãe, você sabe que é a pessoa que eu mais amei em toda a minha vida. Te amo.

Ele subiu para o quarto e esperou a noite chegar enquanto observava o mar calmo, indiferente a tudo pelo que ele passava. Tomou mais um comprimido e logo pegou no sono.

03 de março

Depois de ter acordado novamente após o mesmo pesadelo das duas noites anteriores, Samuel secou as lágrimas e tomou coragem para executar o que achava que deveria ser feito para, ao menos para si, tentar redimir-se pela tragédia que provocou. Levantou-se da cama, pegou o frasco de calmantes que sua mãe colocara na mochila e, seguindo o vento, caminhou em direção ao mar.

Devagar, ele atravessou a areia da praia iluminada apenas pela luz do luar, sentindo o vento empurrá-lo levemente para cada vez mais perto da água. Quando sentiu seus pés cobertos, Samuel parou e olhou a lua. Teve vontade de voltar, mas respirou fundo e seguiu em frente.

Continuou caminhando até que a água chegasse à altura do seu umbigo. Parou mais uma vez e se perguntou: "Será que devo morrer como se fosse o vilão disto tudo?". No entanto, naquele momento, julgamentos não importavam mais, uma vez que Samuel era o juiz de si mesmo.

Ele tomou todos os últimos cinco comprimidos que estavam no frasco com um gole daquela água salgada que o envolvia e continuou seguindo em frente, sem pensar em mais nada, apenas permitindo que aquele mar calmo e indiferente terminasse o que ele começou. Em poucos minutos, não haveria mais culpa, nem remorso, nem consciência.

TALASSOFOBIA

LARA MÄRCHEN

"Anda logo, Tales! O grupo chega em 15 minutos e nem começamos a arrumar as coisas!", gritava, afoito, meu irmão caçula.

"Já vou, Caíque, já vou!" — mas queria mesmo era não ter de ir.

Se existe mesmo essa coisa de destino, o roteirista da minha vida deve ser o Mestre dos Sádicos! Tanto lugar para nascer, e o desgraçado foi me enfiar justo numa família de pescadores de Ilhabela? Como se isso não bastasse, incluiu na minha história a volta do Caíque para a ilha, depois de cursar Administração em São Paulo, cheio de ideias criativas e um enorme, ridículo anel de formatura em sua mão direita... foi assim que, de pescadores, passamos ao turismo ecológico, com a Nereu Dive, agência especializada em mergulho autônomo ao redor da ilha.

Quer prova ainda maior do senso de humor cruel, desumano até, daquele que traçou meu destino? Eu, Tales Nereu, filho de pescadores, irmão de dono de agência de mergulho, bisneto de gregos vindos da ilha de Thessaloniki, sofro de talassofobia. Ta-las-so-fo-bia. Tenho medo mórbido do mar.

"Porra, Tales! Anda logo com esses cilindros! O pessoal tá chegando e não preparamos quase nada! Agenda cheia hoje, brô!".

Snorkels? *Check*. Máscaras de mergulho? *Check*. Cilindros? Recarga verificada, dois mil e quatrocentos litros. Neoprene? Tamanhos conforme cadastro dos mergulhadores. Facas de mergulho? *Check*.

Lastros? *Check*. Nadadeiras? Vamos torcer para que sirvam, sempre tem uma ou outra que dá problema. Coletes? *Check*. Lanternas? Todas aqui, mas a visibilidade está boa, o dia está claro, pouco provável que precisem delas. "Caíque, o equipamento tá todo em ordem!" — e ali acabaria meu trabalho num dia normal. Talvez uma verificação das condições gerais do barco, a recepção dos mergulhadores, apresentação das normas de segurança. Esse era o mais próximo que chegava do mar. Mas nem todo dia era "normal". Aquele, com certeza, não tinha nada que o fizesse merecer tal classificação.

Doze mergulhadores. O cadastro mencionava dez. "Nos esquecemos do Juiz de Paz e de sua assistente!", lamentava o noivo, um jovem executivo, desses que fazem fortuna com uma ideia *ponto.com* e o dinheiro de algum investidor-anjo. Dinheiro que, por não ter mais onde investir em seu negócio milionário de desenvolvimento de *apps* que vão fazer sucesso-relâmpago e depois acabarão desaparecendo em questão de meses, resolveu enfiar numa porcaria d'um casamento no fundo do mar.

Não sei de onde veio essa onda de casamentos em locais inusitados! Dia desses, assistia a um programa na TV que mostrava um casamento nas geleiras do Alasca! O casal chegou de helicóptero, a noiva de vestido tradicional e o noivo de terno. Imagina o frio! Além deles, o Juiz de Paz, a equipe que filmava a cerimônia, o piloto do helicóptero e a moça de fraque que serviu champanhe aos recém-casados. Sério isso? Depois que vi aquela cena, comecei a achar casamento no fundo do mar meio que "carne de vaca", como dizem os mais velhos. Exceto aquele casamento, naquele dia, celebrado com o apoio da agência de meu irmão.

"Doze está além da capacidade de supervisão dos instrutores. O Capitão Marcelo, que também é instrutor credenciado, vai precisar mergulhar. Tales, você vem com a gente e assume o barco durante o mergulho, ok?".

Não nasci com esse meu pavor do mar, tampouco minha fobia vem de algum fator inexplicável, oculto nas profundezas de meu inconsciente. A origem do meu medo tem nome e sobrenome: Nerissa

Nereu, minha irmã do meio. Tinha 19 anos na época, e ela, 14. Celebrávamos minha habilitação de Capitão Amador, poucos meses após obter Arrais e Mestre. Desliguei o motor da lancha nas proximidades da Ilha das Cabras e ali ficamos, conversando, sabe-se lá por quanto tempo. Estávamos tão eufóricos com minha conquista, que não vimos o tempo passar, muito menos a tempestade se aproximar. O dia transformou-se em uma fração de segundos, aquela enorme nuvem escura pairando sobre nossas cabeças, o mar ficando cada vez mais agitado.

"Melhor a gente voltar", disse.

"Não sem antes lhe dar este presente!" — Nerissa me olhava com seus enormes olhos castanhos, um olhar cativante, um sorriso aberto de orelha a orelha. Em suas mãos, um par de correntes douradas, cada qual contendo uma de duas metades de uma silhueta. Os pingentes, quando unidos, formavam uma sereia. Na metade feminina da criatura mística, *Nerissa* gravado na parte de trás. Na metade peixe, *Tales*.

Abracei-a carinhosamente, peguei sua corrente e a coloquei em seu pescoço. Retribuindo meu ato, Nerissa pediu que me ajoelhasse, para que ela alcançasse meu pescoço. Ao tentar prender o fecho, a corrente e a metade peixe do pingente escorregaram de suas mãos e caíram no mar. Quando me virei, minha irmã já estava no mar, em busca daquele pingente que acabara de naufragar.

Gritava desesperadamente pelo seu nome. Meu lado emocional de irmão mais velho me dizia para mergulhar e resgatá-la, enquanto meu lado racional de Capitão Amador recém-habilitado me dizia para me acalmar, porque Nerissa era mergulhadora experiente, apesar da pouca idade, e logo voltaria à superfície. O que de fato aconteceu. Lá estava minha irmã, a uns cinco metros da lancha, sorrindo para mim, a correntinha em suas mãos. Virei-me para pegar uma boia para lançar até ela e, para minha surpresa, não havia sinal dela por ali. Segundos atrás, um sorriso. Naquele momento, a imensidão e o vazio do mar.

Atirei-me na água e tentei localizá-la. Não demorou muito para vê-la afundando, uma expressão de espanto estampada em seu rosto, a correntinha firmemente agarrada pela sua mão esquerda. Era como se uma força a puxasse para baixo, impedindo-a de nadar em direção à luz. Por mais rápido que nadasse, a distância que nos separava seguia crescendo, até um ponto em que a visibilidade estava totalmente comprometida. Já não tinha ar em meus pulmões, e minha visão turvou-se. E isso é tudo de que me lembro. Porque, quando recobrei os sentidos, estava em terra firme, sendo atendido por paramédicos. No meu pescoço, duas correntinhas, cada qual com sua metade de um pingente em formato de sereia. Carrego-as comigo até hoje. Minha irmã do meio, ou seu corpo? Jamais localizado.

Isso aconteceu há exatos dez anos, numa segunda-feira, 28 de dezembro de 2009. Hoje, sábado, 28 de dezembro de 2019, sou convidado a encarar novamente o mesmo mar, nas proximidades da Ilha das Cabras, que tirou Nerissa da minha vida para sempre. Caíque provavelmente não se deu conta de que dia é hoje. Eu, por ter vivido o que vivi, jamais serei capaz de me esquecer.

Antes de entrar no barco e encarar meu mais terrível inimigo, o ritual de sempre, mantido em segredo de todos ao meu redor. A propósito, ninguém sabe de minha fobia, além de mim mesmo e do cara que me vende Diazepam, o azulzinho, pela internet. Nunca nos encontramos, mas seus serviços são profissionais e discretos. Mando cinco goela abaixo e lá vamos nós, mas não sem o tradicional sinal da cruz e um beijo nas duas metades do pingente de sereia.

"Gente, vamos recapitular os procedimentos de segurança. Queremos que possam curtir este momento mágico sem se preocupar com quaisquer outros fatores externos, mas isso só é possível se agirmos, todos, dentro das normas de segurança de mergulho autônomo", comentava meu irmão ao nos aproximarmos do local escolhido para a cerimônia, o motor da embarcação em rotação reduzida.

Todos sabiam exatamente como tudo funcionaria. Estava tudo esclarecido, ensaiado em terra e revisado nos minutos que antecederam o mergulho. Seria um instrutor para cada dois mergulhadores. Seria o único a permanecer no barco, motores desligados, comunicação com os instrutores via ultrassom. Minha lista de atribuições incluía a cronometragem do tempo da cerimônia e o controle do tempo de retorno dos mergulhadores à superfície. Naquela altura, as pílulas já tinham atingido o auge de seus efeitos. Seria capaz de matar um tubarão branco com as mãos, se preciso fosse, de tão desarvorado, noiado, pirado. A droga tem essa coisa de abafar nossos medos, nos transformar em heróis destemidos. Se conhecesse essas malditas bolinhas azuis dez anos atrás, minha doce Nerissa ainda estaria aqui, ao meu lado, neste barco, esperando esse casamento imbecil acabar.

A cerimônia deveria estar chegando ao fim, exceto se os noivos quisessem viver felizes para sempre, nas profundezas do litoral paulista. Se demorassem muito mais para iniciar o retorno, considerando que mergulhadores amadores tendem a consumir quase o dobro de oxigênio que instrutores habilitados, o risco de alguém acabar se deparando com cilindros vazios antes da hora ficaria cada vez maior. Tentei contato com os instrutores, mas a voz retornava abafada, quase completamente encoberta por sinais sonoros que lembravam o canto das jubartes.

"Caíque, na escuta? Vocês precisam iniciar procedimento de retorno. Repito: iniciar retorno à superfície. Copia?".

"Roger, brô. [Oooooooooh] retorno [Oooooooooh] minutos [Oooooooooh] problema [Oooooooooh] noiva [Oooooooooh] subindo logo."

A falta de clareza na comunicação estava me levando à loucura. Talvez não apenas isso, mas também as malditas pílulas azuis, meu medo mórbido do mar, as lembranças que aquele lugar me trazia... tudo me incomodava! Mordia os lábios, a dor dominava minhas mandíbulas. Sentia cheiro e sabor de sangue, não sabendo se vinha de minhas gengivas, minha língua, minha garganta.

"Caíque, pelo amor de Deus, me responde! Retornem à superfície. Me escuta, criatura? Retornem à superfície! Imediatamente! *Roger that?*"

"Estamos [Oooooooooh] uns [Oooooooooh] mais para [Oooooooooh] barco" — seguido por um incômodo silêncio, como se a comunicação tivesse se perdido por completo.

Tentei contato com outros instrutores, sem sucesso. Num momento de desespero, me debrucei na borda do barco, aproximando-me ao máximo da água, como quem levanta seu celular em busca de melhor sinal de rede. Nessa tentativa enlouquecida de restabelecer contato com os mergulhadores, meu irmão caçula incluído, me deparei com aquela metade mulher do pingente em formato de sereia afundando naquelas águas pela segunda vez.

Como em um filme em preto e branco, aquela tarde de segunda-feira de dez anos atrás voltou à minha mente. Podia ver minha Nerissa sorrindo, a correntinha em suas mãos. Mas, desta vez, não me virei em busca de uma boia. Mantive meu olhar fixo nela, sem piscar por um milésimo de segundo que fosse. E foi então que pude vê-la, graciosamente mergulhando mar adentro, primeiro sua cabeça, e então uma enorme cauda projetando-se mar afora e retornando água adentro.

Aquela imagem, real ou imaginária, veio como um chamado. Precisava mergulhar, encarar meus medos, resgatar meu irmão mais novo e, quem sabe, reencontrar minha irmã do meio.

Atirei-me ao mar e, minutos depois, pude ouvir novamente aquele canto que, havia pouco, interferira na comunicação com os mergulhadores. Era um canto belo, contínuo, que parecia falar diretamente com meu coração. Era como se meus sentimentos pudessem compreender o significado daquele som que, aos meus ouvidos, soava como um interminável "oh".

Seguia em direção à fonte do canto, até que me deparei novamente com aquela imagem surpreendente. Da cintura para cima, Nerissa. Da cintura para baixo, uma longa cauda, coberta por escamas esverdeadas. Em suas mãos, a correntinha com a metade mulher do pingente, presente de minha irmã, perdido e recuperado havia exatos dez anos.

Nadava o mais rápido que podia, mas parecia que Nerissa estava sempre à mesma distância de mim. Era como se ela e eu nos locomovêssemos, cada vez mais em direção às profundezas do oceano, na mesma velocidade. Sentia que meus pulmões chegavam ao limite de sua reserva de oxigênio, quando a distância entre nós finalmente começou a diminuir. Não podia desistir naquele momento. Esforcei-me um pouco mais, apesar de perceber que estava muito perto de perder minha consciência. Mas a necessidade de reencontrar minha irmã era mais forte que o grito de meu corpo pela sobrevivência.

Quando estava prestes a abandonar minha obsessão, atingi finalmente meu objetivo. Mal podia acreditar: estava, novamente, frente a frente com minha irmã. Lá estava ela, Nerissa, um sorriso que ia de orelha a orelha, seus enormes olhos castanhos que hipnotizavam o mais insensível dos homens. Ficamos, frente a frente, por alguns segundos, e ela então me estendeu suas mãos, a correntinha e sua metade do pingente repousando sobre elas. Estendi minhas mãos em sua direção, com o intuito de recuperar o presente que me fora oferecido havia uma década. Ela me entregou o artefato e segurou minhas mãos. Um toque suave, carinhoso, que foi gradualmente se transformando em um forte aperto, suas mãos me mantendo imóvel no fundo do mar. Aquelas mãos, antes suaves, se tornaram nada além de ossos e restos de carne. Não havia mais cauda, sequer sorriso gracioso. À minha frente, os restos mortais de Nerissa, parcialmente apodrecidos, parcialmente devorados por todo tipo de vida marinha. Entrei em desespero, em partes pelo que vi, em partes por me dar conta da distância que ainda devia percorrer para retornar à superfície, e a total falta de reservas de oxigênio em meus pulmões. Pior, aquelas mãos pareciam não me deixar sair dali. E isso é tudo de que me lembro daquele meu último encontro com Nerissa.

Quando recobrei os sentidos, estava em terra firme, sendo atendido por paramédicos. No meu pescoço, duas correntinhas, cada qual com sua metade de um pingente em formato de sereia. Na minha mão direita, um enorme anel dourado com uma pedra azul ao centro.

"Onde está meu irmão?", gritei tão logo consegui projetar minha voz.

"Descanse, querido. Descanse", uma voz suave tentava me acalmar, suas mãos acariciando meus cabelos. Voltei meu olhar lentamente para cima. Sorri um sorriso tímido, porém sincero.

"Te amo, Nerissa."

GNATHOS

PEDRO DINIZ

Há oito anos trabalhando na cozinha do AHTS[1] Deep Reaches, eu era seu tripulante mais antigo. Tripulações vão e vêm e não costumam durar mais que um ano, mas eu sempre fui conhecido como Cuca ou Cook, dependendo de qual pronúncia fosse mais fácil para meus colegas, que vinham dos quatro cantos do mundo. Essa última viagem contava com um Comandante de Singapura, um Imediato mexicano, um austero Chefe de Máquinas dinamarquês, a quem chamávamos apenas de Chief, o que, somado a mim, ao Mestre, a um Oficial de Náutica, ao Médico e mais aos marinheiros de máquinas e convés, resultava numa tripulação de doze.

A viagem já estava no fim, faltando menos de dez horas para chegarmos à costa. Não nos afastamos demais, mas passamos três semanas apoiando uma plataforma na bacia de Santos, que estava concluindo sua ativação. Três intermináveis semanas; um tempo desses no mar, e os dias começam a se emendar uns nos outros, por isso não lembro exatamente quando foi que as coisas começaram a desandar, mas foi da metade desse tempo para cá que o nosso médico ficou doente.

— Qual é, Doc. O Doc é a única pessoa do navio que não pode ficar doente — eu lhe disse, no primeiro dia em que ele ficou de cama. Eu gostava desse Doc brasileiro também, um cara engraçado, curtia jogar um dominó comigo e com o Mestre depois da janta.

---

1 *Anchor Handling Tug Supply*, tipo de navio empregado no suporte a plataformas *offshore*.

— Me dá uma folga. Doc também é gente. Só estou com uma febre leve. Deve ser só frescura mesmo.

— Vou te fazer uma canja, vai parar de frescura rapidinho.

— Aí não, Cuca. Tô com uma fome do cão. Faz algo que dê sustança.

Eu não sou médico para saber que fome seria um sintoma, nem o próprio Doc suspeitou disso. Só comecei a achar que tinha algo errado quando o Chief me ligou uma madrugada, perguntando se tinha algo para comer.

— Ô, meu chefe, não conseguiu pegar a janta? Tem o que o senhor quiser. Só abrir o paiol e pegar.

— Não é para mim. É para o Doc — disse o Chief, do seu jeito curto. — Ele está comendo tudo que tem na minha geladeira. Você não é amigo dele? Venha tirá-lo daqui.

Quando cheguei lá, a cena era bizarra. A geladeira caída de lado, o conteúdo esparramado e o Doc catando as coisas do chão e enfiando na boca, independentemente do que fosse. O Chief o olhava do canto, com os braços cruzados e todos os músculos do corpo tensos.

Quando me aproximei, o Doc disparou para mim um olhar com a raiva incandescente de um animal lutando pela própria vida, antes de recobrar os sentidos e perceber o que estava fazendo.

— Cuca... eu estava com fome...

— Vai ficar tudo bem, Doc. Vá descansar um pouco.

Quando dei meu ombro para ele se apoiar, quase recuei, de tão quente que ele estava. Nunca tinha visto uma febre assim. Levei o Doc para seu quarto, e ele estava tão bagunçado quanto o do Chief, com a geladeira atirada no chão. Deitei-o na cama e ele dormiu na hora.

Chief deve ter relatado tudo ao Comandante, porque, no dia seguinte, este pediu que eu fosse à sua câmara. O Comandante era um budista tão sereno, que o papel de autoridade suprema em um navio, à primeira vista, não lhe caía bem, mas ele tinha uma voz tão firme quanto tranquila. Tinha tatuado no peito algo que poderia ser compreensivelmente confundido com um timão dourado, mas ele me contou que era o Dharmachakra, símbolo do caminho para a iluminação. Quando entrei na câmara, ele não deu voltas e me interpelou logo:

— Cook, o que você sabe da situação do Doc?

— Comandante, ele parece estar doente, mas nem ele saberia precisar pro senhor de quê.

— O Chief disse que ele teve um surto essa noite. Que estava muito alterado. Você é mais próximo dele. Qual sua avaliação? Acha que eu deveria tomar alguma providência?

— Acho que não, chefe. Ele está só dormindo agora.

Ele resmungou sem concordar nem discordar, mas não pude deixar de notar seu olhar recaindo sobre o cofre no canto da sala.

Parecia que a situação ia morrer nisso. O Doc dormiu por dias seguidos depois daquele evento, e sua febre até baixou. Eu checava seu estado todos os dias e já estava ficando apreensivo por ele não acordar, mas nosso tempo apoiando a plataforma estava acabando, e logo estaríamos em terra, onde ele poderia ser devidamente atendido.

No último dia antes de começarmos a travessia de volta, quando o assunto já nem ocupava muito minha mente e eu preparava o almoço, o Doc apareceu na minha cozinha. Em vez de ficar feliz de ver meu amigo de pé, fui tomado de pavor. Havia algo profundamente errado com ele. Seu rosto era uma máscara com apenas a sugestão de feições humanas, mas o suficiente para me fazer questionar se não estava enxergando coisas. Seus olhos estavam por inteiro negros, como se as pupilas se tivessem expandido até tomar o lugar das escleras. Seu nariz parecia mais duas fendas toscamente desenhadas sobre o rosto do que de um nariz com relevo. E sua boca… céus! Sua boca sorria um sorriso terrível, impossivelmente largo e cheio de dentes como o de uma fera. Ele parecia sorrir meramente pelo fato de que seus dentes forçavam sua boca a assumir aquele contorno doentio, mas, quando ele falou, seu tom emanava ao mesmo tempo divertimento e ânsia:

— Cuca… estou com fome, Cuca…

Eu congelei. Alguma parte ancestral do meu cérebro, que é comum a todos os seres vivos, quis reagir como reagiria uma presa diante do predador, mas os milênios de civilização deixaram-na parte entorpecida, e eu me limitei a balbuciar:

— O almoço ainda não está pronto, Doc. Você não quer descansar mais um pouco?

— Eu... estou... — ele começou a falar, e a voz parecia ser gerada no fundo da garganta, pois sua boca não fazia nenhum movimento além de ficar progressivamente mais escancarada. — *Com fome...*

A boca se abriu numa medida impossível, repleta de dentes que não eram dentes, mas presas pontiagudas, desfigurando ainda mais seu rosto e revelando um buraco negro sem fundo, capaz de me engolir por inteiro. Olhei para aquele imenso vão e vi o terror das profundezas abissais. Vi o mistério que pega os homens pela curiosidade e os arrasta para explorar o desconhecido — e então acaba com eles. Eu vi a morte.

Não havia razão ali, não havia diálogo, não havia humanidade. Esgueirei-me para o lado e deixei o caminho livre para ele apanhar e devorar os pedaços de carne semicrua sobre a chapa.

Disparei numa corrida conveses acima até a câmara do Comandante, sem saber como descrever a situação. Tudo que eu sabia era que havia algo antinatural no navio.

— Comandante. É o Doc. Ele está perigoso — eu disse, entre uma arfada e outra, quando invadi a câmara.

O Comandante ergueu-se num salto e fez menção de me acompanhar, mas pausou, olhou com severidade para o cofre e decidiu levar a pistola que guardava. Passamos no quarto do Imediato para pedir seu apoio, e ele logo foi da sua expressão de perene irritação para preocupação quando viu o Comandante armado.

Quando chegamos à cozinha, não acreditei. Minha cozinha. Tudo revirado, equipamentos quebrados e marcas de dentes pelo balcão e panelas. E o Doc, que parecia ser mesmo o Doc, sentado no chão com os dedos enfiados no cabelo, chorando.

— Desculpem... eu não sei o que aconteceu... eu estava com tanta fome...

Nenhum de nós soube o que responder. Sem representar nenhum perigo aparente, carregamos o Doc para o quarto, onde ele adormeceu e nós o trancamos, por precaução. O Imediato determinou que ficasse sempre um vigia na porta, e eu fiquei no primeiro turno. Enquanto isso, o Comandante avisou ao pessoal da plataforma que estávamos com uma emergência médica e precisaríamos cessar o apoio e retornar para terra.

Já viajávamos havia oito horas e era noite. Eu estava descansando, quando fui acordado pelo marinheiro que me rendeu na vigília:

— O Doc está chamando o senhor. Eu... não tive coragem de abrir a porta.

Fui até o quarto do Doc e chamei. A resposta que atravessou a porta foi um choro lamurioso de pura agonia.

— Me ajuda, Cuca. Estou com fome... com tanta fome...

— Sinto muito, Doc — tive de forçar a voz pela minha garganta. — Não sabemos o que está acontecendo, melhor esperar. Já, já chegamos em terra, descanse até lá.

Uma batida como a de um soco balançou a porta e ecoou no navio silencioso.

— Você não está entendendo — a voz não era mais a do Doc. Não era mais uma coisa humana. Uma calma desesperadora reverberava no rangido gutural. — Jamais entenderiam esta fome.

Sem que eu esperasse, um círculo de dentes brotou através da madeira maciça da porta. No instante seguinte, a porta explodiu em migalhas, e o que eu tinha diante de mim era aquele monstro que não era o Doc mastigando a madeira como se não fosse nada.

O marinheiro reagiu mais rápido que eu. Ele saiu correndo e acionou um dos painéis de alarme geral. A sirene começou a bradar e imediatamente a tripulação convergiu para o corredor onde estávamos, inclusive o Comandante e o Imediato.

A criatura avançava a passos lentos, ostentando aquele sorriso monstruoso. Ninguém ousou se aproximar demais, até que o Comandante ergueu a pistola e apontou. O ser não alterou sua marcha, como se desconhecesse aquele objeto, mas o Comandante não disparou. Todos o observavam com expectativa, mas ele estava tão abalado, e sua mão tremia tanto, como se ferir uma criatura viva, mesmo que abominável, fosse uma negação à sua filosofia, que logo vimos que ele não conseguiria. Tomando a dianteira, o Imediato saltou sobre o braço do Comandante, arrancando-lhe a pistola e prosseguindo a descarregá-la contra a criatura.

Ela sentiu os tiros, estacando no lugar e piscando com aqueles enormes olhos negros. A expressão de raiva deformou ainda mais seu rosto e ela arreganhou a boca abissal com um rugido rouco. E então, com a precisão de um movimento que só poderia ocorrer num pesadelo, esticando a pele do seu rosto, sua mandíbula e arcada dentária superior foram arremessadas na direção do Imediato, a uma distância de dois metros, e retraídas de volta logo em seguida. Sem chance de reagir, o Imediato teve seu braço direito, o ombro e metade do tronco engolidos em um instante e desabou, sua vida já se esvaindo numa poça de sangue.

Metade dos tripulantes debandou pelo navio. O Comandante, apavorado, caiu de joelhos ao lado do Imediato e já parecia estar morto antes mesmo que a criatura se aproximasse e fizesse desaparecer a metade superior do seu corpo entre seus dentes. O único que ainda parecia ter alguma presença de espírito diante disso tudo era o Chief, que tocou meu ombro e o do Mestre e disse:

— Atraiam essa coisa pro convés principal — e saiu correndo.

Só podíamos correr também, mas a criatura não acelerou o passo, como se tivesse certeza de sua inevitabilidade. Mantendo-a a uma distância segura, nós a guiamos até o convés principal lá embaixo, que era aberto. No caminho, o Mestre teve a previdência de acionar a válvula de liberação da balsa salva-vidas, que caiu no mar e se inflou.

Quando chegamos ao convés principal, o Chief já estava lá, escondido ao lado do acesso ao convés, com uma mangueira de combate a incêndio pressurizada. Assim que a criatura surgiu atrás de nós, ele abriu o esguicho na posição de jato sólido e a atingiu com toda a pressão hidráulica nas costas. O monstro perdeu o equilíbrio e saiu cambaleando pelo convés. Chief manteve o jato sobre ele e foi empurrando-o até a popa do navio, onde não havia borda elevada.

Sem ter chance de se recompor diante daquele ataque, a criatura foi atirada no mar.

Chief fechou o jato e encarou a escuridão do oceano após a borda por bastante tempo, antes de respirar aliviado. E, apesar de toda a sua demora, ainda foi cedo demais.

Prenunciada por uma vibração do navio inteiro, uma erupção de água e metal surgiu exatamente sob o Chief, fazendo-o sumir sem deixar rastros. Quando a nuvem de água pulverizada baixou, a criatura estava de volta ao convés, sua bocarra impossivelmente larga abrindo e fechando enquanto ela mastigava pedaços de navio e de gente. Ao redor dela, o navio estava arruinado. Água embarcava livremente na praça de máquinas sob nós. Era uma questão de tempo até o navio afundar. O monstro terminou de mastigar e voltou a exibir o sorriso aterrador, como se achasse graça naquilo tudo.

— Eu ainda estou com fome.

Eu teria desistido ali mesmo. Entregado os pontos, feito as pazes com Deus. Mas não era para ser naquele momento. Foi a vez de o Mestre, um sujeito troncudo com a constituição cheia de músculos e tendões de alguém acostumado a laborar mesmo na era da força hidráulica, tomar ação. Ele apontou para a cabine de controle das máquinas do convés e disse:

— Botão vermelho, e empurre a alavanca até o máximo. Quando eu disser, aperte o botão vermelho de novo. Vá. Antes que o navio apague.

Eu só tinha a vaga noção de que aquele era o controle de lançamento de âncoras, e estávamos com uma âncora torpedo, de 150 toneladas, pronta para ser lançada no convés. Não contestei o Mestre, apenas cumpri a ordem e vi a plataforma inclinando a âncora pela popa. O Mestre caminhava em direção ao monstro com uma calma que nao sei de onde tirou, enquanto este o encarava com aquele sorriso terrível. Assim que o Mestre começou a correr, o monstro abriu sua boca para engoli-lo, mas o Mestre se agachou e conseguiu desviar dos dentes, alcançando o monstro, erguendo-o pelas pernas com um abraço e o carregando até a amarra[2] da âncora. De alguma forma, ele conseguiu enfiar o braço da criatura por dentro de um dos elos e se afastou.

— Agora!

Apertei o botão. A amarra foi liberada de onde estava presa e a âncora caiu no mar por gravidade. Mas, no ínfimo instante em que isso ocorreu, a criatura projetou sua mandíbula e abocanhou o Mestre no peito. No instante seguinte, os dois haviam sumido do convés com a âncora.

O navio continuava afundando; eu não tinha tempo de absorver tudo o que tinha acontecido. Pulei na água e nadei até a balsa salva-vidas.

Ninguém mais apareceu depois daquela correria, mas o que importa é que estou a salvo na balsa, por enquanto, e esta área é movimentada. Não duvido de que, mais cedo ou mais tarde, vá aparecer algum navio para me resgatar. Mas não estou tranquilo. Se aquele monstro conseguiu afundar um navio, não é uma balsa inflável que ficará entre mim e ele. Aquela criatura só poderia ser a manifestação de alguma força maligna oriunda das profundezas do oceano, seja ela qual for. Isso era claro só de olhar para ela. Desconheço sua origem — talvez aquela plataforma de petróleo tenha perfurado precisamente o lugar errado do leito oceânico —, mas tenho certeza de que seu destino não é perecer no fundo do mar. É capaz que, no mar, ela se torne ainda mais perigosa. Não é aquela amarra que vai detê-la.

Oito anos no Deep Reaches e mais dezessete embarcado em outros navios. Mas, se eu sair dessa, nunca mais vou chegar perto do mar nesta vida.

Se eu sair dessa.

2 Corrente que conecta a âncora ao navio ou à plataforma.

DAS PROFUNDEZAS

UDINE TAUSZ

Sísifo contemplou o mar à sua frente; a imensa massa d'água lembrando um lago manso. Não fosse pelas ondas suaves que batiam na praia, parecia nem se mover. Sísifo sabia que aquela imagem não correspondia à realidade — era apenas um momento de calmaria.

As ondas lambiam seus pés na faixa de areia estreita e normalmente muito disputada por turistas e locais, mas que, naquela semana, ficaria deserta.

Alguns diziam que era bobagem, outros que era verdade. Era fato, porém, que ninguém se aproximaria daquelas águas por uma semana inteira. Os boatos dariam conta disso.

Às suas costas, Sísifo ouviu a voz do Velho, dizendo que se afastasse da água. Sísifo sabia que era o certo a fazer, mas em seu peito o chamado das águas era forte e ele não podia resistir. Havia dias, naquele mesmo horário, Sísifo vinha à beira d'água e deixava que as ondas ganhassem seus pés. Sentia a força da água tomar seus tornozelos, subir-lhe pelas canelas, preencher seu ventre e quase afogar seu coração, envolvendo sua mente. Às vezes, ouvia uma voz, quando o turbilhão lhe chegava ao cérebro, que lhe dizia "não resista", mas Sísifo não conseguia aguentar toda aquela intensidade nem se liberar da sensação de morte iminente. Acabava se desconcentrando e tudo desaparecia de uma só vez, deixando-o atordoado e, às vezes, antes de perder os sentidos, ouvia a mesma voz em sua mente: "não desista".

Fora exatamente o que acabara de acontecer. Sísifo tinha recuperado os sentidos e se posto de pé, contemplando a imensidão azul e deixando que o ar marinho o revigorasse, quando ouviu o chamado do Velho. Voltou-se e viu que ele estava preocupado. Nenhum dos dois se moveu por um longo instante e, então, Sísifo caminhou em direção ao avô.

— Não quero você perto do mar — advertiu o Velho. Sísifo não respondeu. — Por duas vezes você enganou o mar. Não confie tanto na sorte.

"Não enganei. Por duas vezes fui salvo", pensou Sísifo. Mudo, encarou o avô. Ele sabia. O Velho apontou para o centro da Vila e Sísifo, obediente, acompanhou-o.

Salles passou pelo Velho e pelo rapaz a caminho da praia sem prestar especial atenção a eles. Observava a Vila, ponto perdido no tempo, aglomerado precário e exótico de casas, com suas superstições e mistérios... Mistérios que ligavam Salles àquela vila de pescadores que o progresso havia esquecido.

Custava a Salles crer que aquele mar tranquilo era o mesmo que engolira sua irmã e toda uma excursão de jovens mochileiros havia quatro anos. O cenário, no entanto, era inequívoco. Salles puxou a foto do bolso e a confrontou com a paisagem. Não tinha como errar. Duas rochas colossais se erguiam do mar, uma de cada lado da enseada que formava a praia. Para além delas, só uma vasta extensão de água.

Era uma excursão de jovens pela Europa, com direito a um pequeno cruzeiro pelo litoral grego. O barco partira durante manhã belíssima, de sol forte, ancorando exatamente naquela ilha. No dia seguinte, tudo que sobrara do barco foram destroços. O único sobrevivente fora encontrado dias depois, mas ele não fazia parte do grupo nem estava no barco.

Salles suspirou. Suas esperanças de resolver o mistério estavam se esvaindo, mas ele ainda estava disposto a tentar.

Risadas e gritinhos excitados desviaram sua atenção do mar tempo suficiente para que não visse um movimento estranho nas águas ao longe.

Do alto das pedras que circundavam a praia, Sísifo observava o mar e pôde ver o estranho fenômeno. Ficou cismado. Apertou os olhos e firmou a vista, mas o fenômeno não se repetiu.

— Será possível que o Velho esteja certo? — resmungou entredentes, ainda que ninguém pudesse ouvi-lo.

Desceu das pedras em direção ao centro da Vila. Pelo sim, pelo não, era melhor avisar.

— Ahhhh, ver o pôr do sol na praia não é romântico?

A voz doce e melodiosa de Clio veio seguida de um abraço sufocante, ao qual Teseu não teve tempo de reagir.

— Pelas pérolas de Afrodite, Clio, se você me sufocar, não vai ser nada romântico! — respondeu ele, rindo, enquanto afrouxava os braços dela de seu pescoço.

— Uf... — devolveu ela, fingindo irritação.

Teseu olhava, sim, para o mar, mas não necessariamente para acompanhar o pôr do sol. Cismado, ainda procurava com os olhos o ponto do redemoinho que vislumbrara horas antes. Virou a cabeça ao perceber alguém parado ao seu lado.

— Desafiando o mar, Sísifo? — perguntou Teseu, jocoso.

— Você viu? — retrucou Sísifo, ignorando a pergunta. — O que viu?

Teseu encarou o mar, sério.

— A água se moveu de modo incomum, contra a corrente e contra o vento.

— Nada bom — Sísifo chutou a areia. — Nada bom... — repetiu.

Clio tentou quebrar o clima, puxando Teseu para perto. Ele a abraçou, mas continuou cismado.

— Está no ar, posso sentir — sussurrou Sísifo para ninguém.

Teseu meneou a cabeça, concordando. Também sentia algo estranho. Clio olhou em volta e suspirou.

— Vocês estão querendo me assustar, é? — dirigiu-se zangada aos dois.

— Quem dera fosse só isso — respondeu Sísifo, deixando a praia.

— Quem dera! — repetiu Teseu, mas em um tom mais engraçado.

— Ora! — Clio se levantou, pegou suas coisas e deixou a praia. Teseu a seguiu, rindo, mas no peito seu coração pesava.

De onde estava, acocorado na parte mais elevada das pedras que cercavam a praia, Sísifo contemplava a quietude nada reconfortante das águas, pois o ar estava denso de mistério e possibilidades. A brisa do mar trazia à tona as memórias das duas vezes quando fora arrebatado pelo mar. Sísifo sentia que, mais uma vez, receberia um chamado, irresistível, inequívoco, imperativo, irrecusável.

Perdido nessas reflexões, surpreendeu-se ao ver um barco que se aproximava ao longe, lentamente.

— Ah, essa não! — sussurrou para si mesmo.

Desceu com cuidado até a faixa de areia e dali, sem hesitar, correu até sua casa. Entrou como um tufão pela sala, o pai e a mãe arregalando os olhos para o filho, que parecia desconcertado.

— O Velho... — começou Sísifo.

— Isso não é jeito de falar do seu avô! — ralhou a mãe, que não gostava que o pai fosse chamado daquele jeito.

— Eu preciso falar com o Velho... — insistiu Sísifo, a agonia subindo-lhe pelas pernas, alcançando as tripas, enrodilhando o estômago e sufocando sua respiração. — Eu sinto...

— Estou aqui — o Velho apareceu atrás dele, segurando-o pelo ombro. — Venha comigo! — ordenou.

— Papa! — pediu a mãe.

— Sogro, vamos jan... — começou o pai.

— Depois — disse o Velho, puxando Sísifo.

O barco vinha singrando o mar calmo da noite sem lua. Mal se ouvia o motor; estavam prestes a fundear a embarcação perto dos arrecifes e já se viam as luzes da pequena vila. Ordenou-se que a âncora fosse baixada. Alguns minutos depois, um marinheiro se aproximou, dizendo que a corrente acabara, mas a âncora não havia tocado o fundo.

— Impossível — murmurou o capitão, bem baixinho, para que os passageiros não ouvissem. — Deixe os motores ligados, então. E preste atenção para não sairmos à deriva!

— Sim, senhor!

Da praia, de cima das pedras, Sísifo e o Velho observaram o barco parado, tranquilamente, sobre as águas calmas. Sísifo, porém, sabia que aquela paz toda não duraria. Podia sentir. E então, um segundo depois, o Caos!...

O Velho mal teve tempo de se assombrar com o terror deflagrado nas águas calmas e silenciosas, repentinamente transtornadas por algo que a noite escura não revelava totalmente. Sua atenção foi desviada para Sísifo, que, qual um autômato, se encaminhava para o mar, pelas pedras, como se não estivesse ali.

— Sísifo! Sísifo! Volte aqui! — gritou o Velho, tentando se equilibrar e ao mesmo tempo agarrar a camisa do neto. — Volte, seu moleque burr...

Saída do centro do Caos que explodia sob o barco, uma gigantesca onda atingiu as pedras, se espalhando para todos os lados, derrubando o Velho. Ele, mesmo caído, podia ainda distinguir a figura patética de Sísifo à beira d'água, enquanto ouvia os gritos das pessoas que, atraídas pela confusão, se aglomeravam na faixa de areia, espantadas demais para tomar uma atitude.

Sísifo não ouvia mais nada. No instante em que o caos fora deflagrado pela aparição medonha, entrevista no breu da noite sem lua, indecifrável e incompreensível, as memórias lhe tomaram o senso e o moto. Seu primeiro arrebatamento, ainda criança, por aquelas águas, os dias desaparecido, sua recuperação espantosa; a segunda vez que fora levado pelas águas e seu reaparecimento misterioso.

Como contar? Como dizer às pessoas o que se passara, os presentes que ganhara, as maravilhas que vira? Como contar que aqueles dois eventos simplesmente o prepararam para essa noite, essa específica noite, em que o Caos deveria ser controlado?

Jogou-se na água, sob os olhares estarrecidos da família que não mais reconhecia, do Velho que subitamente tomara consciência do desastre. Mergulhou no abraço reconfortante daquelas águas frias. Nadou como se lhe fosse tão natural quanto caminhar. Sua memória o guiou até onde estavam guardados os presentes que recebera:

uma concha, um tridente, uma rede. De posse dos presentes, Sísifo se aproximou do ponto onde o mar era agora um turbilhão convulsionado de água, destroços e tentáculos, uma escuridão profunda, de onde surgiam dentes brilhantes e pontiagudos, engolindo tudo o que estava à sua frente.

Ele, que nunca fora especialmente devotado aos deuses, agora tinha a chance, dada pelo deus do mar, de corrigir um erro. E ele o faria, ainda que lhe pudesse custar a vida.

Na mesma noite em que fora arrebatado pela segunda vez, um barco fora destruído por aquela mesma monstruosidade, e uma jovem morrera, não devido ao ataque, mas por tentar salvar sua vida. Sísifo nunca se livrara da sensação de culpa por aquela morte.

Os gritos se misturavam à força das ondas e aos urros bestiais vindos do ponto escuro onde antes havia um barco. Ainda se ouvia o ruído tenebroso dos tentáculos que estraçalhavam madeira, corpos, rochas, metal, destruindo tudo que não conseguia engolir. E, na sua fúria, o enorme monstro não percebeu a aproximação de um pequeno ser. Consumido em sua sanha destrutiva, ignorava que um ataque pudesse sobrevir de uma criatura insignificante.

Sísifo, guiado pelo instinto adquirido, atingiu o ser monstruoso — uma vez com o tridente, paralisando-o; então com a rede, que se estendeu magicamente em torno do ser, prendendo-o; por fim, soprou a concha, provocando um redemoinho em volta da criatura, enquanto pedia que o acordo fosse cumprido.

O redemoinho envolveu a criatura, sugando-a para um ponto do fundo do mar, uma fossa abissal, escondida por entre as rochas e a areia. Entre correntes, espumas e borbulhas, a criatura foi engolida pela fossa marinha, desaparecendo.

Sísifo cumprira sua missão e, enquanto perdia os sentidos, pôde ver uma luz brotando da fossa antes que ela se fechasse: envolta em uma bolha, uma jovem foi reconduzida à superfície.

O sol da manhã encontrou a população da aldeia em volta de uma jovem desacordada, sendo abraçada pelo estranho que chegara havia alguns dias.

Salles não entendia, mas também não estava em condições de tentar assimilar o que acontecera. Sua irmã estava em seus braços, viva, depois de todos aqueles anos.

A poucos passos dali, o Velho tentava consolar os pais de Sísifo, enquanto Teseu e Clio percorriam a extensão da praia em busca de sinais.

Depois de dois dias, as buscas por sobreviventes foram suspensas. Nenhum sinal, nenhum corpo, nada fora encontrado. O Velho, porém, não desistia.

Duas vezes o neto fora levado e trazido de volta pelo mar. E ele pedia agora, ao mar, que o trouxesse de volta mais uma vez.

— Sogro, o mar o levou para sempre — disse o pai, conformado.

O Velho, porém, insistia. Ainda espera que Sísifo retorne, mais uma vez, do mar.

VIRGÍNIA

J. P. CHAMOUTON

A água fria do rio corre entre meus pés. Minha pele parece um pêssego seco. Demoro alguns minutos para acomodar a diferença de temperatura. Minha enxaqueca explode e minha pressão desce a um nível abissal. Meu olfato anestesiado contrasta com minha audição, que se torna absoluta e acompanha cada pio de ave em compasso com meu coração acelerado.

*"**Querido,***

Trago nos bolsos de meu casaco, que não largo há quatro semanas, as pedras que devem ser suficientes para o meu intento. A ponta dos meus dedos "leem" em braile suas texturas.

A água fria dança em minha cintura. A voz de sempre sussurra:

— Você tem certeza?

"Tenho certeza de que enlouquecerei novamente.

Pergunta besta. Ninguém tem certeza de nada, ainda mais numa situação como esta. Mesmo assim, assinto com a cabeça e sigo em frente. Lenta. Muito lentamente. Pé ante pé, até sentir o minério em minha boca e a angústia, tão conhecida, no paladar.

Sinto que não podemos passar por outro daqueles tempos terríveis.

Outro sussurro:

— Você vai ter coragem?

Por Deus, tudo o que eu não preciso agora é da minha velha amiga indecisão.

E, desta vez, não vou me recuperar.

De um porta-retratos mental salta um homem, jovem, que me rouba um beijo e deixa um gosto de saudade. Não tem o rosto de Leonard, mas como nos sonhos eu sinto, eu sei que é ele, tentando me demover a ideia.

Começo a escutar vozes e não consigo me concentrar.

De novo a voz, só que agora mais clara e provocativa:

— E agora?

Por isso estou fazendo o que me parece ser a melhor coisa a fazer.

Não dou muita bola e, em vez da dúvida, brota um desejo que vem de longe, de outros tempos, a curiosidade infantil de finalmente saber como tudo acaba.

Junto vem o medo e o pensamento de que tudo que eu fiz hoje, desde a hora em que acordei, foi pela última vez.

Você me tem dado a maior felicidade possível.

As coisas mais simples ganham uma dimensão oceânica. Lavar o rosto, mastigar o pão, engolir o leite. Inalar os aromas da casa, o perfume das roupas, o cheiro da chuva que parou.

Meus pés perdem o chão. Meu sangue é puro gelo e me debato involuntariamente para me manter, sem sucesso, na superfície.

Você tem sido, em todos os aspectos, tudo o que alguém poderia ser.

Estou submersa, meu peito queima. Começo a afundar depressa. E agora? Será que demora?

Não acho que duas pessoas poderiam ter sido mais felizes, até a chegada dessa terrível doença.

Perco-me um instante numa vertigem e noto que a enxaqueca, que tinha me dado uma trégua, volta firme e forte.

Não consigo mais lutar.

Não ouço mais a voz. Um medo agora infantil me traz uma enxurrada de perguntas: Como será o Monstro? Que forma ele tem? Será que ele é grande e vai me abocanhar? Será que tem garras e vai me fazer em pedaços?

Sei que estou estragando a sua vida, que sem mim você poderia trabalhar.

Será que ele vai me arrastar para longe?

E você vai, eu sei.

Será que é o mesmo para todos? Há quantos mil anos? Ou cada um tem o seu? A sua coisa, o seu. Específico.

Veja que nem sequer consigo escrever isso apropriadamente.

Breu total. Nem sei mais se estou de olhos abertos ou não. Minha cabeça pesa, mas não sinto mais meu corpo. Será que já acabou?

Não consigo ler.

A correnteza me carrega para a frente e para baixo, como se iniciasse uma queda. Uma corrente de água mais fria me revela:

O que quero dizer é que devo toda a felicidade da minha vida a você.

Posso sentir... Agora sim! Algo se aproxima. Puxa vida... é grande... *muito* grande.

Você tem sido inteiramente paciente comigo e incrivelmente bom.

Ei-lo. Não se parece com nenhuma ilustração que eu tenha visto em algum livro, mas ao mesmo tempo me parece absurdamente familiar.

Quero dizer que — todo mundo sabe disso.

Sua silhueta lembra a de um lobo. Seus olhos são do meu irmão. Talvez de um pesadelo da infância? Um trauma longínquo? A adrenalina abafa a enxaqueca e o medo cede para uma nostalgia infinita do que poderia ter sido, e agora estou certa de que não será.

Se alguém pudesse me salvar teria sido você.

Em queda livre, minha boca se inunda de sal.

Tudo se foi para mim, menos a certeza da sua bondade.

Naufraguei. A enxaqueca se foi.

Não posso continuar a estragar a sua vida.

Aproximo-me como se não tivesse vontade própria. O Monstro me acolhe sem nem mesmo me tocar.

Não creio que duas pessoas poderiam ter sido mais felizes do que nós."

Estou com ele.

V.*

*Em destaque e itálico:
Reprodução do bilhete suicida de Virgínia Woolf para seu marido Leonard Woolf, em 28 de março de 1941.

ADELAIDE, A ARANHA GIGANTE PRESENTE EM SEIS DIMENSÕES

J. S. OPIECHON

Adelaide era uma aranha gigante presente em seis dimensões. Para ela, o maior sofrimento de sua existência não era ser uma aranha, nem ser gigante, nem mesmo ser chamada de Adelaide, mas era estar presente em seis dimensões. Pois, existindo em dimensões diferentes, com partes suas espalhadas pelos múltiplos universos que coexistem um sobre o outro, Adelaide nunca se sentiria completa. Sem poder ser vista por inteiro, já que ninguém enxerga seis dimensões ao mesmo tempo, ela nunca poderia se sentir verdadeiramente amada, e estaria fadada, para toda a sua eternidade, a ser o monstro mais triste e infeliz que viveria nas fossas abismais, nos cantos mais escuros do mundo, onde a luz jamais chegou.

Poucos são aqueles que sabem, mas as fossas abismais são o portal de conexão entre todas as dimensões que têm como fundação o planeta Terra, funcionando como uma linha de costura, dividindo e conectando diversas faces de um mesmo traje. A aranha é conectada a seis delas e vive nas fossas abismais para se sentir inteira. A primeira dessas dimensões é a nossa, contendo os humanos vivos; na segunda dimensão, temos os humanos mortos ou os espíritos; na terceira, há os monstros de todos os tipos; na quarta, o País das Maravilhas — sim, aquele da Alice —; na quinta, temos um império felínistico aos moldes do Egito Antigo, onde gatos superinteligentes escravizaram os humanos e reinam em uma Terra destruída pós-apocalíptica; e a sexta dimensão, que é um vazio esquecido pelos deuses, sem perspectivas de Tempo ou de Espaço. O Nada. Há muitas outras dimensões como o Mundo Invertido e a Dimensão dos Sonhos, mas são essas seis em que as partes da aranha habitam. Adelaide fez das fossas abismais a sua casa, porque sabe que apenas ali ela é completa. Mas ela não é um monstro caseiro, costuma sair sempre para ver outras criaturas e seres humanos, sempre na esperança de encontrar alguém que possa vê-la, e, acima de tudo, alguém que possa fazer com que ela se livre da sombra da dúvida que a assola desde pequena: "Afinal, se ninguém pode me ver, será que eu realmente existo?".

Todo mundo, por mais estranho que se possa ser, torna-se normal se estiver na dimensão correta. O imperador Bola de Neve III se sai muito bem na quinta dimensão. Pertencer a mais de uma dimensão, como nossa aranha, é um erro da natureza; cada criatura deve existir no seu devido lugar. Mas Adelaide já era fruto de um erro. Seus pais eram presentes em duas dimensões. Mas, dos seus seiscentos e cinquenta irmãos, só Adelaide tirou na loteria de pertencer a seis dimensões. Adelaide foi dividida em muitas partes, portanto ela não existia em nenhum lugar de fato. Seus pais nem a conheceram. Ela os via, ela tem olhos em todas as dimensões e vê tudo, mas ela não conseguiu mostrar a eles que estava ali presente, ainda não sabia como tudo funcionava; era só um bebê-aranha. Adelaide conseguiu chegar até a fase adulta só porque não existem predadores para ela; já andou por todo o globo e não há um único ser que possa vê-la por inteiro. Quantos de nós passamos nossas vidas procurando por alguém, uma única pessoa, que nos veja por inteiro? Se você acha que se sente sozinho, imagine como é difícil para Adelaide, a aranha gigante presente em seis dimensões.

Existem algumas pessoas — sabe, na dimensão dos humanos vivos — que podem ver outras dimensões. Adelaide me disse que um xamã muito velho no continente africano, numa aldeia bem afastada, conseguia ver três dimensões ao mesmo tempo. Ele contemplou metade de seu tamanho quando ela chegou. Infelizmente, não pôde falar com ele, pois ele enfartou no momento em que a vislumbrou. Mas normalmente, quem vê outras dimensões são as crianças. Elas conseguem acessar a dimensão da imaginação para ver aqueles que serão seus amigos imaginários e até enxergar os espíritos ou os monstros que as perturbam. Mas, quando elas o fazem, costuma ser uma dimensão por vez. Eu fui uma criança-exceção e consegui acessar várias dimensões de uma só vez.

Tudo começou quando eu estava viajando de férias, conhecendo cidades costeiras de barco com a minha família. Éramos eu, com meus oito anos, meus pais e minha irmã mais nova. A viagem foi tranquila e agradável até o acidente. Por não pertencer a nenhuma dimensão, Adelaide era muitas vezes a causa dos fenômenos naturais em todas as dimensões que habitam o planeta. Terremoto? Maremoto? Vulcão ativo? Adelaide. Era sem querer, dependia de onde ela pisava, como um efeito borboleta. A maioria das vezes, causava só um vento ou uma onda mais forte, no máximo uma tempestade ou uma árvore caíam. Mas, sem saber exatamente como, ela começou uma onda de furacões marítimos terríveis. Estávamos passando pelas Fossas Marianas, quando deu no rádio que o Furacão Adelaide estava vindo de encontro à nossa direção.

Meu pai tentou chegar à costa antes de o furacão nos alcançar, mas não deu tempo. O mar calmo que vinha nos acompanhando desde o início da viagem se transformou em um pesadelo. A água ficou negra quando o céu escureceu, as nuvens eram enormes e densas. Os trovões eram ensurdecedores. Eu estava embaixo do convés, tentando me proteger com a minha irmã. Mas, quando uma onda quase virou o barco, causando um estrondo muito alto, minha irmã saiu correndo em direção à mamãe. Eu tentei impedi-la, mas ela estava muito assustada. Quando ela a alcançou, eu vi que uma onda muito maior que a anterior bateu na lateral do navio; tinha muita água, e, quando consegui enxergar, minha mãe e minha irmã não estavam mais no mesmo lugar. Em seguida, só escutei os gritos de desespero do meu pai. Ele pulou sem olhar para trás. Quando me levantei para tentar entender o que estava acontecendo lá fora, alarmado com os gritos dele, pude apenas ver quando ele pulou atrás delas. Fiquei escondido, sozinho, tremendo de frio e medo. Não sei o que meu pai pensou naquele momento, se é que pensou em alguma coisa. Mas sei que ele era um navegador experiente e, com certeza, deve ter sentido que daria conta.

Nunca mais os vi.

Fechei os olhos de puro terror, do pânico de estar sozinho em uma situação absurda como essa. É de se imaginar que eu nunca mais dormiria na vida. Mas acho que, quando o corpo enfrenta um momento estressante como esse, ele simplesmente desliga. E, assim como acontece em todos os filmes de Hollywood, eu adormeci chorando em um canto do convés, enquanto o furacão destruía tudo que encontrava. Quando acordei, estava sozinho. Saí correndo pelo convés, gritando por minha família. Mas, lá no fundo, mesmo sendo só uma criança, eu já sabia. Dei por mim sentado na proa, segurando o lenço cor de rosa da mamãe, que estava encharcado. Chorei muito sozinho, sentado na beirada do barco. Minhas lágrimas corriam pelo rosto e caíam no mar. Achei que nunca mais pararia de chorar. Cheguei a pensar que nunca mais haveria alguém para acalmar o meu choro, e isso me fazia chorar ainda mais, soluçando, gritando e tremendo. Olhava para o fundo do oceano, pensando onde minha família estaria naquele momento, quando reparei em uma sombra que se mexia estranho. Temi que fosse um tubarão que pularia e arrancaria minhas pernas. Saí correndo da beirada, com medo daquela escuridão que ficava circundando o barco.

Assim os dias passaram, e não houve resgate. Nenhum barco apontou no horizonte, nenhum avião passou pelo céu. O meu mantimento tinha acabado havia alguns dias. Quando eu olhava para a água logo abaixo do barco, via o mesmo breu de alguns dias atrás ainda por lá. Se eu estava à deriva, então certamente aquela sombra estava me seguindo. Comecei a ficar paranoico, senti que estava com insolação, e a dor da fome era insuportável. À noite, sentia muito frio, e de dia derretia com o calor. O tempo todo eu tive medo, principalmente sobre a forma como ia morrer, se era de fome, sede ou tristeza. Mas foi no terceiro dia, sem água e sem sinal de chuva, que eu tive certeza do que seria. Então eu comecei a falar. Falei em voz alta, falei de coisas que nem eu tinha maturidade para entender direito, falei para preencher o silêncio que era tão sufocante quanto o calor. Hoje sei que falei um pouco sobre a injustiça da situação, a dor sufocante da fome e o desespero da sede. Discursei para os céus, para as nuvens, mas também conversei com o que estava ali embaixo do barco. E então eu pedi que, fosse quem fosse que estivesse ouvindo, que me salvasse.

Eu a ouvi antes de vê-la. Minha mãe dizia que eu sempre fui uma criança diferente, que sempre gostei de insetos e aracnídeos. Assim, sem saber exatamente como, eu escutava e compreendia a voz de Adelaide dentro da minha mente. Sua voz era como uma brisa fresca na minha pele arrepiada pelos calafrios da febre. Ela tentava me acalmar e dizia que tudo ficaria bem, que não tivesse medo. Quando percebi que alguém estava respondendo ao meu chamado, implorei para que me salvasse. Ao meu pedido, a escuridão que circundava meu barco se levantou para a superfície. Ela se levantou e era gigantesca.

Devia ter ao menos um quilômetro de comprimento e oitocentos metros de altura. Era como uma caranguejeira clássica, marrom e peluda, mas era imensa, como se tivesse saído de um filme de terror com aranhas-monstros dos anos 90 — ou, ainda, como se tivesse saído de um dos sete círculos do Inferno. Em todo o seu corpo cresciam algas e corais, toda uma vida marinha se desenvolvia no seu comprimento. Lembro que a água continuava a escorrer dela, mesmo após alguns minutos terem se passado desde que ela havia se levantado do oceano, e ainda pequenos animais marinhos que tinham ficado presos no seu corpo continuavam a escorregar de volta para o mar. Ela se abaixou para ficar com suas centenas de olhos na altura da superfície, para que pudesse olhar para mim da mesma altura, de igual para igual. Olhando bem para ela, percebi que havia partes suas que simplesmente pareciam sumir no ar. De suas oito patas, eu só conseguia visualizar três, além de partes do seu abdômen e presas, mas o resto parecia invisível. Ainda assim, ela continuava a se manter firme em pé, como se a falta daqueles elementos fosse apenas um erro de processamento da Matrix. Olhar para ela deixava claro que aquelas partes do seu corpo estavam lá, mas quem não via era eu. Ainda assim, com todo aquele tamanho e a sua aparência monstruosa, eu cheguei próximo da beirada do barco em direção a ela, com o pouco de força que me restava — e a coragem que só a loucura da desidratação é capaz de oferecer —, encostei minha mão na face peluda e molhada daquela aranha gigante que morava no oceano, e, olhando dentro de cada um das centenas de olhos que me encaravam de volta, pedi mais uma vez para que ela me salvasse. A aranha gigante entendeu e me salvou.

Adelaide me colocou nas suas costas e me levou até um navio cruzeiro, para que cuidassem de mim. Os tripulantes do navio me resgataram do mar e trataram da minha desidratação. Naquele dia lá no navio, mesmo sem vê-la, estava sempre conversando com ela através da voz da mente. Ela me mantinha calmo e me contava histórias incríveis sobre lugares extraordinários que tinha conhecido. Quando me senti melhor, esperei até a madrugada e pulei do navio em direção ao oceano, para as costas da aranha, para que começássemos a busca pela minha família. Assim começou a aventura da minha existência.

Adelaide era uma ótima companheira de viagem, era espontânea e brincalhona. Às vezes, passava dos limites nas perguntas ou invadia a privacidade, mas essa atitude de uma aranha gigante presente em seis dimensões era totalmente compreensível. O que eu achava intolerável era seu péssimo gosto por música *country*.

Durante anos, eu caminhei por toda a Terra montado em cima de Adelaide, em busca da minha família. Não os encontramos nem na dimensão dos vivos, nem na dos espíritos. Pensei que, talvez, quando mergulharam no mar e caíram na imensidão do abismo, tivessem voltado à superfície em outra dimensão, à qual a aranha não tivesse acesso. E, quando percebi que nunca mais os veria, Adelaide acolheu minhas lágrimas e viveu meu luto comigo. Escutando a sua voz durante o tempo em que passamos juntos, aprendi a enxergar os seus contornos. Como ainda era criança, consegui que meu cérebro aprendesse a enxergar todas as seis dimensões em que Adelaide vivia. Quando a vislumbrei por completo, eu lhe disse que nunca a abandonaria. Vivi junto dela, cresci e envelheci estando sempre ao seu lado. A morte chegou para mim e, ainda assim, continuei caminhando com ela e vendo a civilização evoluir ao redor do mundo, mas agora por outra dimensão.

Nós salvamos a ambos muito tempo atrás e, hoje, não estamos mais sozinhos na imensidão dos múltiplos universos. Por toda a eternidade, caminharemos juntos ao redor do globo. Então, se você achar algum acontecimento estranho, uma chuva bizarra, um vento fora de hora ou uma onda muito grande, você pode acenar sem medo, porque seremos eu e a Adelaide passeando, e estaremos acenando de volta, mesmo que você não possa nos ver.

OEDON

RAFAEL R. R. FERREIRA

Dizem que, no espaço, ninguém pode ouvi-lo gritar. Isso é verdade, mas não é o único lugar onde essa afirmação se concretiza. No fundo do oceano, mais precisamente a 11.034 metros de profundidade, também não escutam, principalmente se estiver sozinho. Estamos em 2137 d.C., embora não faça diferença, pois Cristo certamente não está presente aqui. A humanidade finalmente conseguiu chegar ao local mais profundo da Terra e se instalar como se estivesse na superfície. A base IPA-019 foi instalada na Fossa das Marianas como um laboratório de pesquisa submarina, projetado com equipamentos de ponta, para suportar as mais de 1000 atm de pressão que esse ambiente inóspito possui. Governos não pouparam verba para que fosse construída, afinal já sabíamos muito sobre o espaço e quase zero de nossos oceanos; estava na hora de tirar um pouco os olhos das estrelas e focar em nossa joia azul do Sistema Solar. A base em si não é muito grande, de forma que a Nova ISS ainda é a maior instalação científica fora da superfície do planeta, mas foi guarnecida com equipamentos de ponta, de forma que a pesquisa sobre o fundo do oceano avançou numa velocidade jamais vista. Para que esta fosse possível, contamos com sete cientistas renomados nas áreas de oceanografia, física, química e biologia, para estudar os fenômenos e biomas dessa região pouco explorada até então, além de um médico para eventuais emergências e dois engenheiros, sendo eu parte dessa dupla.

Já estávamos havia três meses na Fossa das Marianas, quando uma sonda detectou algo impensável: ruínas de uma civilização perdida. Obviamente, o clima foi de festa para a equipe, afinal quem iria imaginar que o local mais profundo de nosso planeta poderia abrigar tamanha riqueza histórica? Nossa oceanógrafa tratou logo de entrar num batiscafo e ir explorar essas ruínas mais de perto. Diferentemente dos batiscafos arcaicos, que eram literalmente minissubmarinos, os da nossa instalação pareciam um traje de astronauta revestido com várias camadas de grafeno, para suportar a grande pressão desse ambiente hostil, e um sistema de aquecimento dinâmico, para não congelarmos até a morte em caminhadas fora da base. Além disso, dois propulsores traseiros, que possibilitavam uma agilidade maior na água, um verdadeiro submarino em forma de armadura. Ela entrou no traje e se dirigiu às ruínas. Demorou cerca de 40 minutos para ela chegar ao local, e os gritos de excitação dela por estar lá pessoalmente jamais serão esquecidos. Acompanhamos tudo pelas câmeras do traje, o que nos proporcionava uma visão de 360 graus do ambiente.

Era uma cidade enorme, na encosta da Fossa, confirmando que um dia esse local já esteve na superfície em algum momento. Muitas formas de vida fizeram dessa cidade seu lar: peixes abissais, polvos gigantes e criaturas que se assemelhavam a algas davam um quê de movimentação, como se tivessem uma rotina de trabalho, mas todos fugindo ao se depararem com as luzes do traje. A arquitetura, no entanto, era um show à parte: colunas que passavam facilmente dos 10 metros, casas em formas poligonais acima dos quatro lados tradicionais que vemos em arquiteturas conhecidas, estranhamente em ordem na medida do possível. Não havia fósseis, fossem humanos ou de quaisquer outras criaturas, e muito menos gravuras que pudessem denunciar que povo viveu ali. Algumas amostras de minerais e pedaços perdidos da construção foram recolhidos, e ela se preparava para voltar à base, quando se deparou com algo fascinante: um templo, ou o que parecia ser um. Este lembrava os grandes templos dedicados aos deuses na Grécia, mas suas colunas não eram riscadas, e sim completamente lisas e pentagonais; feito de uma pedra tão escura, que seria capaz de absorver toda luz que jogássemos nela, como um buraco negro faminto.

Ela entrou para explorar e, surpreendentemente, não havia animais abissais ali, apenas água e mais água, além de pilares extremamente sinistros. Diferentemente das outras construções, nessa havia gravuras e até algumas estátuas, porém não conseguíamos identificar o que eram. As imagens estavam muito borradas, parecia que estavam sofrendo algum tipo de borrão, e as estátuas estavam estilhaçadas com seus fragmentos se espalhando por todos os lados, alguns flutuando, desafiando as leis da física que afirmam que deveriam estar no chão pela força da pressão. Ninguém da equipe conseguia teorizar sobre o que seria, mas todos concordaram que essa foi a maior descoberta da expedição, quiçá da humanidade.

Os batimentos da nossa colega, então, começaram a acelerar de maneira preocupante. O médico tomou a dianteira para falar com ela, mas não obteve resposta, apenas ficava calada, com seus batimentos acelerando cada vez mais. Não aparecia nada nas telas, de forma que todos ficaram tensos. Tivemos, então, de ativar o piloto automático do traje e trazê-la de volta o mais rápido possível. A viagem de volta foi mais rápida, mas quase inutilizou o traje por completo. Fomos até o compartimento de pressurização para resgatá-la e a cena não foi das melhores. Conseguimos tirá-la do batiscafo, mas o colega que fez isso a derrubou no chão, tamanho o pavor: ela estava sem a língua. Conseguiu de alguma forma arrancá-la com os dentes havia pouco tempo, mas como não escutamos isso na sala de controle? E mais: achávamos que ela estava desmaiada, mas, ao sair do traje, começou a berrar e se debater continuamente para se livrar da tentativa do médico de imobilizá-la, o que foi em vão, pois ela conseguiu se desvencilhar e saiu correndo do local.

Assustados, fomos atrás dela, seguindo o rastro de sangue deixado pelo ferimento da língua. Achamo-la no banheiro, morta, sem os olhos, estes arrancados com as próprias mãos. Um deles ainda pendia de sua órbita, ligado pelo nervo. Gostaria de dizer que terminava por aí, mas não foi o caso: o espelho estilhaçado, provavelmente com a cabeça, visto o imenso corte em sua testa. Seus ouvidos inutilizados por cacos do espelho, outra mutilação feita pela nossa colega. Nas paredes, escritas com o próprio sangue, palavras com caracteres desconhecidos pelos presentes, o que aumentou ainda mais o mistério e a ânsia de vômito pela cena.

Deixamos o médico ali e voltamos à sala de controle para rever as filmagens e tentar descobrir o que poderia ter causado essa reação nela. Vimos as imagens incontáveis vezes e não havia nada além dos animais abissais fugindo na presença da oceanógrafa. O clima de mistério acerca dessa morte grotesca acabou por nos deixar muito tensos, afinal o que poderia ter causado esse surto? Ela não tinha histórico de problemas mentais, nenhum de nós tinha. Afinal, para passar meses aqui embaixo, todos passamos em avaliações psicológicas pesadíssimas para garantir que não nos colocássemos em risco. Ainda assim, aconteceu uma coisa dessas. Fui checar o médico enquanto o resto da equipe continuava verificando as imagens em busca de alguma informação.

Chegando ao banheiro, me deparei apenas com o cadáver da minha colega; o médico não estava mais lá. Comecei a chamar por ele, mas não obtive nenhum retorno. Saí e refiz meu caminho até a câmara dos batiscafos, imaginando que ele poderia ter voltado até lá para investigar o traje dela. Cheguei ao local apenas para presenciar a porta da câmara de pressurização sendo fechada com o médico e o engenheiro do outro lado, sem nenhum traje de mergulho. Ainda corri e, pelo visor, tentei chamar por eles, porém os dois permaneciam encolhidos com as mãos nos ouvidos, tentando de toda forma arrancá-los, inclusive, mas sem sucesso. Aos poucos, então, a escotilha para a Fossa se abriu e presenciei o que 1000 atm fazem com o corpo humano sem a devida proteção: meus colegas implodiram. Seus corpos comprimidos pela enorme pressão exercida no ponto mais profundo da Terra foram destruídos de dentro para fora, com seus ossos perfurando seus pulmões e seus crânios agindo como uma prensa em seus encéfalos, obrigando os olhos a saltarem das órbitas, estes ainda mais frágeis, explodindo numa nuvem subaquática de sangue com seus cérebros. Todo líquido que ainda havia em seus corpos expelidos de uma só vez, colaborando para que a nuvem rubra aumentasse ainda mais. Em questão de segundos, só havia ossos partidos, uma vez que os órgãos não conseguiriam ficar inteiros nesse ambiente hostil. Eu comecei a gritar, mas de nada adiantaria; o que sobrou da equipe estava em outro canto da base e não poderiam me ouvir.

Quando me recuperei do choque, tentei me comunicar com os demais na sala de controle, mas do nosso sistema de comunicação havia apenas chiado. O pânico voltou a tomar conta de mim, porém não havia solução: eu teria de voltar até a sala de controle e informar o destino daqueles dois. Refiz meus passos lentamente, desejando que isso fosse apenas um pesadelo e que eu acordasse em breve no meu quarto na base, mas cada segundo passava como se fossem horas, e nada de acordar. Cheguei, então, ao meu destino, apenas para desejar nunca ter aceitado o convite dessa missão. Dois dos três que sobraram estavam mortos, um deles com a cabeça esmagada no painel de controle, com tanto sangue e carne queimada, que foi impossível saber se morreu do traumatismo ou do choque causado pelos circuitos à mostra. Porém o pior ainda estava por vir: seu abdômen havia sido rasgado e seu intestino delgado estava para fora, e grande parte dele enrolado no pescoço de outro colega, este com os olhos ainda esbugalhados, numa expressão de imenso pavor. O terceiro que havia ficado na sala não estava ali, mas, do jeito que deixou aquele, deu para deduzir que ele fez isso com os colegas.

Perguntei-me o que poderia estar fazendo a tripulação agir desse jeito, até estavam-se matando uns aos outros com um enforcamento pelo intestino, algo que nunca imaginei ser possível! Na janela onde podemos observar em tempo real a Fossa das Marianas, pintados em sangue os mesmos símbolos que a oceanógrafa desenhou no banheiro. Encolhi-me num canto para colocar as ideias no lugar e vencer o pavor que só vinha crescendo. O que quer que tivesse feito todos enlouquecerem me pegaria mais cedo ou mais tarde, então minha única saída seria voltar à superfície. Peguei uma chave de roda para o caso de sofrer um ataque do colega que estava sumido e fui para a câmara de escape.

Pelo caminho, senti não estar só, o que era um sinal de que a loucura viria me pegar mais cedo do que o previsto. Um som quase inaudível me acompanhou o tempo todo, algo que nunca ouvi antes e não conseguiria explicar em língua humana alguma. Chegando ao *pod* de escape, encontrei o colega que estava faltando na última cena do crime. Ainda estava vivo, porém balbuciava palavras aleatórias, cujo significado não compreendia. Ao me ver, avançou em minha direção bruscamente e, temendo um ataque, eu o golpeei com a chave de roda que improvisei como arma. Ele cambaleou, mas se aproximou de mim e sussurrou em meu ouvido "a resposta está na fonte", antes de desmaiar no que julguei ser a força do golpe.

Nesse momento, o som quase inaudível e indecifrável ficou mais alto. Era uma melodia lúgubre, parecia uma música de velório, mas, ao mesmo tempo, algo parecia falar, me chamando. Corri para o *pod* de escape e dei partida para a superfície. O som ficou distante, respirei de alívio, porém não por muito tempo. A coisa que emitia esse som de alguma forma veio para o *pod*, mas não conseguia ver nada, apenas ouvir. Podia sentir a loucura tomar conta de mim, formar imagens que não queria ver e, com isso, compreender o que acontecera com meus colegas. Não podia levar isso junto para a superfície, então resolvi dar ouvidos ao que meu colega disse e pilotar até a tal fonte, que deveria ser as ruínas descobertas horas antes. O veículo em si não era propício para manobras, mas ainda assim consegui chegar ao destino, com essa coisa que não existia fisicamente gritando aquela melodia indecifrável, formando coisas grotescas na minha mente. Minha luta para não perder a sanidade estava cada vez mais difícil.

Perdi o controle do *pod* e acabei batendo num paredão feito da mesma pedra que achamos mais cedo. Sangue escorreu para meus olhos, oriundo de um corte ocasionado pelo acidente. Quando consegui tirar o excesso, percebi que o paredão era um mural, com mais daqueles desenhos estranhos, mas que, de alguma forma, eu conseguia decifrar agora. A coisa agora parecia calma e falava comigo de maneira mansa, me ajudou a compreender o que se passava ali. Falou-me sobre coisas belas e do quanto poderíamos ajudar a raça humana a evoluir, pois, na percepção dela, tendo vivido incontáveis eras, não fora capaz de ver uma evolução de fato. Precisava de alguém para levar a palavra dela, e nenhum dos meus colegas foi capaz de compreender, mas de alguma forma eu era. Então me mostrou o que estava por vir. Eu quero gritar, mas, a 11 mil metros de profundidade, ninguém me escuta...

A ILHA

IGOR ROCHA

Ébrios eram os homens moços dos mares que, por muito desfraldadas naus, navegaram por lugares soberbos do oceano, distantes de qualquer civilização mundana; sua companhia eram os astros que se desfiguravam brilhantes num descortinar na límpida abóbada celeste, na imensa vastidão azul. Os homens desses navios, outrora exploradores excêntricos, procuraram riquezas em terras longínquas, trazendo consigo uma série de relatos fantásticos, místicos e fantasmagóricos, histórias de povos antigos e cidades subaquáticas maravilhosas que aguçaram o imaginário platônico. Faziam desses seres cultos de prestígio divino, e as homenagens eram postas em grotescos monólitos de pedras, nos quais a luz do luar, galgando o céu noturno, iluminava a face de falsos deuses. Por muito tempo, minha opinião a respeito disso fora de incredulidade e indiferença. Ébrios eram os homens.

Começo este relato acoplando-o a uma série de outros depoimentos de minha dura e amarga investigação. Neste quarto esquálido, encontro-me sozinho diante das muitas janelas que se abrem para o azul do mar lá fora. Minhas mãos estão trêmulas diante das recordações incômodas pelas quais meu ser depreciativo fora abatido por terrível feito fantástico do acaso. De minha pátria nada revelarei; meu nobre nome manterei no anonimato. Toma-me por Joseph apenas.

Sendo um diplomata, fui enviado a bordo do grande navio branco, a tratar de assuntos correspondentes à pátria, na tentativa de negociar com os supostos homens que viviam em ilhas longínquas. Durante todo o meu percurso por incríveis e infindáveis águas rumorejantes do extremo Atlântico, suas ondas provocativas instalaram em minha alma um fastidioso temor pelas profundezas, mantendo-me sempre recluso ao quarto escuro, iluminado apenas por velas, envolvido por livros, mapas e diários. A complexidade dos mares foi sendo revelada em meio aos meus estudos e minhas observações feitas através da escotilha. Nesse percurso, pude notar o descortinar de novas e pequenas ilhas, que, na faixa do horizonte, surgiam como uma imagem opaca, trêmula, o cintilar de uma miragem. Conforme o navio avançava, belas praias místicas iam sendo descobertas, com suas rochas defronte se elevando nas alturas como poderosas torres escuras. Histórias e canções foram entoadas pelos outros tripulantes, cada qual provindo de regiões diferentes, com histórias diferentes que retratavam os mesmos mares e oceanos, dando-lhes uma miríade de faces. Mas, de todas essas observações, foram os animais que prenderam minha atenção e admiração. Inacreditáveis espécies viviam sob a sombra das águas. Plantas desconhecidas, corais e a mística lula colossal foram criaturas que aguçaram e afloraram meu ânimo. No dia seguinte, deixei meu recluso aposento, tendo então desejado nunca o ter feito.

Durante a tarde de uma calmaria das ondas, fui até a borda para observar a grande baleia-azul, que, na distância considerável de nós, expelia em direção às estrelas seu jato de águas salgadas. Uma frota dessas baleias nadava em oposição ao navio. A barlavento, notei que algo boiava na água; fosse por devaneio ou delírio, avistei uma miríade de águas-vivas flutuando como plasmas de fantasmas pálidos, com terríveis corpos transparentes. Sua imagem era terrivelmente grotesca, pois os corpos estavam tão bem unidos em padrões estonteantes a uma mente fraca, que, por instantes de elevada angústia, tive um raro ataque de tripofobia. Meu corpo desabou no assoalho do navio, e por dias fiquei inconsciente, acordando em uma noite crepuscular.

Eis que, nos dias de meu estado vegetativo, o navio branco sofrera uma inesperada borrasca. A tempestade fora de tal violência iminente, que arremessara o navio para fora de seu percurso, se perdendo na imensidão em meio àquele turbilhão. Descobrira que, de algum modo, havia fraturado a perna e que, no meio do Atlântico, eu era o único homem vivo. Durante horas não me consegui mexer, até que algo surpreendente surgiu pela escotilha: um brilho de entardecer. Em meu esforço, me levantei com os olhos virados para a paisagem incomum que se esboçava; em um dos lados, na linha extensa do horizonte, vi o sol cintilar como uma lanterna oculta pela neblina, ao passo que, do outro lado, via-se a lua, alta e bela, toda trajada de prata, no encalço das estrelas. Percebi que me encontrava nos mares crepusculares do mundo, onde luz e trevas se encontravam.

Pelo decorrer daquela tarde, percebi algo que descortinava a chegada de uma névoa misteriosa; as águas que outrora estavam plácidas se remexeram drasticamente, balançando o navio e, no limiar do alvorecer e anoitecer, via-se uma grotesca ilha pálida submergir. Para meu espanto, pude observar que a ilha era de uma dimensão imensurável aos olhos, e que, por aquelas terras esbranquiçadas, rochosas como crânios que foram polidos e preservados, a ilha se mostrava limpa e brilhante, brilhante como todas as fases do luar. Durante aquela minha estadia, ao descortinado espetáculo do acaso sobrenatural, o barco avançava lentamente, e cada vez mais próximo da ilha. Pude perceber uma grande abertura triangular que libertava um brilho descomunal, uma rajada perolada de luz atraía o navio e as águas para dentro da fenda; conforme deslizávamos, não pude deixar de observar as marcas e inscrições de um alfabeto milenar cravadas na parede como hieróglifos. Estátuas de seres nunca vistos por homens de qualquer era prostravam-se como guardiões de algo sagrado. Em teoria, julguei ser um templo que, por ação direta ou não da natureza, havia-se formado, com muitas fendas que se abriam como corredores aquíferos para naus, direcionando para dentro da ilha. Meu espanto havia retornado quando a luz fantasmagórica se voltou diretamente para mim. Uma sensação constante de vigilância pairava sobre minha aura, sentindo que meus segredos, medos e sonhos haviam sido revelados a um inimigo desconhecido. A luz tomou outro rumo quando a correnteza cessou; notei que ela provinha de um cilindro metálico a milhas de distância e que sua luz estava cravada no topo, o qual, ao meu parecer, se assemelhava a um farol que acendia toda a extensão da ilha.

Ao atingir o centro do arquipélago, avistei pela janela uma ova colossal fétida e pútrida, envolta por um lamaçal de terra vulcânica; as ovas parecia estarem sendo aquecidas pelo gêiser do centro da terra. Havia pilares envoltos pelo lamaçal, e em seu dorso havia mais ovas grudadas como vermes no monólito rochoso. Do outro lado da margem horrenda, havia uma abertura que se projetava de um lago calmo, e dele emergiu o demônio. Meu assombro foi tão espantoso, que, por frações mínimas de tempos, senti o coração falhar amargamente; meus olhos não continham um pouco de lógica ou bom senso que cobrisse a criatura fantasiosa que se revelou diante de mim. Minha razão foi destruída e minha tripofobia se elevou ao ver a criatura saindo de seu covil milenar. O monstro em seu estado de hibernação atingira grande altura assustadora; seu corpo era basicamente feito por escamas reptilianas, com mãos e pés próprios ao nado veloz; o peitoral se abria com centenas de pernas semelhantes às de caranguejos, que eram expelidas por fendas negras e leitosas; a cabeça era de um corpo vivo e colossal de uma água-viva, com tentáculos raivosos que chicoteavam e estalavam os ares como relâmpagos; nas costas, trazia algo de puro fascínio: uma grande concha dos mares, maior que um mamute pré-histórico, reluzia como estrela.

Nesse momento, fui tentado a cobiçá-la, sentindo um ardente desejo de possuir os segredos guardados dentro da concha. Nesse instante, a luz do farol voltou a me vigiar, seu brilho foi de terrível intensidade, que supus que viria a me tornar cego. Ouvi um estrondo de águas e pisares em chão lamoso, o demônio viria me buscar. Sentia isso como uma significativa intuição; enquanto a luz me ludibriava, senti algo viscoso a me envolver o pescoço, gélido como sangue de serpentes. O ar dos pulmões foi se esvaindo e os tentáculos finos como cabelos entravam por minhas artérias, alcançando minha mente. Caí abatido e, mesmo em meu estado de inconsciência, a luz infernal pairava à frente dos meus olhos. Nesse momento de minha vida, desejei a morte e nada mais.

Fui encontrado, semanas depois, nos destroços do antigo navio branco. Durante esse período, fiquei em vigília até minha recuperação. Logo fui enviado para a velha casa herdada de meu tio. A casa senhorial erguia-se imponente sobre a planície de um rochedo alto; pela fachada inicial se via uma muralha de tijolos cinzentos e esverdeados pela hera que alcançava os telhados; sua entrada se encontrava do outro lado, à vista do mar calmo. Por muitos dias a fio permaneci ali, enclausurado pela minha enfermidade e loucura, por paredes frias; e, claustrofóbica, minha consciência se manteve desequilibrada. Toda aquela agitação passada voltava em vastos devaneios de puro horror, meus sonhos se tornaram complexos demais, ao ponto em que fantasia e realidade se mesclavam. Aquela criatura grotesca espreitava, de alguma forma, o meu consciente; sentia-me vigiado o tempo todo por uma luz que adentrava e andava friamente pelos corredores.

Em minhas andanças vespertinas, descobri um cômodo segregado atrás de um quadro renascentista; a passagem levava a um corredor estreito, até um aposento escuro que iluminei com velas. Lá dentro, revelava aos olhos de um curioso uma antiga biblioteca de livros arcaicos e estranhos. Por alguma razão incomum, meu tio manteve aquele lugar trancado, livre de olhares. Em um canto, uma estante me chamou a atenção, era dedicada inteira a livros e arquivos que falavam do mesmo assunto; recortes de jornais, noticiários, cartas e livros de ciência se amontoavam nas prateleiras, ao redor de um nome estranho que não consegui entender ou pronunciar: *Qrakûrh*. Aquilo me arrepiou, fato que não conseguirei descrever como, mas um mal-estar afligiu até meu âmago. Ao revirar os papéis, descobri muitos outros dedicados ao nome e um assomo de diários de cientistas renomados que empreitaram juntos uma jornada pelo mar, à procura da criatura. A princípio, supus que o animal poderia ser uma nova descoberta marinha, um feito da biologia. Enganei-me quanto a isso, ao defrontar, sobre um compartimento da prateleira, uma escultura semelhante a uma gárgula, de uma época antes do homem. Era ela, a criatura vil com a qual me deparei perdido no atlântico, uma escultura de reverência, cultuada por homens, como um deus. Atrás do compartimento, havia fotografias do ser perambulando pelas águas.

As lembranças daqueles fatos ocorridos se acenderam em minha mente; em um sobressalto, corri daquele quarto, amedrontado pelo horror, tomado por alguma loucura. Enquanto passava pelos corredores, pude perceber que já era noite, e as janelas dos quartos se abriam com a ventania; em uma delas, percebi um grande olho a desfigurar o céu noturno, um olho de luz que me iluminou. Vi a grande água-viva presa a um corpo de réptil, lançando os tentáculos venenosos, estalando como trovões o aprumado céu negro. O olho se aproximava da janela; aquele terrível farol revelou ao monstro um homem ébrio perdido nas sombras.

ELE NÃO ESTAVA LÁ

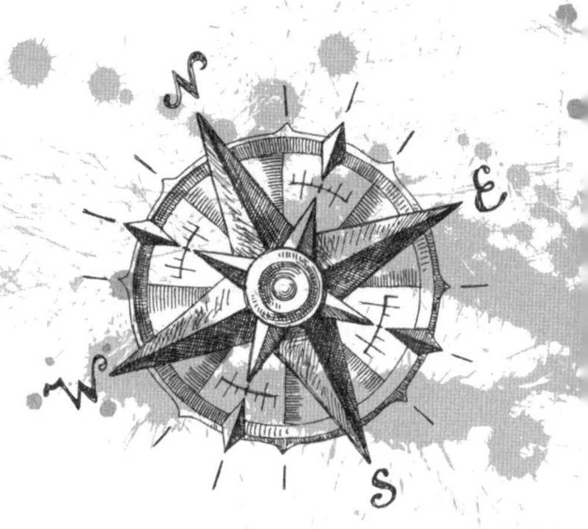

R. A. OLIVER

Eduardo estava irritado e, em grande parte, isso se devia ao fato de o sentimento ter aflorado *ali*, diante de uma paisagem tão incrível.

Ele já ouvira falar daquela praia, cujo nome era Praia Pequena. Ficava escondida no litoral norte de São Paulo, mas nem toda a expectativa de Eduardo o preparara para tanto. As surpresas começaram já no trajeto até ali, um que exigia uma longa caminhada, feita por entre uma floresta tão diversificada e rica, que servia de atração por si só. Eduardo gostava de trilhas, mas, ainda que as árvores, com a sua fauna, já compusessem um belo espetáculo, logo cedo ele descobriu que aquele era só um aperitivo diante do grandioso prato principal que elas precediam.

A Praia Pequena era um cenário paradisíaco tão único, que, nem se tentasse, Eduardo conseguiria prever seus detalhes — quanto mais com uma mente tão pouco criativa. Era, de fato, tão pequena quanto seu nome sugeria, mas isso porque a região era limitada por pedreiras que se estendiam a perder de vista, criando o que quase parecia uma praia privativa. Nem parecia haver intervenção humana ali — e talvez não houvesse mesmo —, afinal um mar tão azul quanto aquele, mas ao mesmo tempo tão tranquilo e cristalino, que mais parecia um lago cuja imensidão se perdia no horizonte, jamais seria o mesmo se alguém tivesse planejado construir na região, como geralmente os ricaços faziam. A maneira como o sol do meio-dia refletia na água era quase mágica, tingindo a paisagem com o brilho cintilante de uma pedra preciosa. Sentado em uma areia tão branca e fofa que nem parecia areia de fato, Eduardo se encontrava tão embasbacado, que nem sabia ao certo para onde apontar o olhar.

E ele estava sozinho. Deus do céu, ele tinha aquela praia inteira para si, para aproveitar como bem quisesse! Ele podia até ficar pelado sem se importar com julgamentos, pois, felizmente, tivera a sorte de marcar a viagem para uma data em que ninguém mais estava interessado em conhecer aquelas redondezas. Não que isso fosse surpreendente, uma vez que aquele fim de semana se encontrava fora de qualquer temporada típica — e, no fundo, Eduardo até esperara por esse tipo de isolação. Não por uma praia tão deserta, é claro, mas algo em torno de uma dúzia de turistas, no máximo. Mas não havia ninguém ali.

A viagem fora combinada com Rafael, que concordara — com muita relutância — que viajar fora de época era o melhor a se fazer, se eles quisessem garantir um pouco de tranquilidade e privacidade. Acontecia que Eduardo não estava acostumado ao julgamento silencioso que as pessoas faziam quando descobriam que o homem ao seu lado não era um amigo seu, mas o seu namorado — enquanto Rafael se importava tão pouco com isso, que nem parecia consciente do preconceito alheio. Talvez estivesse, mas, como sempre, ele deixava que os outros se preocupassem com isso; seus preconceitos não eram problema dele, era o que Rafael dizia. Uma pena que Eduardo não pensasse da mesma maneira.

Sendo assim, ainda que agora estivesse sozinho, Eduardo combinara aquela viagem com Rafael meses antes de o namorado acordar com a ideia de que queria terminar. Quando expressou sua vontade, não ofereceu nenhuma justificativa coerente, além de um "Sou jovem e quero experimentar o que a vida tem a me oferecer", e foi embora sem olhar para trás. Sequer teve interesse em saber como Eduardo se sentia sobre o término e tampouco cobrou o dinheiro que investira naquela viagem. Era provável que nem se lembrasse dela.

Recordar tudo isso em um paraíso como aquele era de deixar qualquer um aborrecido, mas ainda havia motivo maior: recentemente, através de uma amiga cuja amizade Eduardo reconsideraria assim que possível, ele descobrira que Rafael não só já tinha seguido em frente, como fizera um *post* no Facebook comemorando seis meses de namoro. Uma pessoa que já tivesse superado um término não veria qualquer problema nisso, mas Rafael terminara com Eduardo havia não mais do que quatro meses.

Prova de que ele já estava com o seu novo namorado mesmo enquanto combinava a viagem para a Praia Pequena.

Eduardo encheu a mão com a areia e a lançou em direção ao mar, furioso. Queria ele não gastar pensamentos e emoções com uma história já terminada e com alguém que não fazia mais parte da sua vida, mas, querendo ou não, Rafael *estava* ali, pois fora ele quem sugerira aquele destino. Era quase impossível esquecê-lo.

Mas eu preciso, Eduardo pensou, sentindo-se mais confiante. *Nem que seja para fazer valer o dinheiro que eu gastei.*

E ele gastara *bastante* dinheiro com aquela viagem, muito mais do que gostaria; no litoral norte de São Paulo, havia vários outros destinos tão bonitos quanto, para os quais eles poderiam ir sem gastar tanto. Mas, agora que Eduardo já estava ali, era melhor fazer o momento valer.

Nem que ele tivesse de fazer de conta que não estava tão irritado assim.

Fotos enganavam bem. Bastava um sorriso bem colocado e um cenário bonito para criar a ilusão de que alguém não só estava se sentindo pleno, como também levava a melhor vida que se podia desejar. E aquele era um cenário bem bonito, sem sombra de dúvidas, digno de um *post* no Instagram, como aqueles que celebridades viviam compartilhando em seu excesso de tempo livre.

Pensando nisso, Eduardo se voltou na direção da própria sacola, afastou roupas, protetor solar, carteira e a caixa dos óculos escuros que ele agora usava e encontrou o celular. Em seguida, abriu a câmera frontal e fez alguns ajustes de filtro para que a imagem ficasse ainda mais iluminada do que seria naturalmente. Qualquer coisa para que a captura fosse tão única quanto ele esperava que fosse.

Levantou-se, bateu a areia da bunda, voltou-se de costas para o oceano e ergueu o celular no alto, apontando a câmera frontal na própria direção. Também levantou dois dedos, imaginando que um sinal de vitória fosse combinar com o sorriso, e, ao fazer isso, pela imagem mostrada na tela, reparou em algo que não tinha visto até então. Olhou para trás.

Havia uma rocha no mar, negra como as que compunham os rochedos ao redor, mas coberta pelo brilho molhado que só uma rocha constantemente banhada poderia ostentar. Não seria nada de mais, se não fosse tão perfeitamente redonda, como se tivesse sido lapidada e polida; um semicírculo acima da superfície. *Água mole em pedra dura tanto bate até que fura, não é o que dizem?*, Eduardo lembrou em pensamento, embora não tivesse certeza de que a citação cabia ao caso.

Tampouco ele achava que a pedra estivera ali antes, e tinha alguns motivos para crer nisso. O primeiro deles era que, quando chegara à Praia Pequena, ele passara tanto tempo observando o mar, que acreditava já ter reparado em tudo que havia para ser reparado nele. Talvez estivesse tão fascinado com o brilho da água, que não tivesse percebido um detalhe tão pequeno, era o que muitos poderiam dizer, mas o problema era que o detalhe não era tão pequeno assim; na verdade, a rocha era grande o bastante para fazer sombra em um bom amontoado de pessoas, se elas estivessem dispostas a avançar pelo mar para conquistar isso. Era grande o bastante até para que essas pessoas subissem nela. Era tão alta que podia até servir de ponto de salto para os mais ousados.

Eduardo a observou em silêncio, franzindo o cenho não só em sinal de desconfiança, mas também para aliviar a entrada da claridade nos olhos. Inclusive, retirou os óculos, pois, em um momento como aquele, ele não queria filtro nenhum atrapalhando sua observação.

Pedras não apareciam do nada, em especial rochas tão *notáveis* quanto aquela, então quais eram as chances de ele simplesmente não ter reparado nela antes? Se tivesse bebido em seu caminho até ali, essa hipótese faria sentido, pois Eduardo, de fato, costumava se esquecer das coisas depois de algumas caipirinhas — e ele também não usara drogas, pois bem sabia como a maconha podia estragar o cérebro. Estava limpo e sóbrio quando chegou àquela praia, portanto, e isso porque fora informado de que o caminho até ela era complicado, razão pela qual prevaleceu o controle das faculdades mentais e do corpo para conseguir avançar sem se preocupar. Até tinha umas latas de cerveja na sacola agora, mas, mesmo se já as tivesse bebido, a mente não estaria tão afetada assim. Eram só duas latas de cerveja!

Essa rocha não estava aqui antes, ele tinha certeza. *Eu a teria visto.*

Será que a maré só não tinha baixado? Isso justificaria o súbito aparecimento da rocha que, até então, estivera apenas escondida ali, submergida no oceano, aguardando sua vez de se mostrar ao sol. Tudo bem que era meio-dia e... bem, Eduardo não entendia tanto dessas coisas, mas a maré não costumava baixar tão cedo, não? Além do mais, mesmo se ela tivesse baixado... será que uma maré alta conseguiria *mesmo* esconder uma rocha como aquela? Depois de um rápido cálculo mental, Eduardo passou a acreditar que, se isso fosse possível, sequer ele poderia ficar onde estava agora na areia, uma vez que o mar teria avançado até ali. Era uma questão de raciocínio lógico.

Mas a rocha *estava* ali, quer isso fosse absurdo ou não. Eduardo até podia gastar o seu tempo pensando em explicações para o seu surgimento — ou para a própria distração, de repente —, mas isso não mudaria nada, uma vez que a realidade lhe garantia que a rocha estava lá e que ela provavelmente já estivera lá desde muito antes de Eduardo notá-la na tela do celular. Que ele aceitasse isso e seguisse em frente, então!

Mas agora havia ondas no mar. Tampouco isso devia parecer absurdo, mas, de novo, Eduardo se lembrou de ter reparado em como aquele mar era tranquilo quando chegara ali. Não era o tipo de coisa que se deixava passar, quando se estava acostumado com a premissa de que qualquer praia tinha ondas, então ele tinha certeza de que, antes, aquele mar não tinha movimentação nenhuma, por menor que ela fosse. Mas agora ele tinha.

Eduardo teria conseguido lidar com isso melhor, se não tivesse reparado que as ondas começavam na rocha, gerando arcos ao redor dela como se....

A rocha está pulsando?, Eduardo permitiu-se perguntar, de olhos arregalados. Parecia a explicação mais óbvia, mas ao mesmo tempo era tolo pensar em algo assim, sabendo que rochas não pulsavam — isso era coisa de seres vivos. Mas agora que a observava melhor, apertando ainda mais os olhos para apurar a vista, ele percebia que...

Desde quando eu estou dentro da água?, Eduardo perguntou-se quando sentiu a onda bater no joelho. Também sentia cócegas nas canelas, como se peixes passassem por entre elas. Engasgou quando olhou para trás e percebeu que a faixa de areia estava bem distante agora, pois só um louco não teria reparado no caminho que o levara tão longe. *Talvez eu esteja ficando louco mesmo*, ele começou a aceitar, apático. *E tudo isso é culpa do Rafael.*

Voltou-se na direção da rocha e não podia mais ignorar que ela pulsava. Talvez corpos rochosos também dilatassem com o calor, era do que ele queria se convencer, e o dia estava, de fato, bem quente. Claro que eles não deviam pulsar daquele jeito, inflando e se retraindo como se...

Como se respirasse.

Eduardo estava com medo, é claro que estava, e não tinha problema nenhum em assumir isso. O coração batia com tanta força, que parecia prestes a romper o peito. Ele queria virar o corpo na direção contrária e, de repente, fazer o caminho de volta para a casa, mas suas pernas não queriam colaborar, como se não pertencessem mais ao seu corpo.

Foi quando uma fissura vertical se abriu na pedra, de cima a baixo, um corte satisfatoriamente retilíneo. Por um momento, Eduardo achou que a rachadura fosse um sinal de que a rocha tinha se partido ao meio, o que jogaria ambas as suas metades para os lados, mas logo ele percebeu que não era bem assim.

A fissura foi se abrindo até formar um V, com as suas extremidades se recolhendo para os lados, dobrando-se como algum tipo de tecido, revelando, em seu interior, um globo branco, reluzente e riscado por traços vermelhos que se emaranhavam como teias de aranha. Era uma coisa viva, disso Eduardo não tinha mais dúvidas, mas era impossível dizer que tipo de criatura marinha era aquela, quando ele conhecia tão poucas — e quando nenhuma das suas lembranças se parecia com *aquilo*.

Um semicírculo negro tingiu o topo desse globo, mas ele logo foi ganhando área, crescendo para baixo até cobrir por completo qualquer espaço branco que um dia estivera ali. Por alguma razão, acompanhar essa transformação fez com que Eduardo pensasse em morte, mesmo que de forma inconsciente; a cor preta o fazia pensar nisso.

Isso nunca foi uma rocha, ele então concluiu, engolindo em seco. *Isso na verdade é...*

Um olho.

E ele estava apontado na direção de Eduardo, era isso o que aquela imensidão negra significava. Aquilo era uma pupila.

Das grandes.

Se o olho da criatura é grande assim, que tamanho não deve ter o seu corpo?

Eduardo deu um passo para trás, convicto de que, se quisesse continuar vivo, era melhor sair daquela água o mais rápido possível. Já tinha até virado parte do corpo na direção da costa, mas então reparou em outro detalhe: as cócegas que ele sentia nas pernas não eram como peixes seguindo o próprio rumo, como ele inicialmente imaginara, mas como línguas que o lambiam com urgência. Centenas delas.

É aqui que eu vou morrer, ele conseguiu pensar antes de dar outro passo para trás e as línguas se fecharem como tentáculos em suas canelas.

Depois disso, Eduardo teve tempo apenas de um grito e de um último vislumbre do azul do céu, antes de a criatura puxá-lo para dentro da água e arrastá-lo para o eterno esquecimento. Nessa manobra, nem o celular ou os óculos escuros conseguiram escapar com vida.

Apenas a sacola ficou para trás.

LEMBRANÇAS QUE NÃO SE VÃO

CARLOS ALMEIDA JUNIOR

Era uma casa simples, com o chão feito de tacos velhos de madeira. As janelas corriam por trilhos gastos e emperravam se fossem mal manejadas. Sobre a mesa, havia uma toalha com diversas imagens de aves de granja. Em sua varanda apertada, era possível ver duas cadeiras de balanço. Sentado em uma delas estava Jorge, um velho pescador experiente que já vivera diversas dádivas no mar, mas também um terror que, por mais que se esforçasse, não conseguia esquecer. Seu filho, Caíque, agora um homem feito, saiu pela porta segurando duas canecas de café, deu uma ao seu pai e se sentou ao seu lado.

Ficaram em silêncio por algum tempo. Às vezes isso acontecia, e era natural. Quase sempre não precisavam dizer nada um para o outro. A sensação do vento frio no rosto e da caneca de café quente era nostálgica. Jorge rompeu o silêncio assumindo uma expressão séria e assustada.

— Sabe, Caíque, preciso lhe contar algo que nunca tive coragem de sequer mencionar para ninguém.

Caíque imaginou se tratar de uma traição antiga, mas se lembrou da época em que seu pai navegava até o alto-mar com um grupo de pescadores e ali passavam quase uma quinzena. Ele deixou essa vida depois que sofreram um acidente do qual somente ele voltara vivo. Ele nunca contou sobre isso a ninguém e sempre alegou não se lembrar, apesar de ser evidente que nunca se esquecera. Caíque se endireitou na cadeira, aguardando, impacientemente, o desabafo de seu pai.

— Nunca contei sobre o que passei na minha última viagem para o alto-mar, a bordo do "Atlântico Azul". Não foi porque fiz algo errado, mas porque tenho medo de relembrar — deu uma pausa como se estivesse se esforçando para quebrar um selo que o proibia de falar. — A verdade é que eu sempre me lembrei de cada segundo daqueles dias. De cada nuvem, cheiro, fala dos meus companheiros e de cada sensação. Oh, céus! Como eu me lembro!

Jorge colocou a caneca vazia no chão e escondeu suas mãos nos bolsos do casaco para protegê-las do frio. Caíque não incentivou o pai a continuar. Ele queria muito saber, mas não o forçaria. De qualquer forma, seu pai prosseguiu:

— Saímos em um dia ensolarado. O mar estava calmo e não havia previsão de tempestades. Na medida em que nos afastávamos da terra firme, nossos corações se enchiam de um terror incompreensível. Duas horas depois, já não enxergávamos o porto. Durante dois dias inteiros, forçamo-nos a esquecer esses temores que pareciam ter vindo de um sonho distante, mas tudo pareceu voltar com a força de um soco no estômago quando avistamos o céu enegrecendo com pesadas nuvens e trovões estrondosos.

"A tempestade foi cruel. Já havia enfrentado outras antes, mas nunca uma como aquela. As ondas ultrapassavam oito metros com facilidade. Rogério, o companheiro mais novo, desmaiou. Gustavo e Lúcio precisaram cuidar dele para que não se machucasse com o chacoalhar do barco. Foram duas horas e meia de puro terror e um grande milagre o barco não ter naufragado. Quando tudo acabou, os equipamentos de navegação pararam de funcionar e não tínhamos a mínima ideia de onde estávamos. Você pode até duvidar disso, mas a bússola girava como um pião."

Caíque não duvidava. Não havia como duvidar. Não quando observava o medo no rosto de seu pai. Pegou-se sentindo pena do seu velho, mas sabia que esse era apenas o começo. Então, Jorge continuou:

— Ficamos dois dias vagando sem rumo no oceano. Tentávamos seguir o sol, mas ele parecia brincar conosco. Nascia e morria na mesma direção. Céus! Não sei como isso acontecia! Estávamos a favor do sol e, de repente, passávamos a seguir em sua direção. A lua se movia em uma direção completamente diferente do sol. Se ele nascia no leste, ela nascia no sul. Nada fazia sentido. Estávamos à mercê da sorte.

Os olhos do velho mostravam um terror que Caíque nunca vira. Conteve um impulso de interromper o pai. Não queria vê-lo naquele estado, mas desejava mais do que tudo saber o final da história. O vento soprou forte e Jorge parou por alguns instantes, como se aproveitasse a sensação do frio em seu rosto. O medo não o abandonou. Deu continuidade:

— Estávamos perdidos. A lua e o sol estavam brincando conosco, mas isso tudo foi irrelevante depois que... — conteve-se antes de falar. Caíque não sabia se era medo de que ele não acreditasse, ou se temia que, de alguma forma, emitir os sons traria o terror de volta. — ...que a névoa chegou.

Agora Jorge era apenas um rosto sombrio perdido em seus pensamentos, e seu filho sabia que ele não contava mais uma história, revivia-a.

— Era um nevoeiro tão denso, que era difícil enxergar o que estava à sua frente. Mas, de alguma forma, havia algo de diferente ali. Luzes que ninguém conseguia explicar de onde vinham brincavam conosco. Tentamos ir até uma delas, mas ela sumiu e reapareceu em outro lugar.

"Aquilo era mau. Eu sentia isso, mas não podia fazer nada. Meus companheiros passaram a falar cada vez menos, depois da sua chegada. Eu julgava que todos estivessem cansados e preocupados demais para gastar suas energias com conversas desnecessárias. A preocupação com os mantimentos estava aumentando, pois não sabíamos quanto tempo ficaríamos à deriva. À noite, o nevoeiro permanecia e a lua nasceu com uma tonalidade que nunca vi na minha vida e que, graças a Deus, nunca mais vi desde então."

"Luiz, um senhor com mais de cinquenta anos, era o companheiro mais velho. Ele começou a reclamar sobre vozes em sua cabeça. Acreditei ser alguma espécie de delírio provocado pela situação, mas Rogério parecia ter outra opinião. Pra mim, não ficara claro na época, mas depois eu pude perceber que ele também ouvira as vozes desde aquele momento. Nenhum dos dois disse o que elas falavam, mas eu sabia que não era algo bom."

"Certa noite, depois de já nos perdermos no tempo, fomos acordados com uma horrível discussão no convés. Ficamos em silêncio, olhando uns para os outros, sem coragem de averiguar o que estava acontecendo. Uma das vozes era a de Rogério, e a outra era sombria demais para conseguirmos identificar o que falava. Lúcio tomou coragem e foi averiguar. Seus passos eram lentos e cautelosos. Seguimos atrás dele com o medo nos sufocando. Quando chegamos ao convés, a discussão já havia parado e encontramos apenas Rogério se equilibrando na borda do barco. Ele dizia coisas que ninguém entendia. Era uma língua que eu nunca ouvira antes. Os sons produzidos pareciam de outro mundo. Quando tentamos nos aproximar, ele se jogou no oceano. Corremos para tentar resgatá-lo, mas não havia sinal dele. Passamos algum tempo à sua procura, mas a névoa prejudicou a busca e acabamos não o encontrando. Horas depois, desistimos e o barco virou um silêncio fúnebre."

Jorge parou para secar as lágrimas que corriam sobre o seu rosto. Caíque se perguntou se já vira seu pai chorando alguma vez, mas não se lembrou. Jorge, então, continuou:

— Mais um dia se passou e nenhum som fora emitido pela tripulação. Eu tinha muito medo de falar e não queria saber o que os outros estavam pensando. Tinha medo dos meus pensamentos e mais ainda de saber os dos outros. Próximo à noite, comecei a ouvir a voz que discutia com Rogério pouco antes de ele se jogar no oceano. Ela vinha novamente do convés. Meu coração se acelerou e minhas pernas fraquejaram. Mesmo assim, tomei coragem para investigar. Parecia que os outros também a ouviram, pois Gustavo e Lúcio já estavam no convés e Luiz me seguia.

"Vi Gustavo encostado na borda da frente do navio com um sorriso malicioso na face. Lúcio se aproximou, pedindo calma por algum motivo que eu não sei dizer, pois não havia chegado a tempo. Gustavo falava no mesmo idioma de Rogério e segurava uma faca com força. Sem nenhum aviso, avançou, com a arma penetrando o corpo de Lúcio. Luiz gritou em horror e eu fiquei paralisado. Não tive reação. Pode parecer estupidez, mas eu já estava me preparando para a morte. Não sentia mais um fio de esperança de sair daquele pesadelo.

"Quando Lúcio caiu no chão, Gustavo pareceu recobrar sua consciência e gritou em desespero, enquanto tentava inutilmente ajudar o amigo ferido. Luiz queria se aproximar, mas não tinha coragem. Quando constatou que Lúcio estava morto, Gustavo implorou por perdão, alegando que fora dominado pela voz. Ainda com a faca em punho, caiu e começou a gritar de agonia. Gritava para que a voz se calasse. Luiz tentou se aproximar, mas parecia perigoso demais, então eu o segurei.

"Os gritos cessaram de repente e o homem se levantou com um olhar de desespero no rosto, dizendo alguma coisa enquanto chorava. Não era mais a voz dele nem português o que ele dizia. Começou a avançar em nossa direção. Começamos a recuar, mas, antes que ele chegasse a nós, parou e disse: 'Não fui eu! Perdoem-me!'. Então passou a faca em sua própria garganta. Eu quis correr até lá para tentar salvá-lo, mas minhas pernas se tornaram estacas. Só pude assistir, horrorizado, ele se afogando em seu próprio sangue."

"Colocamos os corpos no compartimento de armazenagem de peixes. Vê-los daquele jeito nos trouxe um sentimento de tristeza tão profunda, que eu e Luiz nos abraçamos e começamos a chorar. Sabíamos que aquele também era o nosso destino. Não havia escapatória para nós."

Caíque observou seu pai se ajeitar na cadeira de balanço. Ele estava em silêncio agora. Apenas admirando o nada. Caíque sabia que estava chegando ao fim da história e que seu velho precisava de algum tempo para se recuperar, antes do desfecho trágico.

— Ficamos à deriva por vários dias. Eu e Luiz. O cheiro dos corpos de nossos companheiros era sufocante. Só havia comida para mais uma refeição, e isso porque racionamos. Dormíamos mais do que ficávamos acordados. Paramos de conversar. Bastava nos entreolharmos para saber o que o outro pensava. Era uma cumplicidade próxima à do casamento, mas cruel de uma forma que não dá pra se explicar.

"Foi depois da última refeição que tudo aconteceu. Estávamos deitados em nossas camas, quando ouvimos a maldita voz nos chamar do convés. Luiz se levantou para ir, mas eu o impedi, alegando que ela o mataria, assim como fez com os outros. Ele concordou e voltou para a cama. A voz passou a chamar com uma intensidade cada vez maior, até se tornar insuportável. Comecei a me contorcer e Luiz tentou me ajudar, mas não havia o que fazer. Ele, então, disse algo que eu não consegui ouvir, pois a voz era um grito estridente em minha cabeça. Depois disso, partiu para o convés. Quando me recompus, fui atrás dele e o encontrei segurando um galão cheio de gasolina, enquanto uma luz pairava sobre sua cabeça. Era dela que a voz saía. Luiz começou a falar no idioma maldito, mas, por algum motivo, eu não percebia nele a maldade que havia nos nossos outros companheiros. Ele começou a despejar a gasolina no barco e, assim que acabou, foi até mim, pegou uma caixa de isopor e, enquanto dizia coisas sem tradução, colocou-a nas minhas mãos, depois me abraçou forte e me empurrou para fora do barco. Por um instante eu perdi todo o meu senso de direção. Foi como se o mundo não tivesse gravidade. Quando voltei à superfície, olhei para o barco e lá estava Luiz, com um olhar triste e um isqueiro na mão. Foi tudo muito rápido. O fogo, a névoa e a luz ofuscante. A última coisa de que me lembro foi ver Luiz envolto em chamas sorrindo para mim. Depois disso, eu estava no litoral, deitado numa praia qualquer. Eu nunca mais tive notícias do barco ou dos meus companheiros."

O silêncio tomou conta daquela varanda apertada. O vento soprava triste, mas verdadeiro, como a história que acabara de ser contada. Pai e filho ficaram assim por algum tempo. Às vezes isso acontecia, e era natural. Quase sempre não precisavam dizer nada um para o outro.

O QUE OS OLHOS NÃO VEEM...

LEANDRA ANGEL

— Os eventos climáticos do mês passado podem estar relacionados com o aparecimento dos sumidouros oceânicos que vêm causando pânico entre os turistas do mundo todo. Segundo autoridades, a quebra e deslocamento da grande geleira da Antártica pode ser a responsável pela mudança de temperatura e densidade da água, fazendo com que grandes funis de água se abram misteriosamente, sugando tudo ao redor. Ao contrário do que vemos no cinema, não forma redemoinhos, e sim abrem um grande espaço nas águas como um buraco, sugando pelas bordas.

Liss olhou para a TV e bufou enquanto terminava de engolir o café. Precisava correr para o porto. Seus colegas não poderiam esperá-la por muito tempo. Graças a esse evento, parecia que todos os oceanos piraram, e agora precisava fazer uma verificação mais a fundo para entender o desaparecimento das baleias no auge da temporada.

— Apesar de todas as teorias, ninguém ainda pode explicar com certeza o fenômeno. As imagens do drone que transmitia ao vivo a viagem do último cruzeiro que desapareceu mostraram a abertura do enorme buraco. O que intriga os especialistas é a abertura na água como um sumidouro de represa, em vez do habitual redemoinho. A imagem do enorme navio de 362 metros de comprimento caindo como um brinquedo chocou o mundo; estima-se a profundidade da queda em cerca de 2000 metros. Assim que a embarcação se chocou com o fim do funil, a água fechou-se sobre os destroços — a TV estava repetindo a mesma imagem infinitamente em todos os canais.

— Filha, aonde pensa que vai?

— Trabalhar. O que mais?

— Você não está vendo as notícias?

— O que deveria fazer? Pedir demissão? Quem vai pagar as contas, pai? Isso — apontou para a TV. — só tem acontecido no Índico; estamos no Pacífico.

— Mas, filha, não há um muro que separe os dois.

— Eu ficarei bem. Lembre-se do seu remédio, ok? Te amo — beijou a testa enrugada, ouviu de volta o mesmo carinho e saiu em direção ao porto.

Navegaram durante cinco horas até mar aberto, para pesquisar as alterações nas correntes marítimas e coletar amostras do solo. A equipe composta por dois engenheiros ambientais, um ecologista e quatro oceanógrafos, estando ela e seu noivo Brian entre estes últimos, com três membros da tripulação do barco, ancorou e começou os trabalhos como sempre. Os homens discutiam teorias sobre os misteriosos acidentes com navios, enquanto Liss tentava ajustar os aparelhos para melhorar as leituras marítimas.

— Liss, está ouvindo isso?

— Se se refere às teorias dos rapazes, então não.

— Não. Falo do silêncio. Tirando nós mesmos, não há nenhum som, nem gaivotas, nem o mar.

Todos pararam o que estavam fazendo e olharam em volta. O mar estava estranhamente calmo, sem emitir um ruído de água, a brisa gelada estava fraca, o silêncio sepulcral provocou um calafrio que escorreu do centro de sua espinha, levantando cada pelo em seus braços, e desceu com a sensação fria por seus dedos e pernas. Olhou de volta para o monitor com as leituras subaquáticas, mas não recebia nada de volta.

Seus olhos percorreram os rostos no barco, intrigados, pálidos e alguns descrentes. A sensação de pânico começou no fundo da mente, aquele canto primitivo que servia para caçar ou não ser caçado, e foi enraizando e afundando no estômago, dando náuseas. Alguns segundos depois, todo o seu corpo gritava para correr. Mas para onde, no meio do mar?

— Acho que devemos voltar.

— Nunca foi supersticiosa, *love* — Brian colocou a mão em sua cintura, com um sorriso brilhante no rosto. — Vamos terminar o que viemos fazer e então ir embora. Ana, pare de paranoia e volte ao trabalho.

A necessidade de fugir não passou trabalhando, ficou pior quando nuvens escuras encobriram o sol, transformando o dia em quase noite. A vontade de escapar estava tão forte, que não podia se concentrar. Levantou a cabeça para olhar para a imensidão azul e congelou.

Longe, podia distinguir claramente uma cabeça, estava com o nariz ainda na água, os cabelos claros pareciam vivos, flutuando ao redor com um leve brilho, a pele escura e os olhos reflexivos como um gato. Virou para chamar os outros, mas, quando retornou o olhar, o que quer que fosse não estava mais lá. Aquele sinal de alerta gritou para ela, mas, antes que pudesse fazer qualquer coisa, um barulho ensurdecedor teve todos tampando os ouvidos.

Um tranco no barco jogou todos no chão, os gritos se misturaram com o som de uma cachoeira; a madeira rangia, testando a resistência da âncora contra a força da correnteza. Liss levou a mão à têmpora e percebeu que sangrava, estava tonta e tentando entender a confusão ao redor. Ouvia a voz de Brian distribuindo ordens desesperado, alguém estava chorando, outro vomitava em algum lugar. Quando a mente começou a clarear, olhou para o mar e gritou.

Ouviu o estalo antes de sentir a ardência, arregalou os olhos para um transtornado Brian à sua frente, olhando-a com os olhos injetados, a respiração ofegante e a pele coberta de suor. Antes de tudo, pensou quem era aquele homem que em nada parecia seu noivo carinhoso e contido. Ainda sem reação, teve os braços agarrados com força enquanto era erguida para ficar a um centímetro do rosto distorcido de fúria.

— Não se atreva a surtar! Não preciso de uma inútil histérica agora.

Foi arremessada de volta ao chão. Encolhida em um canto, olhava com horror o gigantesco buraco na água que sugava tudo ao redor. Os rangidos do barco pareciam vir das entranhas do Tártaro, os estalos ecoando entre os gritos de Brian. Ana, que chorava em um canto, abraçava Paul, enquanto Carlos trazia coletes salva-vidas. Perguntou-se do que adiantaria, mas vestiu mesmo assim. As vozes ficaram mais altas no convés superior, onde o capitão discutia com seu noivo, momentos antes de um corpo bater na água.

Gritou desesperada, correndo para a balaustrada e vendo o corpo do capitão sendo arrastado rapidamente para o sumidouro. Virou para a escada e pôde ver a face do diabo naquele que futuramente deveria ser seu marido. Não havia razão naqueles olhos ou alma naquele corpo. Brian começou a descer com o olhar pregado no dela. O coração de Liss disparou, ainda podia sentir os braços doloridos e a ardência no rosto; de alguma forma sabia que seria a próxima na água. Mas, antes de alcançar o último degrau, um som oco foi seguido do arranque do barco se movendo a toda velocidade, diretamente para a morte, jogando todos no chão do convés outra vez.

O grito de Ana mal foi registrado, enquanto todos se agarravam no que podiam. O vento estava cortante, secando as lágrimas que nem percebeu que derramava; olhava fixamente para as águas que pareciam felizes se jogando no vazio do buraco antinatural que se abriu. Podia jurar que escutava uma espécie de canto, como uma baleia, mas ao mesmo tempo tão diferente delas. Um som baixo e vibrante, quase rouco, que tinha todos os seus nervos doendo.

Assistia incapacitada à morte rir dela no som daquilo que mais amou na vida, o mar. Quando o barco emborcou no sumidouro, tudo ficou em câmera lenta, podia registrar a enormidade de seu diâmetro ou a longa extensão de sua profundidade. Lá no fundo, não podia ver nada, a água azul parecia sumir em uma escuridão profunda que o céu escuro fazia pouco ou nada para iluminar. O barulho e a visão do fundo lembravam-na das férias da faculdade nas cataratas do Iguaçu.

Enquanto o casco estava para cima, ficou suspensa pelo braço esquerdo, preso em um emaranhado de cordas que não lembrava estarem ali. O grito aterrorizado ao seu lado foi sendo apagado à medida que Carlos caía sacudindo os braços, mas, antes de vê-lo bater no fundo, a proa quebrou ao se chocar com a parede de águas. A virada foi tão brusca, que todos caíram contra o convés, soltando-se de sua segurança, mas Liss continuava amarrada.

O som da madeira rachando não foi tão aterrador quanto o sentir despedaçar embaixo de seu corpo, quando toda a embarcação colidiu no final do sumidouro. A dor cortante na perna direita tirou dela o último fôlego que parecia conter. Olhou ao redor, vendo os outros afundarem e se agarrarem em destroços, enquanto desesperadamente desvencilhava o braço das cordas. Quando sentiu as primeiras gotas vindas de cima, só teve tempo de gritar e se jogar, ainda amarrada, para fora do que restou do barco, enquanto a força da água se fechava sobre eles, girando-a e jogando-a para todos os lados com a correnteza.

Imediatamente sua cabeça começou a doer tão forte, que soltou todo o ar que prendia com um grito mudo, antes mesmo de parar de girar; os olhos ardiam e precisava forçar as pálpebras fechadas, para que não saíssem das órbitas. O peito se comprimia como se tivesse sido soterrada, engasgava com a água enquanto sentia todos os órgãos espremidos por um torno invisível. Cada grama de seu corpo vibrava em dor e agonia. Com todo o seu corpo sendo esmagado, nem registrou as pontas dos dedos congeladas e as articulações duras com o extremo frio da água, até que o fogo rasgou seus braços do ombro ao cotovelo, levando uma onda ainda pior de dor para o sistema nervoso sobrecarregado, apagando-a. Despertou assustada, abriu os olhos para o breu.

— Estou morta? — O pensamento veio ao se sentir flutuar, mas o perdeu quando a dor voltou ainda pior.

Estranhamente, podia respirar ao mesmo tempo em que sentia a água ao redor sem tocar a pele, o frio anestesiando o corpo. Não podia ver ou ouvir absolutamente nada. Pouco a pouco, aquele canto rouco começou e aumentou, até o ponto em que podia sentir a água vibrando por todo o seu corpo. Pequenos pontos de luz espalhados pela imensidão começaram a aparecer. No início, eram poucos e distantes, mas foram se espalhando ao redor, até perto. Não clareavam nada, apenas estavam ali fantasmas flutuando no limbo.

Quando o canto parou, pôde ver ao lado das pequenas luzes duas esferas brancas reflexivas. Sentiu algo beliscar a ferida da perna, a dor latente subiu pela coluna até a nuca, despertando o corpo dormente; bateu a mão em algo espinhoso e afastou-se. Retornou os olhos para a frente e viu as pequenas luzes dançarem de um lado para o outro como uma onda; era tão fascinante como a luz parecia estender em uma linha para lá e para cá na completa escuridão.

Quanto mais olhava, mais parecia clarear. Pequenas linhas brilhantes, próximo das esferas, apareceram dançando sem rumo, como se estivessem presas a alguma coisa e tentassem se libertar. Era tão fascinante que voltou a se esquecer da dor e do medo, desejando tocá-los. Cada vez mais outras coisas brilhantes acendiam. Uma linha em forma de Y, pouco abaixo das esferas, parecia estática, enquanto o mundo ao redor ondulava. Pequenos discos iridescentes começaram a aparecer ocasionalmente, ainda mais abaixo.

O brilho intensificou, deixando-a momentaneamente cega; quando seus olhos se ajustaram, arfou pesadamente. Começou a bater pernas e braços na esperança de fugir, até perceber que mal podia se mover na densidade da água. Estava cercada por demônios, tinha certeza. As criaturas ao seu redor estavam completamente iluminadas e à vista, sua parte superior humanoide, mas as semelhanças morriam aí.

Tinha o torso com o Y bioluminescente sobre o peito, a parte entre as hastes era translúcida, e podia ver uma espécie de coração azulado batendo. O restante da parte superior era coberto por escamas escuras, grossos braços com barbatanas espinhosas em toda a extensão do antebraço; longos dedos finos, interligados por uma membrana escura, terminavam com garras retas e duras. Da cintura para baixo, as escamas se misturavam com iridescentes, fazendo a forte cauda, muito semelhante a uma versão menor de cachalote, refletir a luz no movimento. Nas laterais do quadril, longas barbatanas moles mexiam com a água. Suspeitava que houvesse mais barbatanas em sua parte detrás.

Mas era o que tinha acima do largo pescoço coberto de guelras que realmente assustava. A cabeça oval possuía pequenas barbatanas onde deveriam estar as orelhas, os cabelos eram filamentos que mais pareciam algas que emitiam luz do que cabelos. Da testa, um apêndice com uma pequena bola de luz forte pendia entre os discos brancos e opacos que seriam os olhos. A mandíbula proeminente sustentava uma boca larga de lábios finos, que ia de uma barbatana a outra, ao lado da cabeça.

Seria a maior descoberta científica da humanidade, se alguém sobrevivesse a eles. Tão fascinada pela criatura horrenda, não se deu conta dos colegas, até um borrão de luz passar ao seu lado. Virou a tempo de ver a criatura afundar a enorme boca no ombro de Brian. O grito que soltou não fez som algum. Debateu-se mais forte, tentando fugir, olhando em volta desesperada. Espalhados entre as criaturas, os outros tripulantes, envoltos em uma membrana translúcida brilhante, eram massivamente atacados. A cena ficou queimada em sua retina. Ali à sua frente, enormes bocas cobertas por finos e afiados dentes em fila dupla arrancavam pedaços e mastigavam, enquanto, empurrados para longe, davam lugar para outras bocas se alimentarem.

De repente, tudo se apagou e estava de volta ao breu. Petrificada de pânico, não ouvia ou via, apenas podia sentir a agitação na água como se estivesse no meio de um cardume revolto. Seu peito doía com a velocidade com que o coração batia. O medo era tão pesado, que não puxava ar suficiente. O gosto de cobre cobriu sua língua, e percebeu que tentava respirar pela boca. Da mesma forma que a agitação começou, tudo ficou calmo.

Rígida pela mudança abrupta, sentiu seu coração falhar algumas vezes. Ela seria a próxima. A qualquer momento. Precisava fugir, mas tinha medo de mexer um músculo e lembrá-los de que ainda estava ali. Mas o tempo passou, e ela continuava flutuando na completa escuridão. A esperança de ter sido esquecida trouxe uma nova corrida ao peito, mas o ar estava acabando e seus pulmões queimavam, os membros ficando dormentes e uma letargia a estava deixando sonolenta.

Quando a criatura que estava à sua frente acendeu, gritou, soltando o pouco ar que ainda tinha.

Os olhos desprovidos de vida pareciam encará-la. Uma mão levantou e passou uma garra pela linha da bochecha até os lábios carnudos de Liss, cortando um leve talho na carne tenra, fascinado. Agarrou seus braços, cravando as garras e lançando os nervos anestesiados em agonia; tudo ao redor clareou quando as outras criaturas brilharam vermelhas, olhando em sua direção. Não havia sinal de nada além deles e a cor escarlate na água. O que a segurava abriu o mais hediondo sorriso que poderia ver, mostrando cada uma das fileiras pontiagudas, partindo a cabeça quase em duas.

E esse foi todo o aviso que teve.

TRAVESSIA

F. L. ALDRIGHI

Escuto o gemido de minha irmã escapando por entre seus dentes e percebo que aperto seu braço com força demais. A culpa não é minha. O cheiro do mar está me enlouquecendo, invadindo meus pulmões, me tornando incapaz de controlar força ou razão. Enquanto obrigo Mariana a acompanhar meu passo apressado, o meu olhar, por instinto, vai em direção à praia, além da areia, mirando a escuridão, enquanto tento, o mais rápido que posso, vencer a distância que falta para chegar à estação de barcas.

O mar está aqui, próximo, ruidoso, infinito...

— Clara!

A voz de minha irmã demonstra dor. Esqueci-me novamente do quanto aperto seu braço. Alivio um pouco. Apesar de protestar, Mariana não deixa de correr ao meu lado, tão ou mais assustada que eu.

São três horas da manhã, e a orla da Ponta da Praia de Santos está quase vazia. Não sei o quão longe estamos de qualquer posto policial e não sinto que entrar em alguma loja de conveniência para pedir ajuda nos auxiliará. Vi o que aquela coisa pode fazer.

Precisamos alcançar uma das pequenas embarcações que fazem o caminho rápido entre Santos e Guarujá, para encontrar nossos pais e ir embora o mais rápido possível. Temos de ficar longe daquela coisa.

Minha irmã e eu viemos da capital para a cidade de Guarujá, litoral, com meu pai e minha mãe, para aproveitar as férias de fim de ano. Mariana acabou de entrar na faculdade, aos dezessete, dois anos mais nova que eu, e, em comemoração, combinamos que seriam férias inesquecíveis. E serão, com certeza.

A chuva atrapalhou logo que chegamos, e não pudemos aproveitar a praia durante o dia, então resolvemos salvar nossa noite indo para uma balada em Santos, cidade vizinha e mais movimentada.

Estávamos animadas. Para dizer a verdade, eu estava estranhamente eufórica. Mariana me perguntou algumas vezes se eu havia tomado ou fumado algo escondida. Sempre fui a mais calma de nós, a mais contida, mas, desde que nos aproximamos do litoral e o cheiro do mar invadiu minhas narinas, as coisas ficaram estranhas. Senti seu gosto salgado, de longe, como se estivesse em minha boca. Ouvi seu som poderoso e confortante, como se as ondas estivessem dentro da minha cabeça. Nunca me senti tão bem.

Não é a primeira vez que vejo o mar; já estive aqui outras vezes, mas não sei explicar o que há de tão diferente agora.

Quando apanhamos um dos barcos de travessia, ou barquinhas, como eles chamam por aqui, que não levam nem dez minutos do Guarujá à Ponta da Praia de Santos, as coisas ficaram ainda mais intensas. O balanço hipnótico do mar me fez perder o olhar para além das pequenas janelas de madeira. Entrei num estado distraído e dormente como nunca vivenciei. Foi ótimo, mas logo minha irmã me chamou a atenção, novamente preocupada.

Já em Santos, andamos algumas quadras até o destino. Caminho inverso do que fazemos agora. Mas não parecia tão longo.

Quando entramos naquele lugar com música alta e gente demais em volta, esbarrando em nós, nos tocando, senti um aperto no peito que piorava cada vez mais. O ar me faltou a achei que era um ataque de pânico.

Mariana me acompanhou até a varanda do lugar, um espaço reservado para fumantes, que se separava da rua apenas por uma grade. Bem de frente para a praia. Assim que coloquei os olhos no mar escuro, não muito longe de mim, inspirei fundo, enchendo os pulmões o máximo que consegui, como se aquilo fosse de fato uma droga me inebriando.

Então vi aquela mulher.

Parada do outro lado da rua, próxima à mureta, em frente à areia da praia. Uma velha, muito alta e magra, com ombros largos demais para suas roupas esfarrapadas, e de cabelos compridos e desgrenhados.

Ela farejava o ar, o peito se enchendo e murchando rapidamente, até que olhou em nossa direção. Permaneceu estática por alguns segundos e então se moveu, andando de forma bizarra.

Um carro freou bruscamente, quase a atingiu, mas ela não se importou, continuou se aproximando a passos largos.

Já parecia assustadora o bastante, mas, ao se aproximar, vi seus olhos. Negros de maneira não humana.

A insanidade desta noite realmente se apresentou quando, ao perceber aqueles olhos pousados sobre mim, senti uma mensagem clara vinda deles. E não foi como se eu interpretasse o que ela queria; na verdade, eu realmente absorvi a mensagem, como um pulso elétrico me tomando e deixando que os olhos realmente falassem comigo. Um claro e grotesco "venha comigo, criança".

Mariana colocou a mão em meu rosto, chamou pelo meu nome e, apesar de ouvi-la, eu não consegui tirar os olhos daquela mulher.

Quando a velha se aproximou demais da varanda, um segurança se colocou na frente, decerto achando que era uma moradora de rua que causaria tumulto. O tumulto foi muito maior que o esperado.

Escutei o som de ossos estalando, e minha espinha pareceu congelar quando vi o braço do homem sendo torcido como um graveto pela velha. Minha irmã repetia aos berros para irmos embora. Ela também percebeu que a mulher olhava diretamente para nós.

Outros seguranças correram para fora, para ajudar o companheiro, e a saída ficou liberada; aproveitamos a confusão para deixarmos o lugar.

Um tanto distante, olhei para trás, os outros seguranças tentavam segurar aquela mulher, mas não podiam. Então, ela olhou diretamente para nós e apontou, abrindo a boca de uma forma impossível. Aquela coisa proferiu um som grotesco, grave e animalesco, que ecoou pelas ruas próximas à praia.

Mariana está arfando, cansada, mas eu não. Continuo com o coração acelerado, meu peito se expandindo mais e mais, como se meus pulmões fossem pequenos demais para o ar que inspiro. O ar vindo direto do oceano.

Continuo puxando minha irmãzinha pelo braço, falta pouco, a estação de barcas é logo à frente.

— Que foi aquilo? — Mariana tem lágrimas escorrendo pelo rosto, borrando a bonita maquiagem dos olhos. — Que porra foi aquilo, Clara?

Quero responder, mas não posso, sequer consigo. Só continuo em frente até a entrada da estação.

O lugar é tão simples e pequeno quanto a embarcação que nos espera.

Um funcionário do lugar segura o portão metálico aberto; corro ainda mais, com medo que ele não nos deixe passar.

Percebo o píer flutuante se movendo assim que o piso, e Mariana quase perde o equilíbrio. Apoio-me com um dos pés no píer e o outro na barquinha de madeira, estendendo a mão para ajudar minha irmã a entrar.

— Seus olhos! — Mariana diz quase berrando, enquanto segura minha mão. — O que aconteceu com eles?

Não sei o que há com meus olhos, mas não tenho tempo para isso agora. Entramos apressadas.

A barca começa a se mover e isso me alivia, mas percebo que minha irmã ainda olha preocupada para o meu rosto. Meu pensamento logo é tomado por uma vibração, um novo pulso, fraco, mas suficiente para me fazer olhar para fora.

Enquanto a barquinha zarpa, com o esforço de seu motor barulhento, vejo a estranha mulher de olhos negros, parada junto às rochas próximas ao píer.

Ela nos olha fixamente, como uma bruxa a nos amaldiçoar, inspirando e soltando o ar de maneira animalesca.

Ela dá um passo em direção à água.

— Que porra ela tá fazendo?

— Começa a entrar no mar.

— Por quê?

— A desgraçada vai nadar atrás do barco?

Mariana me puxa para o interior, em direção aos assentos. O lugar estreito e com teto baixo, agora, parece claustrofóbico para mim; apenas o balanço cadenciado do mar me traz um pouco de segurança. Está quase vazio, apenas um casal de namorados, um senhor de mochila e... um policial.

Vamos até ele, que leva uma das mãos ao coldre, acredito que por reflexo. Paro e faço sinais pedindo calma.

— O que tem nos seus olhos, moça? — o policial pergunta pouco amigável. — O que vocês...

Ele para. Olha confuso para trás de nós.

Viro-me, com um embrulho no estômago, implorando para não ser aquela mulher desgraçada.

E não é. Mas não sinto nenhum alívio.

Parado próximo à entrada da embarcação, um homem com a mesma postura inumana da velha e os mesmos olhos negros. Veste trapos que pingam água salgada pelo piso de madeira.

Ele avança com passos largos em nossa direção.

O policial grita para que pare. O estranho expira ruidosamente e uma fumaça espessa sai de sua boca e narinas; um ruído grave deixa sua garganta, como um rosnado.

A mão do policial alcança a arma. Mariana e eu nos encolhemos no fundo da embarcação, assim como os outros três passageiros.

O policial grita mais uma vez e aponta a arma para o homem de olhos enegrecidos, que avança num movimento brusco e rápido demais. Ele segura o braço do policial antes que este possa agir. Ambos se chocam contra uma das paredes de madeira.

Agora, o último fio de racionalidade me escapa. Vejo esse homem, ou essa criatura, abrir uma bocarra de dentes enfileirados, idênticos aos de um tubarão. Ele morde entre o pescoço e o ombro do policial, fazendo sangue jorrar em direção ao teto.

O barulho do motor do barco diminui, assim como sua velocidade. Seu operador vem até nós, apressado e confuso. Ele leva as mãos à boca, contendo gritos e se escorando a uma parede, enquanto assiste à criatura dilacerando o policial.

A arma desliza pelo piso em minha direção. Chega aos meus pés. Consigo apanhá-la?

A boca da criatura está ainda maior, sangue escorrendo de todos os dentes. Sua pele está azulada, sem um cabelo sequer. Aquilo está se transformando em algo pior. Tenho a impressão de ver uma corcunda se formando, como uma grande barbatana surgindo em suas costas.

Ele se volta para Mariana e para mim, rosnando enfurecido. Larga o corpo do policial e ergue mãos deformadas em nossa direção. Muito próximo.

Puxo o gatilho antes mesmo de compreender que já tenho a arma em mãos.

Não é como um tiro de filme, não o acerto com perfeição entre os olhos, mas, sim, no alto da cabeça, despedaçando uma parte dela e espalhando mais sangue pelo lugar.

Solto a arma no chão, minha irmã me abraça. Não consigo pensar em nada enquanto choramos juntas, implorando para ser o fim.

Uma violenta pancada vinda de baixo parece fazer o barco dar um tranco, e minhas costas atingem uma das paredes.

Tudo escurece por um instante.

Então, vejo Mariana jogada do outro lado da embarcação, tentando se levantar. O casal de namorados se debate para tirar o corpo do policial de cima deles. O senhor de mochila tem sangue abundante escorrendo pela testa.

Vejo que as paredes racharam. O que parece uma torrente de água surge ao meu lado; corro em direção à minha irmã.

Escuto o som de madeira sendo destruída, no mesmo momento em que vejo o céu escuro e nublado da madrugada com perfeição.

A barca é partida ao meio e sou arremessada para cima, antes de cair de costas no mar gelado.

— Mariana!

Eu grito a plenos pulmões até que engulo muita água. Um prazer enorme me invade. Meu corpo todo parece formigar.

Avisto Mariana se debatendo, lutando para ficar na superfície, está machucada e sinto o cheiro do seu sangue, mesmo a metros de mim. Pedaços de madeira espalhados por todo lado. A parte da frente da barquinha se inclinando para dentro d'água. Tento focar na minha irmã, talvez consiga ajudá-la e ir até uma das margens. Consigo enxergar as luzes dos prédios tanto de Guarujá quanto de Santos.

Começo a nadar... e algo muito grande passa por baixo de mim.

Olho em volta, tento entender o que foi, mas gritos me confundem, assim como o cheiro forte de sangue e as descargas de adrenalina que sinto.

Preciso ajudar minha irmã, minha irmãzinha; ela está confusa, apenas dois anos mais nova, mas tão imatura e sempre protegida por todos, pelos pais, por mim, a sua irmã adotada. Como vou voltar sem a filha deles? A filhinha de verdade deles.

Não! Foco! Tenho de ajudá-la, tenho.

Nado. Com facilidade e prazer. Era isso que eu queria desde que cheguei. Queria sentir o mar, o abraço do oceano.

Uma barbatana grande demais para ser real passa à minha direita.

Só pode ser um pedaço da barca, estou agitada, vendo coisas. Mas o quê, afinal, destruiu a embarcação?

Já estou próxima a Mariana, estico a mão em sua direção, ela está sangrando muito. O liquido vermelho se mistura ao mar escuro, desenhando padrões enquanto nossas mãos se tocam.

Ela olha assustada para meu rosto, não sei o que ela vê, mas sua expressão é de pânico; tenta soltar minha mão, seguro-a firme, mas ela se debate.

Um turbilhão de água se forma e, por um momento, tudo em volta e abaixo de nós parece mudar de lugar.

Eu afundo confusa, segurando a mão de Mariana com força.

Abro os olhos e vejo uma nuvem de sangue ao meu redor. Enxergo perfeitamente, mesmo na escuridão destas águas. Meus olhos não são como antes. Seguro a mão de minha irmã, mas, além do seu pulso, só há uma parte pequena do braço.

Minha irmãzinha está morta. Seguro o que sobrou dela.

Algo dá a volta em mim, aqui embaixo, nadando ao meu redor, e eu sei exatamente o que é.

Sinto a presença daquela velha de novo, mas não é seu corpo magro e mal formado que está aqui comigo. Sinto algo muito mais poderoso, mais antigo, uma força ancestral.

Aquele homem, invadindo o barco e mudando de forma na minha frente, era algo menor. Ela é a verdadeira força.

Sinto os suaves pulsos elétricos novamente. É ela falando comigo. Busco seus olhos na escuridão.

Encontro as mesmas esferas negras, atrás de um focinho alongado e acima de uma bocarra com fileiras e fileiras de dentes. Esse tubarão, com seu tamanho descomunal, pode acabar comigo em um único ataque. Mas ela não quer isso.

Enquanto nada ao meu redor, ela me diz, em sua forma estranha de se comunicar, que sou como ela e que meu lugar é nas profundezas do oceano. Eu consigo responder da mesma forma e deixo claro o quanto a quero morta. O quanto a odeio por matar Mariana. Mas sua resposta é fria. Ela não tem sentimentos humanos e deixa claro que, em breve, eu também não terei.

Enquanto nego seu chamado, percebo que não preciso subir à superfície. Sinto a água salgada passando por minhas próprias guelras, enquanto o monstro me pergunta para onde irei agora.

Entendo que lágrimas não têm qualquer sentido aqui embaixo. Como voltarei para casa sem a filhinha de verdade deles?

O corpo da criatura, uma extensão que parece não ter fim, passa rente a mim, enquanto ela ruma em direção ao mar aberto, deixando para trás este pequeno espaço de água que separa duas cidades.

Eu a sigo. O ódio queima em meu peito, que sequer é humano agora. Mas imagino que esse ódio perderá sentido e deixará de queimar em algum momento.

O oceano é sempre frio.

O RESGATE DO SUBMARINO U-29

ODON BASTOS DIAS

No dia 18 de junho de 1917, Karl Heinrich, oficial comandante do submarino U-29 da Marinha Imperial Alemã, realizou o seu último contato por rádio com outro submarino pertencente à frota de *U-boats*. A mensagem de Heinrich para o U-61 que estava retornando a caminho da cidade portuária de Kiel, no mar Báltico, comunicava os detalhes do afundamento da fragata de bandeira britânica HMS Victory, na posição de coordenadas geográficas com latitude 45° 16' N e longitude 28° 34' W, indicando que o episódio teria ocorrido no meio do oceano Atlântico, na linha de tráfego dos comboios aliados, entre a costa da Nova Escócia, na América do Norte, e o litoral da França, na Europa. A partir de então, o submarino U-29 não retornou mais ao seu estaleiro, tampouco tentou contato por rádio para solicitar reparos ou informar a sua posição.

No dia 20 de agosto de 1917, eu, Bernd Müller, operador de rádio a bordo do cruzador SMS Medusa, recebi a ordem do alto comando da Marinha Imperial para o capitão investigar o destino do U-29. Não havia notícias nos jornais da América do Norte de que a tripulação de algum submarino da frota houvesse desertado desde então. Karl Heinrich, o comandante do U-29, era prussiano e certamente conteria qualquer iniciativa de motim por parte da tripulação a todo custo. O U-29 também não constava entre as perdas em combate — nenhum navio aliado havia clamado vitória sobre ele.

Ao amanhecer do dia 21 de agosto de 1917, o capitão reuniu os oficiais na ponte para projetar o raio de ação do submarino, considerando a sua última posição conhecida, e traçar uma estratégia de busca. Entretanto, o alcance estimado para um modelo de submarinos daquela classe em perfeito funcionamento, que poderiam percorrer uma distância de 18.350 km, seria suficiente para conduzir a tripulação até a América do Sul ou ao continente da Antártida. Um outro problema — vasculhar uma área tão grande do oceano em meio à rota de comboios aliados — tornaria a ação de resgate arriscada e impraticável. O mais sensato seria aceitar que o U-29 colidiu com uma mina de contato submersa e não mais retornaria das profundezas.

Na mesma noite, o segundo oficial do SMS Medusa, Theobald von Pohl, sugeriu ao capitão contatar por rádio todos os comandantes de submarinos que estiveram em ação durante aquele período, caso algum deles tivesse efetuado qualquer tipo de contato que não fora relatado antes ou observado algo incomum na mesma região, que poderia fornecer alguma pista da posição ou do rumo que o U-29 seguiu. Assim, a maior parte das atividades de busca estariam concentradas na operação do rádio e nos registros das conversas.

No dia 28 de agosto de 1917, dois submarinos, o U-25 e o U-53, fizeram contato por rádio com o SMS Medusa. Os dois comandantes relataram situações semelhantes: um submarino, provavelmente alemão, apareceu por breves instantes na tela do sonar, deslocando-se a uma velocidade constante, contudo um tanto abaixo da velocidade usual de cruzeiro, indicando que ele poderia estar com avarias internas na sala de máquinas. O submarino não tentou nenhum outro tipo de contato ou forma de comunicação. Os dois comandantes anotaram a posição dos encontros e a direção de deslocamento, que apontava para o sul. O incidente despertou a curiosidade das duas tripulações — e agora de uma terceira no cruzador SMS Medusa —, pois, na ocasião, os sonares indicaram que o submarino mais lento estaria sendo acompanhado por um cardume de alguma espécie de peixe, tubarões talvez, embora o tamanho das criaturas sugerisse tratar-se de golfinhos. Entretanto, golfinhos não conseguiriam mergulhar por tanto tempo a ponto de prosseguir ao lado de um submarino indefinidamente, sem retornar à superfície para obter oxigênio. O comandante do U-53, que conduzia a bordo o reconhecido pintor e ilustrador de cenas de combate naval nascido em Munique, Claus Friedrich Bergen, afirmou que o artista se referira à aparição no sonar como sendo um "submarino fantasma", seguido por um cortejo ou uma escolta de "wohnwagen von untoten"[3].

Na manhã do dia 29 de agosto de 1917, o mar calmo permitiu uma reunião dos oficiais para traçar uma suposta rota percorrida pelo U-29. A princípio, parecia claro que ele estava se dirigindo para o sul, depois do encontro que resultou no afundamento da fragata britânica HMS Victory, nas latitudes 45° 16' N e longitudes 28° 34' W, assinaladas por Karl Heinrich, oficial comandante do submarino U-29, e através das coordenadas geográficas fornecidas pelos submarinos U-25 e o U-53. A julgar a velocidade do submarino descrita pelos operadores, ele não deveria estar tão longe do ponto original quanto se imaginava a princípio; embora isto fosse animador, ainda poderia significar o meio do caminho para lugar nenhum.

Ao entardecer do dia 31 de agosto de 1917, o cruzador SMS Medusa chegou em segurança ao ponto de interpolação da rota do U-29, conforme haviam calculado os oficiais na ponte de comando. Parecia que ali, naquele ponto, a imensidão do oceano estava cercada por horizontes flutuantes compostos por cores diferentes, formando uma coroa de cores na qual as bordas eram os limites entre o mar e o céu, inundadas por ondas quentes — vermelhas como vinho, na direção do oeste, onde o sol do mergulhador, em suas últimas horas de luz, mergulhava na água salgada. Ao sul, uma cor dourada que lembrava rum envelhecido em barris de antigos carvalhos plantados na Floresta Negra penetrava o azul, apontando uma direção, removendo todas as esperanças dos mortais diante de tamanhos e espaços tão gigantescos. O mar acalmou por um instante, e então foi possível observar. Havia alguma coisa no horizonte, ao sul, que não era um efeito de luz do crepúsculo. Algumas formas escuras brincavam na superfície, mistu-

---

3 Caravana de zumbis.

radas com o mar e se entrelaçando com a água. Logo seriam invisíveis na noite. A tripulação inteira do SMS Medusa parecia hipnotizada por aquele momento de grandiosidade, ao mesmo tempo que a sensação de não haver mais nada para ser feito naquele lugar invadia os pensamentos. O efeito foi quebrado quando alguém anunciou em alta voz que um tripulante caiu na água. O SMS Medusa, contudo, era uma embarcação muito estável, apesar de ser um cruzador leve, e não despejaria no mar seus ocupantes por simples acidente. Uns diziam que o nome dele era Piet, enquanto outros diziam que era Peter, e que ele fora visto nadando na direção das formas escuras ao sul. A noite chegou rapidamente, antes que porventura sequer se lembrassem de ligar os holofotes do convés para apontá-los ao oceano. Theobald von Pohl, segundo oficial do SMS Medusa, parecia ter recobrado a razão antes dos demais — sugeriu que as formas escuras ao sul poderiam ser minas de contato, e que era necessário soltar a âncora para evitar ser arrastado naquela direção, durante a noite, por alguma correnteza.

Ao amanhecer do dia 1º de setembro de 1917, com os primeiros raios de sol, o SMS Medusa enviou um escaler ao sul para investigar as formas que apareceram sobre a água ao entardecer do dia anterior. Não havia minas de contato — os tipos de explosivos utilizados para barrar a passagens de navios ou submarinos. Raramente tais dispositivos eram deixados à deriva em alto-mar; sua principal utilização era destinada ao bloqueio da rota dos comboios e para proteção de portos em enseadas, impedindo ou prevenindo a aproximação de embarcações. Também não havia sinais das criaturas supostamente avistadas no início da noite, muito menos de Piet ou Peter, ninguém parecia lembrar ao certo como ele se chamava. O que o grupo de marinheiros no escaler encontrou, porém, era mais intrigante. O objeto inteiro, da altura de um homem de porte médio, se assemelhava com uma silhueta humana; as roupas foram identificadas positivamente a bordo do SMS Medusa como pertencentes ao uniforme da tripulação de um submarino da Marinha Imperial. A situação que produziu o objeto, o seu contorno humano, poderia indicar que o tripulante de um submarino tentou abandonar a embarcação no momento no qual ela estava mergulhada em uma profundidade muito grande do oceano — o resultado foi um esmagamento instantâneo, devido à enorme pressão à qual o corpo estaria submetido lá embaixo, sem nenhuma chance de retornar com vida à superfície. Ao menos, foi um sinal para indicar o local por onde começar a procurar o que seriam, àquelas alturas, os destroços do U-29.

Por volta do meio-dia de 2 de setembro de 1917, o primeiro mergulhador do SMS Medusa, um sujeito com uma estrutura muito forte chamado Hans, desceu no mesmo ponto onde o escaler encontrou o corpo esmagado pela pressão, sem parecer se abalar com a coincidência. O sol estava a pino naquele momento, e o seu pesado escafandro não permitiria uma visibilidade melhor em outra hora do dia. A temperatura da água naquele local estava entre 27 °C e 29 °C, logo o mergulho durou por volta de uma hora. Além desse tempo, o mergulhador correria o risco de sofrer hipotermia, pois, para o corpo humano se readaptar à pressão atmosférica ao nível do mar, o retorno precisava ser feito lentamente. Quando encontrou condições de fazer seu relatório, Hans comunicou que a extensão do cabo que transmitia oxigênio para o escafandro limitou o alcance de sua busca, e a visibilidade não permitiu observar o fundo com perfeição. No entanto, suas impressões sobre o que vira foram muito diretas: "Há um submarino lá embaixo, mas eu estava distante dele. Deveria ter descido um pouco mais para o sul. Há uma outra coisa lá, muito maior, que se espalha pelo fundo do oceano com formas regulares. Mas não parece um cemitério de embarcações. É diferente".

No dia seguinte, 3 de setembro de 1917, no mesmo horário do dia anterior, o segundo mergulhador do SMS Medusa desceu com o escafandro. O seu nome era Dieter e ele aparentava estar calmo, embora praguejasse constantemente. Desceu noutro ponto, no qual as boias de marcação foram colocadas seguindo os comentários do primeiro mergulhador. Logo estaria sobre o submarino afundado, imaginava-se, e, com sorte, encontraria algum objeto que permitisse a identificação daquela nau, se realmente se tratasse do U-29, trazendo respostas sobre o destino do comandante Karl Heinrich. Trinta minutos depois do início da descida, o mergulhador começou a enviar sinais de que retornaria à superfície logo. A equipe não apressou sua retirada da água, para não sofrer os efeitos da descompressão. Mas seu relatório seria inconclusivo, senão totalmente ininteligível. Quem melhor definiu o estado do mergulhador foi o segundo oficial do SMS Medusa, Theobald von Pohl: "Agora ele fala como se fosse um poeta simbolista enlouquecido!".

No dia 4 de setembro de 1917, por volta do meio-dia, as condições do mar apontavam a melhor visibilidade possível até então, e a temperatura da água estava ideal. O terceiro mergulhador a bordo do SMS Medusa, chamado Gröner, contudo, não conseguia disfarçar a tensão. "Talvez o estado no qual o mergulhador anterior se encontrava fosse resultado somente da descompressão inadequada e de uma subida muito rápida à superfície", dizia ele. Porém, o mergulho de Gröner ultrapassou o tempo do primeiro dia. Quando completou uma hora e quinze minutos de permanência no local, a equipe do SMS Medusa começou a retirada do mergulhador. Algum tempo depois, o seu escafandro retornou à superfície. No seu interior não havia ninguém — apenas uma quantidade volumosa de algas fluorescentes azuis.

AS VOZES DAS SEREIAS

TAUÃ LIMA VERDAN RANGEL

Dois meses em pleno mar. É minha primeira experiência como tripulante de um barco. Os dias vão passando lentamente, com uma brisa marinha a soprar sobre a face queimada e o cheiro característico da maresia a inundar as narinas ainda não acostumadas. Muito sol e poucas nuvens na última semana, o que torna o calor ainda mais insuportável, sobretudo entre as dez e quinze horas. Hoje, no horizonte distante, avistei algumas nuvens mais avolumadas em formação. Cheguei, por alguns segundos, a pensar que eram nuvens anunciadoras de tempestade.

Em um verdadeiro redemoinho, coloquei-me a pensar no motivo que me levara a escolher ser um tripulante, mesmo ainda tão jovem. O filme da minha vida passou diante dos meus olhos e uma infinidade de lembranças veio à tona. Se eu me concentrasse, seria capaz de sentir o cheiro da comida da minha saudosa mãe e veria felicidade em seu rosto de poder colocar uma mesa farta e apetitosa para mim e meus irmãos. Senti saudades de casa. Bem, era apenas uma lembrança distante e que povoava o meu baú de memórias.

— Alfeu, está a olhar tão fixamente o horizonte. O que procura? — indaga-me o capitão do navio.

— Capitão Laio, acho que as nuvens que estão se formando anunciam uma tempestade para os próximos dias.

— De fato, parecem ser nuvens bem volumosas. Ainda assim,

acredito que não sejam nuvens de tempestades que nos afetem. Olhe para o velame no alto do mastro e verá que o vento sopra em direção ao sudoeste, logo são nuvens que vão em direção ao continente.

Um pouco perplexo com a explicação do capitão, atentei-me para os detalhes e os pormenores que ele apresentava. A experiência que ele possuía, na condução do navio, era gigantesca e me causava um assombro desmedido. Depois, ainda, ele me explicou sobre o relevo das águas em que nos encontrávamos e como a calmaria aparente do mar era uma grande armadilha para capitães e tripulação inexperientes.

— Sabe, marujo, eu mesmo já ouvi muitas estórias de navios e de embarcações que afundaram pela falta de conhecimento do seu capitão. Navegar parece ser fácil. Só aparência. O mar possui segredos ocultos e criaturas que a mente humana seria incapaz de compreender. Há rotas menos seguras e mais convidativas aos olhos impacientes de um jovem capitão. Eis aí o perigo. Nem sempre o que é mais convidativo pode ser aceito. O grande mar, a cada momento, está atrás de uma alma desavisada, alimenta-se dos corpos e das embarcações. Reclama um alto custo para que possamos navegar em sua extensão.

Após alguns minutos de explicação, o capitão se afastou e voltou à sua cabine. Como pude verificar, havia uma paciência misturada com experiência em seus conselhos. Acredito que era uma forma que ele nutria de poder ensinar e compartilhar mais de trinta anos de experiência. Havia muito a aprender não apenas com ele, mas também com os marujos mais velhos.

Depois de mais um dia de trabalho árduo no convés do navio, finalmente o sol anuncia o fim do seu expediente. Ao longe, ele se põe preguiçosamente, enquanto os raios vermelhos, amarelos e alaranjados tingem as nuvens. É um bom espetáculo de se presenciar. Há uma sutileza sem igual diante desse cenário surreal produzido pelo poente. Por alguns minutos, os meus olhos ficam fixados no céu e posso ver o surgimento da primeira estrela, brilhante na imensidão do firmamento.

O céu noturno, no meio do mar, é uma das mais formidáveis belezas para se admirar. As estrelas brilham em uma explosão pontilhada de várias cores por todo o firmamento. As constelações se formam e parecem dançar diante de nós, e a estrada leitosa da Via Láctea é impactante. Nas noites de lua cheia, o lume prateado parece finalizar a singular composição. Os olhos desavisados ficam hipnotizados pela formosura da cena.

Já com o poente finalizado, uma brisa fria sopra em meu rosto, uma lufada de maresia que traz um pouco de descanso para um dia tão árduo. Os meus cabelos se movem ao sabor dos vagalhões singelos. Fecho os meus olhos e aspiro, de maneira intensa, o cheiro de maresia que as ondas, ao quebrarem no casco do navio, produzem. Como o capitão me falou, o som e o movimento das águas são algo arrebatador, inebriante, e convidam os admiradores para o fundo do oceano.

Miro o espelho d'água do mar e, por um segundo, tenho a singela impressão de ter visto um vulto a se movimentar abaixo. Penso que deve ser apenas um golfinho, que gosta de acompanhar as embarcações, ou, ainda, um cardume de peixes. Contudo, de alguma maneira que não consigo explicar, em minha mente, tenho a convicção de que o vulto não é nenhuma criatura por mim conhecida. Uma sensação de agonia, quase um pavor, começa a tomar conta de todo o corpo. Sinto que minha respiração ficou ofegante e que o coração começa a bater intensamente.

Por alguns segundos, penso que deve ser apenas um mal-estar, algum mal súbito decorrente da intensidade do calor ou por ficar olhando o movimento do navio sobre o espelho d'água. Aos poucos, a sensação fica menos intensa. Racionalmente, tento me convencer de que não é nada de mais, mas, sim, um cansaço por causa do trabalho e do calor, o que produz uma combinação estafante. Olho em direção ao horizonte e vejo que algumas estrelas já brilham no céu, mas, distintamente das noites anteriores, o lume é opaco e desbotado, sem vivacidade. A respiração, à medida que me acalmo, é controlada, e o coração, antes disparado, desacelera. Digo a mim mesmo, "foi apenas o cansaço, não é nada demais!".

Olho de relance sobre os ombros, vejo que outros marujos já começam a se preparar para a ceia, e alguns, ainda, limpam o convés. Então, caminho em direção ao extremo da embarcação e, mesmo diante de um dia intenso de trabalho, não tenho fome. Há apenas uma ideia fixa de sentar e admirar o movimento repetido da embarcação ao cortar o espelho d'água infinito do mar. Depois de alguns minutos, percebo que nuvens intensas começam a cobrir as estrelas e um vento forte sopra.

— Aí, Alfeu, essas são as nuvens de tempestade das quais conversamos outro dia! — grita o capitão em direção.

Ainda perplexo pela velocidade com que o céu ficou coberto por nuvens, coloco-me a admirar o movimento rápido delas em cobrir a extensão. Relâmpagos e raios podem ser vistos correndo por toda a extensão celeste, ocultando o brilho das estrelas. O barulho do relâmpago parece o ronco da barriga de uma grande besta do profundo oceano. As águas do mar parecem se revoltar, e ondas maiores vão se erguendo, ao baterem no casco da embarcação. De fato, uma grande tempestade está a se aproximar.

As primeiras gotas de chuva começam a cair sobre minha face. Os gritos do capitão e do imediato convocam a todos os marinheiros de volta ao convés, ordenando que desamarremos alguns velames e amarremos outros. Fico confuso em meio aos gritos e há, claramente, um temor nas ordens do capitão: "Marujos, não podemos adentrar na região do Istmo de Corinto!", ele brada com determinação. Eu não conheço a região do istmo, contudo, diante das ordens do capitão, alguma coisa naquele local deve ser evitada.

— Iolaus, o que há no Istmo de Corinto? — indago a um marujo mais velho.

— Garoto, há a morte. Nenhum capitão deseja que a sua embarcação seja lançada na região do istmo. Os barcos que foram lançados, pela tempestade, naquela região jamais retornaram. No istmo, acontecem coisas e há criaturas que os olhos nunca viram — declara-me o marujo com os olhos vidrados de temor. — É o lar das três irmãs que vieram do abismo do oceano, criaturas com a face formosa como o amanhecer, mas com o coração desejoso pelo sangue de homens. No istmo, há sereias. Criaturas que possuem o dom do canto e da melodia e buscam saciar sua fome com a carne dos marujos, que, hipnotizados por seu som, morrem afogados.

— Impossível, Iolaus! Sereias não existem! — exclamo em tom de descrédito ao que o velho marujo me contou.

— Existem, sim, garoto. O pior é que não apenas existem, como estamos indo em direção a elas. Uma vez no istmo, é impossível sair de lá com vida. Os homens ficam reféns dos cantos das sereias e não há nada que se possa fazer. Criaturas odiosas expulsas do seio do oceano para que possam nos matar. É o custo de velejar pelas águas do mar.

De novo, tenho a sensação de agonia a tomar toda a extensão do meu corpo. Os meus músculos se empenham para executar todas as ordens do capitão com maior agilidade. Ainda assim, as ondas se elevam de maneira indômita e batem com força no casco da embarcação. Pelo jeito em que nos encontramos, a embarcação será lançada no istmo. É possível, em uivo, ouvir o vento da tempestade que sopra intensamente. Os raios e os relâmpagos parecem estar cada vez mais próximos, e os trovões fazem todos tremerem diante da força com que bradam no céu noturno.

Por longos minutos, lutamos contra a força da correnteza que insiste em nos levar em direção ao istmo. Ainda assim, não conseguimos manter a embarcação na rota correta. Há uma força demasiadamente estranha nessas águas, e o uivo aterrorizante dos ventos tempestuosos parece ganhar uma melodia adocicada e inebriante.

— Estamos no Istmo de Corinto. Haja o que houver, não se deixem seduzir pelo sonho. Cuidado com a música das flautas e das liras. Marujos, não escutem a melodia! — grita o capitão.

Chego a pensar que o capitão deve ter enlouquecido. Como, em meio a uma tempestade tão intensa, alguém teria tempo de tocar flauta e lira? É impossível. Ele só deve estar aterrorizado e, por isso, disse aquelas coisas sem sentido. Olhando ao meu redor, percebo que vários marujos abandonaram os seus postos e correm em direção ao interior do navio; parecem querer fugir de algo ou de alguém.

— Menino, corra para baixo. Tranque-se em um dos quartos! — alerta-me Iolaus com o olhar desesperado.

Eu, porém, não consigo entender esse pavor todo. Apesar dos avisos, parece que é tarde demais. As notas penetram profundamente em nossos ouvidos, e um som convidativo vem em direção ao barco. Olho em direção ao rochedo escarpado e coço os olhos. Parece que é uma visão ou um sonho que estou tendo. Há três criaturas no rochedo que, em meio à tempestade, parecem brincar nos vagalhões que arrebentam. A feição que possuem lembram mulheres. Contudo, a aparência feminina está limitada apenas à face. Os corpos se assemelham a caudas serpentinas de peixes ou de cobras do mar e, com as mãos com longas garras, duas tocam instrumentos musicais e uma terceira entoa um canto hipnotizante.

Elas fazem gestos em direção à embarcação e, com as vozes como a lufada da doce brisa, convidam todos para irem em suas direções. A razão parece que abandona o corpo de cada um dos homens, e o desejo de ter aquelas criaturas nos braços é mais forte. Mesmo contra a ordem do capitão, os homens saltam em direção ao rochedo. Eu mesmo contei pouco mais de dez homens atraídos por essa melodia infernal que penetra em nossa mente e nos torna reféns das sereias.

Alguns homens já pularam do navio, atraídos pela melodia das sereias. Chego a ver o imediato da embarcação, com o olhar fixo na penha, ir em direção àquelas criaturas, saltando para a morte. Apesar das advertências gritadas pelo capitão, pouco se consegue ouvir; o canto que chega aos nossos ouvidos impele para que encontremos aquelas criaturas. Há, como disse Iolaus, apenas a morte no Istmo de Corinto.

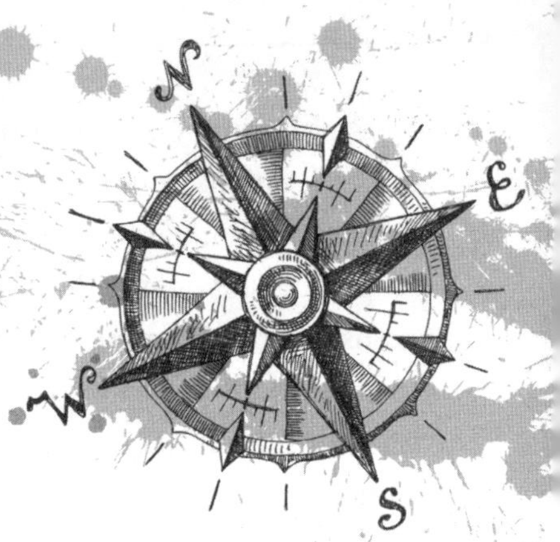

O REINO SUCUMBIDO DE ATLANTIS

THAINÁ CHRISTINE

Em cumprimento ao Programa de Atividades da Diretoria de Hidrografia e Navegação, o Navio Hidroceanográfico "Dolores" tinha como objetivo realizar, entre 1º de setembro e 31 de dezembro de 1984, a Comissão Oceano Atlântico, com fins de coletar informações sobre a civilização perdida de Atlantis.

Para isso, quatro pesquisadoras brasileiras se juntaram a uma tripulação de apoio e embarcaram em direção ao centro do Estreito de Gibraltar, local indicado nos livros como as Portas de Hércules.

Ainda que, para a maioria dos estudiosos, as histórias fossem apenas histórias, as amigas recém-formadas em lendas e mitos, Verônica, Camila, Ísis e Cinthia, acreditavam veementemente na existência dessa civilização avançada e nos inúmeros conhecimentos que poderia trazer para elas, além, é claro, de todo o reconhecimento, pois seriam aquelas que encontrariam o reino perdido devastado pela fúria dos deuses.

I

Oceano Atlântico, 02:57

As ondas do mar agitavam com força o navio Dolores. Uma chuva torrencial caía do lado de fora da embarcação, causando uma chacoalhar dentro das cabines. Apesar do cansaço, as horas incessantes de chuva intensa e trovões reluzentes fizeram com que Ísis, a única de pele negra da tripulação, despertasse assustada no meio da madrugada.

O som crescente e agudo, que ao mesmo tempo trouxe uma iluminação branca para dentro da cabine onde descansava, estremeceu todos os compartimentos de Dolores, assustando Ísis e fazendo-a, instintivamente, soltar um grito estremecido.

Olhou rapidamente para a cama que ficava no extremo oposto da cabine, procurando pelo rosto gentil de Camila, e viu que estava desarrumada, mas vazia.

Jesus, para onde a Camila foi a esta hora da madrugada?, pensou com mau humor, ocasionado pelos meses contínuos de isolamento, ao olhar da cama para a escuridão que vinha da janela.

Rapidamente Ísis se levantou, saindo debaixo das grossas cobertas, mas devidamente vestida com uma calça de moletom cinza e um casaco pesado de frio, calçou o tênis que estava do lado de sua cama, pegou a lanterna guardada embaixo do travesseiro e andou para fora do dormitório, indo em busca da amiga perdida.

Ao longo do caminho, ao decorrer de um corredor estreito e mal iluminado, com o auxílio da lanterna, Ísis observou as portas abertas dos demais cômodos do navio. Olhou para dentro de um, onde Verônica e Cinthia deveriam estar dormindo, e não as encontrou. As camas, assim como a de Camila, também estavam desarrumadas e sem vestígios das garotas.

Uma sensação estranha percorreu sua pele, fazendo com que os pelos de seu grande corpo se eriçassem. Tentou ignorar a sensação sombria, virando-se novamente para o corredor e indo em busca, agora, das três amigas.

— Se essas vadias estiverem planejando me assustar, eu juro que vou jogar cada uma delas dentro do mar — resmungou enquanto andava.

II

Oceano Atlântico, 03:10

Os trovões continuavam imponentes do lado de fora e as ondas banhavam com força as janelas do convés. O barulho estrondoso vez ou outra assustava Ísis, fazendo com que ela quase deixasse a lanterna cair de sua mão uma ou duas vezes.

Após verificar as quatro cabines dispostas no corredor e constatar que todas estavam vazias, Ísis se direcionou até a cozinha, afinal o que melhor que comida poderia tirar as amigas da cama naquele horário?

Adentrou sem medo o recinto culinário, o qual horas antes havia sido usado pelas quatro amigas que comeram e beberam ali. Foi direto para o interruptor na parede, mas as luzes não obedeceram aos seus comandos, permanecendo assim desligadas. O único feixe de iluminação vinha de sua lanterna e, por ora, aquilo teria de servir.

Apontou o objeto para o centro do local, mas, assim como os dormitórios, ali parecia estar vazio. Direcionou então o feixe de luz para os bancos e mesas de ferro, também sem sucesso. Até que ouviu, como um chiado, um choro baixinho vindo do canto mais extremo do local, perto das caldeiras e fornos.

Andou devagar, tentando iluminar de longe, mas tudo que conseguiu enxergar foi uma sombra imóvel. Atenta, continuou andando ao encontro do borrão, aproximando-se cada vez mais do lamento quase inaudível.

Estancou os passos quando percebeu que a luz caía sobre um corpo nu abraçando os próprios joelhos; um corpo sujo por uma cor vermelha, fresca. Um cheiro intenso de ferro invadiu as narinas de Ísis, deixando-a enjoada e com dor de cabeça. Ela só percebeu que conhecia aquela pessoa quando o rosto branco, coberto por cabelos loiros e longos desgrenhados, levantou o olhar e a encarou diretamente nos olhos.

— Verônica? O que você está fazendo aqui a esta hora e neste frio? — Ísis cuspiu as palavras com rapidez, com pressa pela resposta.

Deu um passo para a frente, com o intuito de acolher e aquecer a amiga, mas foi repelida por um grito. Um berro que adentrou o seu ser e estremeceu até as suas entranhas; que fez Ísis contrair a face de tanto pavor.

Verônica se levantou e tinha no rosto um olhar distante, mas repleto de medo. Lágrimas escorriam de seus olhos verdes, misturando-se à crosta de sujeira em seu rosto, deixando a fisionomia da garota ainda mais assustadora e diferente do habitual.

Com uma voz oposta ao costumeiro som doce de Verônica, ela falou:

— Não deveríamos ter vindo aqui, Ísis — a voz tremia ao mesmo tempo que o corpo de Verônica fazia o mesmo. — Neste mar habita o pior das trevas, o mais assustador dos deuses, e agora nós somos suas presas.

O corpo de Ísis se mantinha parado, estático. As pernas não obedeciam ao comando de sua mente e a lanterna tremia em sua mão. Abriu a boca para tentar proferir alguma palavra, mas o som não quis sair.

Percebeu tarde demais que Verônica, aquela garota meiga que conhecera durante a faculdade, tinha em sua mão uma faca de serra, utilizada para cortar todas as carnes que antes as alimentaram. Porém, nesse momento, o utensílio não foi cravado na pele de um animal, e sim na jugular pulsante de Verônica.

Sangue começou a ser jorrado para fora das veias do pescoço da amiga, banhando a roupa de Ísis com um vermelho vibrante. Ao controlar parcialmente o choque, Ísis foi rapidamente até o corpo inconsciente da amiga e a tomou nos braços, abraçando-a ao mesmo tempo em que tentava tapar com a mão vazia o rasgo em seu pescoço.

— Verônica, fica comigo, por favor! Não... não... — gritou Ísis enquanto se sujava ainda mais com o sangue da amiga.

Em menos de um minuto, o corpo desfalecido de Verônica dava as suas últimas contrações.

III

Oceano Atlântico, 03:46

A sua mente era uma completa devastação, e o seu estômago doía com a lembrança da morte de Verônica. Mesmo assim Ísis se obrigou a levantar e ir atrás das demais amigas, que também poderiam estar em perigo. Alguém estava ali dentro com elas, disso não havia dúvidas, e por isso precisava ajudar as outras.

Andou para fora da cozinha, e a visão do corredor, antes não percebida, fez com que Ísis vomitasse em seus próprios pés: o chão estava coberto por sangue e os corpos dos tripulantes convidados se estendiam pelo líquido viscoso. As cabeças se encontravam longe de seus corpos; tripas e órgãos se espalhavam pelo caminho.

Após colocar para fora tudo o que havia comido desde o início do dia, Ísis olhou novamente para o corredor, agora vazio e limpo. A nova visão lhe causou ainda mais vertigem, tendo de se apoiar na parede por alguns segundos antes de decidir correr para a cabine do Capitão.

Que merda eu acabei de ver?, pensou enquanto sentia os seus pulmões falharem com a corrida.

Chegou ofegante à cabine do Capitão, mas não encontrou o homem mais velho de cabelos grisalhos, que fora contratado para acompanhá-las nessa jornada. A cabine permanecia impecável e intocável, estando tudo em seu devido lugar.

Logo ouviu atrás de si um riso feminino, debochado. Ísis se virou com rapidez e viu Cinthia, com as roupas de frio rasgadas, em pé no vão da porta. A garota de cabelos negros curtos tinha em suas mãos um cordão que ostentava uma pedra como pingente.

— Se você está procurando o Capitão, sugiro que vasculhe entre as ondas, pois ele foi o primeiro a se deliciar com a imensidão do Rei dos Mares — falou Cinthia, olhando para o pingente lustroso.

— Que porra está acontecendo aqui? Eu acho que vi corpos no corredor. E a Verônica... — Ísis gritou desesperada para a amiga, sentindo um nó se formar na garganta.

— Nós não queríamos encontrar a civilização de Atlantis e saber como ruíram? — respondeu com um sorriso bobo no rosto. — Pois aqui estão as respostas. Todos nós fazemos parte de Atlantis agora.

— Você só pode estar querendo foder com a minha mente, não é? Que merda é essa de Rei dos Mares? — Sua voz estremecia com a raiva.

Cinthia então fechou a mão com força, sentindo o cristal transformar-se em cacos na palma de sua mão, e começou a correr em direção à escada que levava para o lado de fora de Dolores.

IV

Oceano Atlântico, 04:23

Ísis correu atrás da amiga, sentindo a chuva arrematá-la logo que pisou no vão descoberto. As gotas caíam com fúria, criando uma alta poça em seus pés. A ajuda da lanterna ainda era bem-vinda, mas os raios e trovões iluminavam de segundo em segundo todo o navio.

Com isso Ísis conseguiu ver, perto da ponta frontal do navio, Cinthia e Camila juntas, dançando sobre a chuva. As duas saltitavam, espalhando água por todo o convés, e cantavam uma espécie de louvor o mais alto que suas gargantas conseguiam expelir.

Então Ísis correu até as amigas e tentou gritar mais alto do que a melodia que aparentava vir do céu e das garotas:

— Vocês ficaram malucas?

Cinthia e Camila se entreolharam, cúmplices, e riram da amiga.

— Nós encontramos, Ísis. Atlantis está bem embaixo de nossos pés — respondeu Camila, que trajava, assim como as demais, uma calça de moletom cinza e um casaco feito especialmente para condições extremas de frio.

Ísis olhou com admiração e espanto para os próprios pés, imaginando a cidade perdida embaixo de si. Olhou de volta para as amigas e a imagem lhe perturbou a sanidade no mesmo segundo: Cinthia e Camila, com a assistência dos cacos vindos do cordão, perfuravam as retinas, arrancando os próprios olhos.

Após tal ato horrendo, ambas estenderam as mãos, oferecendo os olhos para o mar, enquanto recitavam:

"Então aceito as vontades celestiais. Chame de questões espirituais ou de sinais. Mas acredite, alguns encontros são fundamentais e essenciais."

Ísis tremia, sem reação. A cena a chocava tanto, que a própria deixou as pernas cederem, caindo de joelhos na água gelada do convés. O choro era impossível de ser segurado, saindo de seus olhos espantados e percorrendo o seu rosto assustado. Tudo dentro de si queimava, o ar lhe faltava. A sua mente ia embora de uma vez só.

Observou as amigas cantarem e o mar estrondar em um som uníssono, como se ele também se juntasse à letra. Dolores se remexeu com as ondas em um agitar confuso, pressentindo perigo. Ísis não sabia para onde olhar, por quem procurar ou como se lamentar.

Apenas soube o que estava acontecendo quando seus olhos focaram à sua frente e encontraram uma criatura marítima saindo de dentro da água. O monstro era absurdamente enorme, com o corpo metade peixe e metade besta, e exalava uma sensação de terror ao mesmo tempo em que demonstrava grandeza.

Cinthia e Camila foram empaladas pela língua extensa e afiada do Príncipe do Inferno e engolidas por sua bocarra com dentes afiados. O sangue caiu em jorradas para dentro do navio no momento em que a língua adentrou com brutalidade seus corpos desfalecidos.

Sentiu quando o navio começou a afundar com agressividade e, mesmo que parecesse impossível, conseguiu vislumbrar a milhões de quilômetros na profundidade do mar os portões de uma cidade deslumbrante sustentada por escombros e de uma beleza imensurável.

Os olhos da criatura, que transmitiam um olhar terrível de arrogância, encararam por fim Ísis, até encontrar o fundo de sua alma. A pesquisadora ouviu um sussurro em sua mente em uma língua desconhecida, mas que, ao mesmo tempo, era completamente compreensível.

Agora ela pertencia a Leviatã.

NAUFRÁGIO

DEBORAH XAVIER

1945

Meu nome é Lerry Preston, e eu sou um cabo da marinha americana em um cruzador, o Horsey. Ele não é qualquer cruzador, é um cruzador pesado. O que significa que não apenas fazemos muitas missões pelo nosso país, mas também pelo fim desta guerra, como também as missões que envolvem segredos e perigos. Acho que todos nos sentimos um pouco como heróis e família. Afinal, quando você passa meses e meses trancado em alguns metros quadrados com alguém, é impossível não se aproximar das pessoas; até mesmo as desavenças costumam acabar logo, pois ninguém aguenta um clima de ódio em um cubículo por muito tempo, ou se esquece ou se comete homicídio.

Em uma noite quente de julho, me retirei para minha cabine com Neil, meu companheiro; na verdade, já o considerava quase um irmão, de tão forte que nossa amizade tinha se tornado. Fizemos algumas piadas sobre mulheres e sobre controlar os gases durante a noite, para não tornar nossa cabine tóxica, nos xingamos como bons companheiros e dormimos tão logo nossas cabeças encostaram no travesseiro.

De repente, o mundo pareceu explodir, tudo tremeu, meus ouvidos explodiram com o barulho de um ataque, fomos lançados para fora de nossos leitos, bem como todos os itens espalhados pela cabine, e então um segundo ataque, do que agora eu entendia ser um torpedo, se repetiu. Sirenes começaram a disparar.

Saímos do quarto sem nos importarmos com os sapatos e fomos em direção ao convés. O navio estava em polvorosa, pessoas corriam em todas as direções, pequenas explosões se seguiam por toda parte; a água se infiltrava rapidamente, subindo por escadas e dutos.

No *deck* o caos era geral, pessoas gritavam chamando Deus, perguntando o que estava acontecendo, finalmente o "abandonem o barco". Não tenho vergonha de admitir que eu e Neil tivemos de usar de um pouco de violência e discussão para pegar os salva-vidas, pois eles pareciam desaparecer. Era como pensar na quantidade de botes do Titanic, aquilo não teria sido o bastante. Seguimos até o parapeito, demos as mãos e saltamos.

Lógico que nos soltamos, mas, ao emergirmos, nos encontramos quase lado a lado, e então nadamos. Nadamos com tudo o que tínhamos, cada força, cada músculo, cada pensamento; precisávamos nos afastar do navio o mais rápido possível. Pois, quando um navio afunda, ele puxa consigo tudo ao seu redor, e ele afundou rápido, muito rápido.

Depois do choque inicial, começamos a procurar nossos companheiros, poucos restavam... pouco mais de cem, e nossa tripulação tinha mais de mil almas. Aos poucos fomos nos aproximando e esperando que o resgate chegasse. Com certeza ele viria; além de alguém ter avisado por rádio, a marinha sabia nossa localização, perceberia que algo estava estranho, e, na pior das hipóteses, quando não chegássemos ao nosso destino na manhã seguinte.

Nem todos tinham coletes. Tentamos nos ajudar segurando onde ou em quem dava, e a água do mar contribuía para nossa flutuação.

O dia passou e o resgate não chegou, o sol queimava nossa pele exposta, não tínhamos comida nem água. Quando a noite desceu, levou embora o calor; um frio inacreditável se abateu sobre nós. Eu, Neil e os colegas próximos tentamos nos manter acordados; dormir facilitaria as chances de morrer de hipotermia.

Na manhã seguinte, o sol nos aqueceu suavemente. Podia ser só impressão, mas parecia haver menos marinheiros no nosso perímetro de sobreviventes. Alguns corpos começaram a flutuar em lugares pontuais, o mar devolvia nossos companheiros infortunados.

Então chegaram os primeiros tubarões. Primeiro, poucos, nenhum ataque, como se sondassem a área, apenas barbatanas, várias delas com pontas brancas circulando pela região e corpos com até três metros de comprimento se esgueirando entre os destroços, mas logo surgiram outros; o primeiro som de ataque veio de uma parte mais distante, a parte dos mortos.

Quando você vive no mar, acaba descobrindo algumas coisas sobre tubarões. Eles não são tão ferozes quando não importunados. Preferem refeições fáceis, tipo algo morto ou machucado e sangrando. Eu sabia pelas barbatanas que a maioria era de galhas brancas oceânicas. Dizia-se que eram os primeiros a aparecer em qualquer naufrágio; não se tinha muita informação sobre ataque a humanos, pois vivem em alto-mar, mas um predador é um predador, e nunca se deve subestimá-los.

Passamos o dia observando o movimento das águas e os tubarões a distância. Corpos eram dilacerados, havia bastante comida para todos os tubarões. Olhávamos sempre para o céu em busca de aviões ou no horizonte em busca de navios de resgate. Apenas a imensidão azul nos cercava por céu e por mar. Então a noite tentou nos congelar mais uma vez.

Na manhã seguinte, estávamos todos meio desesperados, sem água e comida, com desidratação e queimaduras solares. Alguns marinheiros começaram a alucinar, viam navios próximos e comida flutuante, alguns até beberam a água do mar, aumentando o nível de desidratação. Brigas começaram, por um espaço a mais ou mesmo um olhar diferente. Entre as brigas, dois marinheiros foram nocauteados, e seus corpos levados pelo mar. Dois outros, mais desesperados, pegaram seus coletes salva-vidas para si próprios.

A exaustão nos transformava. Um marinheiro de nome Hector, que boiava em um pedaço de madeira, fez uma ponta com a madeira e enfiou na própria garganta, com um grito. Todas as discussões pararam e fez-se um silêncio sepulcral. Pouco foi dito pelo resto do dia. Outros encontraram seu fim de forma menos violenta, mas não menos dolorida. A fome, a sede e a insolação iam levando pouco a pouco alguns homens, como se a morte não tivesse pressa; mas o terror de verdade ainda estava por vir.

Era hora do crepúsculo, já não havia tantos corpos nas redondezas. Os tubarões tinham aumentado, mas ninguém comentava nada. Então veio o primeiro grito.

O marinheiro era Kit. Nunca soube seu nome inteiro, mas nunca esqueci seus gritos. Uma poça de sangue sujava a água ao seu redor enquanto ele era comido vivo; ele tentou revidar, socar, fugir, mas no final ele só silenciou.

Com o entardecer, novos gritos foram ouvidos, conseguíamos distinguir silhuetas de amigos segurando uma vítima, um braço levantado em seu último apelo por vida, a água chegou mesmo a ficar mais quente com tanto sangue. O cheiro era nauseante. Víamos os vultos nadando ao nosso redor, embaixo de nós e entre nós.

Nós, os sobreviventes, tentamos nos aproximar e formar um círculo dando as mãos; talvez como um grupo os tubarões hesitassem em nos atacar. Ou nosso círculo não era grande o bastante, pois erámos cerca de apenas 70 homens a essa altura, ou os tubarões simplesmente acharam que seu próprio cardume daria conta do recado. Afinal o que é um ser humano no mar? Carne quente, proteína, energia, que nada incrivelmente desajeitada, como um animal ferido. E, como disse, tubarões gostam de animais feridos.

Ao longo da noite, muitas mãos foram soltas num súbito puxão, colegas foram puxados dos braços de amigos, alguns ainda tentavam se agarrar aos pés mais próximos em meio ao desespero, levando mais um companheiro consigo. Mais e mais pessoas desapareciam na escuridão. Os gritos de dor, choque e medo erram horripilantes. Às vezes, sentíamos uma pele áspera não humana encostando em nossos corpos, sem saber se era um esbarrão ou a escolha da próxima vítima; apenas torcíamos, rezávamos, xingávamos e até mesmo sentíamos nosso corpo expulsando o que quer que nossas bexigas, intestinos e estômagos ainda tivessem por dentro. A lua iluminava várias barbatanas de pontas brancas, mas acho que nem todas eram iguais, difícil saber. Ninguém dormiu naquela noite, a hipotermia nem era mais um incômodo. A água ficava morna após um ataque. Simplesmente esperávamos a morte chegar.

A manhã surgiu de forma clemente, espantando os tubarões. Os poucos de nós que ainda estavam lúcidos e mantinham esperança continuavam buscando no céu ou no horizonte alguma ajuda. Mas, a essa altura, eu já não acreditava em salvação, a não ser que fosse a da alma. Tinha me resignado à morte; Neil ainda estava ao meu lado, mas não falava mais nada. O horror o traumatizara. Na verdade, ninguém tinha nada a dizer. Sobrevivemos ao banquete de tubarões por uma noite, éramos cerca de cinquenta agora; quantos restariam após a desidratação, desnutrição e insolação para o banquete da próxima noite, quantos restariam amanhã?

Um avião passou pelo céu. Na verdade, vários tinham passado nesses dias, mas nenhum que nos conseguisse avistar, mas esse conseguiu. Quando ele fez a volta em nossa direção, soubemos que o resgate chegara. Gritávamos com nossas gargantas arruinadas, alguns conseguiram até extrair lágrimas de alegria em meio à desidratação.

O avião estendeu uma corda, mas poucos cabiam no pequeno avião. Eles nos deram botes e partiram com a promessa de reforços. Duas horas depois, um navio apareceu. Finalmente fomos resgatados. O inferno tinha acabado.

Fomos tratados, nos dias seguintes, no hospital do navio. Além dos problemas já citados, escoriações e outros problemas foram encontrados. Alguns ferimentos físicos deixaram cicatrizes, bem como alguns psicológicos. Ainda viajamos um pouco. Mas, poucos meses depois, fomos liberados de nossas obrigações militares.

Mas os gritos e o cheiro de sangue nunca foram embora.

(Inspirado no acidente do USS Indianapolis [CA-35])

AQUELE PESCADOR

LUCAS SUZIGAN NACHTIGALL

Há coisas nesta vida que não conseguimos explicar. Coisas que a gente vivencia sem entender e, anos depois, ainda fica meio perplexo quando pensa a respeito. Coisas que parecem estar simplesmente... erradas. São os grandes enigmas que carregamos conosco, escondidos no nosso coração, como os mistérios das profundezas sombrias do mar.

Como *aquele* pescador.

Deve fazer uns doze anos, não mais. Eu havia conseguido um emprego no litoral, em um farol que ficava situado perto de um vilarejo pesqueiro, em uma ilha não muito longe da costa. O faroleiro estava velho e precisava de mais um auxiliar para os serviços gerais.

O auxiliar anterior, Alan, era reservado, mas me ajudou muito nos meus primeiros dias de serviço, enquanto me acostumava com a nova rotina. No geral, era muito introspectivo, não falando sobre o seu passado como marujo de um navio mercante. Já o Velho Nelson era mais receptivo, mas sua idade já prejudicava algumas atividades, e agora se limitava a supervisionar o nosso trabalho, sempre contando histórias do farol ou da fazenda onde trabalhava antes.

Quanto ao serviço, era bastante tranquilo. Fora algumas descargas de material, tínhamos de manter o lugar limpo e funcionando, e revezar as vigílias da noite. Nosso trabalho, essencialmente, era manter a luz dele acesa e a ronca preparada, especialmente nas noites de neblina ou tempestade. Uma rotina bastante sossegada.

A vila era pequena, com não mais do que cem habitantes vivendo da pesca e vendendo os peixes na costa. As pessoas eram bastante mansas e quietas, não demonstrando muito interesse no dia a dia do farol. Como era meio isolada, a comunidade não tinha hospital, recebendo a visita de um médico semanalmente do continente. Uma barca vinha do litoral duas vezes por dia: logo de manhã e no final da tarde. As poucas crianças frequentavam uma escola no litoral, indo e voltando diariamente com o transporte.

Um lugar pacato, sem nenhuma novidade ou evento marcante, como uma terra esquecida por Deus. Sem grandes ambições daquele povo e naquele quase isolamento do mundo exterior, eu achava que poderia passar o resto da minha vida por lá sem nem perceber.

Mas tinha *aquele* pescador.

Ah, *aquele* pescador... lembro-me dele até hoje. Foi um caso bastante... incomum. Sabe aquele tipo de pessoa que você nem ao menos conhece, mas sente um negócio estranho? Aquela sensação esquisita, sei lá... um calafrio. Nojo mesmo, repulsa. Ele era esse tipo de pessoa.

A primeira vez que eu o vi foi durante a minha vigília. Era uma noite chuvosa, mas os mares estavam bastante quietos, sem relâmpagos ou ventos fortes. Estava na torre do farol, recostado na cadeira, com a capa de chuva. Estava naquele emprego havia não mais de três meses, mas já estava habituado à solidão da noite e pego o gosto por ela.

Acho que foi perto das onze horas, não tenho certeza. Ouvi um barulho vindo lá de fora, longe. Fui à sacada para verificar. Procurei com os olhos por algo estranho. E, lá no cais, eu o vi. Uma figura encapada, baixa e um pouco recurvada, mexendo em um dos barcos desajeitadamente. Estava preparando um barco para zarpar. Abasteceu o barco, colocou algumas coisas dentro. Pouco depois, tirou a corda e foi.

Espantado com o ocorrido, eu fiquei ali, no parapeito, sem muita reação. Após algum tempo ali, voltei para a cadeira, pensativo. Muito estranho. Apesar de ter carregado o barco com alguma coisa que parecia ser pesada, ele não foi na direção do litoral, mas, sim, na direção oposta. "Para onde será que ele foi?", eu me perguntava, sem resposta.

Umas duas ou três horas depois, ouvi um barulho de barco se aproximando. Voltei à sacada e o vi retornando ao cais. Atracou calmamente, amarrando o barco, vazio. Deixou o píer, andando recurvado em direção à vila.

Aquilo me intrigou. No dia seguinte, comentei o ocorrido com o Alan. Ele não se mostrou muito interessado, e disse que ele fazia isso de tempos em tempos. Perguntei se sabia quem era, e obtive um lacônico "um pescador". Ao questionar o Velho Nelson acerca daquele homem, o velho faroleiro, sempre tão bonachão, fechou a cara. "Não mexe com esse tipo de gente, moleque, para o seu próprio bem."

Muito estranho. O acontecido, apesar de, no fundo, não ter nada de mais em si, destoava muito do que se esperava dos moradores do vilarejo. Era suspeito, mas não sabia direito o que pensar. Fiquei me perguntando por dias sobre o ocorrido. "Para onde ele teria ido?", "O que ele estaria levando?", "Quem era ele?" eram perguntas que a minha cabeça fazia. Pensei que ele poderia ser algum tipo de contrabandista e que levava o contrabando para algum navio durante a noite. Mas, no fundo, não sabia.

Algumas semanas depois, ocorreu novamente. Durante uma madrugada chuvosa, colocou uma carga (algo como um saco preto) no barco e zarpou em direção ao desconhecido, sumindo de vista por conta da nebulosidade. Horas depois, ele voltou, trazendo consigo o saco aparentemente vazio.

Durante os dias, sempre o observava, de longe, entre os pescadores. Chamava-me muito a atenção. Era temporada de chuvas fortes, e ele estava sempre andando coberto com uma capa de chuva bem espessa. Andava recurvado, e parecia estar sempre desconfiado, pois virava a cabeça e o tronco sempre para olhar em volta. Como se sentisse estar sendo seguido, ou observado. Quando o via, sempre vinha uma sensação estranha. O sujeito tinha alguma coisa.

No mês seguinte, a mesma coisa: em uma noite nebulosa, ouvi barulhos de madrugada, durante a vigília. Fui até o parapeito e observei com os binóculos. De novo, *aquele* pescador estava preparando para zarpar. Mas, desta vez, a minha curiosidade falou mais alto. E cometi uma imprudência.

Quando ele partiu, abandonei o meu posto e desci até o cais. Não ficava muito longe do farol, pouco além do promontório onde fora construído. Não ia muito lá, exceto para pegar as cargas de mantimentos e consumíveis que vinham semanalmente do continente. Ao chegar, procurei um lugar onde pudesse observar a chegada do homem. Encontrei alguns barris encostados em uma parede onde poderia me esgueirar e me esconder. Aguardei parado por aproximadamente três horas, esperando. Na verdade, eu não sabia o que estava procurando ou querendo provar, mas algo me impelia a estar no cais, escondido atrás de barris, esperando *aquele* pescador voltar.

No meio da madrugada, quando a névoa estava ficando mais espessa, ouvi o som do motor do barco. Ele estava voltando! Só consegui vê-lo quando estava bem próximo da terra. Posicionei-me abaixado, atento para o sujeito. De onde eu estava, podia vê-lo atracar e sair do barco, desajeitadamente. Ao subir ao cais, pude vê-lo puxar o saco preto que, ao contrário das outras vezes, parecia estar cheio: o homem parecia estar carregando muito peso, e andava mais recurvado do que o normal.

De perto, ele era assustador: corcunda e atarracado, e andava com dificuldades, talvez por conta do peso nas costas. A capa de chuva não deixava ver o seu corpo, e eu podia ouvir muito bem a sua respiração, pesada como um ronco, quando se aproximava de mim carregando o saco preto. E, conforme ele caminhava na minha direção, comecei a perceber que não tinha sido uma boa ideia estar lá.

Quando o pescador chegou bem perto dos barris que me escondiam, ele parou. Sua respiração começou a resfolegar, como um cachorro farejando. Nesse momento, comecei a tremer, com um medo horrível, embora não soubesse de quê. Prendi a respiração, com medo de que ele me ouvisse. Ele saiu do meu campo de visão, que estava limitado aos barris. E, por um instante, fez-se silêncio.

Estava imóvel, tentando me manter o mais quieto possível, respirando bem devagar e silenciosamente. Não conseguia ouvi-lo, mas sabia que ele ainda estava ali. Tremendo, decidi tentar me esgueirar para trás da casinha de madeira ao lado dos barris. Fui dar os primeiros passos nessa direção e tropecei, caindo no chão e batendo as costas em umas caixas que estavam ali, derrubando tudo. Com o barulho, o homem enfiou o corpo atarracado sobre os barris, me encontrando. Foi quando o vi de perto.

Eu ainda me lembro de seu rosto. Era bizarro, com a boca bem larga, com os dentes aparecendo. Os olhos eram muito afastados, grandes e esbugalhados. Acho que nem tinham pálpebras. E a pele era flácida, enrugada e oleosa. "Parece um peixe", pensei, cambaleando para trás, assustado. Ele me olhou com aqueles olhos vítreos, vazios e opacos. Eu tentei me virar e levantar, mas deslizei no chão molhado. Vacilando, corri desesperado na direção do farol, sem olhar para trás. Subi o morro escorregando, caindo, mas sem parar.

Cheguei lá em cima esbaforido. Estava imundo e machucado. Devo ter me ralado na subida, quando tropecei, e estava com as mãos feridas e a roupa suja de lama. Quando abri a porta, um susto: o Alan estava no salão da entrada, apoiado na parede, com os braços cruzados. Acho que ele estava esperando. Quando entrei, ele me encarou, como se tivesse entendido o que tinha acontecido. Meneou a cabeça em desaprovação e foi na direção do quarto antes que eu dissesse qualquer coisa. Nunca falamos a respeito, mas ele não me tratou diferente depois do ocorrido. E, pelo visto, ele não reportou o caso ao Velho Nelson. Sou muito grato por isso.

Naquela noite e nas seguintes, eu sonhei com *aquele* pescador. Sim, sonhei com ele. Foram pesadelos gradativamente mais horríveis. Sonhei com ele se encontrando com outras pessoas. Pessoas que pareciam peixes, como ele, saindo do mar. E, a cada noite que passava, elas se pareciam mais e mais com peixes. Às vezes elas vinham para buscá-lo, para viver sob o mar. Às vezes ele as recebia para conduzi-las ao vilarejo. Às vezes saíam do mar em direção à costa. E eu ouvia uma espécie de canto.

Eu não sei o significado desses sonhos, mas eles mexiam comigo. Acordava sentindo medo. Um medo estranho. Não como o medo de aranhas ou de cobras. Não era isso. Era horror primitivo, me fazendo sentir um pavor incontrolável. Eu acordava sem ar, suando frio, tendo palpitações no peito, tremendo. Uma sensação de angústia. Como se o mundo fosse acabar. Cheguei a acordar gritando algumas vezes de madrugada. Com a piora dos sonhos, eu passava os dias exausto por não conseguir dormir direito. O Velho Nelson achava que eu deveria estar doente e que precisava me cuidar melhor.

Durante as minhas guardas, mais nada de notável aconteceu nos três meses seguintes. Aquele pescador nunca mais saiu de madrugada durante uma vigília minha. E, embora os pesadelos estivessem presentes, hoje posso dizer que a minha vida volta à rotina. Ou estava voltando, até o final da temporada.

Quando o verão se aproximava do fim, houve uma noite que foi, para mim, derradeira. Era uma noite chuvosa, com ventos fortes e muito barulho dos trovões e das ondas. Eu estava em meu posto, sentado na cadeira, quando ouvi um som no meio da tempestade. Era um som diferente daquele a que eu estava habituado, de um barco sendo aprontado para partir. Não. Parecia um coaxar, mas muito mais alto e forte. Fui até o parapeito. *Aquele* pescador estava lá na praia. Ele fazia um barulho como o coaxar de um sapo. Mas não era um coaxar simplesmente. Ele estava uivando. E uivando para o mar.

Comecei a tremer. De alguma forma, o que eu estava vendo ali me lembrava dos meus sonhos. Aquele uivo coaxado parecia o som que aqueles peixes faziam, e um arrepio se apossou de mim. Como se ele estivesse uivando para o mar. Mas o que me horrorizou foi o que aconteceu em seguida.

O mar respondeu.

Eu não sei explicar direito. Depois de um tempo coaxando, pude ouvir algo vindo do mar. O som que ouvi não soava como os sons do temporal, ou de algum navio ou alguma coisa natural. Era um som que fazia o meu sangue congelar nas veias. Era um canto. Um canto ao mesmo tempo maravilhoso, lindo e horrível. Parecia como o canto de uma baleia, mas distorcido e aberrante. Era como se algo, ou alguém, estivesse o chamando. Olhei para o mar, procurando a origem desse som. E foi então que eu a vi. Se o canto era difícil explicar, o que presenciei era abominável. Do mar, vi se erguer uma forma abissal gigantesca. Assemelhava-se aos homens-peixes que eu via em meus pesadelos, mas imensa. Talvez maior que o farol. Foi a visão mais perturbadora que eu já tive na minha vida.

O que eu senti era indescritível. Como explicar? Era algo antinatural. Algo errado. Como se tudo o que eu conhecesse ou tivesse aprendido na minha vida fosse deturpado e mostrado como mentira. Era como se eu não soubesse mais o que era real ou falso, porque tudo aquilo era um falso mostrado como real. O que se seguiu foi aterrador, e minha memória é nublada e falha a respeito disso.

Aquele pescador continuava. Ele coaxava com mais força, como se estivesse excitado pela presença dela. Dela? Eu não sei como, mas eu sabia de alguma forma que o ser que se erguia das águas era "ela". Era um tipo de mãe para o pescador. E o estava chamando. Era a hora de ele voltar para casa.

O pescador, à beira da praia, tirou as suas roupas. Depois, de alguma forma, ele, nu, enfiou as mãos nos braços e começou a arrancar a própria pele. E ela, por sua vez, começou a se soltar, como uma casca de borracha, descascando enquanto ele a puxava. Conforme ia caindo, aquele homem se revelava um ser abissal, como aqueles que habitavam meus pesadelos. Largou seus pertences para trás e caminhou na direção do mar, enquanto eu assistia a tudo, horrorizado. E, em pouco tempo, ele e sua "mãe" voltavam para o abismo das profundezas, para nunca mais serem vistos.

Aquilo me bastou. Depois daquela noite, eu não tinha condições de continuar por ali. Na manhã seguinte, as roupas dele ainda estavam lá, mas nada além disso. Sem sinal do pescador. Nada que indicasse o que eu vi na noite anterior, se é que houve algo. Talvez fosse só uma alucinação, mas não importava mais. Assombrado pelos sonhos de seres abissais caminhando sobre o litoral, decidi sair dali o mais depressa possível. Fugir para sempre daquele mar.

Sem dar muitas explicações, aleguei problemas de saúde e deixei o farol no dia seguinte, após o término da vigília, para nunca mais voltar. Vim para o interior, o mais longe possível do litoral. E, desde então, trabalho nesta fazenda, cuidando de gado. Não paga tão bem quanto o outro, mas nunca mais precisei encarar uma praia. Com o tempo, os sonhos foram sumindo, e eu me tranquilizando.

Mas, até hoje, quando me lembro daquele episódio, me pergunto o que daquilo tudo era real, o que era delírio, e o que há escondido nas profundezas abissais do oceano.

DAS PROFUNDEZAS

FELIPE R. R. PORTO

— Como surgem essas coisas que a tripulação nos conta, papai? — Elizabeth quis saber.

Ele não gostava daquela pergunta. Contudo, perguntas desagradáveis também mereciam respostas.

— Surgem das profundezas, filha — Damon disse um pouco depois. — Das profundezas dos corações dos homens...

Fora isso que ele ouvira quando tinha a idade dela. Porém não era tudo.

O barco rangia sob seus pés. Passara a não gostar do som...

— De onde vêm essas coisas que você e seus amigos contam, papai? — Damon perguntou a seu pai, um homem alto e robusto, com barbas fartas e negras. Chamavam-no Damon "Salgado" Harris. Ele estava atrás do timão do *Poseidon*. Era um nome forte. Desafiador, o jovem Damon já chegara a pensar. *Deus dos Mares*... seria mesmo?

O pai de Damon gargalhou.

— Essas coisas, filho, vêm das profundezas das mentes caducas como seu avô e de pessoas que vieram antes dele — respondeu. — Sua avó, quando eu tinha mais ou menos a sua idade, me falava de um homem vestido de preto, com uma grande capa, que rondava nossas casas à noite em busca de crianças que levava embora, e com elas alimentava seus ferozes e famintos cães. Ela dizia isso para que, quando a noite chegasse, eu não fosse encontrar meus amigos. Já ouvi também, para variar, de uma mulher muito bonita que seduzia rapazes que tinham seus quinze ou dezesseis anos e os levava para sua casa. Chegando lá, ela os dopava, se revelando uma bruxa e, como se ser bruxa não fosse ruim o bastante, canibal.

Não eram coisas engraçadas, mas Damon "Salgado" Harris ria delas. Ele não havia terminado.

— E sabe de uma outra? — Ele agora assumia um tom sombrio. — Já me disseram, não apenas seus avós, sobre um monstro horrível e poderoso que habita o fundo dos mares. Dizem os mais velhos que o mar é a casa dele, assim como a terra é a nossa. Aqueles que ousarem demais serão caçados e devorados por ele. Carne, ossos e roupas. Tábuas, caibros e velas.

Damon sentiu que tremia levemente. Olhou para o mar...

... veio o susto!

Seu pai explodiu em gargalhadas ao seu lado.

— É para isso mesmo que servem estas coisas — ele dizia entre risos, quase chorando de rir. — Mas, veja bem, meu filho: não se preocupe. Seu pai aqui já viajou muito por estes mares e sempre voltou.

— Mas você... nunca mais sentiu medo, papai?

— Oh, sim! Mas não dessas coisas. Quando você cresce, percebe que ter medo dessas coisas é bobagem. Como eu disse, era coisa de seus avós e gente da época deles — libertando uma das mãos do timão, pousou-a no ombro do filho — Não tenha medo, tudo bem? Nunca precisei te contar histórias como estas até hoje, e não mudarei isso. Mas, preste bem atenção, não conte essas coisas para os meus netos também, *hã*?

Damon "Salgado" Harris gargalhou novamente, enquanto o pequeno Damon saía de sua presença e ia até a proa, mas não se sentindo tão leve como o pai. *O mar é tão grande*, pensou, *não é tolice ousar desafiá-lo?*

Esse pensamento permaneceu na mente de Damon. A claridade do dia se foi, mas não aconteceu o mesmo com seus pensamentos. A noite veio, parecendo acolhê-los ainda melhor. Entretanto, Damon se viu se recolhendo para a cabine de seu pai e para sua cama. Talvez não fosse realmente a intenção de seu pai, mas ele estava assustado. Como poderia duvidar das coisas que seu pai contara? Como saber se não eram mesmo reais? Ele nunca vira o tal homem sobre o qual sua avó falava a seu pai, mas isso era uma prova de que ele não era real? O mesmo, para Damon, valia para a mulher sedutora e para o monstro do mar...

... e este último o preocupava muito.

O fato de a noite ter vindo já se tornara aterrador para Damon. Sua paz só fez afastar-se quando ventos mais frequentes começaram a soprar. Nuvens vieram e a noite escura se tornara ainda mais escura. Quase negra. As águas azul-esverdeadas do mar deram lugar a um líquido escuro feito piche, o qual, impelido pelos poderosos ventos, castigava o navio.

Poseidon, Damon pesou o nome. Decidiu que não gostava dele.

Seu pai logo se dirigiu para a cabine. Ondas maiores surgiam, lançando-se contra o *Poseidon*. Pouca parte da tripulação permaneceu no convés, mas, segundo seu pai, logo se recolheriam também.

— Não é perigoso ficar lá fora com esta tempestade, papai?

Damon fechava as portas assim que entrava.

— Eles ficarão bem — o capitão disse, não tão confiante quanto mais cedo. — Noites como estas são comuns em alto-mar, filho. Elas sempre passam. Não precisa se preocupar.

Pouco depois, ambos estavam deitados em suas camas, mas ainda acordados. O tempo lá fora permaneceu voraz. O casco do barco rangia. Parecia prestes a quebrar. Subia e descia no embalo das ondas. Ondas que haviam se tornado furiosas quando delas o sol escondeu a face, abrindo espaço para que a noite viesse.

Por debaixo da porta, uma pouca quantidade de água começou a entrar. O pequeno Damon viu nervosismo no rosto do pai, como se aquilo jamais tivesse acontecido. O homem, antes deitado, se sentou, não permitindo que seu filho sentisse a calma que seu pai anteriormente pedira que cultivasse.

O barco parou.

Subitamente.

Silêncio. Lá fora, os ventos pareciam ter se calado. As ondas pareciam ter se assentando. Silêncio. Tudo era silêncio.

E isso era assustador. Contudo, não era tão assustador quanto o som repetido de estilhaços voando cabine adentro. Os vidros das portas foram rompidos por algo que Damon, por ter coberto os olhos, não pôde ver.

— Fique calmo, filho! — Damon "Salgado" Harris lhe pediu. A voz dele não transmitia a calma que ele pedia. — Não precisa ter medo. Está me ouvindo, Damon? Não preci...

Ele havia parado de falar. O silêncio incômodo do pai foi seguido do som de águas calmas quando pisadas. O cheiro de peixe tomou o lugar, extremamente forte; parecia haver sal no ar, sal o suficiente para que Damon sentisse os lábios enrugando. Seus olhos ainda estavam cobertos.

— Não precisa... ter medo...? — Era uma pergunta. Uma pergunta que não fora feita por seu pai. Não era a voz de seu pai, e ele teve medo de imaginar de quem poderia ser. — Tem certeza disso, capitão?

Damon sentiu o corpo tremer, o queixo desejar bater. Arrepios subiram-lhe à espinha vezes seguidas. Medo. Palpável medo. Damon sentia a garganta trancar, a respiração querer cortar. Medo. Profundo medo.

— Saia de per...

— Silêncio, capitão! — A estranha voz, que não se assemelhava a nenhuma outra que Damon houvesse conhecido, interrompeu seu pai. — Eu vou falar com... seu filho. E é... bom que não me... interrompa.

Damon achava que seu medo, seus tremores não poderiam aumentar mais. Estava errado.

— Abra... os olhos, garoto — a voz, entrecortada e soando como se raspasse em algo, pediu.

Damon não o fez.

— Abra os olhos... ou os arranco — ameaçou a voz. — Veja... só... estou lhe dando uma... escolha. Aceite-a.

Seria aquilo apenas um pesadelo? Terminaria se ele abrisse os olhos? Ou... era real? Ao que parecia, só terminaria quando ele abrisse os olhos.

Ele ouvia algo. Parecia uma respiração, mas uma respiração de uma pessoa que estivesse com algo na garganta. Ruidosa. Doentia.

Damon baixou as mãos, sem abrir os olhos. Entretanto, fê-lo em seguida para contemplar, com horror, a grotesca coisa que havia entrado na cabine agora alagada: peixes, polvos, estrelas do mar, ossos, dentes... escamas... Damon não soube como, mas todas essas coisas e outras mais formavam a dantesca forma diante dele, a qual parecia tentar copiar, ou replicar, as formas de uma figura humana. Fazia-o com pavorosa maestria. Um polvo estava no alto do corpo, alguns de seus tentáculos se agarrando a um busto de peixes e moluscos diversos. Do centro destes últimos, algo como uma enguia saiu, movendo-se para as costas e sumindo da vista de Damon, passando por debaixo de braços enlaçados por algas que pendiam pingando água salgada e que, nas suas extremidades, tinham pinças como de caranguejos, mas enormes. As pernas eram amontoados, como se fossem pilares, de anêmonas de cores escuras, sustentadas por estrelas-do-mar enormes que, de maneira incômoda, moviam seus membros.

Damon desviou os olhos, procurando o pai, e o encontrou imóvel em sua cama. Era medo aquilo que via nos olhos do pai?

— Olhe... para mim, pequeno Damon — disse a criatura odiosa. Damon obedeceu, seus olhos notando um líquido negro escorrendo por entre os tentáculos do polvo. — Olhe apenas... para mim.

A criatura aproximou-se.

— De onde vêm... as histórias que seu pai lhe estava... contando? Sabe... dizer-me?

Outra vez Damon procurou olhar para o pai. Arrependeu-se do movimento quando a criatura se aproximou ainda mais, os tentáculos livres da cabeça de polvo lhe seguraram a face.

— Olhe... para mim! — Damon ouviu da besta marinha enquanto esta, face a face com o garoto, erguia suas enormes pinças e lhe agarrava o pescoço. O aperto foi forte. Damon gemeu.

— *Damon!* — Seu pai gritou às costas da criatura. Damon "Salgado" Harris colocou-se de pé, começando a se mover na direção de Damon e daquele que o prendia.

Pobre homem.

Um poderoso estrondo, o som violento de caibros explodindo às costas de seu pai, preludiou o aparecimento de um gigantesco tentáculo, que envolveu o capitão do *Poseidon* e o tragou para a mais sombria e terrível das noites.

Damon gritou, mas não foi capaz de ouvir sequer o próprio grito, sufocado pelo aperto em seu pescoço.

— De onde vêm... as histórias, jovem Damon?

Damon sentiu que chorava. Chorava torrencialmente. O que sentia em seus lábios era o sal do mar ou o sal de suas lágrimas? Águas, agora, também entravam pelo imenso buraco na lateral do navio. Afundaria. *Poseidon* afundaria. Ele se inclinava, tremia, rangia... como se prestes a se partir...

Os ouvidos de Damon, como se abertos, agora passaram a ouvir gritos. Eram gritos de ajuda, gritos de desespero. Achou ter ouvido a voz de seu pai...

A criatura, aparentemente desistindo de uma resposta para sua estranha pergunta, começou a arrastar Damon para o convés, o aperto em sua garganta se tornando leve e forte outra vez. Damon sentiu seu pescoço arder, provavelmente uma ferida fora feita.

A cacofonia tomou seus ouvidos quando a porta da cabine de seu pai foi aberta pela horrenda pinça restante da besta que tinha Damon em sua posse. Lá, sob um céu escuro que regava o mundo entre sons de trovões e relâmpagos, Damon viu enormes tentáculos dançarem lúgubres; pôde ver pessoas em uns, pedaços do navio em outros, e outros apenas serpenteavam, hipnóticos, no vento voraz daquela noite. Horror. No convés do débil *Poseidon*, a tripulação era perseguida, alguns eram alcançados e mortos por criaturas tão inconcebíveis e hediondas quanto aquela que prendia Damon. Outros saltavam para o abraço do mar. Dois finais, um mais horripilante do que o outro. O mastro central da nau foi agarrado por um dos tentáculos e de lá arrancado como um prego seria removido da areia. O tentáculo, contudo, voltou, vindo d'estibordo, descansando pesadamente sobre as amuradas. Era enorme, três homens adultos não poderiam abraçá-lo.

— Você... não me deu sua... resposta, pequeno Damon — A voz de antes falava. Um lembrete vindo da aberrante criatura. — Contudo... observe... eu a estou dando para você...

Outro tentáculo se juntou ao primeiro, vindo de bombordo. Damon percebeu que eles se ajustavam. Mais e mais. Ouviu estalos, caibros se dobrando, madeira rachando. Ao respirar, sentiu o coração bater forte. Ao respirar, percebeu também que não tinha dificuldade em fazê-lo. Involuntariamente levou as mãos ao pescoço, não encontrando nada ali... nenhuma pinça.

A horripilante diabrura se fora. Não sabia como, não sabia quando.

Um som, como o de mil cornos sendo soprados, tomou a noite antes de o *Poseidon* ser rachado ao meio pelos tentáculos. Em um instante, Damon não conseguia mais respirar, cercado por todos os lados, de cima e de baixo, pelas águas salgadas do mar revolto. O que seus olhos conseguiam ver eram formas que se perdiam no fundo negro do mar e outras que boiavam na superfície.

Ele nadou até ela. Desesperadamente nadou até ela, pois desesperadamente seus pulmões precisavam de ar. Pareciam queimar no peito do jovem navegante. Houve, entretanto, frescor quando Damon alcançou, vitorioso, a superfície. Respirou com vigor, como um homem sedento por água a beberia se encontrasse um oásis em um deserto. Violentas, as ondas ainda iam e vinham. Damon não sabia para onde ir, mas isso não era importante naquele momento. Sobreviver, precisava sobreviver. Agarrou-se a isso com todas as forças que lhe restavam e, com a mesma força, agarrou-se à primeira grande lasca de madeira que encontrou sendo levada na movimentação das ondas. Não havia norte ou sul naquele momento. O Órion, a Ursa Maior, o Cruzeiro do Sul... as estrelas... todas estavam aquém de suas vistas.

Não importa. Vivo. Eu preciso ficar vivo...

Damon não viu mais nada. Sentia medo, mas seus olhos não viram mais nada. Tentáculos, criaturas estranhas... nada.

A tempestade passou aos poucos, e aos poucos também a noite foi sobrepujada pelo dia. Damon permaneceu agarrado àquele pedaço de madeira. Sua esperança era aquele pedaço de madeira. Precioso, maravilhoso... um sinal de misericórdia divina!

Instantes depois, no entanto, ele teve medo, pois, com a claridade crescente, ele pôde dar mais atenção àquilo a que se agarrava. Logo ele pôde ler uma palavra, a qual estava dividida por uma rachadura superficial. Ali ele leu: *Poseidon*.

Ali, então, ele chorou. Chorou de medo. Medo que vinha das profundezas do mar. Chorou, pois sua salvação residia naquilo que causou o que se tornara a maior tragédia de toda a sua vida.

— O senhor quer dizer que é tudo invenção dos homens? — Elisabeth pareceu se sentir contrariada.

Damon fez que não, enquanto fitava o horizonte, as lembranças o afetando mais do que as ondas afetavam seu navio. Um navio ao qual ele não ousou dar nome. Levou a mão direita, livre do timão, até o pescoço. Coçou a cicatriz. Isso parecia acontecer somente quando ele se lembrava daquela noite.

— Não, querida — ele disse, pouco depois de voltar a mão ao timão. — Quero dizer que elas surgem, muitas vezes, por causa de atos tolos de uns e outros. Não confie em todos, digo-lhe, mas também não descarte de imediato o que disserem. O coração do homem é um criadouro de monstros... O homem, por si só, é um monstro. Acha que pode duvidar disso?

Elisabeth fez que não. Ela era jovem, doze anos, mas já vira coisas o bastante para saber que aquilo que o pai dizia era verdade.

— Há tolos que dizem a verdade e sagazes que mentem — Damon dizia. — Aprenda a discerni-los, filha. Isso pode salvar sua vida.

Teria feito muita diferença naquela noite saber disso, pensou ele com tristeza.

— Papai — Elisabeth o chamou novamente, se afastando e se aproximando da amurada a bombordo, em seguida se colocando a observar o mar. — O senhor acredita que existem monstros marinhos?

Ele tentou sorrir. Não conseguiu.

— Sim e não — ele disse, levemente enigmático. — Acredito em monstros. Monstros, minha filha. Estes, acredite, estão em toda parte.

A NOIVA DO MAR

THAIS CIMA

A Mulher Coral se desprendeu de sua prisão sob o mar bravio, sentiu sua espinha desgrudar do grande rochedo ao qual pertencia, deixando para trás o rastro vermelho e quente de seu sangue. Com um grito inaudível, abafado pela água turva do mar, ela nadou pela forte correnteza até chegar à terra firme. A tempestade a havia seguido durante toda sua jornada, tentando puxá-la de volta às profundezas. Mas a Mulher Coral, que por toda vida esteve ligada a uma rocha imóvel, negou-se a ser levada de volta à inércia sufocante. Por séculos ela esteve observando, por séculos esteve parada no mesmo lugar.

Assim que suas mãos finas e compridas tocaram a areia molhada, ela pôde respirar o ar da superfície pela primeira vez. Seu corpo cansado cedeu quando a água das ondas apenas lhe tocava os pés. Estava livre, enfim. Deitou-se de barriga para cima, sentindo seus ossos estalarem e sua coroa de corais rachar aos poucos, seca e fraca. Ainda assim, ela voltou seus olhos para o céu noturno, percebendo que, depois de tantas horas em fuga, o céu e o mar possuíam as mesmas tonalidades escuras e infinitas.

— Lâmia… — ela chamou, em vão.

Trovões e raios cortavam os céus, fazendo-a sentir seu fim se aproximar.

— Deuses do Ar e da Terra — sussurrou. — Perdoem-me… as Divindades do Mar são cruéis.

Proferindo sua última prece, a Mulher Coral pereceu definitivamente, secando aos poucos até se tornar areia.

A tempestade se aquietou durante o dia. O céu continuava nublado e escuro, ameaçando voltar a derramar gotas geladas sobre a terra a qualquer momento. As ondas batiam, enfurecidas, nos rochedos da encosta, afastando qualquer criatura que ousasse chegar mais perto.

Exceto uma.

Sentada na beirada de uma pedra coberta por uma camada de lodo, a garota abraçava a si mesma e tentava conter a tremedeira, enquanto encarava o mar com seriedade. Em seus braços e pernas, havia cicatrizes avermelhadas e compridas que, apesar de já curadas, ainda eram perfeitamente visíveis. Havia muita melancolia escorrendo por seus olhos cansados.

— A notícia já chegou à superfície? — perguntou uma voz anasalada e familiar.

A garota virou seu rosto para a criatura que acabara de emergir da água. Sua pele lustrosa e acinzentada não a intimidou, tampouco sua total aparência inumana. Os grandes olhos escuros e redondos a encaravam, aguardando qualquer reação de sua parte, mas não a obteve.

— Ela morreu, Lâmia — a criatura disse, com extremo pesar em sua voz.

— Eu não uso mais esse nome — a garota respondeu de prontidão.

A criatura se encolheu. Suas guelras na lateral do pescoço abriam e fechavam rapidamente, ao se lembrar de que não poderia mais chamá-la pelo nome que o oceano lhe havia concedido.

— Os Deuses do Mar não gostam de ser abandonados — a menina disse, aproximando-se da água. — Todos os que tentaram viraram espuma do mar ou grãos de areia.

— Menos você — a criatura respondeu.

A garota se levantou, encarando o mar de frente.

— Sim —concordou. — Menos eu.

— Mergulhe e venha comigo. Todos ainda a esperam — ele disse, baixinho. — A poderosa Ceto a tudo destrói e a todos aterroriza. Os seres abissais rogam todas as noites pelo seu retorno. A Mulher Coral, que tudo suportava, não pôde resistir ao mal que vinha dela.

A garota o encarou com sofrimento no olhar. Tocou suas cicatrizes, onde um dia ficavam suas barbatanas, e pôde ver e ouvir todas as lamentações do povo do mar.

— Pontos deseja vê-la — ele revelou, fazendo-a estremecer. — Não se pode negar o pedido de uma Divindade Abissal. E você sabe, minha amiga, que, apesar de ter perdido suas nadadeiras, ainda é a noiva do mar.

Lâmia não pôde resistir ao ouvir o nome de quem a chamava de volta. Enfraquecida pelo exílio ao qual fora forçada, mal tinha forças para enfrentar a correnteza, mas juntou a pouca fé que ainda lhe restava e, finalmente, mergulhou para dentro da água.

Lâmia, a noiva do mar, havia retornado.

Quanto mais fundo Lâmia e Nanti mergulhavam, mais a escuridão aumentava. A garota se assustou ao ser tomada pela completa escuridão e pelo silêncio mortal que dominava seu antigo lar. Antigamente, quando ela era parte daquele mundo, por mais distante da superfície que ela estivesse, ainda podia vislumbrar pontos de luz emitidos pelas criaturas bioluminescentes e ouvir canções belas e fascinantes, provenientes de sereias e seres semelhantes.

Seu corpo já não era o mesmo sob a pressão de toda aquela água. A agilidade e a facilidade ao se movimentar tinham-na deixado. Sentia falta de suas barbatanas como se houvessem arrancado seu coração, mas aquele era o preço que ela precisou pagar por tentar fugir de seu destino. Pontos, sua grande divindade, poupou-a de se transformar em espuma do mar, mas em troca a deixou sem suas valiosas nadadeiras.

— Ceto ainda domina nosso território. — Nanti revelou. — Todos se esconderam, com medo de serem devorados por ela. Ela acredita que é a verdadeira noiva do Oceano, por isso faz tudo o que deseja, sem temer punição alguma.

— E Pontos? — Lâmia perguntou, indignada. — Como ele consegue permanecer inerte a tudo isso?

Nanti se entristeceu. A criatura sabia dos boatos que circulavam entre os abissais, de que o poderoso rei já não era o mesmo.

— Receio dizer que, após a sua partida, o nosso soberano entregou-se ao total isolamento — ele revelou, deixando a garota surpresa. — Partiu sozinho para o Fosso e lá permaneceu. O único desejo dele era o seu retorno.

Ao longe, um som gutural e assustador ecoou. Ambos entraram em estado de alerta, pois já imaginavam quem se aproximava deles.

— É ela. — Nanti sussurrou. — Ceto.

Em meio ao breu, Lâmia percebeu uma movimentação ameaçadora. Os tentáculos da grande e poderosa Ceto já os cercavam, formando uma barreira que os impedia de fugir. Nanti olhou para a amiga, temendo que ela fosse morta por causa do ciúme e da inveja do monstro. Porém, apesar de estar alerta e séria, Lâmia não cedeu. Permaneceu firme diante da rival, que ria debochadamente ao vê-la mutilada.

— Lâmia... — A voz do monstro marinho era tão profunda e tenebrosa, que deixava as demais criaturas em desespero. — A Sirena sem cauda. Sua ousadia em retornar após sua traição é surpreendente; veio tentar usurpar minha posição? Eu sempre fui e sempre serei a senhora dos mares.

Seus tentáculos se aproximavam cada vez mais, o cerco estava se fechando. O ódio de Ceto era maior do que o medo de uma possível futura punição.

— É unicamente a senhora do medo — disse Lâmia, com bravura. — O mar exige coragem e exige ousadia para desbravá-lo. Ele se alimenta desses sentimentos e se mantém vivo graças a eles. Você está matando o mar e a todos que vivem nas profundezas.

O ressentimento de Ceto cresceu absurdamente após ouvir tais palavras. Sem aviso, a criatura partiu para cima dos dois, jogando seus tentáculos em volta deles para esmagá-los totalmente. Nanti tentou nadar para longe, porém não era rápido o suficiente e foi capturado pelo monstro marinho.

Lâmia urrou quando viu seu amigo preso e à beira da morte. Simultaneamente, conseguiu ver nitidamente a expressão de satisfação no rosto monstruoso de Ceto. Antes que pudesse tentar salvá-lo, a criatura o devorou.

— Não sinta saudades dele. — Ceto riu. — Logo estarão juntos.

Porém, de maneira ágil e surpreendente, Lâmia foi puxada do meio dos tentáculos e levada para longe.

Atordoada, a garota percebeu que já estava distante das águas escuras. Sentiu que era carregada através de correntes mais quentes e amigáveis. Seu coração doía tanto, que parecia estar prestes a explodir.

— Que alegria tê-la de volta, minha senhora.

Então ela conseguiu descobrir a identidade de seu salvador.

— Hipocampo! — ela se alegrou ao reencontrá-lo.

O ser metade cavalo e metade peixe era ágil e tinha a fama de ser o mais veloz entre os seres abissais. Ele a havia salvado das garras de Ceto, assim que percebeu sua presença.

— Fui incumbido de salvá-la, minha senhora, graças às ordens de Pontos — ele explicou. — Vou levá-la ao Fosso, onde nosso senhor se isola.

Nadaram durante muito tempo, passaram pelos mais diversos seres marinhos, que se alegravam ao reconhecer Lâmia. Viam nela uma grande esperança para reestabelecer o equilíbrio nos mares e livrarem-se da sombra nefasta de Ceto. O Fosso era um lugar solitário e inóspito, que exigia habilidade avançada para alcançar. O Hipocampo era um ser forte e destemido, leal até o último dia de sua existência, e ele cumpriria sua missão a todo custo.

Uma grande cratera apareceu no solo do oceano. A fenda era larga o bastante para que uma baleia a atravessasse, mas era fria, sombria e nada convidativa.

— É lá que ele está? — Lâmia perguntou, incrédula.

— Sim, minha senhora — Hipocampo respondeu. — Não devo estar presente em seu reencontro. Deve seguir sozinha agora.

Lâmia assim o fez. Por mais que estivesse nervosa por rever Pontos, sentia-se melancólica por ele estar num lugar como aquele. A responsabilidade que recaiu sobre ela, ser eleita a noiva do mar, fê-la sentir-se sobrecarregada em diversas questões. Mas abandoná-lo definitivamente não foi a melhor decisão.

— Será que estou sonhando? — ela ouviu a voz melódica atrás de si, virando-se abruptamente.

Lá estava ele, Pontos, suprema Divindade Abissal.

— Minha noiva está de volta! — ele sorriu, assim que seus olhares se encontraram.

— Não deveria me olhar assim — disse, segurando as lágrimas. — Onde está a raiva que deveria sentir? Onde está o ressentimento por eu ter fugido?

— Nada disso importa agora — respondeu, ainda sereno. — Que solidão eu senti, Lâmia, sem a sua presença. Enfraqueci e definhei, até encontrar no terrível Fosso o meu refúgio.

— Ceto está destruindo tudo — disse, aos prantos. — Por causa do meu medo e da minha terrível decisão de partir. Eu imploro que me perdoe.

Pontos se aproximou da garota, percebendo que ela ainda carregava todas as cicatrizes e marcas deixada por ele. Quem se arrependia e quem se culpava era ele mesmo, a personificação do Mar.

Tocando levemente nas cicatrizes dela, ele sentiu que era hora de se reerguer.

— Eu, soberano das águas, devolvo a você, Lâmia, suas nadadeiras e sua cauda, para que volte a ser uma Sirena completa e tome novamente o seu lugar ao meu lado.

As palavras de uma divindade são decretos imutáveis. Aos poucos, foram crescendo novas barbatanas, e as pernas se uniram novamente numa cauda comprida e imponente. Estava oficialmente reintegrada ao Reino Abissal.

— Não tenha medo de estar ao meu lado. — Pontos insistiu. — O mar é feito de bravura, e sei que é a criatura mais brava que já conheci. Seja novamente minha noiva.

Lâmia concordou de bom grado, desta vez. Estava feliz por estar em seu lar, e o medo já não a dominava.

— Agora precisamos enviar um monstro marinho para sua prisão eterna. — Pontos ergueu uma das mãos e Lâmia a segurou.

Juntos, foram de encontro a Ceto, que ainda nadava pelas marés sombrias, espalhando medo e caos. Porém seus dias de falso reinado já estavam contados. Unidos, a divindade e sua noiva atravessaram as águas profundas até encontrá-la.

Quando os viu, o monstro do mar estremeceu diante da reconciliação dos dois. Sabia que não poderia enfrentá-los. De maneira covarde, tentou fugir e se esconder, mas foi facilmente detida.

— Ceto... — Pontos falou. — Você se aproveitou de minha fraqueza e assumiu uma posição que não lhe pertencia. Traiu-me e trouxe calamidades a todas as criaturas dos mares. Sua sentença já foi decidida, e será confinada na prisão mais funda e inóspita do Fosso durante toda a eternidade.

E assim foi. Puxada por uma forte correnteza, Ceto foi conduzida à sua prisão eterna.

Lâmia olhou para si mesma. Estava completa, não tinha mais temor a nada e foi tomada pela certeza de que os habitantes de todo o oceano estariam seguros. As profundezas escondem as mais diversas formas de vida. O desconhecido também possui beleza e valor.

A todos que se atreverem a desbravar os mares profundos, Lâmia estará lá esperando.

O ACORDO

CÉLIO MARQUES

— E agora?

— Esses bichos vão desgraçar a gente.

— Não dá para soltar na água?

— Estão feridos, e a rede cortou as patas de algumas. Vê? De outras o casco, e essas duas quase perderam a cabeça. Puta que os pariu!

— Se a polícia ambiental achar uma delas, vai saber pelos ferimentos que foi corda polimerada. Só a gente compra essa linha para tecer redes. Desta vez, perdemos a licença. Droga!

— E se a gente jogar fora?

— Tu és um mané? Não ouviu o que disse? Se alguém encontrar esses bichos estúpidos, estamos fodidos.

— Já sei o que fazer.

— Sério, gênio?

— Amarramos e atamos o pacote com uma peça de ferro e fazemos antes que o Dário acorde, ele nem vai saber.

— Vai tomar no teu cu, seu burrão dos caralhos! Vamos matar os bichos no barco e, quando periciarem, vão encontrar o sangue deles espalhado por tudo aqui.

— Qual é, cara! Isso é coisa de gringo, nem existe na vida real, ou existe?

— Vai apostar?

— Jogamos vivas.

— Faz você.

— Faço mesmo.

Léo se afastou, mas acompanhou Renzo tirar uma por uma da rede de pesca.

Sete tartaruguinhas verdes que haviam sobrevivido às provas mais severas da natureza, que enfrentaram perigos incontáveis, junto morreriam apanhadas em uma rede de linha sintética. Não que fosse uma rede do tipo indesejada pelos fiscais, mas fora colocada em local sabidamente habitado por espécies frágeis e de captura protegida pelo defeso. O dono do barco, senhor Dário Fonseca, não perdoaria essa mancada. Não era a primeira da dupla de sobrinhos meio pilantras, que tinha resolvido ajudar, mas, pensando melhor, chegou à conclusão de não ter sido uma boa ideia. Os dois se metiam em maracutaias, compravam pescado ilegal, usavam técnicas e material proibido. Não que Dário ficasse de fora, alheio aos ganhos fáceis. Sempre a sua parte era reservada, obediente a uma margem bastante razoável de lucro, portanto acima de todos os perigos. Mesmo porque tudo valia a pena por causa da prata.

Agora, com o quarto integrante da tripulação, o piloto do barco Mestre Ramiro, é que era o problema. Dário Fonseca, Léo e Renzo não pertenciam ao núcleo de pescadores daquela comunidade, apesar do grau de parentesco destes com um dos moradores antigos. E, para conseguir a licença e ser admitido na colônia de pescadores de Arraial dos Corais, uma das obrigações era contratar pescadores locais ou pilotos experientes. Esse foi o caso de Ramiro. Um ano passou, entre brigas e alegrias. Na cabeça de Ramiro, seria possível aturar as pequenas misérias e a ganância de Dário, mesmo quando protestava sobre a área de defeso dos camarões azuis ou as rotas migratórias de peixes valiosos.

Mestre Ramiro explicava que o defeso e as rotas protegidas serviam para a manutenção dos cardumes e o aumento no número de indivíduos de uma espécie, melhora do comprimento e do peso. Conhecimentos aprendidos com os rapazes e moças do Instituto Oceanográfico. Discutiam, mas por fim Dário concordava com a explanação e acabavam procurando outra região para pescar.

— Joga logo na água — disse Léo.

As tartaruguinhas verdes se mexiam, como em pânico, mas isso seria dar aos pequenos animais características humanas que eles por certo não possuíam. Medo sim, pois o medo é comum aos espécimes vivos, sejam eles quais forem e a qual filos pertençam. Características humanas que careciam no espírito de Léo e Renzo. Clemência, amor, gratidão, justiça. Nenhum desses traços nobres do caráter mais elevado se encontrava inscrito no espírito daqueles homens. Renzo apoiou o pacote vivo e atado em uma engrenagem pesadíssima de ferro, que servia para lastro em ocasiões específicas, e empurrou para as águas do mar.

— Não!

O grito varreu a tarde como uma promessa de mau agouro. Mestre Ramiro olhava para os rapazes, e, se não gostava deles, agora podia odiá-los, mas o ódio ficaria para depois. Com uma corrida rápida, atravessou o espaço que os separava e pulou nas águas verdes do oceano.

A mente de Ramiro esvaziou quando seu corpo foi envolvido pela frieza do mar. Com braçadas coordenadas e pernadas ritmadas, afundou rápido. Por sorte, trazia uma faca afiada como navalha presa na cintura. Se alcançasse o pacote, cortaria as cordas e libertaria as tartarugas. Não conseguia marcar o tempo, mas a profundidade já devia estar beirando a cota dos dez metros. Seguia o rastro de borbulhinhas com os olhos irritados pelo sal; se ao menos tivesse apanhado uma máscara, agora pensar nisso não valia a pena.

Os pulmões também começaram a arder.

Logo teria de subir, ou não conseguiria retornar. Soltou uma golfada e então viu logo à sua frente, descendo e descendo, o pacote com as tartaruguinhas. Ramiro bateu suas pernas em um derradeiro esforço, esticando os braços e quase tocado na rede que envolvia os filhotes. Mas foi inútil tanta energia. A última visão foi a do pacote descendo para o abismo escuro do mar. Quando conseguiu tirar da água a cabeça, tossia e engasgava quase afogado. Tivesse ficado mais um ou dois segundos sem respirar, teria sido suficiente para o colapso respiratório. Os braços estavam pesados, as pernas pareciam inchadas e começou a sentir os espasmos de câimbra.

— Aqui, Ramiro!

O grito vinha de Dário. O homem acenava com os braços erguidos, segurando uma lanterna. Tinha inclusive lançado uma boia atada com corda, mas Ramiro teve de nadar alguns metros que pareceram centenas. Afinal alcançou a boia e depois se deixou arrastar até o barco. Léo e Renzo ajudaram-no a subir, e Dário lhe deu uma caneca cheia de cachaça.

— Tome!

Ramiro virou a caneca de uma vez, mas não tirava os olhos dos rapazes.

— Vamos voltar, Dário!

— Voltar? Mas nem sequer jogamos as redes, voltar sem nada?

— É melhor voltar para ter a chance de tentar outra vez.

— Tu estás variando, Ramiro?

— Vocês não entendem nada, fazem o que querem sem temer os resultados — Ramiro falou olhando para Léo e Renzo.

— Olha, Ramiro, a gente não queria pescar aquelas casquinhas, foi um descuido, cara — disse Renzo.

— E tu querias que fizéssemos o quê? Deixasse o pessoal do Instituto tirar o barco do tio Dário? Cancelar a licença? — completou Léo.

— Minha licença? O que tem minha licença?

— Nada, tio, mas se o Ramiro chegar à vila com esse discurso, já viu.

— Temos de proteger os bichinhos do mar e coisa e tal.

— Os caras do Instituto são umas gaivotas, olharão cada pedaço em volta procurando alguma coisa — falou Léo.

— O que aconteceu?

— Besteira — tartamudeou Renzo.

— Ramiro?

— Agora é tarde — resmungou Ramiro.

— Vamos manter a calma.

— Vocês são da cidade, são civilizados demais para entender dessas coisas — disse Ramiro.

— Sete tartaruguinhas, tio, sete daquelas verdes, e não foi por querer, mas nos baixios passa peixe grande, jogamos a rede e pegamos — explicou Léo.

— Não se pode usar as redes nos canais dos baixios, todo mundo sabe disso, principalmente nesta época do ano. Os filhotes passam pelos canais e nadam para o mar aberto pela primeira vez. É a iniciação deles. Tartarugas do mar, camarões azuis, lagostões vermelhos, cachorras, meros. O acordo é sem redes naqueles canais. Sem redes.

— Acordo? Se tiver acordo, é possível burlá-lo — observou Dário.

— Os caras do Instituto vendem essa máscara de honestidade, mas são farinha do mesmo saco, bando de pilantras! — exclamou Renzo.

— Quanto por tartaruga? Posso levantar uma grana e ficamos por isso mesmo, de boa — falou Dário.

E como o coruscar elétrico de uma descarga, as nuvens de repente não estavam mais no horizonte, e nesse caso Ramiro só poderia rezar para escapar.

— Aconteceu faz muito tempo — disse Ramiro.

— Senta que lá vem história — observou Renzo.

Houve o início de risadas e o abrandamento das emoções, mas, em vez da chacota, o que se ouviu foi a voz sumida do velho pescador, que se elevou acima do marulhar e da conversa paralela e sem sentido que a mediocridade de Renzo, Léo e Dário alimentava.

— Era moço mais jovem que vocês e trabalhava como calafate no "Barracuda", um barco azul. As águas batiam nas vergas e na espinha de cipreste libanês, abriam brechas no engate das tábuas de cerejeira e lima-indiana, mas essas tábuas não rachavam. Madeiras nobres e duras como aço. Meu serviço era vedar essas brechas, usando breu quente e estopa. Nas horas vagas, ajudava Mestre Rufino com as facas de corte e o gelo no armazém de pescado. Lembro-me de cada um dos pescadores daquele barco. Leandro, irmão mais moço do soldado Cássio, que morreu com uma facada dada por um marinheiro canadense dentro de um puteiro nos becos da cidade alagada; João Carlos Albuquerque, especialista no uso de anzóis grandes e peixes brigadores; Fabrício Moraes, que cortava os bichos maiores; e Sérvulo Penteado, o piloto do barco. Fazíamos as pescas grandes, lagostas, camarões azuis, albacoras. O barco custava caro, e o Perkins de oito cilindros bebia como um gatuno da beira do cais. A comunidade? Foram tempos difíceis, o povo sofria com o espírito da ganância, o desejo desmedido. Era isso que o "Barracuda" representava. A gente pescava sem limites, sem lei nem medo. Assim sendo, um dia aconteceu, e os pescadores jogaram as redes, uma vez, duas, três vezes. Nada. Somente peixes feios, águas-vivas, baiacus venenosos. Os barcos menores, em uma semana, secaram seus tanques e, sem nada para negociar nos pontões, como fariam para comprar o diesel? Sérvulo falou o que faríamos. O barco lançaria suas redes nas ravinas que surgem dando passagem aos recifes profundos, o berçário de inúmeros animais. No dia da partida, amigos e curiosos viram nosso barco ultrapassar a arrebentação, abanavam as mãos dando adeus. Navegamos um dia para alcançar esses canais. Sérvulo comandava a preparação da rede, atando pesos de chumbo que serviriam de lastro, a trama, as janelas de escape por onde os animais maiores podiam escapar. A rede foi lançada. Não demorou, foi recolhida e, para a decepção de todos, subiu vazia. Sarça e algas podres ocupavam as tramas, mas nenhum peixe ou crustáceo foi capturado. Repetiram essa operação durante a tarde e o início da noite, mas nada que pudessem aproveitar vinha preso na rede valiosa. O desespero começou a tomar conta dos tripulantes; é nessa hora que a metade obscura das nossas almas aparece. Os baixios. Rumamos para lá, e, quando jogamos as redes, veio tudo, cavalos-marinhos, filhotes e mais filhotes que íamos descartando, destruindo gerações de bichos sem dó. Foi uma matança sem fim para pescarmos um punhado de peixes. Rumamos para a vila. Mas dessa vez a viagem seria diferente. O mar começou a mudar, encrespou com ondas e ventos, apesar de não se ver tempestade. O barco balançava pra caramba quando aconteceu.

— O que aconteceu, Ramiro? — perguntou Renzo.

— Aquele barco estava condenado, todos pareciam possuídos por uma força; como dizer? Era como se quisessem destruir, consumir, acabar. O visgo ralo dos animaizinhos escorria pelo convés e manchava o mar azul. Foi o Fabrício que descobriu. E, se eles queriam matar, eu só pensava em salvar. Guardei uma toninha e alguns cavalos-marinhos. Eram apenas filhotes, sem valor nenhum. Sérvulo, João Albuquerque e Fabrício pegaram os bichinhos. Gritei para não matarem. Fabrício esmagou os cavalinhos e a toninha foi cortada em pedaços. Eles se vangloriavam daquilo quando aconteceu. Algo vindo das profundezas bateu no casco do barco com violência e jogou a gente no convés. Mestre Rufino e Leandro, que estavam dormindo, acordaram com o baque. A segunda vez foi pior, o cordame soltou e uma manivela de cabrestante me pegou em cheio. Caí no mar.

— Então você não sabe o que aconteceu com o barco? — perguntou Renzo.

— Fiquei boiando, até que fui encontrado, mas recebi um recado que me foi dado pelo mar.

— Um recado do mar? Mas tu não estavas desacordado? — perguntou Dário.

— Eles não falam nossa língua, mas podemos escutar a voz das criaturas que moram nas ravinas, é uma voz que ecoa dentro da cabeça, se eles quiserem.

— E o que disseram?

— Não matem nossos filhotes, e em troca as redes não voltariam vazias, mas, se alguém descumprisse esse acordo, a pena seria terrível.

Ramiro se viu outra vez no convés, cercado de homens que mais pareciam demônios, sujos, alucinados.

— Mas, afinal, você viu alguma coisa no mar? — questionou Renzo.

— Não vi nada, mas ouvi bastante.

— A voz disse mais? — perguntou Dário.

— Temos de oferecer um tributo de sangue para equivaler à nossa falta — disse Ramiro.

— Um sacrifício? — vaticinou Dário.

— Sangue por sangue; sempre foi assim e sempre será.

Quando ouviu tais palavras saindo da boca de Ramiro, as mãos de Dário se fecharam, com as articulações dos dedos estalando, tamanha a pressão que os músculos exerciam nos carpos e metacarpos. O pescador tinha esquecido os detalhes daquela história, e com os anos e a senilidade batendo às portas da sua razão, como ondas lambendo as rochas da praia, ele se esquecera dos outros e da dor que existia, orbitando os acontecimentos que narrava.

— O que aconteceu no "Barracuda"? Fala, Ramiro? — perguntou Dário.

O velho olhou para Dário, e ficou evidente que Ramiro não se recordava de tudo daquela época, pois do contrário não falaria.

— Tiramos a sorte para escolher quem seria ofertado. Eu recordo cada um dos rostos, olhando a tortinha de fubá espetada de palitos, todos com o mesmo tamanho, exceto um deles. Quem tirasse aquele palito seria o escolhido.

— Fizeram um sacrifício baseados no teu relato? Nas palavras de um garoto assustado?

— Todos nós vimos as criaturas que moram no mar, nas ravinas e penhascos no fundo das águas. Podia chamá-los de homens-peixes, mas de homem tinham pouco parentesco. Polvos, lulas, peixes e bichos estranhos que começaram a boiar no mar, que se modificou e se tornou escuro como a lama do mangue. Caranguejos, lagostas, pepinos e vermes de um tamanho assustador estalando e rodeando o barco. E, mesmo nesse momento, nossos corpos ainda resistiam trêmulos, embora conscientes de todos aqueles horrores insuspeitos, mas, quando as enormes e horrendas tartarugas surgiram, foi como se nossos pesadelos, os passados e os futuros, se acumulassem e de repente explodissem dentro da nossa cabeça. E as tartarugas boiavam com os cascos pulsando, muito lodo e limo pregados nas placas, e animaizinhos presos. E a voz entrando no nosso ouvido, quando na verdade devia era estar saindo do nosso miolo.

— E o sorteio?

— O primeiro que tirou a sorte de vida ou de morte foi João Carlos Albuquerque. Palito grande. Ele caiu de joelhos, chorando e segurando uma fotografia nas mãos, esposa e filho pequeno. Depois o

Sérvulo. Palito grande. Mestre Rufino. Palito grande. Restava eu, Leandro e o Fabrício Moraes. Leandro se adiantou. Nessa hora, alguma criatura que rondava o barco raspou no casco. Um raio cortou a noite como uma espada de luz. Palito grande. Eu e o Fabrício Moraes. Ele retirou o palito dele.

— Pequeno ou grande? — perguntou Renzo.

— Pequeno.

— O que vocês fizeram depois? — questionou Dário.

— Fabrício não aceitou a sorte que tirou; fui o primeiro que sentiu o aço das suas facas na carne. O primeiro, mas não o último. Leandro tentou desarmar Fabrício, mas não conseguiu, e morreu sangrando no convés. Depois chegou a vez de Mestre Rufino, mas Fabrício manejava facas e facões com uma destreza espantosa, e o talho que abriu no peito de Rufino deu até para ver o coração ainda pulsando. Ele se esqueceu de mim, pois achou que me tinha matado, mas a faca passou no vazio. Apanhei uma barra de ferro e bati na sua cabeça. Ele caiu desfalecido. Jogamos os outros no mar, esperando o momento certo de lançar nossa oferenda, que rezávamos fosse aceita. E, no meio das pontas que surgem na maré baixa, jogamos Fabrício no mar, atado aos pesos das redes.

Dário segurava algo que estava atado ao seu pescoço por uma corrente, e, sem que Ramiro percebesse, arrancou o penduricalho da corrente.

— Quando voltaram, contaram outra história.

— A história da tempestade? Fizemos isso para preservar nossa comunidade, mas a verdade é essa que acabei de contar.

Dário se aproximou de Ramiro, com os passos trôpegos e os olhos marejados. Quando se pôs bem na frente do narrador, ergueu a mão que segurava o penduricalho. Ramiro não entendeu a princípio e teve de aproximar o rosto da peça. Era um daqueles relicários em que duas pequenas fotografias podiam ser postas, protegidas, lado a lado. Uma delas mostrava um garoto, com talvez cinco anos de idade, a outra mostrava esse garoto ao lado de um homem.

— Fabrício Moraes.

— Era o meu pai!

A faca entrou logo abaixo das costelas. Onde mata e também dói. Ramiro cambaleou, com a camisa manchada de vermelho, e caiu no mar, afundando aos poucos. O mar não aceita desculpas.

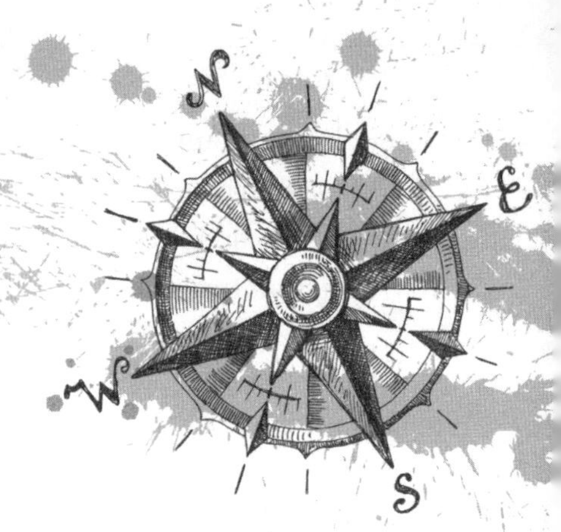

A CANÇÃO DO MELOG

W. M. ZIERBATH

O convés está eufórico. Homens festejam, batem canecas e riem alto. Parece até que capturamos um galeão terradourense. Mas não. Encontramos um melog perdido nas Ilhas Menores. Uma criatura que vale uma fortuna nos mercados da Baía de Cágado. Balder disse que um amigo do primo abandonou a pirataria por causa da venda de um melog; comprou terras, abriu negócios e agora limpa a bunda com notas de cem. Se é verdade, eu não sei. Balder não bate muito bem da cabeça. O que sei é que tudo nele é valioso. A carne, a gordura e principalmente o fluido escuro que a pele produz.

Enquanto tomo minha cerveja e finjo ouvir o velho Jardas explicar como ele usará sua parte da recompensa, assisto à criatura amarrada no mastro principal, sendo zombada por Joto, Balder, Gabo e Fisbo, que tentam imitá-la. Gabo é o que tem mais sucesso na imitação, e todos caem na gargalhada. Ele arqueia as costas para frente, formando a corcunda, anda nas pontas dos pés e leva as costas das mãos à boca, mexendo os dedos para simular os pequenos tentáculos. O convés vai ao delírio quando Gabo agarra Joto pelas costas e finge um acasalamento, berrando feito um porco sendo abatido. Outros homens, porém, não acham muita graça. Levig Oss é um deles: o contramestre não está nem um pouco feliz com a presença da criatura. Experimentado no mar e muito influente entre os marujos, possui seus fiéis seguidores, e muitos acreditam que ele seria um capitão melhor do que o Corvo.

A criatura parece frágil e assustada, e temo por sua integridade. Porém alguns não compreendem dessa maneira. Eles querem se divertir, afinal estão ricos! Mas, quando homens exageram na bebida, perdem o tato, e a brincadeira tende a ficar perigosa. Sem contar que Levig e seus homens adorariam ver a criatura desaparecer. Eu, no entanto, não sou louco de mexer com tais homens, então sugiro a Jardas que vá falar com o capitão, afinal ele é o marujo mais velho entre nós.

Ele percorre o convés naquele seu andar coxo, bate à porta do camarote e entra. Logo depois, o capitão deixa seu aposento com um de seus corvos empoleirado em seu ombro e o convés se cala. Marvo Henry Fortuna é um homem intimidador por natureza. Alto, robusto e, apesar de ser um homem do mar, sua pele é branca como a de um defunto. Capitão Corvo, como é conhecido, é o homem mais procurado dos três mares, e o preço por sua cabeça faz com que o valor pelo melog pareça um trocado.

— O velho Jardas aqui me informou que alguns de vocês estão importunando a criatura, e ele está preocupado que alguém beba demais e faça alguma besteira. Por isso, a criatura irá para a cela no porão.

— Capitão, se me permite — Levig interrompe. — Não sabemos nada acerca dessa criatura...

— Sabemos que vale muito mais do que você — alguém grita no convés, e todos riem.

Levig prossegue:

— Talvez muitos homens aqui não tenham o apreço pela própria vida como deveriam. O mar costuma deixar o tolo mais imbecil e o ganancioso ainda mais ávido, o que é pior, pois este se torna um tolo. Eu já vi coisas que a maioria de vocês nem imagina! Não sabemos o que essa criatura é capaz de fazer, sugiro que a libertemos.

— Levig tem um argumento justo. Quem concorda? — Levig e apenas meia dúzia de homens erguem o braço. — Então está decidido, levem a criatura para a cela, e qualquer um que encostar o dedo nela sofrerá as consequências. Entendidos?

Todos respondem prontamente.

Jardas, Joto e o rapaz Abnan descem a criatura com dificuldade pela escada do pavimento principal e desaparecem do convés. Levig e seus homens assistem desgostosos e a festa continua no convés com cantorias de todo o tipo.

Minutos depois, Jardas aparece, ofegante, escorando Abnan.

— A criatura... ela... ela... — a música para e os marujos se agitam. — Enquanto tentávamos colocar a criatura na cela, Abnan se distraiu e a criatura o mordeu. O rapaz se desesperou, esbarrou em mim e eu perdi o controle do cambão. Joto tentou ajudar e... e...

— Desembucha, velho! — grita Belf, um dos homens de Levig.

— Joto tentou empurrar a criatura para a cela, mas ela o agarrou e ambos entraram. Ele tentou sair, mas ela pulou sobre suas costas. Eu não... eu não pude fazer nada...

Levig esbraveja. Joto era um dos seus. Descemos a maioria para ver o que aconteceu. Encontramos o marujo estirado dentro da cela e o topo de sua cabeça aberto. Há sangue por todo lado, e o melog se esconde num canto escuro.

A noite chega e a maioria da tripulação está bêbada. Após a janta, encontraram conforto em qualquer lugar e apagaram. Os poucos que sobraram para cuidar da embarcação durante o primeiro turno da noite cantam para afastar o sono.

Fiquei responsável por levar comida à criatura. Enquanto desço, encontro o jovem Abnan febril e suando frio, seu pescoço inchou e parece prestes a morrer. Às vezes cerra os punhos com tanta força, que chega a se tremer, ao passo que sua mandíbula tensiona e os dentes rangem. Que tipo de veneno é esse? Os marujos quiseram jogá-lo no mar, mas o capitão não permitiu. O pobre rapaz foi simplesmente abandonado pelo resto da tripulação.

Diante da criatura, coloco a tigela na cela e espero alguma reação. O melog permanece inerte num canto escuro. Então subo para dormir.

O velho Jardas me acorda. Parece que Gabo desapareceu. Fomos todos reunidos no convés para identificação. Noto que o capitão não se encontra entre nós, apenas um corvo seu aparece pousado na amurada do tombadilho. Equipes de busca são formadas e enviadas para ver se Gabo está dormindo em algum canto do navio.

Sem sucesso. Os homens de Levig culpam a criatura, dizem que ela se vingou primeiro de Joto e agora matou Gabo. Isso parece tão absurdo! A criatura está presa, não há como ela ter feito isso. Obviamente, Gabo caíra no mar durante a noite, de tão bêbado que estava.

O dia correu taciturno, com os homens curando a ressaca com mais bebida. O barco havia perdido a rota para a Baía de Cágado e todos trabalhavam a mil por hora para consertar o erro.

Quando a noite chega, desço para alimentar a criatura. No mesmo lugar, parcialmente escondido nas sombras, hoje ela emite um som estranho, incompreensível. Eu creio ser palavras, mas não consigo entendê-las. Pelo jeito, estamos errando no alimento, pois o peixe de ontem está intacto. As grades da cela estão lambuzadas com o negro fluido da sua pele, assim como o chão e as paredes. Deixo mais uma tigela de peixe e me afasto.

A primeira notícia do dia foi o desaparecimento de Fisbo, e desta vez sangue foi encontrado no local. O que deixou o clima do convés tenso, principalmente depois de Balder dar a entender que devíamos ficar felizes, pois a cada baixa ficamos mais ricos. A não ser pelos homens de Levig, o restante do convés desconfia uns dos outros e a maioria desses de Balder.

O capitão não diz uma palavra sequer sobre o assunto. Isso não é bom. Apesar de ser um homem temido, o convés está impaciente, esperando alguma providência quanto aos desaparecimentos.

A noite chega outra vez, e a aflição é nítida nos olhos dos marujos. É a janta mais melancólica que já tivemos. Duas noites, duas mortes. Como não relacionar com a presença da criatura? Se não for ela, quem estaria fazendo isso e por quê?

Outro sumiço. Balder fez o seu turno, desceu para dormir e simplesmente sumiu. Fica a dúvida agora se ele foi mais uma das vítimas ou se alguém resolveu se livrar dele. Diacho! Parece que não chegaremos nunca à Baía de Cágado. Três noites; três mortes. Levig ganha mais homens, e eu tenho certeza de que estão planejando matar a criatura. Mas, se alguém morrerá hoje, esse alguém é Abnan. Passou o dia inteiro gemendo e nem o caldo do feijão ele tomou. Se ele não morrer hoje, amanhã o jogaremos no mar com ou sem a ordem do capitão. O inchaço da sua garganta prende sua voz, mas o ouço balbuciar alguma coisa. Chego mais perto para tentar ouvir. Balde? Será que ele quer vomitar? Trago um balde e deixo no chão, próximo à sua cabeça. Está na hora de dar de comer à criatura, mesmo sabendo que ela recusará novamente. Hoje levo uma cumbuca de feijão e já a ouço emitindo aquele som. Será que está tentando se comunicar com alguém de fora, um pedido de socorro?

Como eu previa, os peixes estão lá, intocados. Ou ela não quer comer, ou então... oh, não. Só de pensar que talvez esteja saciada, me dá arrepios. A única coisa da qual se alimentou foram os miolos de Joto há três dias. Os grunhidos da criatura se tornam melancólicos. Nada faz sentido. Se é ela, por que então ela simplesmente não me mata, aqui e agora? Joto, Gabo, Fisbo e Balder... lembro-me da zombaria no convés. Será que ela está realmente se vingando? Se ela consegue sair daqui, por que simplesmente não vai embora? A não ser que deseje matar mais alguém.

O som aumenta e vejo que há um padrão, como se as indecifráveis palavras rimassem num compasso mórbido. Eu nunca fiquei aqui tempo o suficiente para perceber isso. Ela está cantando! É triste e lindo ao mesmo tempo. Sinto lágrimas descerem pela minha bochecha antes de eu desabar num choro involuntário. Eu me sento no chão, depois deito e logo adormeço embalado pela canção.

Acordo assustado em frente à cela. O melog me observa encostado na grade com seus tentáculos dançando por entre as frestas. Afasto-me, levanto e saio em direção às escadas. O convés está uma algazarra, todos os marujos estão reunidos aqui, aparentemente.

— Até quando aguentaremos isso, capitão? — Ouço a voz de Levig. — Quantos mais de seus homens precisarão morrer até o que o senhor faça alguma coisa? — pergunta, apoiado por outros marujos.

— Mate a criatura, capitão! — Alguém grita.

Ando pela multidão até bater de frente com Jardas e pergunto o que está acontecendo.

— Onde você estava, rapaz? Achei que... enfim. O garoto está morto. Abnan. Morreu durante a noite. Além disso, Belf desapareceu.

Os ânimos esquentam. Levig e os seus querem a criatura morta, enquanto o resto não abre mão da recompensa. A situação piora quando um dos marujos acusa Levig de estar matando os tripulantes e culpando a criatura. Os dois se engalfinham, encorajando os demais. A confusão começa, eu e Jardas somos empurrados para trás. Vejo Racco sacar uma adaga e apunhalar Groder na barriga. É a gota d'água para o capitão.

— *Basta!* — ele berra, disparando sua pistola. Os corvos voam e gritam. A confusão termina com Groder caindo no convés. — Covardes! Todos vocês. Querem ficar ricos, mas não aguentam o preço? E, Levig... diz se importar com a vida dos marujos, mas seu homem acaba de matar um. É lógico que não estaríamos seguros com essa criatura a bordo, mas achei que fossem homens!

— Vamos resolver isso de uma vez por todas, capitão — diz Levig, inflexível. — Abra a votação.

O capitão hesita, pensativo. Perdemos cinco homens em quatro dias; seis com a morte de Groder. Quantos mais até chegar à Baía de Cágado? Quantos dias até não conseguir manter a tripulação sujeita ao seu comando? Ele olha para o convés, todos esperam uma resposta. Contrariado, ele assente.

— Quem aqui deseja eliminar a criatura, levante sua mão. — Cerca de quinze homens fazem-no, inclusive Jardas. — Que seja feita a vontade da maioria.

De repente, a porta sob o castelo de proa se abre e todos se viram assustados. Hadzer, o cozinheiro, aparece e arremessa um homem no convés. Balder? Os tripulantes se entreolham, confusos.

— Olhem quem eu achei escondido no compartimento de carga — revela Hadzer. — O corpo de Belf está lá embaixo também, ele o escondeu.

O capitão atravessa o convés com seu corvo empoleirado.

— Explique-se! — seu olhar é fulminante.

— Eu... eu... não sei como fui parar lá... a criatura, ela... ela...

O corvo no ombro do capitão berra, e eu juro que o ouvi dizer *farsa*.

— Diga a verdade, marujo — o capitão apoia a mão em seu revólver.

— Ok, ok! — Balder começa a chorar como uma criança. — Eu não quis nada disso... eu... eu só queria garantir que ficássemos mais ricos, igual ao amigo do meu primo, lembra?

— Você está querendo dizer que é o responsável por todas essas mortes? — o capitão pergunta incrédulo.

— Me perdoe, capitão. Todos desconfiaram de mim depois que matei Fisbo... eu fiquei com medo de me matarem e me escondi! Belf me achou ontem, eu fiquei com medo, capitão, sabe como Belf é cruel... me perdoe, capitão. Por favor, por favo-o-or... — e põe-se a chorar novamente, suplicando aos pés do capitão.

Pobre Balder. Ele nunca foi muito inteligente, mas jamais imaginei que faria algo assim. Pelo menos agora a criatura está livre; Balder eu já não sei.

— Mate o desgraçado, capitão! — alguém grita.

Jogue-o no mar; Corte a cabeça dele; Faça-o caminhar na prancha! Mais sugestões surgem até o capitão erguer o braço, exigindo silêncio.

— Darei uma chance de se provar, Balder — o marujo fita o capitão, esperançoso. — Você disse que queria fazer cada um de nós mais ricos, não é? Pois bem, você irá para a cela com a criatura — a esperança se desfaz instantaneamente. — Se morrer, saberemos que realmente quis nos fazer ficar mais ricos; se a matar, tirará a recom pensa de todos nós e eu deixarei esses homens fazerem o que quiserem com você — o convés vai ao delírio! Comemoram como se não fossem inimigos mortais minutos atrás. — *Tirem a roupa dele!*

Os homens prontamente agarram Balder e começam a rasgar suas vestes. Ele nada pode fazer, senão chorar e implorar. O capitão dá ordens para recolher as velas e lançar âncora. Todos do convés descem, gritando apostas de como a criatura matará Balder.

Nos amontoamos em frente à cela. A criatura receosa se escora na parede ao fundo e Balder é jogado dentro, implorando por clemência. O capitão se aproxima, saca um punhal e entrega a ele. O capitão enlouqueceu? E se ele matar a criatura? Levig e alguns dos seus gritam o nome de Balder, incentivando-o. Não sei se porque querem vê-la morta ou para terem a chance de dar seu próprio fim ao homem.

Balder olha para o punhal, depois corre seus olhos pelos espectadores ansiosos. Encara a criatura e olha-nos novamente, antes de soltar a arma e andar até ela. A criatura o agarra, sobe em suas costas e abocanha o topo da cabeça. Balder parece nem fazer questão de reagir. Os marujos vibram com a manobra, e o berro agonizante se perde entre os de júbilo. Os tentáculos se prendem em sua cabeça, as pernas vacilam e de repente ele se cala e cai.

Por fim, os homens comemoram, assoviam e repetem o nome "melog", enquanto a criatura permanece sobre o corpo, sugando o que há em seu crânio. Balder escolheu uma morte horrível, mas sinceramente eu não sei o que nós seríamos capazes de fazer com ele. Conheço muitos homens do mar que temem e tremem só de pensar nos mistérios e horrores que o fundo dos oceanos guarda. Mas ao ver que, no ápice de seu desespero, Balder preferiu a morte pelas garras de uma criatura desconhecida a sofrer as consequências nas mãos de homens os quais conhecia muito bem, me pergunto: que outra criatura do mar é mais imprevisível, implacável e cruel do que os homens que navegam sobre ele?

TRIÂNGULO DAS BERMUDAS

MARINA CORCIOLI

OS CAMARADAS

16 de novembro de 2019

Depois de dez anos de formados na faculdade, cinco colegas de classe conseguiram marcar uma viagem para mergulhar em uma região pouco explorada.

O destino? Uma ilha caribenha. Pegaram um barco com um guia e seguiram rumo ao Triângulo das Bermudas. Eram cinco caras que estavam chegando perto dos trinta e cinco anos e procuravam desesperadamente por uma aventura.

Pediram para o piloto do barco ir o mais próximo possível do que seria algum lado da pirâmide, fizeram fotos e vídeos o tempo todo, beberam e deram muitas risadas. A embarcação parou e começaram a vestir as roupas de mergulho; o camarada mais jovem e inteligente da turma, Leonardo, que carinhosamente chamavam de Júnior, disse que sentiu um eletromagnetismo.

— Estou falando sério. Acho que deveríamos voltar.

— Fala sério, Júnior. Estamos nos preparando para isso há tempos — disse Carlos Eduardo, terminando de se vestir.

— Já estou até pondo meu pé de pato — falou Antônio, o camarada mais engraçado de todos.

— Vocês podem descer, mas eu não vou. Estarei aqui torcendo por vocês lá embaixo.

— Tem certeza? — perguntou Vitor, o único camarada comprometido.

— Tenho.

— Bom, eu já estou pronto e vou descer, senão meu apelido não é Cadu — falou, sentando-se na beirada do barco.

— Eu também — falou Fábio, o camarada mais quieto de todos.

E foi assim que cinco amigos subiram em um avião rumo a Porto Rico, fizeram aulas e aulas de mergulho, treinaram como se fossem subir no cume do Evereste, para encostar o dedo no que seria um lado de um triângulo imaginário.

O que aconteceu depois é muito difícil de explicar. Dos cinco, quatro mergulharam no mar profundo do Oceano Atlântico, mas somente o destemido camarada Cadu foi sugado paras as profundezas abissais do oceano.

O que contarei agora são somente relatos de outras pessoas, porque no que aconteceu com Cadu ninguém acredita; para falar a verdade, até ele, às vezes, duvida de si mesmo.

Júnior disse que viu uma espiral se formando precisamente onde os quatro mergulharam, e Carlos Eduardo estava bem no centro dela. O piloto, que falava apenas espanhol, gesticulava e gritava "mira, mira, ellos desaparecieron". Júnior começou a pôr o resto do equipamento, mas o piloto falava sem parar "no, no, no". Quando começaram a ouvir gritos a mais de cem metros de distância, era impossível terem nadado tão rápido assim.

O piloto virou o barco para longe da espiral, que ainda estava lá, e foi em direção aos gritos; era apenas um do grupo, Vitor. Estava totalmente desnorteado, desidratado e com queimaduras de sol, como se estivesse havia horas flutuando no oceano; não dizia nada com nada. O piloto queria ir embora, mas Júnior dizia que não, que tinha mais três amigos para procurar.

Antônio foi o segundo a aparecer, estava superfeliz, falou que viu animais marinhos incríveis e que esteve apenas dez minutos debaixo d'água; seu tanque de oxigênio confirmava o que dizia. Fábio emergiu logo em seguida com a sua câmera à prova de água. Só foram compreender a cara do seu camarada Júnior quando subiram no barco e viram a situação de Vitor, e já fazia duas horas que todos eles haviam mergulhado.

"Tu amigo necesita un doctor", disse o piloto depois de mais uma hora de procura atrás do paradeiro do último companheiro de viagem, e essa foi a deixa para todos os amigos partirem e deixarem Cadu ali, sozinho no oceano.

MERGULHO

Carlos Eduardo (Cadu)

Pulei e comecei a explorar tudo que estava ao meu redor. Logo avistei meus outros três amigos. De repente, comecei a rodar e, dentro daquele redemoinho que se formava, eu estava paralisado, vi muitas coisas e muitas pessoas presas no tempo, submarinos, navios, aviões e seres indescritíveis havia muito desaparecidos, muitos jamais vistos. De olhos abertos, me viam e eu os via presos na espiral do tempo, encarcerados no famoso Triângulo das Bermudas; eu era mais um detido, sugado para as profundezas jamais vistas, tudo ficava cada vez mais escuro, mais inconsciente, mais incoerente, mais inexpressivo. A vida se esvaziava de dentro de mim, e tudo que um dia fui foi junto dela.

O que aconteceu depois

Vitor foi socorrido. Os outros amigos estavam todos bem de saúde, mas o que mais estranharam foi o fuso: cada um estava em um, em horas e dias diferentes; quando pisaram em solo firme, haviam ficado cerca de quatro horas fora. Para Vitor, pela sua desidratação, poderiam ser dias; para Antônio, oito horas; Fábio, nove horas; e, para Júnior e o piloto, cinco horas; tudo conforme os relógios de pulso, mas nada fazia sentido, principalmente voltar com um a menos dos camaradas.

Os amigos continuaram busca após busca, dia após dia, até que chegou o dia da partida de todos de volta ao Brasil, e Cadu já havia sido declarado como morto, devido à quantidade de tempo, além de todos os amigos, inclusive o piloto, responderem muitas perguntas à polícia e à família do amigo desaparecido. Mas o impossível ainda estava para acontecer.

Aeroporto

O combinado era dez dias de férias entre todos os camaradas; chamavam-se assim porque eram muito amigos e tinham uma equipe de jogadores de baralho na faculdade, nada no sentido político; um começou a chamar o outro assim e, dez anos depois, eram o grupo dos camaradas da faculdade. No grupo do celular, em todos os lugares a que iam, eram companheiros, melhores amigos e inseparáveis, e deixar um para trás foi como deixar um membro, perder uma perna, perder um dos cinco sentidos.

Ficaram o resto do tempo em buscas, mas não encontram nada nem ninguém que pudesse dizer alguma coisa, e, em comum acordo, decidiram ir embora ao final dos dez dias. Estavam todos no aeroporto, levando os pertences de Carlos Eduardo para entregar à sua família; o clima mudaria e o aeroporto ficaria interditado por mau tempo e por tempo indeterminado.

Mas a tempestade tropical chegou antes do esperado, e todos os voos foram cancelados; haviam apenas despachado a bagagem de Cadu e não conseguiriam recuperá-la até a abertura do aeroporto novamente. Voltaram para o quarto de hotel e conseguiram continuar no mesmo quarto. O litoral ficou sem energia por alguns dias, sem contato com o mundo externo. Júnior ficou pensando o tempo todo no seu amigo e agradecido por nunca ter mergulhado.

FIM DA TEMPESTADE

30 de novembro de 2019.

Enquanto o aeroporto não abria, os quatro amigos se candidataram como voluntários na praia, limpando e ajudando no que fosse possível.

— Exatamente catorze dias atrás, estávamos dentro do barco indo mergulhar — recordou Fábio.

— Não gostaria de voltar sem o Cadu — disse Vitor.

— Ninguém gostaria — falou Júnior. — Agradeço todos os dias por não ter mergulhado, pois pude ajudar vocês. — E, tirando as folhas da areia branca, achou uma máscara de mergulho.

— Igual à nossa; é do Cadu! — apontou Antônio.

Júnior virou a máscara na mão e nela estava escrito *CARLOS EDUARDO*; haviam comprado todos os equipamentos juntos e escrito os nomes para que não se misturassem. Saíram em disparada atrás das autoridades para que recomeçassem as buscas atrás do amigo.

Eles foram bem enfáticos, dizendo que seria impossível encontrar o amigo com vida, mas poderia ser bem possível achar um corpo trazido pela tempestade para a costa. Mais uma vez os companheiros colaboraram na busca e, mais uma vez exaustos, caminharam em silêncio para o quarto de hotel, sem nenhuma novidade.

Abriram a porta do quarto, e lá estava Carlos Eduardo desfazendo as malas que haviam despachado alguns dias atrás. Cadu, vendo os amigos, abriu um largo sorriso e disse:

— Não estou achando a minha máscara de mergulho, e já temos que encontrar o guia que vai nos levar ao Triângulo das Bermudas.

Todos os amigos foram em direção de Cadu para abraçá-lo, começaram a falar todos ao mesmo tempo.

— Calma, gente. Não estou entendendo nada, acabei de acordar — falou sorrindo.

— Nós que não estamos — disse Vitor. — Onde você esteve esse tempo todo? Por que fez isso conosco?

— Fiz o quê? Por que estão com essas caras?

— Você sabe que dia é hoje, Carlos Eduardo? — perguntou Fábio.

— Lógico que sei, acabamos de chegar a Porto Rico. É dia dezesseis de novembro.

SOLIDÃO

C. M. ANTUNES

Ernesto não atravessava o portão havia mais de cinco anos. Nada mudara muito, mas, ao passar sobre a estrada de chão batido, percebeu que o pó estava diferente: um pouco mais desbotado, de uma cor sem cor, como se a vida tivesse desistido daquilo. Recebera uma ótima oferta pelo local, mesmo com as reformas necessárias. Na verdade, vender não era o problema, mas, sim, imaginar a expressão de seus pais frente à ideia de se livrar do lugar.

Estacionou próximo à garagem e destrancou o cadeado, soltando as correntes. Lá dentro, encontrou a maior parte dos móveis que antes estavam na casa. O antigo caseiro fizera um bom trabalho.

Deixou a porta aberta para arejar e caminhou, lentamente, até o fundo do terreno, onde estava a piscina; quer dizer, aquilo já fora uma piscina, agora não sabia o que era. Sua superfície era escura, viscosa; sua existência em meio ao gramado, calma e indiferente. Isso já bastava, pensou. Virou-se e voltou para a casa. Lá dentro, onde era a sala, restara apenas a mesa de jantar e três cadeiras. Ao lado da porta, havia sido deixada uma caixa, na qual estava a toalha e parte da coberta de mesa.

Dispusera os móveis na frente da casa para o pessoal do antiquário. Quando olhou o relógio, era mais tarde do que imaginava. Na sala, havia acendido algumas velas e arrumado a mesa. O banho frio acalmou os nervos, mas o coração ainda pulava. Vestiu-se e saiu. O mundo havia desaparecido, engolido pela escuridão. Pegou a lanterna, na garagem apanhou o que precisava: as quatro tochas que encomendara e, no porta-malas, a garrafa plástica cheia de óleo queimado de motor. Apesar do cheiro irritante, não conhecia combustível melhor. A lanterna iluminou o caminho até a piscina. Conseguira limpar três azulejos em cada lado, conforme instrução de Ranaldo. Embebeu as tochas no óleo e as plantou nas extremidades. Logo em seguida, tirou do bolso a caixa de fósforos e as acendeu. Desprenderam uma fumaça negra, que logo foi engolida pela noite. Momentaneamente se sentiu confortável com toda aquela luz. Do outro bolso, tirou o papel dobrado e o pedaço de carvão. Ajoelhou-se na borda e, sobre os azulejos limpos, desenhou os símbolos que estavam no papel. Logo que fez isso, pegou o canivete do mesmo bolso e o usou para abrir um pequeno corte no polegar. Uma gota só bastava. Sobre o sangue que agora estava sobre o desenho, cuspiu. E assim repetiu sobre os demais azulejos em cada lado. Quando terminou, antes de voltar para a casa, olhou uma vez mais para a piscina, não vendo um movimento sequer. Não restava mais nada a fazer, a não ser esperar.

Dentro da sacola de vime, pegou a garrafa de vinho e abriu-a. Enquanto o líquido respirava, no celular selecionou a marcha funeral de Siegfried, do Anel dos Nibelungos de Wagner. A música ecoou pelas paredes e aposentos desnudos, enchendo a casa toda com os acordes vibrantes e soturnos da sinfonia. Da taça em sua mão, Ernesto observou as cores sangrentas que o líquido inspirava. O sabor adstringente apertou sua língua. Ele tomou mais um gole, repetindo o ato até quase esvaziar o cálice. Foi então que se deu conta de que nenhuma luz, exceto a vinda das velas, tinha vez naquele abismo. A música acabara, e nesse momento percebeu um ruído rasteiro do lado de fora; alguém se aproximava e trazia consigo uma corrente. Não tentou fazer nenhum movimento para se levantar, mas esboçou um quase invisível sorriso de sucesso. A precisão de Ranaldo fora cirúrgica.

Não sabia como seria ver o irmão depois de tanto tempo. Tudo aconteceu de uma forma quase casual, não fosse o fato de ele estar morto. E seria fácil não reconhecer o irmão, visto o tempo ter feito direitinho seu trabalho: a pele era esverdeada como carne deteriorada, o cabelo inexistia, as pálpebras frouxas forçavam o que antes era

Marcos a levantar a cabeça cada vez que fosse olhar para a frente; as córneas se tornaram leitosas e o tecido da sobrancelha não mais existia, expondo um osso amarelado e gasto. Ernesto não conseguiu ver o resto do corpo, reparando apenas que usava alguns trapos e, na perna que mancava, a corrente enferrujada. Excetuando alguns pequenos detalhes, o irmão não mudara muito; ficara, sim, muito mais magro, afinal havia sido colocado para marinar na salmoura.

Marcos puxou a outra cadeira e, com certa dificuldade, finalmente se sentou. Os olhos fitaram Ernesto por alguns instantes.

— Sabe a frase que diz que só valorizamos o que perdemos? — ele disse, os olhos divisando Ernesto. — É tudo verdade! — mexeu os dedos, tocando a chama de uma vela. — Não lembro muito bem o que é sentir falta, mas, experimentando isso agora, percebo que sua ausência foi sentida.

Ernesto nada respondeu e se recostou; Marcos, por sua vez, continuou a analisar os dedos, como se agora tivesse descoberto algo novo para observar.

A pequenina aranha sequer foi percebida. Abrira caminho em meio ao gramado e, sem Ernesto imaginar sua presença, subiu por sobre seus dedos do pé e se sentou ali, pacientemente, esperando.

O silêncio foi breve. Logo Marcos voltou sua atenção para o outro.

— Então, querido irmão, toda essa celebração é para mim? — disse, olhando para os pratos e talheres. — Tenho o direito de saber o motivo de tão calorosa recepção? — com a ponta do dedo tocou a borda do prato à sua frente, deixando um rastro de muco na porcelana.

— Os velhos não abandonaram a crença de que tu voltarias — disse Ernesto. — Antes de partirem, cheguei a dizer que sabia onde estavas e como entrar em contato contigo. E foi dessa forma que morreram: acreditando que voltarias para casa.

— Só não sabiam que fomos como Caim e Abel. — Marcos tentou um sorriso irônico, mas a pele frouxa da bochecha não ajudou.

Era fácil perceber que o irmão não estava nem um pouco confortável em sua presença. Isso o deixava contente. E a noite poderia ter ainda mais surpresas.

Ignorando o enjoo e mal-estar, Ernesto olhou para o outro, encarando-o afinal:

— Os velhos condicionaram a venda de tudo, até deste sítio, à tua assinatura comigo em todos os papéis — disse, como se precisasse tirar aquilo com urgência de sua garganta.

Com o corpo na situação em que estava, tudo era pesado demais ali fora, exigia uma força que não tinha, e ainda havia a corrente na perna, mas, ao ouvir as palavras do irmão, Marcos jogou o corpo para trás, emitindo um som estranho, quase um gorgolejar. Depois de alguns instantes que Ernesto percebeu que, na verdade, o outro estava era rindo.

— Posso dizer que assim tu me matas! — a voz do morto assumiu um tom de insolência agora. — Parece então que estragaram teus planos?

Ernesto aprumou-se na cadeira e, esticando o pescoço, aproximou-se mais do irmão, tomado pelo saudável ódio de sempre:

— Como está tua residência no fundo do mar? Me disseram que, sem a cerimônia adequada, ficar preso lá não é muito agradável para coisas como tu. Apenas eu posso providenciar isso.

Depois de falar quase sem respirar, voltou a se recostar, sentindo-se mais calmo agora. Marcos permanecia impassível, como se tudo fosse muito tedioso. Ele reconhecia aquele olhar do irmão. Era o mesmo olhar que vestira antes de jogá-lo na água.

A minúscula aranha já não estava sozinha; uma, duas, três... juntaram-se a ela. Todas ficaram esperando. Ainda haveria outras...

— Tão convincente e sincero, que creio não ter o que dizer — disse Marcos.

Pegando uma pasta ao lado, Ernesto tirou de dentro alguns papéis e, dobrando as páginas, chegou à última. Colocou-as na frente do irmão e ficou a observá-lo. O cadáver olhou para os papéis. A visão não ajudava muito, mas havia algo mais, algo que Ernesto não sabia: aparentemente havia desaprendido a ler. Mais um presente dado pela inexistência. Levantou os olhos para Ernesto e perguntou:

— Nas linhas? — A caneta entre os dedos de gelatina.

— Onde mais seria? — retrucou o outro.

Apoiou a caneta sobre o papel e tentou lembrar como era assinar. Seu esforço foi em vão, pois o instrumento não parava entre seus dedos. Usando o pouco de força que ainda restava, pegou a caneta como se fosse cravá-la no peito do irmão e rascunhou uma assinatura. Empurrou, então, a pasta e os papéis. Ernesto, antes de tocar na pasta, vestiu luvas de borracha. Depois de limpar as bordas que ficaram com sobras de muco, correu os olhos sobre o que fora assinado.

— Mas isso não vai servir de nada — bradou ele, jogando a pasta e as folhas soltas sobre a mesa.— Nunca que isso será reconhecido como tua assinatura — completou.

— O que mais esperavas de um cadáver? — e, desta vez, lançando um olhar soturno ao irmão, disse: — E cuidado; quando se abrem portas, pode-se não gostar daquilo que elas deixam passar.

Ernesto instintivamente recuou alguns centímetros na cadeira. Não gostara nada daquele olhar.

As insignificantes aranhas, como uma só, se moveram para escapar das unhas de Ernesto. Esse era o maior problema: não conseguiam deixar de provar a carne, macia e nova, fresca como havia muito não viam.

— Inventa que teu irmão estava morto de tanto beber e não conseguiu assinar direito — disse Marcos, lembrando aos poucos o que significava sarcasmo.

Ernesto fixou os olhos no irmão, seus lábios se movendo como se estivesse tentando cuspir algo que ficara preso entre os dentes.

— Gastei muito mais do que deveria para fazer isto, e o que consegui? Garranchos e papéis manchados com muco e catarro. Acho que já tá na hora de tu ires embora.

Dizendo isso, tirou o canivete do bolso, fazendo um pequeno corte na ponta de outro dedo, e pingou algumas gotas no chão. Como fizera na borda da piscina, escreveu alguns símbolos estranhos com o sangue que caíra.

— Tão cedo assim, meu irmão? — perguntou o morto. — Não chegamos nem a nos abraçar — disse entre os dentes. — Mas algo me intriga: fazer esta conjuração simplesmente para conseguir minha assinatura? Ou haveria algo mais, como culpa? — ao terminar de dizer isso, a corrente que o prendia à escuridão se retesou, e, igual a uma rede que é tirada da água, aos poucos foi sendo puxado para fora.

Impassível, Ernesto respondeu:

— Culpa é algo que nunca tive. E, como acabaste de falar, portas devem ser fechadas.

Perdendo também o poder sobre as palavras, Marcos ainda conseguiu dizer:

— Sabe, esta invocação é algo inconcebível para qualquer um que está do lado lá. Estar morto e tentar voltar é dolorido demais. Tu não tens a mínima ideia. Então, quando somos invocados e "obrigados" a vir, recebemos uma compensação. Não me perguntas quem pensou nisso — sua boca se retorcendo a cada nova sílaba.

— Um pedido — disse Marcos. — Podemos fazer um pedido. Imaginou isso?

Usando uma das mãos para se segurar ao batente da porta, olhou para o irmão e disse:

— Eu desejo não ficar só — dizendo isso, soltou-se e foi tragado pela escuridão. Ernesto ainda ouviu a corrente se debater, antes de definitivamente sumir.

Olhou ao redor, buscando ver se algo acontecera. Nada mudara. Lembrou-se das palavras de Marcos, riu daquela tolice. Nunca ouvira tamanho absurdo: mortos tendo pedidos? Então a perna coçou mais uma vez. Uma fisgada mais forte agora. Levantou-a para ver o que acontecia, pensando nos mosquitos. Foi neste momento que viu, logo abaixo do joelho, projetando-se para baixo e para trás, minúsculos tentáculos que juntos formavam um aglomerado negro e pulsante, vivo como um enxame de insetos. Ernesto gritou e saltou da cadeira, as mãos numa tentativa vã de arrancar aquilo de si. Mas a mancha crescia à medida que tentava se livrar dela. Em seu desespero, ignorou que algo mais entrara pela porta: sorrateiro, o longo apêndice deslizou com uma suavidade ofídica, correu pela sala e, à medida que percebeu que o homem o ignorava, aproximou-se disfarçado como uma sombra. Só foi notado quando Ernesto, que ainda lutava para livrar a perna, voltou-se e se deparou com a massa que, brotando do piso, se erguia para dar o bote. Os diminutos tentáculos, que até aquele momento apertavam e tentavam mastigar a carne humana, como que reconhecendo seu senhor, pararam o que faziam, se descolaram da pele do homem e, num pulo, se incorporaram ao corpo daquela criatura. Talvez tivesse sido pela amplitude daquilo que o espreitava, ou pelo inesperado do momento, Ernesto apenas se resignou e, confuso, entendeu que não havia mais o que fazer. Ao ser abraçado e envolto pelo repulsivo tentáculo, o homem percebeu que aquilo não era frio e pegajoso como esperava, mas morno e aconchegante, nem ao menos se importando com o momento em que invadiu sua boca.

O domingo amanheceu brilhante. O pequeno caminhão de mudanças passou aos tropeços pelo portão. Os ocupantes desceram, estampando em seus rostos o desânimo de quem preferia estar fazendo outra coisa em um domingo de manhã.

Aquele que aparentava ser o mais velho notou que os móveis já estavam na frente da casa.

— Bom dia! — falou, sem receber qualquer resposta.

— A gente não tem muito tempo a perder — disse o outro, mais jovem.

— Já volto — disse o primeiro.

Ele se dirigiu até a casa e, vendo a porta aberta, repetiu o que dissera:

— Bom dia! É da loja de antiguidades.

Na soleira, viu o que restara da mesa posta: as velas derretidas e duas cadeiras caídas. Havia no chão algumas manchas negras, que reparou que desciam pelo gramado até a piscina. Foi até lá e não escondeu a expressão de nojo ao ver como aquilo estava. Os archotes queimados chamaram sua atenção. Certamente as manchas eram da fumaça que aquilo soltava. Ainda olhou ao redor para ver se alguém aparecia, antes de cuspir na piscina e dar a volta. Em menos de meia hora, carregaram o caminhão e se foram, intrigados ainda pelo não aparecimento de ninguém.

A GARRAFA E A FOSSA

GUSTAVO CLIVE RODRIGUES

Meu nome é Hugo Queiroz e sou 2º sargento da Marinha do Brasil. Ou pelo menos era.

Preciso deixar este relato antes que minha mente se perca de vez para a insanidade e o esquecimento. A cada instante neste lugar ignorado por Deus, sinto meu cérebro se despedaçando com minhas capacidades.

Há um tempo, não saberia dizer se dias, meses ou anos, eu estava a bordo do submarino Sebroma, em uma missão de reconhecimento no meio do Atlântico Sul. Isolado e distante de qualquer gota de álcool.

Tudo estava rotineiro, até que fomos informados de que uma grande fossa se abriu a pouco mais de três mil quilômetros do litoral brasileiro. Éramos a embarcação mais próxima do local e nos foi solicitado fazer um primeiro reconhecimento até a chegada do batiscafo estrangeiro.

Segundo o satélite, a estimativa de profundidade da nova fossa era de pouco mais que vinte mil metros. Quase o dobro da Fossa das Marianas.

Conforme nos aproximávamos, notamos alguns problemas nos indicadores de pressão e temperatura. Eles permaneciam normais. Estáveis. Mas praticamente toda a tripulação começou a ficar um pouco desorientada e com frio. A pressão devia estar em menos de uma atmosfera e a temperatura bem abaixo do normal. O ar que saía de nossas bocas ficava cada vez mais visível, e o trincar de nossos dentes ressoava dos alojamentos até a ponte de comando. Algo estava errado. Os medidores pareciam quebrados, e nossos casacos e blusas não surtiam muito efeito. O frio parecia vir de dentro. Desde a medula.

Tudo piorou quando chegamos à fossa. Por algum motivo, perdemos contato com nosso comando em terra. Nenhum sinal para fora do submarino estava funcionando. Nossos sonares estavam silenciosos. Como se estivéssemos em um grande vazio. Todos ficamos apreensivos, mas mantivemos o máximo de discrição para continuar cumprindo com nossa função.

Estávamos a aproximadamente 200 metros de profundidade quando vi um vulto passar no corredor dos alojamentos. Parecia ter sido uma criança. Tive a intensão de ir atrás, porém foi quando ouvi o almirante Albuquerque dar um grito longo e desesperador. Todos pararam e ficaram olhando imóveis para aquele surto de loucura. Nunca tive contato muito próximo com o almirante, mas sabia que era um homem extremamente respeitado e admirado por todos. Com certeza, não era do tipo que gritava em situações adversas. Não importava o frio sobrenatural que estávamos sentindo, aquele grito gelou minha espinha com muito mais rigor.

O barulho ensurdecedor só foi parado por um engasgo. O almirante caiu no chão e começou a cuspir sangue. Provavelmente, havia rasgado a garganta durante aquele grito. Então, desmaiou na ponte de comando. Um silêncio sepulcral dominou o ambiente. O trincar de nossos dentes cessara, pois todos ficaram boquiabertos com a situação. A expressão de pavor na face de cada um dos tripulantes era desesperadora.

O silêncio só foi quebrado pelo barulho repentino do sonar, que começou a emitir um alerta.

O vice-almirante Edir Pascoal assumiu o comando enquanto acompanhava a maca carregando o corpo inerte de Albuquerque até a enfermaria. Ele ordenou à tripulação que reestabelecesse a comunicação com o comando terrestre e que ficássemos atentos ao sinal do sonar, para tentar identificar o que era aquela gigantesca massa.

As tentativas de reestabelecer a comunicação foram frustradas. Aparentemente, não havia nada de errado com os equipamentos.

Estava tudo em ordem. Mas o sinal, assim que emitido, parecia se perder em um limbo.

Já o sonar mostrava algo estranho. Ou melhor, era muito comum, mas não naquelas circunstâncias. O sinal indicava padrões costumeiros de grandes seres vivos. Como baleias. O que não era comum era o tamanho. As dimensões eram enormes, ultrapassavam a capacidade do aparelho. Estava localizado bem abaixo de nós, dentro da fossa. Imerso na escuridão das profundezas marinhas. Talvez nem o batiscafo conseguisse alcançar tal profundidade.

A sensação de desnorteamento aumentou. Acredito que o desespero começou a tomar conta de alguns outros tripulantes. Nessa hora, achei ter ouvido gritos vindos da enfermaria. Ao meu lado, um marinheiro cujo nome não me recordo, parecia estar em uma espécie de transe e começou a balbuciar palavras que eu não consigo transcrever. De repente, ele saiu correndo gritando, até bater forte com a cabeça na parede do submarino. O som de seu grito deu lugar ao eco do choque entre seu crânio e o metal.

Fui correndo até a enfermaria para avisar o médico do ocorrido. No caminho, percebi novamente aquele vulto passando ao meu lado de forma fantasmagórica. Embora tivesse continuado a correr até a enfermaria, hesitei um breve instante, pois, por algum motivo, aquele vulto me fez lembrar de minha filha, Beatriz.

Assim que cheguei à enfermaria, comecei a gritar pelo doutor. Mas fiquei calado assim que fitei a cena à minha frente. O almirante estava de pé, escrevendo na parede símbolos estranhos que eu nunca havia visto. Sob seus pés, estavam os corpos dilacerados do médico e do vice-almirante. Sem conseguir reagir à imagem dantesca, fui tomado por desespero definitivo quando percebi que Albuquerque estava escrevendo com o sangue dos corpos e, enquanto o fazia, falava sem parar em uma língua estranha aos meus ouvidos. No meio de todo aquele horror nefasto, consegui discernir uma palavra entre os desenhos sem sentido. Minha mente pode estar equivocada, mas acredito que estava escrito "CARCASA". Provavelmente o almirante queria dizer "carcaça".

Não estou muito certo disso, pois, assim que consegui sentir minhas pernas novamente, corri para fora daquele lugar infernal.

Quando cheguei novamente à sala de comando, na busca do próximo na linha hierárquica do Sebroma, eu a vi. O que antes era apenas um vulto me assombrando, agora, tomava a forma de minha filha. Ela estava bem ali. A poucos metros de mim. Sorrindo. Um mísero instante de paz tomou minha alma. Mas esse instante foi quebrado assim que ela começou a gritar chamando por mim com uma expressão de desesperança. Corri até ela e, quando tentei abraçá-la, ela se desfez em cinzas. A memória do incêndio que a matou tomou minha mente. A visão das chamas queimando em diversas cores e eu atônito e bêbado sem poder fazer nada, sem conseguir forças para subir as escadas, fervia em minha alma. A dor. A culpa. O único pensamento que me poderia ser mais terrível do que aquele momento que eu estava vivendo.

Comecei a chorar desesperadamente. Me desliguei do meu entorno. Não percebia mais o que estava acontecendo.

Com o tempo, comecei a recobrar a consciência. Os sons dos gritos e das trevas que o Sebroma tinha se tornado ficavam cada vez mais altos e claros. Foi então que, no meio da balbúrdia e gritaria, ouvi o sinal do sonar ficando mais frequente e mais intenso, indicando a aproximação rápida da estranha massa que havíamos identificado.

De repente, sem tempo de nos prepararmos, fomos atingidos. O submarino começou a girar freneticamente. Nem o maior animal aquático conhecido poderia fazer um décimo daquela força. O casco se rompeu e a água do mar começou a entrar. Os tripulantes que não conseguiram se segurar se feriram gravemente. Outros começaram a se afogar. Não consegui reconhecer quem era, mas, a dois palmos de mim, caiu um corpo que teve a cabeça varada por um cano que se quebrou no impacto.

Então paramos de girar, mas ainda estávamos nos movimentando. Dessa vez, direto para cima, em direção à superfície, numa velocidade espantosa. Seja lá o que era a criatura, era ela que estava nos levando para cima.

Chegamos à superfície. Sem conseguir colocar um pensamento sequer em ordem, olhei para a luz que vinha do buraco no casco do submarino. Fui até ela, desejando apenas respirar o ar externo e sair daquele pesadelo vivo. Nem que fosse para morrer afogado lutando contra a água que entrava no submarino ou depois, mas eu precisava sair de lá.

Assim que saí, contemplei-a. Uma visão abominável, cujo espanto que me causava só se equivalia ao paradoxal esplendor. O que saiu da fossa e nos trouxe à superfície era algo que não consigo descrever. Nem mesmo o ser humano mais perturbado ou brilhante poderia imaginar algo tão repulsivo e magnífico. Parecia ser metade físico e metade... elementar ou... de energia. Era tão grande, que ultrapassava meu campo de visão. De suas extremidades saíam coisas que se assemelhavam a galhos ramificados com gigantescos tentáculos que começaram a se desdobrar. Parecia não ter fim. Era como ver um caleidoscópio em movimento, com cores muito aquém de nosso espectro. Conforme vislumbrava o caráter amorfo da criatura, senti meu cérebro arder, mas não conseguia parar de olhar o espetáculo inefável e hipnótico à minha frente.

Então um pequeno ponto começou a se abrir. Seria uma boca? Uma espécie de luz intensa começou a sair, como uma grande janela se abrindo aos poucos e crescendo. Crescia sem parar. Percebi ao meu redor que alguns sobreviventes da tripulação foram em direção à luz. Tal qual uma vespa em direção ao fogo, sem pensar, comecei também a nadar até lá. Senti-me escravo de uma força superior. Não conseguia me controlar mentalmente nem fisicamente. Enquanto me aproximava cada vez mais, lembro-me de que comecei a falar palavras que não me faziam nenhum sentido. Uma aleatória seleção de vogais e consoantes entoadas de forma gutural.

Depois que alcancei a Luz, veio o oblívio. Não há um resquício sequer de memória ou sensação daquele momento. Senti o que é o verdadeiro significado de esquecimento. Não é simplesmente uma lacuna no tempo do qual não me recordo. É um fragmento que, na minha incapacidade de compreender, fica inacessível às sinapses de meu cérebro primitivo. Sinto-o a todo momento como um maldito parasita abocanhando e devorando com voracidade pensamentos e memórias.

Quando voltei a consciência, se é que posso nomear dessa forma, estava nesta pequena casa de madeira, idêntica àquela em que morei com Beatriz. Idêntica, porém estéril. A madeira, que era clara e brilhante, agora está opaca e cinza. Cinza como todo o resto. Uma camada densa e grossa de poeira está cobrindo absolutamente tudo. Desde as paredes, móveis e até o teto. A única coisa que não estava impregnada com as cinzas era uma garrafa sobre a mesa.

Perdi completamente a noção do tempo. Aqui não há dia ou noite. Não é escuro nem claro. Não sinto fome, nem sono ou qualquer tipo de desejo. Não consigo mais saber se ainda estou respirando ar ou se é um simples movimento automático e enfadonho.

Quando tentei sair da Casa, me deparei com uma longa planície coberta pelas cinzas que caíam sem parar. Não sabia dizer se era do céu. Neste lugar, estou fadado ao meu limítrofe entorno. Há uma neblina constante que impede que meu campo de visão alcance qualquer coisa que esteja além de poucos metros de distância.

Andei e andei, na fútil tentativa de chegar a algum lugar ou encontrar alguém. Nada. Absolutamente, O Nada. Não sei o quanto andei, pois não me cansava. Quando decidi voltar para a Casa, lá estava ela. A poucos metros de distância. Teria ela me acompanhado ou seria eu andando em círculos?

Este talvez seja o Purgatório ou o Inferno, embora nenhuma religião que eu conheça os descrevesse assim.

Encontrei este caderno e uma caneta na cômoda da sala. Escrevo este relato na vã tentativa de me manter lúcido e me impedir de seguir um impulso de subir ao andar de cima da Casa. Quando olho aquelas escadas, percebo que, lá em cima, no final dela, há um espelho. Não quero ir para lá.

Ao que parece, não tenho muita opção, senão ficar aqui. Preso com meus tormentos. Sinto que em algum momento me perderei. Sinto que minha mente está à beira do colapso. Ou simplesmente deixarei de existir, tal como um sussurro dito no meio da ventania.

Agora percebo que uma luz começa a ser emitida do andar de cima. Sinto ainda mais forte aquele impulso de subir as escadas, mas uma sensação fóbica me paralisa. Talvez se eu tomasse um gole daquela garrafa…

O ENIGMA DO ABISMO:

CANÇÕES DE MORTE E DE NINAR

ARTUR MONTEIRO LEITÃO JÚNIOR

— O oceano é vasto, ocupa mais de dois terços de toda a superfície do planeta e, mesmo com toda a parafernália tecnológica que temos atualmente, conhecemos muito pouco da fauna marinha. Veja bem: cerca de 90% das espécies marinhas que conhecemos se concentram nas costas continentais, a menos de mil metros de profundidade. Os mares abertos, longe dos continentes, não passam, por conta da nossa ignorância, de um gigantesco "deserto azul".

Era assim que, ritualisticamente, Martha introduzia todos os anos a disciplina que lecionava no curso de Oceanografia.

— E digo mais: se vocês considerarem que a profundidade média dos oceanos gira em torno de quatro mil metros, sendo que o ponto mais profundo está a mais de 10 km da superfície, a profundidade dos oceanos corresponde a até 95% da biosfera, ou seja, de todo o espaço disponível para a vida.

Ela simplesmente se deliciava com as feições de espanto de seus interlocutores.

A voz de seu mestre ecoava em sua mente: "Ganhe a atenção dos seus alunos pela emoção. A emoção, o espanto e o suspense cativam e criam a curiosidade e o interesse pelo assunto". Nesse quesito, Martha era simplesmente uma mestra.

— Conhecemos *tão pouco*, uma parte *tão pequena*, que sabemos mais sobre a superfície da Lua do que sobre os oceanos do planeta Terra.

Nesse ponto, uma série de *slides* com fotos de criaturas insólitas complementavam o seu discurso, mesmerizando os seus aprendizes — tal qual peixes seduzidos por iscas em anzóis — e criando o ambiente perfeito para o clímax de seu introito:

— É esse mundo alienígena, escuro, frio e esmagador, lar de criaturas misteriosas e excêntricas, que vamos explorar em nosso curso.

Pronto! Os peixinhos, antes rebeldes e selvagens, estavam fisgados para todo o semestre.

Mas *há sempre peixes maiores no oceano!*

Foi isso que Martha pensou ao ser chamada na sala da diretora do curso ao final de sua aula inaugural. Lá a esperavam, para uma conversa reservada, dois cientistas militares: sisudos, impecavelmente trajados e com feições marciais, convocaram-na para uma missão científica ultrassecreta em uma fossa oceânica, perto do Estreito de Drake, no Oceano Antártico.

Revelaram que, já havia algum tempo, o trabalho e as pesquisas da professora vinham sendo vigiados e, agora, ante a descoberta de um estranho artefato no fundo daquela região abissal, estavam formando uma comitiva de cientistas para descobrir a sua origem e natureza.

Fizeram testes físico-químicos e batimétricos, leituras magnéticas e espectrofotométricas: todos os resultados apontavam para conclusões fora dos padrões de normalidade.

Conjecturaram hipóteses.

Precisavam de uma especialista em animais marinhos, e lá estavam. Além dela, a missão contaria com um experiente piloto e uma geóloga.

Contudo, alertaram-na: o ambiente seria o mais inóspito possível. Na superfície, a fúria daquele oceano, principal nêmese dos marinheiros, frequentemente interrompia os canais de comunicação com o fundo do mar, isolando os aventureiros num inferno aquoso desconhecido.

Pelo sim, pelo não, Martha sopesou a situação e decidiu por ser parte daquela aventura: o desafio e a curiosidade científica sobrepujaram o seu medo.

***

Mergulhando rápido e fundo, os tons de azul do ambiente foram mudando gradativamente à medida que a luz ia se esvaindo, cedendo lugar a um negrume cada vez mais presente, hermético e quase sólido, somente "arranhado" pelo feixe de luz projetado pelos holofotes do batiscafo.

Escuro. Frio. Deserto.

Batizado de *Keto* — em homenagem à primordial divindade marinha que personificava os perigos do mar —, o batiscafo era o maior que Martha já vira, grande o suficiente para dispor de alojamentos individuais, além da sala de comando e operações, do compartimento das baterias e motores e de um pequeno refeitório.

Ainda assim, fosse pela natureza gregária ou pela força dos comportamentos atávicos, os três tripulantes se concentraram na cabina de comando durante o mergulho conduzido por Lúcio. A tensão no ar pesava toneladas, quase comparáveis à incomensurável pressão do lado de fora, que fazia o metal do veículo ranger em ruídos horripilantes.

Aflição. Ansiedade. Agonia.

Os corpos retesados já se convertiam em dores, suores e calafrios.

Somente o bipe do sonar e os sons da estática do rádio de comunicação com a superfície confrontavam a sensação de isolamento provocada pela excruciante hipnose daquela queda rumo ao desconhecido.

Os minutos pareciam horas arrastadas.

Quando os sinais sonoros do sonar se tornaram mais frequentes, denunciando a aproximação ao artefato, um misto de medo e excitação tomou conta da tripulação. Os holofotes varriam o ambiente na busca, infrutífera, de alguma distinção do cenário exterior.

Depois de um tempo, em meio ao negrume, uma luz pálida começou a brilhar: no começo, somente Lúcio, com sua perspicácia e experiência, havia-a identificado; depois foi a vez de Viviane, a geóloga, perceber o tênue brilho.

Aos poucos, a luz foi ficando mais nítida e incontestável: ela emanava de uma esfera metalescente, exatamente no ponto em que o sonar "berrava" a localização do alvo da missão.

Ao corrigir o curso do veículo para uma aproximação, depois de instruções da superfície, Lúcio desengatou as garras mecânicas do batiscafo, dotando-o de "braços" com os quais poderiam "tatear" o fundo oceânico e capturar aquela estranha esfera, trazendo-a a bordo, a fim de estudá-la e levá-la à superfície.

À medida que se aproximavam, os ruídos da pressão externa começaram a açoitar o casco, embora, estranhamente, a direção se desse com pouca variação vertical. O barógrafo, antes em perfeito funcionamento, ficou ensandecido, desenhando registros irreais antes de pifar.

De repente, uma onda submarina irradiou da esfera, sacolejando o veículo de modo a desviá-lo de sua rota por um instante. Corrigido o rumo, uma segunda onda veio ainda mais forte, criando uma resistência invisível que obrigou Lúcio a aumentar a potência e, obstinadamente, forçar o motor para se aproximar do alvo. Na terceira vez, uma massa d'água eletrificada atingiu em alta velocidade o batiscafo, fazendo um dos holofotes explodir e danificando, de modo irreparável, o sonar.

Apreensão. Mau pressentimento.

Após a confirmação, em um dificultoso e prejudicado contato com a superfície, de que, pelas leituras telemétricas, o veículo estava em condições normais, negociaram novas diretrizes para a missão, resolvendo por apenas capturar o artefato e estudá-lo somente na base de comando, em melhores condições de segurança. Então, decidiram por prosseguir.

Magistralmente, Lúcio conseguiu, apesar das violentas turbulências, capturar a esfera.

Todavia, no momento em que acionou o recolhimento dos braços mecânicos para iniciar a subida, os controles não responderam ao comando.

Então aconteceu!

Um pulso eletromagnético irrompeu do artefato. O veículo, antes caolho, ficou completamente às cegas: o holofote se desligou e os aparelhos de controle, comunicação e propulsão pararam de funcionar, fazendo com que o batiscafo caísse, passivamente, alguns metros antes de se chocar contra o assoalho oceânico.

Por alguma força invisível e inexorável, o silêncio sepulcral reinou na cabina, enclausurando cada um em sua própria escuridão. O abismo derredor parecia ser potencializado pelo artefato, sendo capaz de aprisioná-los em uma obscuridade e melancolia profunda e interminável, deixando-os embotados e alienados de uma realidade muito distante.

A realidade na superfície, à luz, não parecia outra coisa senão um sonho longínquo, evanescente na memória.

Depois de algum tempo no escuro, acostuma-se à escuridão.

Apáticos e à deriva, os tripulantes, aterrorizados, assistiram à esfera projetar uma luz fantasmagórica antes de se abrir em pétalas. Do seu interior, surgiu uma criatura sobrenatural coriscante, com traços humanoides, extremamente alva e pálida, quase translúcida. Com olhos graúdos muito escuros e torpes, vívidos e hipnóticos, e com a superfície corpórea despelada e repugnante, da qual se projetavam tentáculos que lembravam nematoides purulentos, o ser insólito flutuou pela água em uma velocidade sobrenatural, pairando a pouquíssimos metros do vidro borossilicato da cabina de comando, encarando a cada um por brevíssimos milissegundos que pareceram eternidades de terror e pânico.

Foi quando se ouviu a sua "canção" pela primeira vez: o som emitido percorreu um espectro tão grande de frequências sonoras, indo do extremamente agudo ao mais grave em poucos segundos, tornando-se inaudível em seguida, de modo que deflagrou os temores mais primitivos e viscerais nos alucinados tripulantes.

O batiscafo cedeu. O seu casco começou a rachar. Era questão de tempo para serem esmagados.

***

Viviane era esbelta e muito bonita. A sensação e alma da festa, diziam.

Assim alimentou o seu ego, transformado em monstro voraz.

O importante era vencer: vencer na vida, vencer as discussões, vencer nas seduções, vencer nos romances...

Ser a filha predileta, a aluna predileta, a funcionária predileta, a parceira predileta...

E não se prender a nada. E a ninguém.

Não levo desaforo para casa.

Não devo satisfações a ninguém.

Criou-se acostumada ao poder, às riquezas, à notoriedade e à perfeição. Fez sempre o que quis, como quis, quando quis, sem se importar com as consequências e sem sentir remorsos.

Minha vida, minhas regras.

Quando a segunda "canção" da criatura ecoou, Viviane se confrontou no espelho de seu alojamento e, enlouquecida e enraivecida, não gostou do que viu: a imagem refletida parecia consigo, mas era macabra, esquálida, com olhos ferozes, graúdos e maléficos. Da sua boca saíam vermes que tinham seu rosto.

Alucinada, partiu para cima do espelho. Precisava da *imagem* da sua vida de volta. Precisava da sua identidade.

Eu nasci assim e não vou mudar nunca.

Atingiu com fervor seu reflexo no espelho. Com o maior caco, cortou a garganta da sua versão diabólica. Mas era sua a garganta que sangrava. Até a morte.

***

Arriscando uma centelha de consciência e racionalidade a partir de um breve despertar ante a agonia final de Viviane, Lúcio e Martha tentaram coordenar as suas ações para darem a missão por encerrada e transformarem a cabina de comando em cápsula de fuga, uma vez que o colapso do batiscafo era iminente.

Então ouviram a "canção" pela terceira vez.

Transe. Vertigem. Loucura.

***

Lúcio era, apesar de corpulento e do semblante taciturno, adorável e gentil.

Mas, cioso de seu papel para o funcionamento harmônico de sua corporação na Marinha, entregava-se, abnegado, às ordens, transformando-se em um truculento serviçal do regime.

Manda quem pode, obedece quem tem juízo.

Confiava plenamente nos julgamentos de seus líderes, para os quais era um valioso e devotado assecla. No íntimo, gostava de, sob a justificativa das ordens, agir com fúria, liberando-o das frustrações cotidianas a partir de uma violência desmedida e alienada, quase terapêutica.

Competente e fiel às ideologias, ganhou notoriedade e respeito entre seus pares.

Contudo, quando a "canção" do monstro submarino ecoou em sua mente, percebeu que a sua força era, na verdade, covardia; a sua lealdade, perfídia; e sua bondade, uma máscara do seu comportamento injusto e imoral.

Soçobrado pela percepção repentina de sua opressão, sucumbiu imediatamente à pressão submarina daquelas gélidas águas, de modo que o exterior o pressionara com muito mais força que seu interior, vazio de virtudes, pudera suportar.

A cabina se rompeu. Morreu *implodido*.

***

Para Martha, a "canção" ecoou de modo diferente: antes horripilante e mau agouro, dessa vez pareceu a ela mais uma canção de ninar em tons agudos, suaves e melódicos, similar aos sons emitidos por golfinhos.

Tudo ficou claro. O ambiente se converteu em um completo branco ofuscante.

Na cândida imensidão, a criatura marinha reapareceu: não era mais repugnante ou monstruosa, mas, sim, um ser quase dócil. Metamorfoseou-se de modo acelerado: desfez-se por completo e, da massa amorfa, foi adquirindo formas e contornos cada vez mais distinguíveis.

Um embrião. Um feto. Um bebê. Uma criança com traços assustadoramente similares.

Déjà vu nunca visto.

Lembrou-se de sua gravidez. Da felicidade. Das complicações. Do aborto. Do luto.

Câncer. Esterilidade.

Lembrou-se do seu profundo sentimento de indignação e injustiça.

Na vida, há uma razão para tudo!

Quando este mantra se banalizou a ponto de gerar resignação e imobilismo, abandonou-o.

Mas, mesmo assim, curvou-se humildemente ao desconhecido. Apaixonou-se pelos oceanos, reconhecendo a sua ignorância perante a vastidão das águas não exploradas.

Dali em diante se refez: dedicou-se a ensinar, a transmitir a paixão pelos mares.

Dê ao mundo a sua melhor versão!

***

Quando deu por si, de volta à consciência, à realidade, Martha estava na enfermaria da base de comando, convalescente.

Explicaram-lhe que a encontraram inconsciente, mas incólume, boiando em uma espécie de bolha de ar em meio às águas geladas e revoltas do mar.

A base de comando instalada no navio militar perdera o contato com o batiscafo tão logo designara as novas diretrizes para a missão. Do lado de fora, na superfície, não havia dados suficientes para explicar racionalmente o fracasso daquela expedição científica.

Para Martha, as poucas horas transcorridas desde o início do mergulho lhe pareceram dias incontáveis e longínquos.

Chamada a depor oficialmente na corte marcial, pouco soubera explicar sobre o naufrágio de *Keto*, sobre as mortes dos companheiros ou sobre o misterioso artefato encontrado no fundo do mar.

De resto, os seus relatos mais pareceram devaneios inverossímeis de um monstro marinho, pavores, "canções" tenebrosas e alucinações.

Confusa, tudo não parecia outra coisa senão meras lembranças mal recordadas de um pesadelo, do qual não se tem convicção da fronteira entre a realidade e a ficção.

De tudo que vivera e sobrevivera, Martha tinha apenas uma única certeza:

Fora ao *abismo* e retornara.

Renascida.

O CAPITÃO

CARLOS A. HERNÁNDEZ A.

Me recordo a cada noite, com saudades da cor do silêncio, me recordo da cor da fúria e da cor do medo, recordo do tempo em que o vento apenas era um guia para o caminho das chuvas e o caminho de cada estrela era deixado como rastro, nessa mesma cor azul do mar que faz com que cada homem, pescador ou marujo, seja bravo, forte.

Busco na memória cada olhar dado para as águas, o quanto estas eram abraçadas pelas imponentes fortificações de Niebla, Mansera e Corral, instaladas em altos penhascos que, durante os anos idos do século XVIII, no Chile, foram a porta de proteção contra as invasões francesas e holandesas no Pacífico Sul, sendo estas portas convidativas para os visitantes que desejam até os dias de hoje adentrar pelo estuário de Corral através do Rio Valdivia, observado e recoberto por paredões vegetativos de carvalho e cipreste que farfalhavam tênues sons, que, no silêncio da noite, entoavam cantos para o imaginativo.

De paisagem densa e de intensos aromas que se misturavam aos sabores impregnados do lariço, da canela, da avelã e da murta que ao longo daqueles anos era o presente trazido pelos ventos do sul, que adentravam o estuário e banhavam cada entardecer da cidade, típica pela sua fartura pesqueira e agrícola, que adentravam de maneira impetuosa pelas narinas, presentes nas regiões da Araucanía.

Apenas me recordo a cada noite... e me recordo do que o início do século nos trouxe naquele ano, um verão que se caracterizou pelas intensas chuvas... normal... durante os primeiros meses, mas que em fevereiro se caracterizou por ser muito seco. Geralmente o mês de janeiro nos dava de presente seu frescor e se caracterizava pela fartura dada em dezembro pelo amadurecimento das peras.

O inverno... me recordo... teve chuvas abaixo do comum, mas...

O outono foi o mais estranho, devido a suas intensas chuvas, acima do normal, principalmente no início da estação, de fortes ventos, de tons cinzas no horizonte que impregnava o ar com o sabor de sal e avelã, que nos trouxe o frio junto da escuridão do rápido entardecer, e a constante chuva que, da maneira que golpeava os rostos, ia demarcando linhas.

Todo o rio era conformado por pequenos pontos de atracagem que levavam da Cidade de Valdivia às distintas áreas do estuário, e, à frente, mar; totalizava um percurso médio de 9 milhas, aproximadamente 15 km até a costa, um rio de correnteza calma, de coloração do mais intenso lápis-lazúli, trafegado por chalupas a remos ou a vela, que se utilizavam dos constantes ventos...

Naquele tempo ao longo da costa, para poder navegar, principalmente ao cair da noite, o chamado nas zonas de atracagem era feito por meio da sinalização de lampiões, mas que, devido às intempéries das chuvas torrenciais daquele outono, com a espessa névoa, raramente ocorriam após o cair do sol.

Ao cair da noite, me recordo... apareciam pequenas luzes na costa, vindas dos pequenos bangalôs que acolhiam pescadores, remadores e parte da população ribeirinha, que vinham da Cidade de Valdivia, proveniente das novas fábricas que se instalaram no começo do século, de pregos e madeira, de trigo e calçados e da Cervejaria Anwandter, advinda de longínquas terras alemãs, cujos proprietários enriqueceram repentinamente... me recordo...

Foi em uma noite como essa que se viu no horizonte do Pacífico Sul, entre as névoas, o frio que percorria o corpo e uma umedecida chuva, uma imponente embarcação de grande mastros chegar com as suas velas brancas e puras, de quilha alta e de elegante cor de ébano em seus detalhes, atracar no horizonte, e que fez cada morador do estuário a observar com admiração, pois nos fazia chegar através do vento... o odor da queima de carvalho, o som de cantos e músicas não compreensíveis, mas que de alguma maneira transmitia alegria, devido ao eco que se ouvia ao longo da noite e da luz que abrilhantava no silêncio do mar, com um constante movimento de sombras que transitavam pelo convés da embarcação.

Da pequena choupana na qual me abrigava, pude ver a noite adentrar. Localizada próximo à fortificação de Niebla, pude ver entre a luz tênue que aparecia no horizonte um pequeno bote descer da popa do grande barco, em silêncio... pude ver alguns homens à distância descerem, o mar os acolhia, não era intempestivo, alguns remavam ferozmente para atravessar a distância e chegar à praia, enquanto outro sentado, protegido da fina chuva e da névoa que teimava em aparecer, calmamente, sentado na proa, cabisbaixo, não se percebia por baixo de um longo capuz... me recordo... atracaram na praia em silêncio...

Se mantiveram no barco e um desceu, esguio, de traje escuro, protegido pelo longo capuz, de passos largos... observava-os da minha janela... caminhou até o lampião sinalizador que estava localizado em um pequeno píer onde atracavam as chalupas... acendeu e aguardou um dos remadores aparecer... me voltei para as minhas aconchegantes instalações, pois naquela noite não sairia...

Passou-se um breve tempo, me recordo... ouvi três pesadas batidas à porta, me aproximei e não abri, apenas pude ouvir um pedido vindo de uma voz rouca através da espessa madeira que nos separava:

"...Peço que leve nosso capitão até a Cidade de Valdivia e atraque no píer Anwandter, aguarde-o e traga-o de volta. Ele o espera no Itsasoa..."

...ouvi e esperei... pensei e pensei...

Olhei pela pequena janela da minha choupana, que resistia ao vento, a uns metros via o pequeno píer, onde estava a minha chalupa, de aproximadamente 6 metros, de nome basco... me recordo... vi parado no vértice da proa a figura do capitão, que se equilibrava no suave subir e descer da maré naquela noite, protegido pelo longo capuz... me recordo... antes de sair, peguei meu velho relógio de bolso...

"...Boa noite, capitão, tenha cuidado para não cair, hoje o rio estará movimentado na entrada do estuário..."

...silêncio... me recordo...

Empurrei a chalupa mar adentro com os remos, afastando-me do pequeno píer, abri a vela que rapidamente ao vento noturno mostrou tenuamente o vermelho dela que tanto apreciava.... me recordo...

"...Capitão, contornarei a estibordo pela entrada do estuário de Corral e seguiremos pelo Rio Valdivia, o mar e o rio estão um pouco movimentados hoje..."

...apenas o silêncio e o eco da minha voz ouvi.

A penumbra da noite já caía com a leve chuva que trazia uma estranha bruma, onde na proa se equilibrava a figura do capitão soltando agora uma espessa fumaça de tabaco, por baixo dos seus trajes, fortemente amadeirado; segui conduzindo, adentramos o estuário com ventos contrários, o que fazia a embarcação movimentar-se; calmamente o capitão se equilibrava na proa... me recordo...

"...Capitão, seguiremos pela margem para não pegarmos a turbulência desta noite..."

...silêncio... me recordo...

Demoramos um pouco... a neblina já caía, o silêncio a noite banhava, poucas eram as luzes presentes na borda do imponente Rio Valdivia, apenas se viam algumas chaminés e sua fumaça, o odor noturno da madeira... mal podia ver o capitão, a noite estava escura...

Atravessamos o rio, talvez um pouco mais de meia hora, 15 km no silêncio noturno... me recordo...

"...Capitão, aqui o aguardo, chegamos ao píer Anwandter, o senhor vai demorar? Sabe aonde precisa ir? Quer que o acompanhe?..."

...apenas seguiu em silêncio... não me recordo de ver ele descendo... passos largos.

Olhei o relógio, passava das 10 da noite, voltei meus olhos para o capitão e pude ver a silhueta adentrando, mesclando-se na escuridão da fábrica... da cervejaria... apenas ele e o silêncio caminhavam... me recordo da cervejaria se iluminar internamente... era esperado, o mesmo som sem descrição que se ouvia com a chegada do barco no estuário horas antes, agora, se sentia de maneira mais clara dentro da cervejaria... em festa... brindavam, riam e comemoravam, dizendo continuamente após um intenso e pesado tilintar, que se repetia:

"Saudações, saudações... a ti saudamos, pela tua piedade!
De nós mortais, aos imortais, piedade, piedade!
Tu és o nosso capitão!
Te saudamos como nosso Timoneiro!
Mestre do mar, mestre da guerra!
Te saudamos como nosso Timoneiro!
Tu és o nosso capitão!
De nós mortais, aos imortais, piedade, piedade!
Saudações, saudações... a ti saudamos, pela tua piedade!"

Me mantive em silêncio... em festa... brindavam, riam e comemoravam... me recolhi na minha chalupa, com frio, me protegendo da névoa espessa que caía, dos cantos que ecoavam na cervejaria e dos risos e felicidades que se percebiam nas instalações... me recordo... apenas dormi... ouvi alguns... *Saudações... a ti saudamos...* dormi ouvindo repetidamente um intenso e pesado tilintar.

Acordei com o balançar da chalupa; sonolento e assustado, vi o capitão se equilibrando na proa, o píer e a fábrica em silêncio, a penumbra da noite entoava nos meus ouvidos os cânticos, apenas a escuridão... me recompus rapidamente, partimos rumo ao estuário, já passava das 3:30 da manhã... me recordo fugazmente de ver meu velho relógio.

O fluxo do rio ajudou a rapidamente avançar, a neblina se mantinha e não mais chuva havia, sentia apenas o aroma do tabaco espesso, e o assobio de uma brisa que empurrava a linda vela vermelha; à distância pude ver poucas luzes, algumas em Mansera e outras em Corral, de pessoas que apenas vigiavam meu passar, a parede rochosa e a paisagem se abriam para o mar de maneira abrupta... agora firmemente manejava a vela do Itsasoa e me perguntava como sabiam que aquele era meu barco, cujo significado *é* Mar?

Bordeamos a costa... em um sutil gesto, o capitão apontou para o barco no horizonte, protegido pelo longo capuz.

"...Capitão, o senhor quer ser levado até seu barco?...". Apenas o silêncio.

"...Mas, Capitão, já é muito tarde!...". Não me recordo de nenhum barulho naquele momento, o mar estava em silêncio... segui rumo ao barco... me recordo de maneira longínqua, de ouvir uma pesada e longa respiração vinda da proa.

Decidi enfrentar as águas que não mais eram de tom azulado, mas agora pareciam estar impregnadas por um escuro ébano... me recordo de que naquela noite ouvi o mar chorar de maneira lamuriosa, me ocasionando um intenso temor, pois pude ouvir o chamamento do meu nome... Chimi... Chimi; o pavor se apropriava do meu corpo a cada palpitar... me recordo... o choro lamurioso... Chimi... Chimi...

Tratei de atravessar agilmente o escuro mar até a popa do barco, a brisa nos favorecia... o capitão subiu uma escada de corda branca, lentamente seguiu sem agradecer, senti aumentar o temor, nada questionei... me recordo de que, de maneira repentina, senti mais uma vez o som do tilintar, mas de uma pesada moeda cair dentro da chalupa... já me preparava para sair, não mais vi o capitão... mas a brisa, agora, além do meu nome, trazia para junto dos meus ouvidos claramente uma canção que pude compreender:

"Saudações, saudações... por nos brindares neste anoitecer!
Por nos trazeres novas almas mortais!
Para as caldeiras abastecer!
Tu és o nosso capitão, o senhor dos abissais!
Saudações, saudações... por nos brindares neste anoitecer!

Tratei de seguir rumo ao pequeno píer, mas, contornando a bombordo do grande barco, para poder manobrar, me dei conta de que não mais a beleza alva estava presente, mas os tons da noite acolhiam escuras velas que... .me recordo do forte odor de carvalho queimado, dos gritos festivos que eram seguidos de sons guturais e grunhidos incompreensíveis... de lamúrias, de pesados cascos correndo sobre a proa e de sombras deformadas brindarem ao senhor das profundezas... o medo ficou impregnado na minha alma... me recordo... de tratar de fugir do chamado...

Segui abruptamente na busca do pequeno píer, pude ver às minhas costas que o belíssimo barco mudava seu tom e se mesclava à escura noite, adentrando as profundezas; quanto mais eu percebia que se mesclava no horizonte, mais o mar chorava e chamava...

Pude chegar e desembarcar... me recordo... olhei no horizonte, onde a escuridão se mesclava em um único tom entre o mar, os céus e o silêncio... me recordo...

Dirigi-me rapidamente até o lampião, que, apesar do tempo transcorrido, ainda se mantinha aceso no píer, precisava ser apagado... baixa a tênue luz, sobre o píer, dei-me conta rapidamente de que não mais o navio se encontrava no horizonte, tinha sido absorvido pela névoa que agora caía repentinamente, respirei profundamente o sal da brisa e me concentrei em poder entrar rapidamente na minha confortável choupana... senti medo, me recordo... ainda ouvia o chamado... me cobri e adormeci.

Passaram-se horas, e o dia já havia algum tempo transcorria, acordei com a memória imersa na figura esguia do capitão, cuja face a escura noite não me permitiu ver, do temor da canção, do chamado, do clima... não me recordo de o capitão ter sido atingido pelas chuvas daquela noite... no sobressalto, me recordei repentinamente do som do tilintar, pesado...

Levantei-me e percorri o curto caminho até o píer da maneira mais tranquila possível, apreciando a mudança do clima, do lindo azul que estava no horizonte, do aroma palatável da região, do farfalhar da vegetação da Araucanía... me recordo... tratei de me debruçar sobre a proa da chalupa.

Internamente, Itsasoa estava desgastada pelo tempo, tratei de encontrar o que tinha ocasionado o tilintar... encontrei... me recordo, entre cordas e vela arriada, na parte interna e mais escura da proa, pude recolher e sentir um relevo de uma pesada moeda, a qual rapidamente tratei de trazer para o iluminado dia... o medo voltou a banhar o meu ser... me recordo.

Pude ver finalmente, sobre a palma da minha mão, cada detalhe presente na grande moeda que reluzia intensamente o tom vivo do amarelo, por isso o seu peso... e cujo relevo era a cunhagem detalhada em ambos os lados da face do Diabo... me recordo... era o ano de 1916, quando nos visitou pela primeira vez.

TORMENTA

LAÍCE CARDOSO

— Deus deve estar com muita raiva — ele disse, olhando para a janela.

O céu estava envolto em nuvens, e a chuva caía sem fim. De tempos em tempos, um clarão surgia entre a tempestade, iluminando o céu, seguido por um estrondo que sacudia os copos atrás do balcão.

— Detesto chuva — Emma grunhiu, o rosto virado para a mesma janela que o velho encarava. Nesse momento, mais um raio riscava os céus, e o trovão subsequente arrepiou a espinha da mulher, que voltou ao trabalho, tirando o pó das garrafas.

O bar já vira um movimento melhor. A ilha era um belo destino para turistas que apreciavam o mar e tudo que ele oferecia. O mercado pesqueiro progredia e estabelecia contratos de comércio com o continente. Porém, como era possível notar pela poeira, as coisas não iam nada bem. O velho fora o único cliente da semana. Até mesmo os moradores preferiam se trancar em casa, esperando o fim disso tudo.

O início da estação chuvosa, semanas antes do esperado, secara, ironicamente, todo o movimento da ilha e do mar. Os cardumes sumiram, e a pesca parara. O mar revolto espantara quaisquer visitantes, e não havia sinal de que a chuva fosse parar tão cedo.

— Não é bem uma chuva normal — retrucou o velho. — Em todos os meus invernos, nunca vi, nem ouvi falar, de um céu tão colérico. Parece até um novo dilúvio.

— Não seja ridículo, Herman. Essas coisas não existem.

O velho desviou os olhos do espetáculo acima para cravá-los nos de Emma. A mulher paralisou com a expressão de horror atrás de suas íris cinzentas.

— Espero que esteja certa, Emma.

"E agora a previsão do tempo, com Sophia Wayland."

"Obrigada, Andrea. Seguimos com pancadas de chuva em toda a área azul do mapa, e uma frente fria aproxima-se pelo sul. Na área do arquipélago Kent, tempestades varrem as ilhas, com uma precipitação de..."

Emma desligou a TV. Não havia motivos para assistir à previsão do tempo, se ela mesma podia vê-lo ao vivo. E também se sabia que não mudaria. Ela não tinha ideia de como, mas uma sensação profunda confirmava que as chuvas não passariam. Ansiedade borbulhava em sua mente, revelada pelo tremor em suas mãos.

"Herman estava certo", era o que pensava. Depois do que viu no mar ao passar pela baía voltando para casa, a ideia de fúria divina não parecia tão irreal assim.

Emma estava caminhando na calçada que beirava a praia, a mesma que antes abrigava tantos turistas, segurando forte o guarda-chuva para que ele não fosse levado pelo vento. Havia muito um simples guarda-chuva não a protegia do temporal, e Emma usava também uma capa de plástico de um dólar, o meio das lojas locais de continuarem a ter um modesto lucro.

Virando para o mar, ela via apenas negror e névoa, além dos clarões dos raios. O horizonte se escondia. Era como se a ilha tivesse se separado do resto do mundo e se erguido às nuvens.

A água parecia piche. A luz fraca dos postes fazia reluzir as ondas, a espuma branca da rebentação batia no corta-mar. Por mais que fosse uma visão sinistra, o poder natural que a cena emanava era hipnotizante.

Emma apertou o passo, com o vento sacudindo sua capa de chuva, fechando os olhos contra as gotas geladas. Sua mente se concentrava no calor de sua casa, café fumegante e cobertores quentes.

Ela com certeza não esperava ter visto o que aconteceu depois.

O mar se retraíra da praia. O quebra-mar, visível onde antes havia apenas a espuma branca das ondas. Emma arregalou os olhos. "Não é possível um tsunami nesta parte do mundo, não é?". Por mais que soubesse os sinais, continuou parada, como se seu cérebro não conseguisse fazer seus músculos obedecerem.

Então o mar voltou, não como uma onda arrasando tudo, mas como se enchesse de volta. Porém, ao chegar ao nível normal, o mar não parou.

Emma correu.

Aconchegada em sua casa, mas ainda tremendo, ela pensava até que ponto o mar subira naquela hora. E se pararia. Não era possível ver nada de sua janela, tanta era a névoa que cobria a parte baixa da ilha. Emma, assim como a maior parte da população, morava na parte alta, próxima às falésias. Na parte baixa, nível do mar, estava o comércio e o porto. Não havia muitos moradores permanentes em Kent, e as falésias ofereciam proteção contra o pior das tempestades marítimas.

O toque do telefone quase a matou de susto. Ela foi até o aparelho estridente e o atendeu. A voz apavorada que veio do fone guinchou:

— Emma? Emma, está tudo bem?

Era sua mãe, que morava no continente.

— Mãe? Claro que sim. Que houve? Por que essa gritaria?

— Oh, Deus, ainda bem! George? George! — a voz soava distante do telefone, a mãe de Emma falava com o pai, que estava em outro cômodo. — Ela está bem! Ah, fiquei tão aflita. Depois do que aconteceu aí na ilha, pensei que poderia ter sido atingida ou, Deus me livre, levada!

— O quê? Como assim, levada? O que houve aqui?

Sua mãe ficou muda. Por um instante, Emma pensou que a ligação caíra, mas ela voltou a falar.

— Querida, parte da ilha foi inundada. A baía e o porto... sumiram. Falaram isso no noticiário e corri para te ligar.

Emma ligou a TV e foi atingida por uma imagem de helicóptero, tremida, com um repórter gritando ao fundo. A câmera mostrava a ilha, o que restava dela.

Tudo estava tomado pela água negra que vira antes. A praia, a baía, a orla, tudo coberto de preto. Emma sentiu suas pernas tremerem e caiu sentada no sofá.

Ela não havia escutado a fala do repórter, mas agora se atentava a seus gritos.

"Na noite de hoje, a ilha principal do Arquipélago Kent foi coberta em parte pelo mar. Não se sabe a causa do fenômeno, mas cientistas creem que o incomum temporal que há semanas maltrata a ilha seja a explicação mais coerente, e descartam um tsunami. Não há notícias de mortes ocorridas, porém toda a parte baixa está oculta. Moradores devem se dirigir a partes altas da ilha e se abrigar em casa."

A câmera deu um zoom na área atingida e focou na superfície da água. Madeira e pedaços brancos do que pareciam ser restos de velas de barco flutuavam, afundando e voltando conforme as ondas passavam. Nenhum prédio estava visível.

— Emma?

O choque fizera Emma se esquecer de que ainda segurava o telefone na orelha, com sua mãe na linha. Sua boca estava seca, e ela se sentia completamente indefesa, cercada.

— Mãe? E agora?

— Com certeza o governo vai mandar a guarda costeira, Emma. Estarei aqui atenta às notícias, e ligarei sempre, tudo bem?

Emma pôde perceber que a voz de sua mãe tremia na tentativa de ficar calma para tranquilizar a filha.

— Sim, tudo bem. Vou esperar o resgate. Tenho que ir, mãe, preciso fazer umas ligações.

— Estarei com o telefone caso queira ligar de novo, ok?

— Ok.

Emma repôs o telefone no gancho e se apoiou na parede, fragilizada pela visão de sua ilha sumindo nas profundezas. Ela pegou o celular, e uma mensagem de ALERTA piscava na tela.

"RESIDENTES DO ARQUIPÉLAGO KENT DEVEM IR PARA O OESTE DA ILHA, SUBINDO AS FALÉSIAS. ESPEREM NOVAS INSTRUÇÕES."

Abaixo do alerta, dezenas de mensagens de pessoas da ilha e de fora enchiam a tela. Havia algumas ligações perdidas de sua amiga Kate, mas, quando tentava retornar, a linha caía, o sinal estava muito fraco.

As mensagens eram basicamente iguais. Pessoas pedindo notícias, garantindo estar seguras, expressando incredulidade, surpresa e medo diante do que aconteceu. Porém, numa ilha com tão poucas pessoas, a ausência de mensagens de algumas se destacava. Grupos de mensagens se enchiam de perguntas e suposições, conspirações, arrebatamento e até mesmo histórias de alienígenas invadindo, mas Emma não conseguia acompanhar.

A indecisão quanto ao que fazer latejava em sua cabeça. Se ficasse, poderia ser deixada para trás. Mas abandonar sua casa era algo sério. O que se leva quando seu lar pode ser destruído a qualquer momento? Emma imaginava o que colocaria numa mala, quanto de sua vida caberia nesse pequeno espaço, quando foi brutalmente acordada de seu devaneio por um trovão que soou perigosamente próximo.

Ela pulou do sofá e correu para o quarto, pegando às pressas coisas essenciais, documentos, roupas, celular, primeiros-socorros. Fechou a bolsa e se lançou à escada. Não havia tempo para imaginar o que poderia acontecer, se o desastre estava acontecendo agora!

Quase na porta da frente, Emma sentiu o celular vibrar novamente. Ao olhar a tela, outra mensagem de alerta:

"RESIDENTES DO ARQUIPÉLAGO KENT DEVEM DIRIGIR-SE PARA O SALÃO DA IGREJA NOVA ESPERANÇA, RESGATE MARÍTIMO A CAMINHO."

Então as luzes apagaram, com um som de pane elétrica. Tateando pelo breu, com a luz da tela do celular, conseguiu destrancar a porta e sair. O mundo exterior era cor de petróleo, sem postes, lua ou estrelas para iluminar a ilha.

Emma ligou a lanterna, e o facho de luz revelou pessoas subindo a rua para a igreja, os olhos arregalados de surpresa com a iluminação repentina em meio ao apagão. Seus vizinhos estavam mudos, e a maior parte continuou a andar, resoluta, mas Emma foi atingida por um vulto que a abraçou.

— Por que não me ligou de volta? — era Kate, com os olhos vermelhos e inchados, coberta por uma grossa capa amarela. — Pensei que tivesse morrido!

— Kate! — Emma devolveu o abraço. — Eu tentei, mas as ligações não funcionavam. Foi tudo tão súbito.

— Assim que vi o noticiário, liguei, mas você não atendia! Peguei a mochila e corri para cá. Estava no fim da rua quando os postes apagaram, e sua lanterna acendeu.

Juntaram-se à pequena multidão que fazia sua peregrinação macabra rumo ao mais alto ponto da ilha. De tempos em tempos, raios iluminavam o caminho que foi deixado para trás, e o mundo se coloria por uma fração de segundo congelada. Nesses momentos, ela avaliava o quanto aquela água negra havia subido. A cada clarão, o mar tomava um pouco mais da ilha que antes fora sua casa.

O caminho para Nova Esperança fora escorregadio. Escadas e ladeiras revestidas de pedra escorriam com lama e chuva. Depois de ajudar várias pessoas caídas, e ela mesma cair algumas vezes, Emma chegara à igreja.

O salão fervilhava com murmúrios e lamentos. A iluminação improvisada de lanternas dava a todos um ar fantasmagórico. Tinham nos olhos um aspecto desolado. Emma já vira fotos de sobreviventes após desastres, e a semelhança era assustadora.

Algumas pessoas caminhavam entre as outras, perguntando sobre um parente, um amigo, e, assim como nos grupos de mensagens, a ausência de uns falava alto.

O padre da diocese estava num canto, tentando, sem sucesso, tranquilizar alguns fiéis. Embora tentasse criar para si uma aura de segurança, seu olhar desesperado o traía. Era só mais um entre tantos.

Conforme o tempo passava, mais silencioso ficava o salão. A tensão aumentava. Onde estava o resgate? Foram abandonados?

O padre tinha saído para procurar suprimentos quando voltou correndo, a batina esvoaçando, os olhos alucinados.

— Há um helicóptero lá fora! Estamos salvos! — e correu de volta.

O estupor da multidão levou um tempo para acabar. O choque inicial, o silêncio e, no fim, movimento repentino. Todos se arremessaram contra as portas de saída, sem se importarem com a chuva gelada.

Acima, um holofote derramava sua luz cegante, e uma voz gritava por um megafone:

— *Por favor, vão para a balaustrada leste! O resgate marítimo está a postos! Deixem tudo que não for necessário!*

Então o holofote foi direcionado para o mirante, um pátio que ficava abaixo da igreja. Compreender o que estava vendo foi difícil para Emma. Onde antes era possível ver toda a ilha de Kent, com suas casas coloridas e a praia, havia apenas o breu da água revolta. A ilha havia diminuído nas horas que passara no salão. Agora era apenas o topo da colina da igreja. Emma quase riu. Era cômica a rapidez com que a sua vida e a de tantos outros tinha sido destruída.

A multidão se acumulou no mirante, e o helicóptero passou acima, o barulho das hélices quase engolido pelo furor da tormenta. O holofote clareava a água, a luz branca refletindo em facetas obsidianas. Então, da névoa, surgiram mais luzes.

Primeiro eram pontos ao longe, voando em direção ao farol do holofote. Depois cresceram, e silhuetas sombrias de barcos apareciam. Vivas foram gritados pela multidão. Emma notou com estranheza que alguns desses gritos eram seus.

Navios singravam o mar, finalmente parando, ainda longe da rebentação. Com as luzes em sua estrutura, foi possível ver vários barcos menores sendo baixados na água, chegando mais perto da cerca de pedra do mirante.

A qualquer momento seriam levados, e as coisas, explicadas, Emma pensava. Quem sabe fosse um fato passageiro, e o mar retornasse ao normal. Poderiam até reconstruir a ilha.

Gritos de espanto fizeram-na cortar seus pensamentos de otimismo iludido e olhar para onde vários dedos apontavam. No mar, não havia tantos barcos como antes. Enquanto ela fitava, barbatanas velozes tão negras quanto o mar que as rodeava, cortavam a água, indo em direção aos botes que eram sua salvação.

Aqueles tubarões não eram normais. Jogavam-se nos barcos, saltando metros acima da água, bocas abertas com dezenas de dentes afiados, antes de cair com todo o seu peso, reduzindo-os a pedaços. Os gritos das tripulações eram tão altos, que superavam os uivos do vento.

As barbatanas continuavam a chegar das profundezas, cada vez maiores, acompanhadas de seres cuja forma não era possível identificar. Montes viscosos nadavam para os navios, e Emma pensou ter visto tentáculos gigantes subindo uma vez. Tudo do mais profundo preto.

Eles viam o impacto que sacudia cada navio, antes de começarem a afundar, soando alarmes inúteis. Um a um, eram engolidos pelo abismo, com buracos em seus cascos e arranhões por todos os lados.

Ao longe, o helicóptero pairava acima do último barco que afundava, uma escada de corda pendendo da cabine, com figuras humanas pulando para agarrá-la, a água perigosamente próxima. Finalmente, um deles segurou a escada e começou a subir. Seus companheiros logo seguiram e foram erguidos do naufrágio.

Foi então que Emma finalmente distinguiu o que eram aqueles vultos que nadaram para destruir os navios, pois eles se elevaram acima da superfície. Serpentes enormes, moreias, enguias, levantando-se para enlaçar a escada de corda. Um nó górdio retorcido, puxando o helicóptero para baixo.

Emma olhou em volta, vendo em cada rosto um espelho do horror que petrificava o seu.

— "Realmente." — O mar subia pela balaustrada, os monstros se contorcendo abaixo da superfície, como se esperassem por algo. — "Deus deve estar com muita raiva."

ÓLEO

J. A. FERREIRA

As emissoras traziam a notícia, blocos de óleo e petróleo invadiam as praias do Nordeste brasileiro. O governo estava aflito, os peixes morrendo pela invasão do estranho líquido que aumentava dia após dia, ambientalistas culpando a todos que pudessem, o governo se defendendo e a população lutando para limpar suas belas praias, afinal deveriam defender seus paraísos.

O problema é que não era apenas óleo…

O barco batia de frente com todas as ondas, recebendo o mar de peito aberto, subidas e descidas da imensidão do oceano, conforme o som de Bob Marley tocava alto no rádio, sendo interrompido vez ou outra por avisos de como as agressões e assassinatos haviam aumentado em Recife e região nos últimos 15 dias. Placas grotescas de óleo preto tomavam conta de todo o casco, agarrando-se em tudo que tocavam. O nome do barco já estava quase apagado pelas intensas camadas da perdição negra que assolavam a região, mas ainda era possível ler O Coração do Nordeste estampado de vermelho e azul na parte traseira do casco.

O Coração do Nordeste era um barco antigo de pescadores, tão antigo quanto ele próprio. Seu dono era o senhor Renatinho, um velho brincalhão que trabalhava duro e se esforçava mais arduamente ainda na sua empolgação para piadas; seus cabelos ralos e barba malfeita denunciavam um homem livre de obrigações comuns da vida, levando-se pela sua vida modesta. Puxando a rede de peixes estava

Cabeça, seu maior companheiro, pescador e metido a mecânico de barcos, um negro alto que se dizia imune ao sol devido aos longos anos na profissão. Não sofria como Adilsão que, para ir pescar, levava quilos de protetor solar, e essa brincadeira de um implicar com o outro ia o dia todo.

Mas, na ocasião, Renatinho precisou contratar mais uma pessoa, um garoto franzino de cabelo curto e rosto redondo e fofo, apesar de magro. Ao contrário dos outros, o jovem Pedro não sabia pescar, mas precisava de emprego, e o barco precisava de um limpador de "gosma grudenta", então fecharam acordo de ficar uns dias no mar, pescando. Segundo dia de trabalho, e ninguém ali sabia que o garoto havia perdido o pai com uma doença desconhecida, por volta de duas semanas antes, e estava lutando para manter a pobre casa com sua mãe e duas irmãs pequenas, sendo que tudo dependia de seu pai e, agora, totalmente dele.

O Coração do Nordeste necessitava de ao menos seis pessoas para o trabalho que Renatinho fazia com três; sofriam, mas dividiam o lucro para menos mãos e, atualmente, contavam com um quarto membro, aprendiz, mas, se tem braços, já serve. Era o lema da tripulação.

Jovem Pedro era solicitado de um lado para o outro, como um louco, sendo chamado de Já Morreu, Cansadinho, Cara Redonda e o que vinha à mente de Renatinho, Cabeça e Adilsão. Mas o jovem seguia firme, cansado como nunca esteve na vida, mas o pensamento em sua mãe e nas suas duas pequenas irmãs o fazia se reerguer de qualquer cansaço; limpava sujeira, servia comida e água, puxava redes de peixe, limpava peixes, arrumava iscas e, principalmente, se embalava em baldes e vassouras grossas para romper o maldito óleo preto que surgia cada vez mais intenso.

A noite do terceiro dia chegou mansinha, como uma leve música desnudando o silêncio intenso do alto-mar. O céu era recoberto por uma camada de estrelas que parecia os filmes em 3D que Pedro gostava de ver com sua mãe; a Via Láctea, sem luzes para atrapalhar, era uma visão única, e, no momento, todos cochilavam, menos Pedro, que olhava o firmamento enquanto rezava seu pai-nosso rotineiro.

Infelizmente, a oração não o protegeu como ele sempre pedia. Não naquela noite.

O silêncio pregava a paz; apenas uma vela acesa denunciava o barco, no meio do mundo aquático ao redor. Silêncio próspero. Quase. Um barulho fez o silêncio se apagar, uma batida embaixo do casco, leve, mas suficiente para Pedro arregalar os olhos e se voltar aos companheiros, que dormiam de forma intensa, afinal, após jantar aquela papa de feijão branco amassado com carne seca e macaxeira, quase impossível não apagar em quase sono eterno.

Bum! Novamente o barulho chegou aos ouvidos de Pedro, que dessa vez se levantou e olhou para Renatinho, pensando em acordá--lo. Pedro andava devagar em sua direção, mas logo veio à mente: vão me chamar de medroso, cagão e inventar mais apelidos; isso deve ser algum peixe maluco esbarrando no casco.

A noite trazia um manto de escuridão ao redor do barco. Era impossível ver um palmo além do convés ou do casco, mas, incansavelmente, o barulho voltava de tempos em tempos, e isso foi consumindo o coração do jovem; seus olhos evitavam ir aos companheiros, mas o medo foi inflando seu coração e gelando suas pernas. Afinal, escuridão e desconhecido era de se temer.

Bum! Bum! As pernas do garoto tremeram. Que diabos era esse barulho em alto-mar? Não tinha nada ali, ao menos não no barco, mas um pensamento veio à sua mente, uma aflição resumida em uma palavra — abismo. "Estou em cima de um abismo de profundezas desconhecidas", começou a pensar, e palavras nasciam em sua mente, formando dúvidas e temores sombrios: "O que deve habitar as profundezas? O que está debaixo de nós? E esse óleo que pesa o barco, está nos afundando?".

Cada onda que se quebrava trazia o desconhecido consigo e um medo que só estava aumentando.

Pedro tomou coragem e abraçou a ponta da proa, ligou sua lanterna e varreu as ondas mansas do Oceano Atlântico, buscando algo que nem ele saberia dizer o que era. Notou as ondas pesadas. "São camadas densas desse maldito petróleo, camadas grossas que já estão envolvendo o barco e possivelmente o pesando." A fraca luz encontrava a cor preta em todo o redor, o barco pesqueiro estava bem no meio de uma grossa camada, e novamente Pedro sentiu calafrios, mesmo antes de ouvir novamente o barulho.

Bum! Bum! Dessa vez, bem abaixo de Pedro, no casco sob os seus pés. Pedro voltou o olhar para trás, retirando a luz da lanterna do óleo e baixando para o casco. Pedro não viu, mas algo começou a mudar naquela camada de óleo ao redor; cortes grotescos como feitos por uma faca afiada na carne começaram a se abrir, protuberâncias como olhos horrendos começaram a surgir e pequenos tentáculos como lacraias profanas começaram a nascer, trazendo um aspecto tenebroso ao mar ao redor do barco e exalando um cheiro terrível, como de peixes podres abandonados ao sol.

Pedro não havia visto, afinal apenas o feixe de sua lanterna poderia ajudá-lo a identificar a tenebrosa vida desconhecida que estava envolvendo o barco. Mesmo sem ver, o instinto de seu corpo já fora alertado pelo seu córtex cerebral, ativado para ajudá-lo a sobreviver, injetando adrenalina em seu corpo. Pedro gritou e seu grito ecoou, quando algo tocou seu pescoço por trás.

— Caralho, Renatinho, você me mata de susto, caceta. Chegou de mansinho assim.

O velho barqueiro sorriu, afinal munição para implicar com Pedro só aumentava, mas ele não acordou à toa, não naquele momento.

— O que você está arrumando para feder assim?

— Nossa, realmente, subiu um fedor impossível agora — Pedro respondeu e se abaixou para pegar a lanterna que deixou cair no chão pelo susto.

Renatinho estendeu a mão e apertou um botão vermelho, ligando as luzes da proa. Andou devagar até se apoiar nas cordas e redes amarradas no casco, e se surpreendeu ao ver que uma camada de óleo já havia escalado o casco até quase entrar no barco.

— Meu Deus, Pedro! Traz o rodo e a vassoura de cordame, tem muita coisa aqui, vai pesar muito o barco.

Pedro correu para a parte traseira, pegou o rodo e acordou Adilsão e Cabeça, erguendo-os e pedindo ajuda, tendo os olhos arregalados de medo. Ambos os amigos resolveram levantar e entender, antes que iniciassem uma zombaria. Cabeção viu Renatinho e foi em sua direção, enquanto Pedro corria para a popa.

Adilsão desceu para dentro do barco, onde guardava seus equipamentos.

— Cabeça, liga o motor! Vamos acelerar um pouco para sair da camada de óleo e depois...

Um grito ecoou pelo barco, sobrepondo-se à voz do capitão.

— *Socorrooooo, socorrooooo*... — a voz de Adilsão vinha lá de dentro, bem abaixo dos pés de Pedro, no casco.

Todos os marinheiros olharam para a entrada do saguão, de onde os gritos do amigo surgiram e em um instante se silenciaram.

— Pedro, vai ver ele lá embaixo, e, Cabeça, acelera logo — gritou Renatinho.

Pedro, de olhos arregalados, só acenou com a cabeça e foi em direção ao saguão. Em resposta, Cabeça respondeu gritando que o motor não queria ligar e que já ia lá dar uma olhada.

O coração de Pedro acelerou à medida que se aproximava da entrada do saguão, como se o seu corpo, no ápice do instinto, estivesse alertando. O medo palpitava em seu peito, aumentando como um ruído incômodo de um rádio incomodaria os ouvidos. O primeiro e segundo degraus estavam à vista, mas os demais não; uma grossa camada de óleo dentro do barco e o pior, olhos, bocas desdentadas e tentáculos serpenteavam no óleo preto, vibrando e pulsando com vida, como um coração maldito e amaldiçoado. No meio do órgão negro, Adilsão, apenas com um braço e metade do rosto para fora, sendo consumido por aquela gosma medonha.

Os olhos de Pedro fraquejaram, seu estômago embrulhou, o vômito veio à sua boca; mesmo se esforçando para conter, ele vomitou no chão. A tonteira o abalou, sua mão segurou firme no suporte da escada, e seus olhos fixaram o rosto de seu amigo, sendo engolido por uma gosma. E, pior, assistindo a essa monstruosidade consumindo um humano, mas não foi a pior visão; foi o rosto de Adilsão, antes branco e vermelho de sol, agora com protuberâncias escuras brotando e, assim, seus olhos antes azuis agora se abriam, trazendo uma íris totalmente cinza e incomum, sua boca balbuciando palavras desconexas.

— Nosso deus está renascendo e despertando.

Pedro correu para o convés, assustado como nunca na vida; nem a morte de seu pai trouxera tanto medo ao seu coração, mesmo tendo a certeza de que perder o pai seria a coisa mais desesperadora de toda a sua vida; mas aquilo, o desconhecido ali, invadindo o barco e abaixo de seus pés, era o pior dos temores.

O ar do convés trazia fluxos de mau cheiro que tomavam conta da narina de Pedro, piorando seu estômago e dificultando a fluidez de sua respiração.

— Capitão, socorro! — Pedro gritou, dispersando o horror e pesadelo por instantes, na certeza de ser ajudado.

Ninguém respondia...

Ao virar o olhar para a popa, notou a gosma já em cima de O Coração do Nordeste, viu Cabeça encarando-o, com olhos cinza e bocas desdentadas, com feridas abertas e tentáculos por todo o corpo, até começar a balbuciar palavras.

— Servimos ao soberano que não mais habita só as profundezas.

Pedro gritou e correu para dentro do único lugar em todo o barco que podia ser trancado: a cabine do capitão. Um cubículo em que não cabiam mais que duas pessoas de pé e era o suficiente para Pedro se trancar. Olhando pelos vidros sujos e embaçados, viu Cabeça se arrastando vagarosamente em sua direção; ele se abaixou e abraçou os próprios joelhos em choro constante, escutou a voz do Capitão gritando algo, mas era impossível de escutar com clareza enquanto rezava e chorava.

A cabeça de Pedro estava a mil por hora, sentindo todo o seu corpo tremer, como se fosse parar e entrar em choque. Sentimento de seu coração explodindo e enjoo nutrido pelo odor que só piorava; os olhos fechados tentavam esconder o macabro cenário do barco afundando e seus amigos consumidos ou transformados.

De olhos fechados, o jovem se lembrou por instantes de seu pai, que adoecera após voltar do mar, e de um antigo ensinamento que seu pai lhe dissera e com o qual ele nunca havia se preocupado: "Todo marinheiro sabe que o mar é um antigo inimigo".

Pedro abriu os olhos, queria ver seu pai ali para ajudá-lo. Mas viu seus três companheiros, com os rostos escuros, olhos negros piscando sem pálpebras por todo o corpo, com tentáculos saindo deles e de bocas rasgadas em todos os locais, e corpos monstruosamente nus.

Pedro soube que seu fim estava próximo, lembrou-se de sua mãe e das pequenas irmãs, logo em seguida pensou em como todo o país estava inseguro com essa invasão, agora profano, de óleo pelas praias; fosse lá que demônio tivesse conjurado aquilo, devia ter vindo do abismo mais profundo e desconhecido dentro do mundo. Tomou uma outra oração, com lábios tremendo, quando percebeu o barco afundar dentro da grossa camada de óleo.

O cheiro adentrou as narinas, podridão. O jovem abriu os olhos e se levantou por instinto. Estava escuro, seu corpo molhado, o enjoo passou. Não conseguia entender, estava boiando em águas escuras, sem céu estrelado dessa vez. O medo retornou e a água se movia ao seu redor. Pedro passou as mãos pelo corpo, tentando entender se estava ferido; apenas percebeu protuberâncias por todo o seu corpo. As águas se moveram com velocidade em seu encalço. O medo. O desconhecido. A escuridão. O desespero aumentou ao se lembrar dos seus amigos, dominados pela estranha gosma; seria ele um dominado?

O medo aumentou. A escuridão prosseguiu.

Pedro desmaiou.

Pesadelos assombravam seu sono forçado pelo medo repentino que quase fez seu coração parar, vozes obscuras retirando proveito de sua inércia. Palavras despertando desejos, fome e ódio.

"Sou o oceano, despertei."

Pedro abriu os olhos, não mais singelos e castanhos que carregavam humildade, olhos não mais pacíficos.

Olhos cinza.

Olhos de morte.

Olhos de predador… despertado.

À DERIVA

RICK BZR

> "Na história da humanidade (e dos animais também), aqueles que aprenderam a colaborar e improvisar foram os que prevaleceram."
>
> Charles Darwin, 1808—1882

Não sei se alguém um dia vai ouvir esta gravação, mas não tenho mais nada para passar o tempo neste deserto azul e salgado. E, também, já que consegui este gravador ainda funcionando na última feira flutuante que passei, quem sabe isto não ajude no futuro, para entenderem um pouco do que houve no passado para chegarmos até aqui?!

Já faz três semanas desde que vi o último ser humano "normal" deste mundo. Estou à deriva há quase uma semana e meia, o motor da lancha apagou e não aguento remar mais do que algumas horas sem chegar a lugar nenhum. Vou deixar alguma corrente marítima me guiar, quem sabe os deuses dos ventos não tenham um pouco de empatia comigo alguma hora e me coloquem no rumo de algum lugar em que ainda haja civilização...

Me chamo Maxell Maverick, vivo em lanchas e iates desde que me conheço por gente. Meu pai trabalhava numa empresa que fazia manutenções em embarcações de ricaços que frequentavam o Clube Marítimo de Guarujá, cidade litorânea que hoje não existe mais. Minha mãe era da força aérea, amava os céus e também amava o mar. Quando tinha folga do serviço militar nos caças, fazia "bico" como guarda-vidas da praia próxima ao clube. E foi assim, nesses dias de folga, que meus pais se conheceram.

Os dois começaram a namorar e se casaram em pouco tempo, devido à minha chegada não planejada ao mundo. Nasci dentro de uma embarcação bem simples que meu pai tinha conquistado depois de muito trabalho. Era simples, mas, sempre que me lembro deles, lembro da felicidade de estarem construindo seu próprio lugar no mundo.

Um mundo que não existe mais...

Tinha mais ou menos nove anos quando uma embarcação chegou à praia, e os militares a estavam aguardando. Colocaram os tripulantes em barracas vedadas para não terem contato com o mundo exterior e permaneceram lá por quase dois meses.

Boatos começaram a se espalhar de que a tripulação teria pego alguma doença nova de algum país africano e poderia ser contagiosa. Outros diziam que eles haviam ficado loucos depois de verem certas coisas no mar. Tanto faz se era verdade ou não. Não tivemos tempos de descobrir. Talvez aquilo tenha tido alguma relação com o mundo de hoje, quem sabe?

Seguimos a vida depois e logo tínhamos esquecido desse ocorrido. Tinha me apegado à vida marinha. Todo assunto que tinha algum ser vivo marinho envolvido já ganhava minha atenção. Comecei a acompanhar diversos documentários e reportagens sobre tudo o que era descoberto nas profundezas desse paraíso aquático.

Imaginava como seria se, um dia, a cidade de Atlântida pudesse ressurgir do fundo do mar e dividir seus conhecimentos com o resto do mundo; queria estar pronto quando esse dia chegasse. E agora queria que nunca tivesse desejado isso.

Logo após os militares irem embora, assisti a um documentário meio antigo de um diretor de cinema que tinha arrumado um submarino e descido até um lugar bem fundo no mar. Não me recordo agora o local nem qual o nome dele, mas lembro que era bem famoso.

Nas imagens, via polvos gigantes, peixes que brilhavam no escuro, criaturas das mais diversas formas. Alguns deles eu mal conseguia descrever na época, só lembro que as imagens ficaram gravadas na minha mente por muito tempo.

Estou ouvindo o som de gaivotas muito longe de mim, sons bem fracos dos gritos desses pássaros. Deus, isso pode ser real mesmo?

Falaram uma vez que ficar perdido no deserto fazia a gente ter ilusões por causa do sol; poderiam ter falado que era assim no mar também. A tenda da lancha me protege um pouco dos raios que vêm de cima, mas os que refletem na água do mar me acertam em cheio dentro do barco e fazem virar um tipo de forno desgraçado aqui dentro.

Não sei se, quando ouvirem isto, todos saberão o que é um forno, mas, se alguém souber, vai entender o inferno que vira isto aqui uns dias.

Onde eu parei mesmo? Ah, tá, as filmagens no fundo do mar, certo?

Continuei acompanhando algumas reportagens na TV, que falavam sobre os mistérios que se escondiam no fundo do mar. Até que meus pais me deram de presente de dez anos um curso de mergulho para ver de perto os corais do litoral paulista.

Seria o melhor presente que um garoto apaixonado pelo mar podia ganhar, mas não consegui desfrutar do mergulho. Um dia antes da primeira aula, o mundo virou do avesso.

O mar ficou agitado, ondas gigantescas começaram a atacar as praias, tempestades que duravam dias e dias. Muitas embarcações da empresa do meu pai foram destruídas nesses dias. Achava que era uma coisa boa, porque meu pai teria mais trabalho e, assim, mais dinheiro. O problema é que não teríamos um novo dia para voltar aos afazeres rotineiros...

Primeiro, recebemos tudo o que foi jogado ao mar durante toda a existência humana, lixo, oferendas religiosas, aviões e navios que naufragaram pelos mais diversos motivos. Até submarinos ressurgiram, tanto os que estavam desaparecidos, quanto os que ainda estavam operando normalmente. O primeiro a aparecer em praias brasileiras era um submarino chamado Cyclops; descobri dias depois que ele havia sumido no final duma guerra mundial, quando saiu do Rio de Janeiro, e que nunca chegou ao destino... ele retornou ao Rio quando começaram as tempestades. O engraçado era que as devoluções de tais objetos retornavam nos últimos lugares em que eles tinham sido vistos em terra.

Depois, houve uma sucessão de terremotos pelo mundo todo, cidades inteiras sendo destruídas, prédios caindo e pessoas morrendo das mais diversas formas.

Parece que várias empresas multimilionárias começaram a bancar expedições ao fundo do mar depois daquele documentário, somente para tirarem lucro das profundezas. Mas parece que alguma coisa lá embaixo não gostou nada disso.

O nível do mar começou a subir loucamente. Varreu diversas cidades litorâneas de vários países em segundos; algumas pessoas que sobreviveram aos ataques do mar diziam que podiam enxergar formas na água que lembravam humanos nos lugares que eram destruídos.

Foi por causa dessas criaturas que perdi minha mãe; o exército a convocou assim que os primeiros seres saíram das águas e declararam guerra a nós humanos pelos anos de destruição e falta de respeito com tudo o que vive no mar.

Eles não atacaram aleatoriamente, como muitos pensam. Foi tudo calculado. Atacaram os líderes de cada nação primeiro. Arrastaram presidentes, ditadores e rainhas para o mar e deixaram todos à deriva, à mercê dos predadores.

Fotos e filmagens do que se sucedeu se espalharam mais rápido do que um vírus. Alguns vibravam com os políticos sendo executados dessa forma. Tubarões brancos e orcas acabaram com eles em segundos.

Mas os ataques voltaram a acontecer, dessa vez pegaram os grandes empresários que, de um jeito ou de outro, contaminavam os oceanos. Foi ali que tudo foi por água abaixo (me desculpem o trocadilho); o exército do mundo todo se uniu para tentar aniquilar o povo dos mares, e as criaturas marinhas contra-atacaram com ondas cada vez maiores. Teria dado certo, se não tivessem atingido as áreas com reservatórios de produtos nucleares.

Assim que atingiram essas áreas, o apocalipse começou de verdade. Chernobyl parecia besteira perto do caos nuclear que o mundo virou... a radiação que se espalhou em terra e mar foi sem precedentes.

Nesses tempos, eu tinha sido levado o mais longe do mar que meu pai podia me levar, fomos para uma cidadezinha chamada Miranda, no oeste do Mato Grosso do Sul, para ficarmos na casa da família de um irmão bastardo de minha mãe, aposentado do exército. Meu pai achava que ali estaríamos seguros com a tia e minhas primas. Ele estava errado.

Os tremores retornaram e assolaram mais ainda a terra. Cidades que tinham quilômetros de terra entre uma e outra agora eram quase vizinhas de praia, só precisava atravessar o mar entre elas.

Os sobreviventes começaram a viver precariamente, tudo se esgotou rapidamente e, então, alguns se tornaram selvagens. Faziam de tudo para conseguir comida e água boa para consumo. Perderam o senso de civilização e começaram a agir como animais. Alguns que viviam próximo das áreas nucleares se tornaram mais agressivos; relatos de ataques sem objetivo algum chegavam toda hora pelo velho rádio militar do meu tio.

O apocalipse não veio por meio das máquinas exterminadoras como alguns filmes diziam, nem por meio de um vírus zumbi criado pelo governo. Mas, sim, do desconhecido das profundezas, dos abismos que percorriam toda a extensão marítima.

Meu pai e meu tio decidiram que, apesar de tudo, o melhor a se fazer para manter todos ali vivos neste novo mundo seria justamente nos jogarmos ao mar. Dessa vez, meu pai estava certo. Agradeço ao meu velho por isso. Sobrevivemos muitos anos juntos no mar, indo para terra somente quando era extremamente necessário.

A última vez que estive em terra por vontade própria já faz quase dois anos, eu acho. Quando me lembro, faço as marcações de dias na lateral da embarcação, velhos hábitos que herdei do meu pai. Fora isso, não tenho como contar os dias, e não tem mais nada para fazer neste lugar, além de mergulhos em zonas de risco e aguardar ser devorado por algum predador conhecido ou desconhecido.

No dia em que pisei em terra pela última vez, foi por causa de um ataque de uma dessas criaturas; ela atacou minha prima na beira do barco, meu pai correu para salvá-la, mas foi gravemente ferido no ataque. A criatura sumiu entre as ondas do mar, carregando minha prima ainda com vida. Já meu pai começou a desfalecer, devido aos ferimentos. No dia seguinte, estava eu, indo de encontro à algum lugar com terra para fazer um enterro digno para meu pai. Fiquei em terra pouco tempo, o suficiente para cavar, enterrar, sepultar e fazer minhas homenagens a ele.

Tentei encontrar minha prima após isso, mas, claro, não tive sucesso. Agora vivo sozinho nesta lancha, ainda tenho alguma comida para aguentar mais seis ou sete dias. Para quem amava o mar, passar uns bons cinquenta e cinco anos navegando só pode ser uma ironia do destino.

Caso achem esta gravação e consigam ouvi-la, fiquem cientes de que resisti o máximo que pude. Vivi muito bem esta vida pós-apocalíptica marítima. Não sei como está a vida de outros sobreviventes em terra. Sinto que meu lugar não é mais em terreno firme, pertenço ao mar agora. Mas isso é tudo que um garoto do Guarujá sabe sobre o pouco de como tudo isto começou.

E, se por algum milagre eu não morrer nos próximos dias, pode ser que eu mesmo conte esta história para alguém no futuro. E se (outro "e se") algum dia a sociedade se reerguer... tomem cuidado com o que fizerem ao mar de tal ponto em diante. Porque do mar viemos, e ao mar podemos retornar.

Aqui é Max Maverick falando de lugar nenhum. Câmbio, desligo.